KB100331

밤의 대통령

밤의 대통령 3부 1

이원호 장편소설

초판 3쇄 찍은 날 § 2024년 10월 25일
초판 3쇄 펴낸 날 § 2024년 11월 1일

지은이 § 이원호
펴낸이 § 서경석

편집책임 § 황창선
편집 § 박현성 김범석
마케팅 § 서기원

펴낸곳 § 도서출판 청어람
등록번호 § 제387-1999-000006호
등록일자 § 1999. 5. 31
어람번호 § 제8-0068호

주소 § 경기도 부천시 원미구 부일로 483번길 40 서경B/D 3F (우) 14640
전화 § 032-656-4452 팩스 § 032-656-4453
E-mail § chungeorambook@daum.net

ISBN 979-11-04-90712-8 04810
ISBN 979-11-04-90711-1 (세트)

3부

1

밤의 대통령

개정판

이원호 장편소설

CONTENTS

제1장

1996년 1월, 카운트다운

밤의 대통령

조선인민민주주의공화국, 평양.

넓은 회의실은 정적에 싸여 있었다. 천장의 육중한 샹들리에가 화려한 빛으로 방을 밝히고 있었으나 분위기는 무겁다. 회의실의 중앙에 가로놓인 타원형의 탁자 양쪽에는 여덟 명의 사내가 마주 보고 앉아 있었다.

북한의 고위급 인사들로 국가 비상 회의가 진행되는 중이다. 모두 초로의 사내들이었는데 오른쪽의 세 명은 가슴의 반쪽이 훈장으로 뒤덮인 장군이었다. 그들은 상석에 앉아 있는 사내를 주시한 채 석상처럼 움직이지 않는다.

누군가가 소리 죽여 기침을 했지만 금방 시치미를 뗐으므로 방 안은 다시 침묵 속으로 빠져들었다.

김정일이 허리를 비틀면서 의자에서 상체를 조금 세웠다.

"우리가 요구한 북미 통상 회담은 결렬될 것 같소. 미국 측은 정치범 수용소를 개방해야 된다고 헛소리를 하고 있소."

그는 근래 들어 더욱 처져 가는 양쪽 볼을 의식한 듯 잠시 입을 굳게 닫았다가 다시 열었다.

"인권 문제를 들고 나오다니 뜻밖이야. 대통령 선거가 몇 달 앞으로 다가오니까 우파에게 꼬리를 쳐 줄 작정인 모양이오."

좌우를 둘러보던 그의 시선이 오른쪽 첫 번째에 앉은 장군에게 머물렀다. 오진우 대신 무력부장 겸 당 중앙정치국 상임위원이 된 최광이다. 무표정한 얼굴로 앞쪽을 바라보고 있는 육중한 몸집의 최광은 70대 후반인데도 근력이 50대 사내에 못지않았다.

김정일의 시선이 왼쪽의 세 번째 좌석에 앉은 노동복 차림의 사내에게로 옮겨졌다. 50대 후반으로 검은 피부에 눈매가 날카로운 그는 외교부장으로 정치국 후보위원인 최대민이다.

"최 동지, 일본 측의 반응은 어떻소?"

"예, 수령 동지."

최대민이 긴장으로 몸을 굳혔다.

"무라야마 외상은 저희 강일수 동지에게 북미 회담의 결과를 보고 난 뒤 의논하자고 했습니다. 따라서 차관 도입 관계는 얼마쯤 보류되어야……."

"꼭두각시 같은 놈들……."

"예, 수령 동지. 그렇습니다."

그들의 대화는 그 내용이나 분위기에 어울리지 않게 넓은 회의실의 벽에 부딪치며 맑은 여운을 남겼다. 방에 모인 여덟 명은 북한의 최고위급 지도자들이었다.

군을 장악하고 있는 최광과 참모총장 이을설, 군사위 부위원장이며 군 총정치국 국장인 김인철, 수상 겸 당 비서의 김사훈, 보위부 사령관인 이동석, 그리고 신설된 당의 산업경제부를 맡은 부수상 김달현이 말석을 차지하고 있다.

"남조선의 경제협력단이 곧 공화국에 들어올 작정입니다만, 수령 동지……."

문득 김달현이 입을 열었다.

"중소기업 사장단으로 100명이 넘는 대규모 투자 조사단입니다."

김달현은 머리 회전이 빠르다. 미국이 북한의 인권 문제를 들고 나와 경제 협력과 정상 수교 관계에 제동을 걸고, 일본이 미국과 손발을 맞추어 차관 제공 문제를 연기시킨 상황이다. 이런 때에 남한 측 대규모 투자 유치단의 방북 계획은 긴장을 조금 완화시킬 것이라고 생각한 모양이다.

김정일이 머리를 돌려 김달현의 얼굴을 찬찬히 바라보았다.

"그것, 보류시켜. 아니, 취소시켜."

김정일의 말소리가 방을 울리자 모두 긴장하며 몸을 굳혔다.

"알겠습니다, 수령 동지."

당연한 지시라는 듯 김달현이 태연하게 대답했다.

남한은 이쪽이 바라지도 않는 경제 협력 문제를 자주 들고 나온다. 그들은 북한에 산업 시설을 건설하고 상품을 가져오려고 애를 쓰고 있었는데 얼핏 보면 진정한 동포애 같기도 했다. 그리고 그것으로 통일의 과정이 성숙해져 간다고 남한 정부는 은연중 그들 국민에게 선전하고 있는 모양이었다.

따라서 김정일은 남한과의 관계에서는 언제나 주도권을 쥐고 있는 입장이었고, 그들은 갖가지 수모를 당하면서도 대개는 입을 다문다. 인민군 참모총장인 이을설이 헛기침을 했다. 그는 이번에 정치국 정위원에다 당 군사위원에 임명되었다.

"수령 동지, 말씀드릴 것이……."

그는 허리를 세우고 김정일을 바라보았다.

"인민군의 사기는 충천합니다. 수령님의 명령이면 불속에라도 뛰어들 준비가 되어 있습니다. 다만……."

말을 계속하라는 듯 김정일이 잠자코 그를 바라보았다. 이을설이 혀로 입술을 축였다.

"식량과 기름, 기타 필수품이 부족한 상태입니다. 그리고 전, 후방을 차별하여 급식해 주는 것에 대해서 약간의 문제가 있었습니다. 그러나 그 문제는……."

"수습되었지요?"

"예, 완전히 수습되었습니다."

후방 부대에서 난동을 부린 100여 명의 사병과 군관을 체포한 것이다. 그들 중 20여 명은 총살형에 처해졌다.

김정일이 장군들을 둘러보았다.

"국가 비상시국입니다. 군의 사기가 절대적으로 중요하다는 것을 동지들도 잘 알고 계실 거요."

인민무력부장 최광이 김정일을 바라보았다.

"사기는 충천합니다, 수령 동지. 그리고 군의 급식과 필수품 문제는 참모총장과 다시 상의해서 보고드리도록 하겠습니다."

"나도 검토해 보겠습니다."

김정일이 펼쳐놓았던 서류를 덮고는 자리에서 일어섰다. 모두들 의자를 밀어젖히고 따라 일어섰으므로 회의실은 잠시 어수선해졌다. 일주일에 한 번 열리는 국가 비상 회의가 끝난 것이다.

김사훈이 방으로 들어서자 소파에 앉아 있던 김정일이 앞쪽 자리를 가리켰다.

"앉으시오, 수상 동무."

"감사합니다, 수령 동지."

김사훈이 주춤거리며 조심스럽게 자리에 앉았다.

60대 후반으로 당 비서와 정치국 정위원을 겸하고 있는 당의 실력자인데 김정일에 의해 급부상된 인물이다. 2년 전까지만 해도 자강도의 도당 비서이던 그의 출세 배경에는 김정일의 생모인 김정숙이 있었다. 김사훈은 김정숙의 조카였던 것이다.

한동안 김사훈의 머리 위쪽의 벽을 바라보던 김정일이 시선을 내렸다.

"비상 회의는 이제부터 사흘에 한 번씩 열도록 합시다, 수상 동무."

"예, 수령 동지. 그렇게 하겠습니다. 어려운 시국이니만큼……."

"군인들은 단순해. 그렇지 않소?"

"예."

김사훈은 대답부터 해놓고 긴장한 얼굴로 그를 바라보았다.

조금 전의 비상 회의에서 이을설이 군의 사기는 충천해 있다고 하고는 식량과 필수품 부족 문제를 거론했다.

그것은 간접적인 경고와 비판의 성격을 띤 발언으로 그 말을 들은 김사훈은 온몸이 싸늘해지는 것을 느꼈다. 무력부장 최광이 능란하게 이을설의 발언을 덮는 것을 보면 그들이 미리 말을 맞춘 것 같은 생각도 들었다.

"수상 동무, 인민군이 흔들리면 안 됩니다. 내 말을 이해하시겠소?"

김정일이 묻자 김사훈이 커다랗게 머리를 끄덕였다.

"그렇습니다, 수령 동지. 인민군 총사령관이신 수령 동지 아래서 인민군은 철통같이 단결해야 됩니다."

인민군의 실력자인 최광과 이을설은 본래 사이가 좋지 않았다.

김일성의 호위군 사령관이던 이을설은 참모총장이던 최광에 의해 군복을 벗게 되었다. 그 뒤 그는 함경도의 농장으로 해방되었다. 5년쯤 후에 복권된 이을설은 오진우와 함께 최광을 아오지의 탄광으로 쫓아냈다.

김정일은 오진우의 병사로 인한 군부의 공백을 서로 사이가 좋지 않은 두 축으로 운영하려고 했는데 그의 의도와는 다른 상황이 되어가고 있다.

군부는 입으로는 충성의 맹세를 되풀이하면서도 점점 김정일의 손안에서 벗어나는 중이었고, 오늘의 사건도 그것을 방증하는 한 예가 될 것이다.

김일성 시대였다면 회의석상에서 그런 이야기는 하지 않고 김일성과의 독대에서 은밀히 보고하고 그 자리에서 지시를 받아 처리했을 것이다.

"수상 동무, 공화국을 위해서 수상 동지가 취리히에 가줘야겠소."

"취리히에 말입니까?"

"그렇습니다. 가기 전에 미국 측에 연락을 해두어야 할 것이오. 외교부장 동지에게는 내가 이야기해 두었소."

"통상 회담에 제가 합류하는 것입니까?"

통상 회담에는 외교부 부부장인 안정석이 대표로 참석하고 있다.

"아니, 그것과는 종류가 다릅니다, 수상 동무."

김정일이 소파에서 허리를 떼었다. 넓은 집무실 안은 따뜻했고 적당한 습도가 유지되고 있어서 쾌적한 상태였으나 김사훈은 온몸이 끈적이는 듯했다.

"당신은 외교부장 동무와 함께 가도록 하시오. 저쪽에서도 중요한 인물들이 올 테니까 말이오."

김정일이 미리 준비해 둔 서류를 탁자 위에 펼치고는 김사훈을 바라보았다.

"이 서류를 읽어보시오. 수상 동무가 해야 할 일들이오."

• 스위스 취리히.

정상혁 중령이 콘래드호텔의 커피숍에 들어섰을 때는 오후 2시가 되어 있었다. 구수한 커피 향이 배어 있는 주위를 두리번거리던 그는 창 쪽으로 발을 떼었다.

창가의 탁자 쪽에 앉아 신문을 읽고 있던 여자가 머리를 들고 그를 바라보았다.

"늦었어요. 10분씩이나."

짧게 커트한 머리와 반짝이는 눈이 밝은 느낌을 주는 20대의 여자였다.

"왜 내가 항상 기다려야 하죠?"

정상혁은 잠자코 그녀의 앞자리에 앉았다.

지희은은 스위스에 거주하는 교포 2세로 아버지와 함께 취리히에서 조그만 호텔을 운영하고 있다. 매사에 활동적이고 적극적인 성격의 그녀는 대학을 졸업하고 한국 대사관에 취직했는데 정상혁의 전임자인 이명규 대령이 그녀를 조수로 이용했었다.

이제 그녀는 대사관 일을 그만두고 호텔업에 종사하고 있었지만 사실은 4년 경력의 첩보원이 되어 있었다. 스위스 한국 대사관의 정보 책임자로 부임한 지 일 년도 채 안 되는 정상혁에게는 없어서는 안 될 존재였다.

"어제는 말루치와 안정석의 회담이 없었어요. 말루치는 로열호텔에서 나오지 않았고 안정석도 북한 대사관에서 움직이지 않았어요."

지희은이 또랑또랑한 목소리로 말했다. 햇볕에 그은 피부가 윤기를 내고 있는데 스키를 즐기기 때문이다.

"그래, 날 보자고 한 이유는 뭐야? 그런 신문에 난 이야기를 하려고 불러낸 것은 아닐 테고."

정상혁이 무뚝뚝한 표정으로 그녀를 바라보았다. 그는 40대 초반으로, 그의 짧은 머리와 목을 보면 영락없는 레슬링 선수였는데 실제로 그는 해군사관학교 시절에 레슬링 75킬로그램급 자유형 챔피언을 지내기도 했다.

"말루치가 경고 선언에 대한 계획을 취소했어요."

"취소하다니?"

정상혁이 이맛살을 찌푸렸다. 미국 대표인 말루치는 북한 측의 무성의한 회담 진행 자세에 대해 경고를 선언하기로 이미 언론에 발표해 놓고 있었다. 미국과 수교를 맺고 정상 통상 관계를 수립하면서 남한 측을 철저히 무시하려 드는 북한의 속셈을 모를 사람이 없다. 그리고 미국 측은 남한 정부로부터 심한 압박을 받고 있는 터였다.

끌려다니기만 하던 미국이 이제는 명확한 입장을 취해야 한다고 여론도 압력을 넣고 있는 참이었다.

"그건 어디서 들은 소리야? 발표는 내일 하기로 되어 있는데."

"미국 측의 공보관에게서요."

"확실해?"

"맨스필드는 나하고 친해요."

"이유가 뭐야? 또 본국의 훈령인가?"

"아니."

"연기한 것도 아니고?"

"취소예요. 그리고……."

"그리고?"

"당분간 회담 일정이 없어요. 말루치는 대기 상태로 있을 거래요."

"글쎄, 그 이유가……."

"그걸 내가 알 수가 있겠어요? 큰 것은 내 눈앞에 놓여 있어도 보이지 않아요. 나에게 보이는 것은 조그만 것뿐이에요."

"……."

"내 선에서 알아볼 건 다 알아봤어요. 이젠 중령님 차례예요."

건성으로 시킨 커피가 놓여 있었으나 정상혁은 손도 대지 않은 채 잠자코 지희은을 바라보았다.

밖은 흰 눈이 내리는 흐린 날씨였지만 어제처럼 바람은 불지 않았다. 어깨에 눈송이가 쌓인 손님들이 커피숍에 들어서면서 떠들썩하게 웃었다.

그러자 더욱 가슴이 답답해진 정상혁은 숨을 길게 내쉬었다.

* * *

독일 베를린.

베를린 중심가의 그랜드호텔 옆에 10층짜리 흰색 빌딩이 있다. 독일이 통일된 후에 지어진 새 건물이어서 유난히 눈에 띄었는데 그 빌딩의 5층과 6층은 일본의 가토무역상사가 사용하고 있었다. 독일 지역을 담당하는 일본 정보국이 위장한 회사였다. 지사장인 시바다 겐지가 도청 방지 장치가 설치되어 있는 무전실로 들어가자 다케무라 한죠가 수화기를 들고 기다리고 있었다.

시바다는 다케무라가 건네주는 전화를 받아 귀에 대었다.

"전화 바꿨습니다, 국장님."

—시바다, 당장 취리히로 가라.

정보국장 혼다 다카오의 칼로 내려치는 듯한 말투가 들려왔다.

"취리히로 말입니까?"

—그래, 부하들을 데리고. 베를린에는 꼭 필요한 인원만 남겨 둬.

"무슨 일이 있습니까?"

긴장한 시바다가 전화기를 고쳐 쥐었다. 취리히에서는 다음 주에 산유국 석유 장관들의 OPEC 회의가 열릴 예정이고 영국의 찰스 황태자가 겨울 휴가를 보내고 있다.

—북미 회담이 있어. 취리히에서.

혼다의 말에 시바다가 이맛살을 찌푸렸다. 북한과 미국의 통상 회담은 지금 한 달이 넘게 계속되고 있었다. 그러나 이제는 언론들의 관심도 끌지 못하는 3급 기삿감이었다.

"국장님, 북미 회담에 무슨 일이 있습니까?"

—아직은 없어. 하지만 가서 정보를 수집해, 모든 정보를.

"회담 내용 말입니까?"

—그래, 시바다. 중요한 게 걸릴지도 모른다.

시바다가 잠자코 있자 혼다는 스스로 생각해도 애매한 지시인 것을 깨달았는지 말을 이었다.

—시바다, 조총련을 통해 정보가 들어왔어. 북한 고위급이 취리히로 날아간다는 거야. 미국의 고위층과 회담을 하려고.

"통상 회담을 하려고 말입니까?"

—통상 회담을 하려고 김사훈이 날아가겠나? 삼인자가?

"……"

—외교부장 최대민까지 동행하는 거야. 그들과 상담하려고 미국의 고위층이 떠날 텐데 국무장관 로젠스턴일 가능성이 높아.

"그것, 큰 건이군요."

—더구나 비밀 회담이야. 김사훈은 러시아를 방문한다고 어제 출발했고, 외교부장 최대민은 지금 북경에 있어. 그들은 취리히에

서 합류할 거야.

"저도 곧 떠나겠습니다, 국장님."

—당사자들 외에 이 일을 알고 있는 사람은 아마 우리뿐일 것이다. 조총련의 고정 라인을 통해 확실하게 얻어낸 거야.

"알겠습니다, 국장님. 제 예감에도 뭔가 큰일이 날 것 같군요."

—북한 놈들의 깜짝쇼라고 미리부터 가볍게 생각하지 말어, 시바다. 놈들은 쇼처럼 보이다가도 방심하면 찌르고 들어오니까.

수화기를 내려놓은 시바다는 가까운 곳에 서 있는 다케무라를 손짓으로 불렀다.

"다케무라, 베를린 요원들을 필요한 인원만 남겨두고 모두 소집해라. 오늘 중으로 취리히로 떠난다."

"예, 조장님."

선뜻 대답한 다케무라가 몸을 돌렸다. 그는 무엇 때문에 가느냐고 묻지 않았다. 직분에 충실한 사내였으므로 자신의 분수를 알고 있는 것이다.

* * *

대한민국 서울.

1월 초순의 차가운 날이다. 안보수석 유경렬이 청와대 본관 앞에서 차에서 내리자 낯익은 경호실 간부가 서둘러 다가왔다.

"수석님, 각하께서는 산책하고 계십니다. 그쪽으로 모시고 오라는 분부셨습니다."

"어디 계시오?"

"뒤쪽 산책로에 계십니다."

본관 건물 뒤쪽으로 조깅을 겸한 산책로가 만들어져 있었는데 집무실과 가까운 관계로 대통령이 자주 이용하고 있었다.

서류 뭉치를 옆구리에 낀 유경렬은 경호원을 따라 본관의 모퉁이를 돌았다. 뒤쪽은 그늘이 져 있는 데다 인왕산을 훑고 내려온 얼음 날 같은 바람이 가슴에 닿아 그는 어깨를 움츠렸다.

영하 7도라고 했지만 오후 4시가 넘어서 수은주는 더 내려가 있을 것이다.

대통령은 잔디밭의 갓길로 해서 이쪽으로 다가오는 중이었는데 금방 달리기를 마쳤는지 얼굴이 상기되어 있었다.

"유 수석, 추울 텐데 이리 오라고 해서 미안해."

다가선 대통령이 입김을 뿜으면서 말했다. 경호원은 어디론가 사라졌고, 이제 넓은 잔디밭 위에 서 있는 건 둘뿐이다.

물론 본관 건물 2층에서는 이곳이 훤히 내려다보인다. 2층의 여러 수석 비서관들은 모두 이곳에 신경을 집중시키고 있을 것이다. 유경렬은 이제 추위를 느끼지 않았다.

"그래, 결과는 어떻게 되었어?"

대통령이 묻자 유경렬은 반걸음쯤 앞으로 다가가 섰다.

"미국 측과의 연락 업무를 더욱 원활하게 하기 위해서 외무부 차관을 단장으로 하는 지원단을 구성하기로 했습니다."

"그래, 그건 알겠고."

대통령이 길가에 있는 돌로 만든 벤치에 앉았으므로 유경렬은 그의 옆에 섰다.

"여론이 좋지 않아. 남북 대화를 기피하고 미국만 상대하는 북한 측에게 우리가 당하고만 있다는 거야."

"각하, 언론은 책임이나 대책도 없이 떠들고 있습니다. 그들이 발표한 여론조사라는 것도 신빙성이 낮고……."

"미국에 대한 반감도 증폭되고 있어. 나도 우리 입장을 가끔씩 무시하고 있는 것 같다고 느껴져."

"각하, 그럴 리가 없습니다. 미국은 어디까지나……."

"학생들의 시위 내용 알고 있지?"

"예, 각하."

찬바람이 휘몰아쳤다. 유경렬은 그제야 추위를 느꼈다. 대통령이 힐끗 그의 얼굴을 쳐다보고는 일어섰다.

"걸으면서 이야기하지."

"예, 각하."

대통령의 발길이 본관의 뒷문을 향하고 있었으므로 유경렬은 숨을 내쉬었다.

그는 부총리 겸 통일원 장관 주재로 열린 안보 회의에 참석하고 돌아온 길이다. 회의의 주제는 지금 스위스의 취리히에서 열리고 있는 북미 수교 및 통상 회담에 대한 대책이었다. 일주일에 한 번씩 열리는 안보 회의에는 부총리와 외무장관, 국방장관, 안기부장과 청와대의 안보수석이 참석한다.

"학생들은 이제 주권을 회복하자는 시위를 하고 있어. 미국은 필요 없으니 떠나라는 것인데……."

대통령이 머리를 돌려 유경렬을 바라보았다. 얼굴에는 쓴웃음이 떠올라 있었다.

"북한은 우릴 상대해 주지도 않는데 미국보고 떠나라니, 아주

얄궂게 되었어."

"……."

"북한 놈들의 술수에 말려들어 버렸어. 놈들은 우리가 미국의 식민지이니 상대할 필요가 없다는 식이고."

"각하."

"학생 놈들은 미국은 손을 떼고 떠나라고 하니."

"……."

"미국은 북한이 남한을 상대하려 하지 않으니 어쩔 수 없지 않느냐면서 우리 대신 모든 협상을 하는 상황이고."

"……."

"우리 정부만 허공에 떠 있는 느낌이 들어. 민심은 우리 정부 편도, 미국 편도, 그렇다고 북쪽 놈들 편도 아니란 말이야."

그들이 뒷문 앞으로 다가가자 어디선가 나타난 경호원이 문을 열어주었다.

건물 안으로 들어서자 유경렬은 어깨를 늘어뜨렸다. 따스한 실내 공기가 온몸을 감싸고 은은한 향내도 콧속으로 들어왔다.

"각하, 그것은 극히 일부분의 학생이 떠드는 것입니다. 대부분의 지식인은 안정을 바라고 있습니다."

유경렬이 복도를 걸으면서 말했다.

그는 요즘 들어 대통령이 북미 회담에 대해서 예민해져 있는 것을 알고 있다. 북한은 미국과의 정상 수교와 정상 통상 관계를 요구하고 있었는데, 그 회담의 진행 과정은 이틀에 한 번 꼴로 짧은 전문으로 들어올 뿐이었다.

"야당은 어때?"

대통령이 2층으로 향하는 계단을 오르면서 그를 바라보았다.

야당 대표 김기표는 남북 간의 경제 협력을 강력하게 주장하면서 미국에 대한 은근한 반감을 여론에 흘리고 있었다. 가끔씩 운동권 학생들의 입장을 옹호하는 것 같은 발언도 했다.

"당분간 미국 측에 대한 비난 발언은 삼갈 것입니다. 김 대표의 비서실장한테서 오전에 연락을 받았습니다, 각하."

계단을 오른 이영만 대통령이 길게 숨을 내쉬었다.

"경제 협력이 이루어질까?"

"예, 각하. 북한은 개방할 수밖에 없습니다."

"우리가 얼마나 더 참아야 할까?"

"각하, 통일이란 대업이 이루어지게 됩니다. 각하께서는 그 대업을……."

"그만."

대통령이 손을 들어 그의 말을 막았다.

"나는 이제 그것이 겁나네. 통일, 통일 하고 있는데, 그리고 우리가 그쪽으로 흘러가고 있는 것 같기는 한데 그것이 어떤 통일이 될지 겁난단 말이야."

"각하, 우리 측이 주도권을 잡고 경제 협력을 하면서 이끌어가게 되면……."

집무실 앞에 선 대통령이 문의 손잡이를 잡고 그를 바라보았다.

"저런 식으로 나오는 북한 놈들을 겪으면서도 우리 남한의 국민이 통일을 진정으로 바라고 있을까? 말하자면 중산층이?"

"각하, 통일은 민족의 염원입니다."

"중산층에는 이제 안정된 직업을 갖고 있는 봉급생활자도 포함시켜야 돼, 유 수석."

"……."

"이왕 기다렸으니 10년이나 20년 더 이런 상태로 살자고 하는 사람도 많은 모양이던데."

그들은 집무실 안으로 들어갔다. 소파에 앉은 대통령이 손으로 앞자리를 가리키자 유경렬도 조심스럽게 자리에 앉았다.

"나는 유 수석의 방식을 지지하고 있네. 하지만 미국 측이 보다 더 우리의 입장을 살려주기를 바라네."

대통령의 얼굴에 다시 쓴웃음이 떠올랐다.

"우리와 협상을 거부하는 북한 놈들한테는 이젠 무얼 바랄 수도 없구만그래."

* * *

스위스 취리히.

창밖에는 매서운 겨울바람이 휘몰아치고 있었으나 방 안은 훈훈했다.

짙은 색 카펫이 깔린 넓은 방 한복판에는 육중한 장방형의 마호가니 탁자가 놓여 있을 뿐 다른 장식은 없었다.

창을 가린 짙은 색 커튼으로 인해 방 안은 어두웠지만 밖은 한낮이었다.

나무 창살이 촘촘한 19세기 양식의 유리창 밖을 바라보던 김사훈이 머리를 돌렸다. 그러자 그의 정면에 앉아 있던 어깨가 넓고 얼굴이 붉은 백인과 시선이 마주쳤다. 차분한 시선이다. 회담장에 자리를 잡고 인사를 나누고 나서 이쪽의 김사훈이 침묵하기 시작했는데 조금도 흔들리지 않았다.

그는 미국 대통령의 안보보좌관인 지미 패트릭스였다. 그의 왼쪽에 앉은 주름투성이의 얼굴에 대머리가 번들거리는 사내는 국무장관 빌 로젠스턴이다.

김사훈과 시선이 마주친 그는 입가에 엷은 웃음을 띠고는 의자에 등을 기대었다. 패트릭스의 오른쪽에 앉은 사내가 조그맣게 헛기침을 했다. 이번 북미 회담의 미국 측 대표인 말루치였는데 오늘의 회담에서는 말석에 앉게 되었다.

"내가 이곳에 온 이유를 말씀드리겠소. 난 미국을 대표하고 있는 여러분에게 우리 당의 결정 사항을 통보해 드리려고 온 겁니다."

김사훈이 입을 열었다.

그의 좌우에 앉은 외교부장 최대민과 통상 회담 대표인 안정석이 긴장으로 몸을 굳히고 있다.

"친애하는 여러분, 우리는 이 결정 사항이 귀국의 대통령께 신속히 보고되어 만반의 준비를 하도록 배려해 드리는 것입니다. 그것을 이해하시도록."

김사훈의 영어는 유창했으나 목소리에 힘이 실려 있어서인지 발음이 어색했다.

패트릭스와 로젠스턴이 서로 얼굴을 마주 보았다.

"계속하시오, 수상. 우리는 듣고 있으니까."

패트릭스가 가볍게 말했다.

"마치 선전포고를 하는 것 같군요, 수상."

"우린 한 달 후인 2월 10일에 남조선을 해방시키기로 결정했습니다."

패트릭스와 로젠스턴이 한동안 말없이 김사훈을 바라보았다. 정적이 감돌고 있는 방 안으로 희미한 자동차 엔진 소리가 들려왔다.

이윽고 패트릭스가 입을 열었다.

"농담이 아니신 것 같군, 수상."

"농담이 아니오, 여러분."

"남조선을 해방시킨다고? 침공이군. 그렇다면 그것은 미국에 대한 도발이라고 간주할 수 있소. 미국에 대한 선전포고로 말이오."

로젠스턴의 음성은 굳어져 있었다.

"한미방위조약에 의해 미군은 즉각 출동하게 되어 있소, 수상."

"이유야 어떻든 미군이 출동하면 중국군도 출동합니다, 로젠스턴 씨."

"유엔군은 어떻고? 6.25의 재판이 될 거요, 수상."

"이번에는 우리가 이깁니다, 로젠스턴 씨."

"당신, 미쳤군. 아니, 당신네 일당 모두가 미쳤어."

패트릭스가 얼굴을 찌푸리며 머리를 저었다.

"지금이 어떤 때라고 전쟁을 선포하는 거야?"

"미국이 절대적으로 우세한 힘을 행사하는 시기요. 동서로 나뉘어 냉전을 겪던 시대도 끝이 났고."

김사훈이 말을 이었다.

"따라서 소련을 의식할 필요가 없게 된 때이고, 통일된 한반도가 더욱 강력한 무력을 가지고 일본과 중공을 견제해야 할 때요. 미국의 맹방으로서."

"잠깐, 우리가 맹방이라니? 미국과 북한 이야기를 하는 거요, 지금?"

로젠스턴이 묻자 김사훈이 커다랗게 머리를 끄덕였다.

"우리 조선인민민주주의공화국은 미국의 맹방이 되겠습니다. 이것은 당의 결정이오."

"당신들의 결정이지, 우리하곤 상관없는 일이야. 우린 이미 남한과 방위조약을 맺은 동맹 관계야."

"남조선이 없어지고 나면 우리가 그 관계를 이어받는 것이 당연하고 자연스러운 일이지요, 신사 양반."

"잠깐."

패트릭스가 자리를 고쳐 앉고 김사훈을 똑바로 바라보았다.

"당신, 이 자리가 비록 비공식적인 자리지만 지금 남한을 침공하겠다고 선언했소. 2월 10일에 말이오."

"그렇소, 한 달 후에."

"한 달 동안 남한과 미국이 북한의 침공에 대비할 시간을 주겠다는 것이군."

"잘 알아들으셨소."

"기습 공격이 오히려 더 유리할 텐데, 그러지 않고 한 달 전에 통보하는 이유가 있겠지."

"묻는다면 대답해 드릴 용의가 있소."

"공갈인가? 더 나은 협상 조건을 끌어내기 위한 협박용 선언인가?"

그러자 이제까지 굳게 입을 다물고 있던 최대민이 자세를 바로 세웠다.

"우린 이번 협상에서 어떤 것을 얻어내도 절박한 상황을 타개할 수 없습니다. 이것은 공갈이나 엄포가 아니오. 준 선전포고로 간주하셔도 됩니다."

"당신들은 우리가 어떻게 하리라는 것을 잘 알고 있을 텐데."

로젠스턴이다. 그의 목소리가 갈라져 있다.

"한 달이면 방위조약대로 미 본토에서 30개 사단 병력이 공수되어 올 수 있고, 태평양, 대서양의 함대가 모두 모여들 수 있어."

"알고 있소."

"제2차 세계대전 이후 최대의 전쟁이 될 거야."

"우리가 바라는 바요."

"북한은 망하게 돼."

"당신들이 핵을 쓰지 않으리라는 것을 잘 알고 있소. 우리도 핵은 안 씁니다. 미리 약속하겠소. 하지만 우린 이라크와는 다르니까."

"핵이라……. 당신들의 보물단지인 핵이란 말이지? 과연 그 핵이 있기나 할까?"

로젠스턴의 말에 김사훈이 이를 드러내며 웃었다. 그리고 다시 입을 열었다.

"150마일 휴전선을 일제히 돌파하면 쌍방의 피해가 엄청날 거요. 인민군의 사기는 충천해 있어. 해방 전쟁이야."

"굶주림으로부터의 해방이지."

"옳게 보았어. 우리는 굶주려 있지. 남조선은 배불리 먹고 있고."

"남조선 군대는 군대가 아냐."

그러면서 최대민이 나섰다.

"당신들만 없으면 열흘이면 무너져. 열흘이면 우리는 남조선을 해방시킬 수가 있단 말이오."

최대민의 말을 받은 김사훈이 탁자 위로 상체를 기울이며 그들에게 말했다.

"우리가 공격 날짜를 통보한 이유를 말해드리지. 짐작하고는 계시지만 입 밖에 그 말을 내놓기가 어려우신 것 같아서……."

"……."

"열흘이오. 열흘 동안만 참전하지 말아주시오. 열흘 후에는 남조선을 해방하고 미국과 동맹 관계를 맺게 됩니다. 남조선의 반미 분자들까지 소탕해서 철저한 친미 동맹국이 되겠습니다."

"……."

"당신들이 참전하면 중국군도 옵니다. 유엔군이 온다고 해도 한반도에서는 수백만 명이 목숨을 잃게 됩니다. 미국도 수십만 명의 사상자가 생기게 되겠지요. 과연 이 시대에 그럴 가치가 있는 일입니다? 미국 국민들이 그렇게 생각할까요?"

"미국은 한미방위조약을 지킬 의무가 있어, 수상 씨. 우리는 정의를 지켜야 한단 말이오."

"세계 질서는 이미 세워졌어. 남북한의 문제로 질서가 깨지지는 않아. 수십만 미국인의 생명을 없앨 만한 가치가 없다는 것도 당신들이 잘 알 것이고."

"……."

"그리고 이것은 침공이 아니오. 남조선의 무력시위에 대응하려다 일어난 전쟁이 될 테니까."

"그게 무슨 말이야?"

패트릭스가 묻자 김사훈이 빙그레 웃었다.

"당신들은 우리의 계획을 곧장 백악관에 보고할 의무가 있지요. 그리고 당신 정부는 남조선 정부 쪽에도 알려주어야만 할 것이고."

"……."

"남조선 정부는 당장 전군을 비상 대기 상태로 만들겠지. 예비군을 소집하고, 아마 계엄령을 선포할지도……."

"……."

"이것은 우리 공화국에 대한 남조선 측의 도발이오."

"우리가 남한 측에 연락해 주지 않아도 침공 계획은 변하지 않겠군."

"그렇다면 더 쉬워지는 거지."

"엄청난 도박이야. 그걸 알고 있나?"

"솔직히 말하면 우리는 위기 상황이야."

"굶주림과 정권의 위기겠지."

"해방 전쟁에는 모두가 단결이 돼."

그러자 로젠스턴과 패트릭스는 입을 다물고 멍한 얼굴이 되었다. 말루치가 조그맣게 헛기침을 했고, 안정석이 이마의 땀을 조심스럽게 닦아내었을 뿐 나머지 네 사람은 한동안 입을 열지도, 움직이지도 않았다.

비행기가 흔들리는 것은 멈추었지만 천장에 붙은 좌석 안전벨트의 사인은 아직도 켜져 있었다. 유리창 밖으로는 짙은 어둠이 깔려 있어서 아무것도 보이지 않았다.

12인승의 쌍발 제트기는 더글라스 사 제품으로 시속 1천 킬로미터를 너끈하게 내었으나 진동이 심했다. 그러나 공군의 B–737보다는 좌석이 편안했고, 무엇보다도 앞쪽 선반에 위스키가 진열되어 있는 것이 로젠스턴의 마음에 들었다.

비행기가 독일 상공을 지날 때 이미 그는 '발렌타인 17년산'을 반병쯤 마신 후였다.

"지미, 저 미친놈들에게 우리가 꼼짝없이 말려들고 있어. 난 그것이 화가 나."

로젠스턴이 술잔을 든 채 패트릭스를 바라보았다. 눈자위가 빨갛게 충혈되어 있다.

"놈들은 위협하고 있는 것이 아니었어. 정말로 쳐내려올 작정이야."

머리를 끄덕인 패트릭스가 의자에서 등을 떼었다.

"한 달의 여유가 있어. 빌, 그동안에 궁리를 해보자구."

"그 빌어먹을 한 달은 주한 미군이 대피하도록 배려해 주는 기간이야. 그 망할 놈들이……."

"……."

"이거야 어디에서부터 손을 써야 할지 막막하단 말이야, 그놈의 새끼들은."

패트릭스가 입맛을 다시고는 벨트를 풀고 일어나 앞쪽의 선반으로 다가갔다. 그는 보드카와 유리잔을 들고 돌아왔다.

"김정일은 우리가 공격하지 않으리라고 믿고 있는 것 같아."

보드카를 잔에 따른 그는 크게 한 모금 삼켰다. 그는 로젠스턴이 반병 넘게 마실 때까지 술을 입에 대지 않고 골똘히 생각에 잠겨 있었다.

"그리고 놈은 우리가 반격한다고 하더라도 일을 낼 작정이야."

"한국 측에 알려주어야 정상인데……."

"흥!"

패트릭스가 어깨를 한번 추켜올리더니 잔에 남아 있던 술을 마저 마셨다.

"아수라장이 되겠지. 아마 100만 명은 빠져나갈 거야. 항공사들이 재미를 보겠군."

"그래도 60만 대군을 보유하고 있어. 대단한 병력이야."

"북한 놈들이 적개심을 키우는 동안 남쪽은 통일 무드에 젖었다가 간첩들을 체포하고 오락가락했어. 병사들은 정치군인들을 경멸하고, 병사들을 지휘할 장군들은 부패해서 수십 명이 목이 달아났지. 북한은 남한을 원수로 보는데 남쪽은 어설프게 북한과 동족이라고 착각하고 있어. 게임이 안 돼."

다시 술잔에 보드카를 채운 패트릭스가 머리를 저었다.

"놈들 말대로 우리 미군만 수만 명이 희생될 거야. 그 빌어먹을 조그만 땅에서. 이제 러시아를 견제할 필요가 없는데도……."

"개자식, 한 달 후에 공격하겠다니, 그런 미친놈이 어디 있어?"

로젠스턴이 술잔을 내려놓고 패트릭스를 노려보았다. 술기운에 감정의 절제가 되지 않아 마구 말이 쏟아져 나온다.

"그동안 남한이 군비를 재정비하고 선제공격을 해와도 좋다니.

이런 놈들은 폭탄 한두 개로…….”

그럴 수 없다는 것을 누구보다도 잘 알고 있는 로젠스턴이었으나 말은 그렇게 흘러나왔다.

패트릭스가 입을 열었다.

“그렇다고 남한 쪽에 이 사실을 비밀로 할 수도 없어, 빌. 무방비 상태에서 놈들에게 당하게 할 수는 없단 말이야.”

“놈들에게 말려들고 있어.”

“그들 말대로 이라크와는 다른 집단이니까. 놈들은 바로 눈앞에 인질을 잡아두고 있어. 그 인질 속에 주한 미군 4만 명도 들어가 있네.”

비행기가 심하게 흔들렸으나 신경 쓰는 사람은 없었다.

“중국에 가야 할 것 같은데.”

이윽고 패트릭스가 한숨과 함께 말을 뱉었다.

“그 빌어먹을 중국 놈들은 시치미를 떼겠지만 말이야. 처음 들은 것처럼 놀라면서 시간을 끌겠지.”

“소용없어, 빌. 남한이 북한의 손에 들어가는 것이 그들에게 여러 가지로 이득이야. 차라리 일본의 손을 빌리는 게 나아.”

“자위대가 파병될까? 그것도 한 달 안에 말이야. 지미, 한국인들이 자위대를 받아들이려고 할까?”

“무슨 소리! 당장 나라가 망하려는 판인데.”

“망하기는, 땅덩이는 그대로야. 국민도 그대로 남아 있고 남한 쪽 학생들이 들고 일어설 거야. 어떤 놈은 자위대의 도움을 받느니 북한군을 받아들이자고 할지도 모르지.”

패트릭스는 다시 잔에 보드카를 채우고는 천천히 한 모금 마셨다.

"한 달이야, 빌. 한 달 동안 우리가 무얼 할 수 있는가를 생각해 보아야 해."

"김정일을 암살하는 방법도 있겠지."

"그건 불가능해. 아니, 효과가 없는 방법일 거야."

패트릭스가 머리를 저었다.

"김사훈의 이야기 듣지 않았어? 전 인민이 전쟁을 원하고 있다고. 그들은 남쪽의 풍요한 재물을 탐내고 있어. 수령부터 말단 인민들에 이르기까지."

"그렇다면 전쟁인가?"

패트릭스가 술잔을 내려다보면서 천천히 머리를 끄덕였다.

"남북한의 전쟁이지."

"……."

"두 달 후면 선거야, 빌. 전상자의 가족들이 집회 때마다 나타나서 소동을 피울 거야."

"어쨌든 열흘 후에 다시 만나기로 했으니 그동안 방법을 생각해 보자구."

지친 듯 로젠스턴이 의자에 등을 기대자 패트릭스도 말을 멈추고는 창 쪽으로 머리를 돌렸다. 비행기는 이제 어둠을 가르며 곧게 날아가고 있었다.

"그들의 말은 공갈이 아닙니다, 대통령 각하. 이건 실현 가능성이 높은 일입니다."

키드먼이 클린트 대통령을 똑바로 바라보았다.

방금 로젠스턴, 패트릭스 등과 위성 대담을 끝마치고 난 그들은 3분 3회전을 뛴 아마추어 복서처럼 의자에 앉아 늘어져 있었다. CIA 국장 키드먼은 CIA에서 잔뼈가 굵은 인물로 상황을 즐기는 스타일이었으나 정치색이 없어 클린트가 신임하고 있었다.

"윌리엄, 한국 전쟁이 일어나면 쿠웨이트 전쟁과는 다를 거요. 유엔군을 모집할 여유도 없어."

클린트가 손톱 끝으로 탁자를 가볍게 두드리며 말했다.

"우린 한미방위조약에 따라 즉각 파병하도록 되어 있단 말이오."

"유엔군은 모이지도 않을 겁니다. 워낙 격렬한 전쟁이 될 테니까요. 지독한 인명 피해가 발생하게 됩니다."

"열흘이라고 했던가?"

"기습 작전을 하겠지요. 하지만 북한 측은 우리가 남한에 침공 계획을 그대로 전해주리라는 것도 계산에 넣고 있을 겁니다."

"자신만만해서 그런가?"

"그들에게 통보를 받는 즉시 남한의 미스터 리는 전군에 비상을 걸 겁니다. 계엄령을 선포할지도 모르지요. 북한은 그것을 계기로 전시체제로 돌입할 겁니다. 주민들의 불만이 일시에 다른 곳으로 쏠리게 되는 것이지요. 동양 속담대로 돌멩이 하나 던져서 새를 여러 마리 잡는 효과를 얻게 됩니다."

"태평양, 대서양 쪽으로 우리 함대를 한반도에 진입시킬 수는 있겠구만."

"시간은 충분합니다, 각하."

"공군력은?"

"우리가 10 대 2 정도로 우세하지요. 하지만 북한은 이라크와는 다릅니다. 그쪽도 초토화되겠지만 우리 측 피해도 클 겁니다."

"……."

"공군과 해군만 보낼 수는 없지요, 각하. 4만 명의 주한 미군이 문제입니다."

"미군은 건드리지 않겠다고 하지 않았소? 열흘만 영내에 대기시켜 달라고."

"불가능한 이야깁니다, 각하. 미군의 일부는 최전선에 나가 있습니다."

"본토에서 대략 50만 명의 부대를 보내야 돼요, 윌리엄. 이건 월남전 이상이 될 거요, 피해로 말하면."

"단기간의 사상자로는 세계전 사상 최대 규모가 되겠지요."

"막아야 돼."

클린트가 손놀림을 멈추고는 키드먼을 바라보았다.

"윌리엄, 당신이 KCIA를 통해 한국 정부에 통보해 주시오. 내가 미스터 리에게 하는 것보다는 그것이 나을 것 같소."

"그렇게 하지요, 대통령 각하. 각하가 하시게 되면 나중에 절충할 여유가 없어집니다."

"열흘 후 재회담 때 놈들의 의중을 다시 한 번 확인해 보아야겠고, 우리 측의 조건도 준비해 두어야겠소. 로젠스턴과 패트릭스가 돌아오면 다시 이야기합시다."

"당사자인 한국 측은 어떻게 할까요? 기를 쓰고 끼어들려고 할 텐데요, 각하."

클린트가 이맛살을 찌푸리며 입맛을 다셨다.

"그렇다고 열흘 후의 재회담 이야기를 해주지 않을 수도 없지 않소?"

"그럴 수는 없습니다. 그들도 정보기관이 있으니까요. 만약 비밀로 했다가 나중에 알게 된다면 문제가 심각해집니다."

클린트가 입술을 부풀리며 웃었다.

"러시아와 중국은 그들과 너무 멀어. 오히려 북쪽과 가깝지."

"북한은 벌써 3년째 남한과의 대화를 우리를 통해 해오고 있습니다. 남한을 끼워 넣을 특별한 방법도 없고, 그럴 상황도 아닙니다."

"내 생각에도 이번에 남한이 끼어들지 않는 편이 회담 진행이 잘될 것 같은데."

"저도 그렇게 생각합니다만, 반발이 심하겠지요. 그들 생사에 관한 문제니까요."

"우리도 최선을 다하고 있으니 그들이 참아야겠지."

클린트가 의자에 등을 기대고 앉으며 창밖으로 시선을 돌렸다.

안전기획부 부장 임병섭이 대통령 집무실에 들어섰을 때는 다음 날 아침인 1월 12일이었다. 이영만 대통령은 내무부의 업무 보고 회의를 미루고 그를 기다리고 있었다.

눈발이 희끗희끗 내리는 영하의 날씨였고, 창 너머로 눈 덮인 인왕산이 보인다. 대통령 비서실장인 박종환이 그를 따라 집무실로 들어왔다.

"한강이 언 것이 몇 년 만이야? 꽤 되었지?"

대통령이 앞자리를 손으로 가리켜 보이면서 두 사람에게 물었다.

"네, 각하."

박종환은 우선 대답부터 했다.

"그것이……."

"무슨 일이라도 있나?"

대통령은 박종환의 다음 말을 기다리지 않고 임병섭을 향해 물었다. 그는 60대 중반의 나이였지만 몸이 단단하고 혈색이 좋았다.

"각하, 어젯밤에 CIA의 키드먼 국장에게서 전화 연락이 왔습니다."

"키드먼 국장?"

"예, 각하. 중대한 일입니다."

임병섭이 상체를 꼿꼿이 세우자 대통령의 이맛살이 찌푸려졌다. 긴장할 때의 버릇이었다.

"무엇인가? 남북 관계인가?"

"예, 북한이 2월 10일 남한을 공격하겠다고 통보해 왔답니다."

박종환은 번쩍 머리를 치켜들었고, 대통령의 얼굴은 석고처럼 굳었다.

임병섭의 말소리가 다시 집무실을 울렸다.

"북한 수상 김사훈이 취리히에서 지미 패트릭스 안보보좌관과 빌 로젠스턴 국무장관을 이틀 전에 만났다고 합니다. 그 자리에서 통보했다는데요."

"그놈들, 제정신인가?"

어깨를 늘어뜨린 대통령이 혼잣소리처럼 말하자 박종환이 헛기침을 했다.

"그래서 미국 측은 뭐라고 했답니까?"

"경고를 했다는군요. 전쟁이 일어난다고. 세계 대전이."

"그래서요?"

"각오하고 있다고 했답니다. 인민이 아사 직전이라고 하면서 굶어 죽느니 싸우다 죽는 것이 낫다고 말했다는군요."

"저런."

미친놈 소리는 대통령 앞이어서 삼가는 모양이었으나 박종환의 얼굴은 붉게 달아오르고 있었다.

"각하, 키드먼 국장은 그들의 이야기가 엄포가 아니라고 합니다. 2월 10일 휴전선을 돌파해서 2월 20일에는 남한 전역을 점령할 계획이라고. 미군은 공격하지 않을 것이니 그쪽도 작전을 열흘만 지연시켜 달라고 했다는군요."

대통령이 낮고 길게 헛기침을 하였는데 그것이 마치 신음처럼 들렸다.

"그래서 미국 측은 어떻게 하겠답니까?"

잠자코 있는 대통령을 대신하듯 박종환이 다그쳐 묻고는 제 말에 대답한다.

"한 달이면 준비할 수가 있어요. 본토에서 몇십 개 사단이라도 이동시킬 수 있습니다. 태평양 함대뿐만 아니라 대서양 함대까지도."

그러자 임병섭은 입을 닫았고, 그런 그의 얼굴을 대통령이 쏘아보았다.

그의 시선을 감당하지 못한 임병섭이 머리를 숙이며 다시 입을 열었다.

"각하, 미국 측은 태평양 함대와 대서양 함대를 모두 동해와 서해에 집결시킬 예정이라고 합니다."

"……."

"그리고 한미방위조약에 따라 본토의 병력을 공수해 보낼 테니 걱정하지 말라고 했습니다."

"이것은 내가 클린트 대통령에게 직접 물어보겠어, 실장."

대통령이 박종환을 바라보았다.

"그리고 북한 놈들의 속셈이 도대체 무엇인지 알아야겠어. 공격 날짜까지 통보해 주고 미군더러 비켜 달라고 하다니. 1월 20일에 북측 고위급과 다시 만나기로 했다니, 그때 그들의 의도를 조금 더 알 수 있을지도 모르지."

대통령이 숨을 들이마시면서 허리를 폈다.

"실장, 안보 회의를 즉각 소집하도록."

"예, 각하."

"삼군 참모총장과 군사령관들도."

"예, 각하."

"극비로 소집해. 언론은 철저히 통제시키고."

"알겠습니다."

이번에는 대통령이 임병섭을 바라보았다.

"어처구니가 없군. 하지만 능히 그런 일을 저지를 만한 놈들이야."

"제 생각도 그렇습니다, 각하."

"인민은 굶주려 있어. 남쪽에는 이제 이밥에 고깃국이 널려 있다는 것도 모두가 알고 있고."

"예, 각하."

"그것이 우리 잘못인가? 우리가 그들에게 죄의식을 느낄 이유라도 있나?"

"……."

"이제 균형 외교는 끝났다."

대통령이 길게 숨을 내쉬었다.

"그래, 인민의 기아와 불만을 해소시키려고 남한을 침공한단 말이지? 그래서 빼앗아 갖겠단 말이지?"

"이제 그들은 당에서 선동하지 않아도 차라리 전쟁이나 났으면 좋겠다는 풍조가 배어 있습니다, 각하."

세 사람은 잠시 서로의 얼굴을 마주 보고 앉아 있었다.

*　　　*　　　*

주한 미군 사령관 존 매그루더는 부관이 건네주는 전화를 받아 들고선 힐끗 그를 바라보았다. 눈치 빠른 부관이 몸을 돌려 방을 나갔다.

"여보세요. 토니, 나요."

—존, 골치 아픈 일이 생겼어. 급한 일이야.

합참의장인 토니 미첨과는 NATO에서 2년 동안 같이 근무했다. 냉정해서 좀체 흥분하지 않는 그가 오늘은 조금 들뜬 것같이 느껴졌다.

—존, 북한 놈들이 로젠스턴과 패트릭스를 불러다가 남한을 치고 내려가겠다고 했다는데.

미첨이 서두르듯 말을 이었다.

—2월 10일이야. 한 달 후에 침공하겠다는 거야. 이건 준 선전포고라고 봐도 돼.

"미친놈들이군. 토니, 그런 공갈은 여러 차례 들어왔어. 그놈들은 입이 더러워서……."

—존, 가볍게 생각하면 안 돼. 놈들은 주한 미군은 건드리지 않겠다고 했어. 한 달의 기간을 준 것은 우리에게 준비할 시간을 준 것이야.

"그렇지. 한 달이면 충분해. 토니, 한미방위조약대로 본토에서 지상군이 공수되어 오고, 태평양, 대서양 함대가 집결될 수 있어. 난 전시작전권을 이양받게 될 것이고."

—이봐, 존.

미첨이 답답한 듯 목소리를 높였다.

—자네, 들떠 있군. 서두르는 것을 보니.

"토니, 나는 당신이 들뜬 것 같은데."

—존, 내 말을 잘 들어. 난 지금 대통령을 만나고 오는 길이야.

"……."

—북한 측은 열흘이면 남한을 점령하고 미국 정부와 우호조약을 맺겠다고 해왔어. 우리가 준비를 하건 말건 침공하겠다는 각오야. 존, 이건 농담이 아니니까 신중하게 들어. 자네, 듣고 있나?

"듣고 있어."

—존, 이건 단기간에 가장 많은 사상자를 내는 전쟁으로 기록

될 거야. 세계 역사상 가장 지독한 전쟁이 될 것이네. 자네가 제일 잘 알겠지만.

"이봐, 토니."

매그루더가 와락 이맛살을 찌푸렸다.

토니 미첨은 군인보다도 정치가에 가까웠는데, 결국은 같은 연배인데도 그가 미군의 최정상인 합참의장에 먼저 올랐다. 그러나 매그루더는 그런 토니 미첨을 은근히 경멸하고 있었다.

"도대체 날더러 어떻게 하라는 거야? 그리고 자넨 무슨 말을 하고 있는 거야? 사상자 없는 전쟁이 어디 있어? 체스 게임을 하는 것도 아니고. 미국과 한국은 46년 전부터 한미방위조약이라는 군사협정을 맺고 있단 말이야."

—알고 있어, 존.

"무엇 때문에 그런 난리를 치르면서 팀스트리트 훈련을 했는데? 이런 경우를 대비하기 위해서야."

—존, 대통령의 지시를 자네에게 전하겠네. 잘 들어.

미첨의 목소리가 딱딱해졌다.

—미국 정부는 북한의 침공 통보를 한국 측에 전해주었어. 아마 지금쯤 청와대가 시끄러울 거야.

"당연한 이야기를 길게 하지 마."

—이제 곧 한국이 발칵 뒤집힐 거야. 그 소동은 안 봐도 뻔해. 월남이 붕괴되기 직전처럼 될 거야.

"이봐, 토니. 자네가 상상력이 있는 사람인 줄은 몰랐는데."

—한국은 전시체제로 돌입할 거야, 존. 그렇지 않나?

매그루더의 비꼬는 말을 무시한 미첨이 물었다.

"당연하지. 한 달 후에 북쪽 놈들이 쳐내려온다고 선포를 했다는데 이쪽은 바지저고리만 모였나?"

—자넨 친한파가 다 되었군.

"토니, 말이 빗나가는데, 자넨 친북파인가, 아니면 국적이 없나?"

—존, 내 말을 잘 들어.

"듣고 있어."

—남한이 전시체제가 되면 한국군의 작전통제권도 한미연합사령관인 자네가 쥐게 돼.

"당연하지."

—대통령의 명령이야. 한국군을 철저히 통제하도록 해. 대통령의 명령 없이는 절대로 움직이면 안 돼, 존.

"북쪽 놈들이 쳐내려와도 말인가?"

—대통령이 명령을 할 거야, 존.

"……."

—존, 자네는 미국인이야. 미국 군인이고. 그걸 명심하도록.

"토니, 자네 몇 년 전에 보스니아의 작전에 참가했었지?"

수화기를 바꿔 쥔 매그루더가 물었지만 저쪽은 대답하지 않았다. 매그루더가 말을 이었다.

"그때 우리 미군은 사상자가 한 명도 없었지. 대신 그곳에서 수십만의 시민이 살육을 당했어."

—존, 자넨 너무 다혈질이야. 미국인은 그런 이야기를 좋아하지 않을 거야.

"그냥 해본 소리야, 토니."

—알고 있어, 존. 너하고 나 사이니까 하는 이야기겠지.

전화기를 내려놓은 매그루더는 한동안 우두커니 책상 앞에 앉아 있었다.

그의 뒤쪽 벽 위에는 밥 클린트 대통령의 사진이 걸려 있었다.

제2장 계엄령

밤의 대통령

1월 12일 정오.

"예비역 동원령을 내리면 사흘 안에 200만 명이 동원됩니다. 그리고 45세까지의 방위군을 추가로 편성하면 추가로 150만 명의 병력이 생깁니다."

국방장관 김형태의 말소리가 회의실을 울렸다.

"현재 기름 보유량은 65일분이며, 전시체제로 운영하면 120일 정도는 견딜 수 있습니다. 또한 정부의 양곡 보유량은 950만 섬으로……."

"잠깐만."

대통령이 손을 들어 그의 말을 막았다.

"북한은 단 열흘 안에 남한을 점령하겠다고 했어요. 열흘이야, 국방장관."

"예, 각하, 그것은 허풍입니다. 6.25 때처럼 우리가 기습을 받는 것도 아니고, 우리의 대비도……."

"합참의장의 생각은 어떠시오?"

대통령의 시선이 합참의장인 강동진 대장에게로 옮겨졌다.

"그들이 열흘 안에 남한을 장악할 수 있겠소?"

"그럴 가능성에 대해서는 40년 동안 연구해 두었습니다만, 각하."

강동진의 말에 방 안의 시선이 그에게로 모아졌다. 청와대의 회의실 안은 당과 정부, 그리고 군의 고위 간부들이 모두 모여 있었지만 기침 소리 하나 없이 조용했다.

"각하, 전시에는 작통권이 한미연합사령관인 매그루더 대장에게 이양됩니다."

"그건 알고 있소, 합참의장."

"놈들의 말대로라면 한 달 가까운 시간이 있습니다. 미국에서 병력과 장비가 충분히 도착할 수 있는 시간입니다."

"만일에 말인데……."

대통령이 말을 멈추고는 헛기침을 했다.

"전시 상황이 되었을 때 매그루더가 작전을 변경한다면, 예를 들어 군대를 움직이지 않는다든지, 후퇴를 한다든지……."

"그럴 리가 없습니다, 각하."

강동진이 눈을 치켜뜨고는 상기된 얼굴로 대통령을 바라보았다.

"연합사에 부사령관인 이영규 대장이 있습니다. 작전 계획에 없는 일이 일어날 수는 없습니다, 각하."

"전시에는 2군도 연합사령관의 통제 아래 들어가게 되어 있더군, 이제는."

"……."

"군을 철저히 통제하시오, 장군."

"예, 각하."

"오늘 밤 자정을 기해서 대한민국은 전시체제로 들어갑니다. 총리와 대표께서는 오늘 저녁까지 준비를 마쳐 주시오."

총리와 당 대표가 대답하자 대통령은 주위에 앉아 있는 사람들을 둘러보았다.

"혼란이 일어날 겁니다. 사재기는 말할 것도 없고 남쪽으로, 또는 국외로 도망치는 사람들도 생길 것이고… 이 모든 상황에 대한 준비를 해두어야 합니다."

"……."

"군은 이제 국민의 생명과 나라를 지키는 책임을 지게 되었소. 우리의 기대를 저버리지 말아주시오."

왼쪽 줄에 앉은 장군들에게 한 말이었는데 상석에 앉아 있던 김형태가 머리를 들었다.

"각하, 군은 국가와 국민, 그리고 각하께 충성을 맹세했습니다. 저희 300만 국군은 일치단결하여 적을 분쇄할 각오가 되어 있습니다."

대통령과 시선이 마주친 김형태가 말을 멈추었다.

그는 6.25 때의 국방장관 신성모를 떠올렸는지도 모른다. 신성모는 전쟁 직전에 북한이 남침하면 반격해서 점심은 평양에서 먹고 저녁은 신의주에서 먹겠다고 대통령과 국민들에게 호언했었다.

"믿겠소. 여러분이 최선을 다하리라는 것을."

대통령이 굳어진 얼굴로 말했다.

"오늘 밤에 국민에게 특별 성명을 발표하겠습니다."

그는 피로한 듯 손을 들어 눈두덩을 눌렀다.

오전 8시 30분에 시작된 회의는 벌써 세 시간 반이 넘게 진행되고 있었다.

"자, 서두릅시다."

대통령이 번쩍 머리를 들고 말했다.

"우리 국민은 위대하오. 이보다 더 큰 역경도 이긴 우수한 국민입니다. 힘을 냅시다, 모두."

"장관, 잠깐."

청와대의 복도를 통해 현관으로 나온 안승재는 자신을 부르는 소리에 몸을 돌렸다.

안기부장 임병섭이 빠른 걸음으로 다가왔다. 멈춰 선 그들의 옆을 군사령관들이 스쳐 지나갔다.

"장관, 청사로 가시지요? 그렇다면 같이 가십시다."

임병섭의 말에 안승재는 잠자코 머리를 끄덕였다. 같은 학자 출신으로 관직에 올랐으나 이쪽은 다소 내성적인 성격인 데 반하여 임병섭은 추진력이 있는 적극적인 성격의 사내였다. 그러나 안보 회의나 각료 회의에서 둘의 호흡은 잘 맞는 편이었다. 그들은 안승재의 차 뒷좌석에 나란히 앉아 청와대를 빠져나왔다.

"아침에 취리히에 있는 요원에게서 정보를 받았습니다."

눈에 녹아 을씨년스러운 길가를 바라보던 임병섭이 입을 열었다.

"며칠 전에 김사훈과 로젠스턴 등이 만난 곳은 취리히 교외의 조그만 별장이었어요. 미국 측 참석자는 로젠스턴과 패트릭스, 그리고 말루치도 함께 있었습니다."

안승재가 잠자코 머리를 끄덕였다. 별장을 알아낸 것이 중요한 일은 아니다.

"장관, 내 생각에 놈들은 정해진 날에 쳐내려올 것 같소. 이것은 우리에게 어떤 양보를 받아내려는 엄포가 아니오."

임병섭이 주머니에서 담배를 꺼내어 입에 물었다. 라이터를 꺼내 불을 붙이려던 그는 잠깐 움직임을 멈추었다. 안승재가 금연하고 있다는 것을 생각해 낸 것이다.

"담배 피워도 괜찮겠습니까?"

"괜찮습니다."

임병섭이 불을 붙인 담배를 깊게 빨아들였다가 길게 내뱉었다.

"장관, 단신으로 취리히에 가시면 여러모로 불편한 점이 많을 겁니다. 그것도 비공식 방문이니."

임병섭이 입을 열었다.

"하지만 장관의 입장을 이해합니다. 나 같아도 그랬을 겁니다."

안승재는 잠자코 앞을 바라보았다.

회의가 끝나고 대통령과 몇 사람의 요인만 남았을 때 안승재는 대통령에게 취리히에 가겠다고 요청했다. 1월 20일에 미국과 북한 측이 다시 만날 때 현장에 가서 미국 측 대표인 로젠스턴과 접촉해 보겠다는 것이다.

설령 회담에 참석하지 못하더라도 로젠스턴과 가까운 곳에 있겠다면서 얼굴을 붉힌 안승재를 바라보던 대통령은 그것을 허락했다. 그러나 이것은 비공식 방문이다. 아니, 비밀 입국이라고 해야 맞는 표현일 것이다. 그리고 안승재는 회담에 필요한 조건은 아무것도 갖추지 못했다. 선전포고를 한 북한에게 이쪽에서 경제협력 문제를 늘어놓을 수도 없는 일이었다.

"놈들이 한 달의 기간을 준 것은 미군으로 하여금 몸을 뺄 시간을 준 것 같습니다. 장관, 놈들은 2월 말의 미국 대통령 선거 시기를 노린 거요."

임병섭이 낮은 목소리로 말을 이었다.

"클린트나 공화당의 제이슨이나 수십만 미군의 생명을 담보로 하는 모험을 하려고 들지 않을 거라고 믿은 거요."

"……."

"러시아와의 냉전이 끝난 후 미국이 견제해야 할 세력은 중국이오."

임병섭이 재떨이를 찾는 듯 두리번거리다가 재를 바닥에 떨었다.

"남북한이 어느 쪽으로 합병이 되건 미국의 우방만 되면 상관이 없지요. 중국과 러시아, 일본과 한국, 이런 균형이 그들에게 바람직할 수도 있습니다."

"부장은 우리가 전쟁에서 진다고 생각합니까?"

안승재가 묻자 임병섭이 씁쓸하게 웃었다.

"당신은 신사요, 안 장관. 난 정보 업무를 맡다 보니까 이젠 사람들의 배후만 보여서……."

"내 말에 대답해 보시오, 부장."

"미군이 손을 떼는 순간 우리 쪽의 사기는 단번에 떨어집니다. 그런 경우에는 아예 미군이 처음부터 없는 것보다 못합니다."

"……."

"그리고 놈들은 굶주려 쓰러지기 직전이오. 목적이 너무 분명하단 말이오. 이건 이념이나 사상 문제가 아닌 처절한 본능으로 달려드는 거요. 이만하면 대답이 되었습니까?"

"국방장관 말대로라면 우리의 300만에 가까운 병력이 휴전선으로 모입니다."

"놈들도 300만이오, 장관."

"……."

"이 조그만 땅덩이에서 역사상 유례없는 대학살이 일어날지도 모릅니다, 장관."

"난 희망을 버리지 않습니다. 그리고 지금도 믿고 싶습니다, 부장."

임병섭이 담배를 바닥에 버리고는 구둣발로 짓이겼다.

"아직 각하께도 말씀드리지 않은 일이 있어요, 장관. 키드먼은 외국에서 우리 안기부 요원들이 움직이지 말도록 부탁해 왔어요. 북한을 자극할 것을 우려하는 것인데, 잘 알다시피 우리 KCIA는 CIA와 업무를 공조하고 있어요. 우리 군과 같이."

"……."

"장관이 취리히에 가실 때 몇 사람 같이 보내드릴 생각이오. 나로서 도와드릴 일이 있다면 그것이고, 그 말씀을 드리려고 했습니다."

"……"

"그들이 힘이 되어드릴 겁니다, 장관. 강하고 믿을 만한 사람들이니까."

"어서 오시오, 강 장군."

매그루더가 큰 키를 구부리며 강동진의 손을 쥐었다.

"오늘은 내 방에 별이 열두 개로군."

그러고는 이영규의 손을 잡았다. 한국군 합참의장 강동진과 한미연합사령부 부사령관인 이영규가 주한 미군 사령관 매그루더를 방문한 것이다.

상황이 심각하기 때문인지 세 대장의 표정은 굳어 있었다.

"토니 미첨한테서 하루에 세 번씩 전화가 오고 있어요."

탁자 쪽으로 자리를 잡고 앉자 매그루더가 한국군 대장들을 향해 입을 열었다.

"그 친구는 본래 잔소리가 많은 보병 출신입니다. 장교가 되지 않았더라면 신병교육대의 상사가 되어서 오클라호마에 박혀 있었을 텐데."

이영규가 힐끗 강동진을 바라보고는 자리를 고쳐 앉았다. 부관과 참모들을 모두 물리고 대장 세 명만 모여 앉아 있는 것이다.

"장군, 우리 대한민국 정부는 오늘 자정을 기해서 계엄령을 선포하기로 결정했습니다. 오늘 밤 비상사태에 대한 대통령의 특별성명도 있을 것입니다."

이영규가 가라앉은 목소리로 말을 이었다.

"장군, 계엄사령관은 여기 계신 강동진 대장이 맡게 되었습니다."

"그렇습니까? 예상은 하고 있었지만 조금 빠른데, 국회는 소집하지 않습니까?"

매그루더가 긴장한 얼굴로 묻자 강동진이 나섰다.

"내가 이곳에 오는 도중에 들었습니다만, 여야 대표는 이미 합의를 했고, 오늘 밤 소집될 국회에서 계엄에 대한 모든 법안이 통과될 것입니다."

"그렇다면 이제 한국은 전시체제가 되는군요."

매그루더가 두 대장을 번갈아 바라보았다.

"한미방위조약에 의해서 한미연합군의 작전통제권은 본인이 갖게 됩니다. 계엄 선포가 북한의 남침 위협에 의한 것이니만큼 지금은 전시체제로 보아야 합니다. 그렇지 않습니까?"

"그렇습니다."

강동진이 굵은 눈썹을 추켜올렸다.

"하지만 계엄군은 내 통제 아래 두겠습니다. 국내의 치안을 맡아야 하니까요."

"계엄군이라……."

매그루더가 손바닥으로 턱을 쓸었다.

"이것 딱하군. 계엄군과 작전군으로 전력이 양분되겠는데, 계엄군을 꼭 직접 통제하신다면."

"본래 2군은 전시에도 연합사 소속이 아니었지요. 2군을 계엄군으로 하겠습니다."

"토니에게 이야기하겠습니다."

"오늘 밤에 2군 병력을 출동시킬 작정입니다, 매그루더 장군."

매그루더가 머리를 들어 강동진을 바라보았다.

매그루더는 이영규와는 자주 접촉하여 서로 친하게 지내는 편이지만 강동진과는 만날 기회가 드물었다. 강동진은 하나회 출신들이 거세되자 새롭게 부각된 군의 중심이었다.

"장군, 전시에는 2군도 내 지휘 아래 들어온다는 것을 기억해 두셔야 합니다. 따라서 계엄사령부에 연합사의 보좌관 몇 명을 파견하겠고, 정기적인 참모 회의를 만들어주시오. 2군과 거리감이 생기면 안 됩니다."

매그루더의 말에 강동진이 천천히 머리를 끄덕였다.

"그렇게 하겠습니다, 장군."

"태평양과 대서양의 함대가 곧 동해와 서해로 올 겁니다. 공군력도 곧 증강될 것이고."

"……."

"난 이곳에서 버티고 있을 거요. 당신들이 날 쫓아내지 않는다면."

그러고는 매그루더가 흰 이를 드러내며 웃었다.

*　　　　*　　　　*

1월 13일 새벽 2시, 동부전선 제18연대 수색중대.

"씨팔, 웬 계엄령. 이거 또 쿠데타 일어난 거 아냐?"

신동석 병장이 어깨를 펴고 내무반 안을 둘러보았다.

군장을 꾸리느라 내무반은 소란스러웠다. 철거덕거리며 총의 노리쇠를 당겨 격발을 확인하는 소리, 반합이 굴러떨어지는 소리에 무엇인가 넘어지는 소리도 났다.

"야, 이 이병. 너 이 새끼, 그 군장 내려놓고 내 것 좀 챙겨."

그가 소리치자 구석에 앉아 있던 병사 한 명이 서둘러 나왔다. 앳된 얼굴의 신병이다.

"예, 알겠습니다."

"씨팔, 제대 말년에 이게 무슨 일이야? 젠장, 이거 총 메고 중앙청 앞에 서게 되는 거 아냐? 쪽팔리게."

"어이, 신 병장. 넌 중앙청 앞에 서라. 난 588 앞에 가서 설 테니까."

신 병장과 입대일이 한 달 차이라 말을 놓는 사이인 3분대의 김을수 병장이 커다랗게 소리치자 서너 명의 병사가 웃었다. 그러나 금방 웃음이 그치고는 다시 내무반은 긴장감에 휩싸였다.

계엄령은 밤 12시 정각에 발효되었다. 전후방의 모든 부대는 완전무장으로 대기해야 했다. 또 방송은 35세 이하의 모든 예비군은 즉각 향토사단에 집결해야 한다고 끊임없이 외치고 있었다. 북한의 남침에 대비하는 동원이라고 하였는데 매달 15일에 실시하였다가 중지된 민방공훈련과는 분위기가 크게 달랐다.

내무반의 문이 활짝 열리더니 2분대장의 인솔로 나간 사역병들이 돌아왔다. 모두 양손이 늘어지도록 탄통을 들고 있다. 선임하사인 배 중사가 따라 들어오더니 소리쳤다.

"M-16은 200발씩, 나머지는 분대별로 나눠! 로켓포는 스무 발이니까 열 발씩이다!"

"이런, 젠장."

신동석의 얼굴이 하얗게 굳었다.

대학 2학년을 마치고 입대한 그는 제대가 1개월 남은 말년 고참이다. 동부전선 아래쪽의 바닷가에 있는 제3예비사단의 수색중대에서 토요일이면 읍내 외박을 즐기는, 꽤 괜찮은 30개월을 막 끝내려는 참이었다.

"이거 웬 실탄."

워커 발끝으로 탄통을 툭 차면서 신동석이 배 중사를 바라보았다. 그와는 오입 동서 간이기도 하고 하사관 학교 출신으로 나이도 비슷해서 제대 말년이 되자 허물없는 사이가 되어 있었다.

"전쟁이라도 나는 거요?"

"그걸 내가 아나? 하라니까 해야지."

"제에길, 말년에."

"이봐, 10분 후에 중대장 검열 있어. 서둘러."

실탄 200발이면 탄창 열 개에 들어가는 분량이다. 신동석은 이맛살을 찌푸리고는 어기적거리며 자신의 자리로 돌아갔다.

이한성 소위는 중대장인 조명훈 대위가 손가락으로 가리키는 지도의 한 지점을 바라보았다. 중대의 방어 지역인 548고지의 우측 능선이다.

"우린 3시에 부대를 출발해서 8시까지는 방어 지역에 도착해야 돼. 도착하면 취사차가 식사를 계곡 밑까지 날라다 줄 것이다. 식사는 각 소대별로 벙커 안에서 한다."

중대장이 머리를 들고 소대장들을 둘러보았다.

"전시 상황이야. 이것은 훈련도 아니고 부대 측정도 아니다. 북한의 남침에 대비하는 거야."

"중대장님."

제2소대장인 김정환 소위가 중대장을 바라보았다. 그는 이한성과 육사 동기이다.

"그렇다면 앞으로 벙커에서 생활하게 되는 겁니까?"

"그렇다. 탄약이 곧 보충될 것이고, 주, 부식과 야영 장비가 공급된다. 우리 중대뿐만 아니라 전군에 방어선에 투입된 거야. 전쟁이란 말이다."

"놈들이 쳐내려옵니까?"

이한성이 묻자 중대장이 머리를 끄덕였다.

"연대 본부에 있는 동기에게 연락해 보았는데 거의 확실해."

소대장들이 잠자코 그를 바라보았다. 그는 학군 출신으로 직업군인을 선택한 학사 장교였다. 올해 소령 진급 심사에서 누락되어 내년을 바라보는 입장이다.

"언제입니까, 놈들이 내려올 날이?"

제3소대장인 강 소위가 묻자 중대장이 머리를 저었다.

"그건 모른다. 그리고 그건 바보 같은 질문이야. 놈들이 언제 내려오겠다고 말해줄 리가 있어?"

"중대장님, 제 소대에 말년이 있는데요."

이한성의 말에 중대장이 이맛살을 찌푸렸다.

"신동석이 말인가?"

"예, 한 달도 남지 않았습니다."

"데려가, 휴가는 물론 제대도 보류되었어."

"알겠습니다."

“지금은 전시 상황이야.”

중대장이 허리를 펴고 소대장들을 쏘아보았다.

“부하 관리를 똑바로 하도록. 항명은 총살이다. 무슨 말인지 알겠나?”

“예, 알겠습니다.”

소대장들이 일제히 대답하자 조명훈이 머리를 끄덕였다. 밖에서 차량들의 엔진 소리가 들려왔다. 수송부대의 트럭들이 장비를 싣고 먼저 떠나는 모양이다.

1월 13일 새벽 4시.

장롱 속에서 예비군복을 꺼내던 김명숙이 몸을 돌려 남편 장영환을 바라보았다.

“여보, 당신 친구 있잖아요. 부대에 장교로 있다는…….”

“그런데 왜?”

내복을 갈아입던 그가 머리를 겨우 옷 사이로 빼내고 묻자 김명숙이 허리를 폈다.

“그분한테 전화해서 빠지면 안 돼요? 정미 남편은 홍콩에 출장가 있는 바람에 빠졌다는데.”

“난 안 돼. 외국에 가 있다면 모를까.”

“그러니까 그렇지. 약 올라 죽겠어.”

김명숙이 아랫입술을 물었다. 결혼한 지 일 년이 조금 지났으므로 아직 신혼이라고 볼 수 있다.

“옷 이리 줘, 그냥 훈련일 거야.”

장영환이 손을 뻗어 예비군복을 집어 들자 김명숙은 이제 울상이 되었다.

"저 봐요, 방송에서는 전시라고 하는데."

TV에서는 쉴 새 없이 예비군 동원령에 대해 방송하고 있었다. 동원 예비군은 오전 6시까지 해당 사단에 집결하여 신고해야만 했고, 특별한 사유 없이 불참하는 사람은 전시법으로 처벌한다는 내용이었다.

"며칠 있다가 나올 거야. 지난 훈련 때처럼."

장영환은 두툼한 내복 위로 예비군복을 걸쳐 입었다. 새벽 4시였으나 사단이 있는 양평까지 가려면 두 시간이 꼬박 걸릴 것이다.

저녁 7시에 예비군 동원령이 내려졌고, 자정에 계엄령이 선포되었다. 7시에 예비군 동원령이 내려졌을 때부터 서울 시내는 아수라장이 되었다. 신호를 무시한 차량들이 폭주하다가 곳곳에서 사고를 내 대부분의 도로는 마비 상태였다. 지하철은 시간을 지키지 않거나 아예 운행하지 않는 노선도 있었고, 안내해 주는 역무원도 보이지 않았다.

버스를 길 가운데 내팽개친 운전사들은 제 집으로 달려 들어갔고, 손님을 태운 택시는 눈을 씻고 찾아보아도 보이지 않았다. 밤 12시에 계엄령이 내려지자 시내로 진주한 군인들이 경찰과 합동으로 질서를 잡기 시작했다. 그제야 소란은 가라앉고 있었지만 아직도 도로 곳곳은 막혀 있다는 방송이 흘러나왔다.

"여보, 북한이 정말 쳐들어와요?"

상의의 단추를 채우는 장영환에게 김명숙이 바짝 다가섰다. 불안한지 두 눈을 크게 뜨고 있었다.

"그럴지도 몰라. 그러니까 당신은 아까 내가 말한 대로 아침에 성남의 어머니한테 가 있어."

장영환의 본가는 수원이었지만 아내가 친정에 가 있는 것이 편할 것이라고 생각한 것이다.

"내가 일 끝나면 성남으로 갈 테니까."

"언제 끝나는데?"

"글쎄, 곧 끝나겠지. 놈들은 함부로 쳐들어오지 못해."

"군대가 100만 명이라는데. 공군은 우리보다 두 배나 많고. 나도 신문 읽어서 알아."

"우린 미군이 있거든. 미군 세 개 사단이 있어. 공군까지 합치면 북한 놈들은 당장 묵사발이야."

장영환이 아내의 엉덩이를 두 손으로 움켜쥐었다.

"김정일이가 후세인 꼴 당하는 거야. 미군 몇십만이 몰려오면 당장 항복하고, 우리나라는 통일이 되고."

"통일되어서 뭐 해? 나에게는 당신이 더 중요해."

김명숙이 조금이라도 같이 있으려는 듯 장영환의 옷깃을 두 손으로 움켜쥐었다.

"당신이나 빨리 돌아와요. 당신 친구 만나서 아프다고 하든지 해서."

"알았어. 그러니까 성남으로 가 있어. 차 조심하고."

"당신이나 조심해요, 여보."

마침내 김명숙의 두 볼에 눈물이 흘러내렸다.

*　　　　*　　　　*

1월 13일 오후 4시.

청와대의 대회의실에 대통령을 중심으로 당 대표를 비롯한 당의 간부들과 정부 측의 전 각료가 모여 앉았다. 그리고 야당인 민주당의 대표와 당 삼역도 상기된 표정으로 대통령의 앞쪽에 앉아 있었다.

오전의 안보 회의에 참석했던 국방장관과 군의 지휘관들은 자리를 비운 대신 보좌관들을 거느린 차관들이 긴장한 표정으로 앉아 있었다. 안기부장과 외무장관도 자리를 비웠으나 오후 5시에 다시 열리는 안보 회의에는 참석할 것이다. 지금 대회의실에 모인 50여 명의 인사는 한국을 이끌어가고 있는 주역이었다.

회의는 이미 한 시간 넘게 진행되고 있었는데 상황 설명과 정부의 대책에 대한 각 부처별 지시 사항이 내려진 다음 보완 사항이나 건의 사항이 논의되는 중이었다.

"각하."

문화공보부장관인 이유석이 손을 들었다. 50대 초반으로 청와대 공보수석 출신이고, 그 전에는 대한신문의 편집국장이던 인물이다.

"말해봐요, 이 장관."

대통령이 피로한 듯 의자에 등을 기대며 그를 바라보았다. 넓은 회의실은 열기로 가득 차 있었는데 잠시 술렁이던 장내는 이내 조용해졌다.

"각하, 오늘부터 모든 언론 매체를 사용하여 북한의 야심을 폭로하도록 하겠습니다. 국민들에게 북한에 대한 적개심을 심어주는 것이 제일 시급한 과제라고 생각합니다."

이유석의 말소리가 마이크를 타고 회의실을 울렸다. 대통령이 잠자코 그를 바라보자 그가 곧 말을 이었다.

"우리는 일관성 없는 자세로 북한을 대해왔습니다. 그들은 우리를 처음부터 철저히 적으로 대해왔는데 우리는 그들을 자극하지 않으려고만 했습니다."

회의실이 조용해졌다.

그것은 대통령의 지시에 따라 이행된 일이다. 그는 대통령의 외교정책을 신랄하게 비판하는 셈이었는데 때와 장소에 어울리지 않는 발언이었다.

이유석이 말을 이었다.

"지금은 북한의 남침에 대비한 계엄령을 선포한 상태이니 나라가 온통 혼란스러울 것입니다. 며칠 전까지만 해도 우리는 북한의 노동력을 수입할 계획을 발표했고, 자동차 공장을 세운다고 언론에서 크게 떠들어댔습니다. 그런데 갑자기 전쟁이라니요?"

"이봐요, 이 장관."

마이크를 켜고 나선 것은 민자당 대표인 임종호였다.

"지금은 그런 말을 할 시기가 아니오. 결론부터 말해보세요."

"결론은 하나입니다. 말씀드린 대로 그들과 같이 그들을 원수로 취급하는 겁니다. 이제 더 이상 그들에 대한 기대나 평화에 대한 헛된 희망을 국민들에게 심어주면 안 된다는 말씀입니다."

임종호가 입맛을 다시며 힐끗 대통령을 바라보았다. 목청을 가다듬은 이유석이 말을 이었다.

"이제 우리의 재산을 빼앗으려는 도적놈들이 침공해 온다고 보도해야 하고, 또 그것이 현실입니다. 40여 년 동안 피땀 흘려 이룬 우리의 재산을 놈들은 며칠 동안의 전쟁으로 강탈하려 한다고 말입니다. 그들은 동족이 아닙니다. 수백만의 인명이 살상될 줄 알면서도 침공해 온다면 그들은 이제 철천지원수입니다."

모두의 시선이 이유석이 아니라 대통령에게로 모아졌는데 문득 머리를 든 대통령이 천천히 머리를 끄덕였다.

"전력을 기울이도록 하시오, 이 장관."

대통령의 말소리가 회의실을 울렸다.

"그렇지, 날강도 같은 놈들에게 당할 수는 없지. 더 이상은 협상의 여지가 없어. 수단과 방법을 가리지 말고 국민들에게 놈들에 대한 적개심을 심어주도록 해요."

"알겠습니다, 각하."

"그들은 이제 더 이상 동족이 아니오. 약탈자일 뿐이오."

"그렇습니다, 각하."

"군의 사기도 적개심으로 고취되어 일어날 거요. 그들은 우리를 죽이고 약탈하려고 하니까. 그것도 통일의 방법이라고 미화시키는 자가 있다면 그자는 반역자요. 즉 살인 공범이오. 즉결 처단해야 됩니다."

모두들 숨을 죽이고 대통령을 바라보았다. 야당 대표인 김기표도 입을 열지 않았다.

"우리는 빼앗길 수 없소, 이 장관. 모든 수단을 동원하여 사기를 떨어뜨리지 않으면서 적개심을 강화시키도록 하시오. 당신의 책임이 큽니다."

얼굴이 상기된 이유석이 머리를 깊이 숙이자 회의장은 조용히 술렁거렸다.

이제 정부의 방침은 이유석의 마무리 발언으로 확실하게 정리가 되었다. 외부의 기대도 없고 희망도 없는 남과 북의 뺏고 뺏기지 않으려는 짐승과도 같은 본능적인 싸움이 시작된 것이다.

같은 시각, 백악관의 2층에 있는 클린트 대통령의 집무실에 네 사내가 모여 앉아 있다. 윤기가 흐르는 육중한 마호가니 책상은 지난해 클린트가 들여놓은 버지니아산 수공 제품이었는데 너무 길어서 벽에 붙여놓은 책장을 위쪽으로 밀어 놓아야만 했다.

두 팔을 책상에 올린 클린트가 앞에 나란히 앉은 사내들을 바라보았다. 금방 전략 회의를 마치고 세 사람과 함께 집무실로 돌아온 참이어서 다소 풀어진 태도였다.

"지미, 매그루더가 적극적인 대비를 하겠다는 것이 마음에 걸리는데, 그 사람 성격이 그렇소?"

지미 패트릭스가 마호가니 책상 위에 조심스럽게 커피 잔을 내려놓았다.

"적극적인 대비는 곧 공격을 받으면 반격하겠다는 것입니다. 제프, 그리고 그는 상관의 명령을 거역할 사람이 아닙니다."

"미첨의 명령 말이오?"

"아니, 대통령 각하의 명령이지요. 유사시에는 각하께서 직접 명령을 내리셔야 합니다. 물론 미첨이 보좌해야겠지만."

왼쪽 끝자리에 앉아 있던 키드먼이 머리를 들었다.

"각하, 중국의 장자량 주석은 북경의 저택에서 움직이지 않습니다. 하지만 진위 수상과 화인봉 외교부장이 저택에 출입하는 것이 탐지되었습니다."

회의석상에서는 말하지 않은 내용이어서 클린트가 웃음 띤 얼굴로 CIA 국장을 바라보았다.

"그 늙고 교활한 여우들은 북한군이 38도선을 내려올 때까지 병든 시늉을 하면서 우리를 피할 것 같군요, 키드먼 국장."

"북한은 이미 그들과 합의했을 겁니다."

"중국의 지도부가 우리와의 대화를 피한다는 것은 우리에게 어떤 암시를 주는 것 같은데……."

오른쪽 자리에 앉아 있던 빌 로젠스턴이 입을 열자 모두 그에게로 머리를 돌렸다.

"어떤 암시요, 빌?"

대통령이 묻자 로젠스턴이 힐끗 키드먼을 바라보았다.

"윌, 중국군은 우리가 움직이면 행동으로 나오겠지요?"

"물론이오, 빌. 미첨 합참의장의 말대로 50개 사단이 일주일 안에 북한으로 들어옵니다."

로젠스턴이 머리를 끄덕였다.

"각하, 우리와 부딪치기 싫다는 중국 측의 반응이라고 생각합니다만, 어떻게 생각하십니까?"

"중국군까지 생각할 겨를이 없어요, 빌. 난 북한군만으로도 벅찹니다."

"이번에 한국의 예비군이 동원되면 300만 명이 됩니다."

"충분해, 그만하면."

패트릭스가 말을 받았다. 전략 회의에서는 이런 식의 발언을 하지 않았다.

각 군의 참모총장과 합참의장이 둘러앉은 자리에서 북한의 침공로와 이쪽의 대응 방법, 군수 물자의 수송 관계에 이르기까지 세 시간 가까이 브리핑을 듣기만 했다. 북한의 침공에 대비한 작전은 수십 년 동안 짜여져 왔고 연습도 해온 것이었다.

육군참모총장인 제임스 오닐은 이쪽의 선제공격을 제의하였다가 여러 사람의 집중 공격을 받고 입을 닫았는데, 이로써 군인들이 방위조약에 집착하고 있는 것을 확인할 수 있었다. 그들은 북한이 침공해 오면 이쪽이 반격한다는 것에 아무도 이의를 달지 않았다. 중국군이 북한을 지원하면 중국군과 싸우고, 다음 상대가 러시아라면 그들과도 싸운다. 그리고 솔직히 그들을 설득하거나 이의를 제기할 명분도 이쪽엔 없었다.

"이 시점에서 여론조사를 한다면, 우습지만 우리의 참전에 동의하는 비율은 아마 20퍼센트도 되지 않을 거요."

패트릭스가 말을 이었다.

"수십 명, 수백 명의 전상자가 문제가 아니야. 이건 월남전하고는 달라. 이라크로의 진격하고도 다르고. 순식간에 수만 명의 전상자가 생기게 돼. 그때는 폭동이 일어날 거야, 이곳에서."

모두들 잠자코 앉아 그의 말을 들었으나 누구 하나 반론을 제기하지 않았다. 정부의 핵심 인물 네 명 모두가 마음을 정한 것이다.

"키드먼 국장."

대통령이 키드먼을 바라보았다.

"어제 한국의 미스터 리와 통화할 때 걱정하지 말라고 해두었어요. 방위조약을 지키겠다고."

커피 잔을 집어 든 대통령이 커피를 한 모금 마신 뒤 입맛을 다시고는 잔을 내려놓았다.

"그들이 눈치채지 못하게 해야 합니다. 따라서 그들의 동정을 철저히 감시하도록 하고."

"이런, 지기미."

거구를 흔들며 커피숍에 들어선 조웅남이 입술을 뒤틀면서 김칠성을 돌아보았다.

"전쟁 일어난당게로 한 놈도 없구나잉?"

"그렇군요."

텅 비어 있는 커피숍을 둘러보며 김칠성이 머리를 끄덕였다.

"하긴 한가하게 커피 마실 상황이 아니지요, 형님."

"도적놈의 새끼들."

지금 조웅남이 욕하는 대상은 북한이다. 그는 어제저녁 예비군 동원령이 내려졌을 때부터 북한을 매도하기 시작하였는데 그가 구사할 수 있는 모든 욕이 동원되고 있었다. 하긴 그의 기준으로 보면 턱도 없는 짓거리를 김정일이 저지르고 있었다.

"지 에미허고 붙어먹을 놈들."

조웅남이 욕을 뱉으면서 창가의 자리에 앉자 김칠성이 옆자리에 앉아 다시 주위를 둘러보았다.

오전 10시가 조금 넘었으나 카운터에 종업원 한 명만 동그마니 앉아 있을 뿐 그 외에는 아무도 없었다. 시내 중심부에 있는 만다린호텔은 일류 호텔이어서 외국 손님도 많으련만 모두 방 안에 박혀 있는지, 아니면 공항으로 몰려갔는지 알 수 없었다.

"야, 10시라고 혔냐? 분명혀?"

조웅남이 짜증 난 듯 김칠성에게 물었을 때 커피숍으로 들어서는 두 명의 사내가 있었다.

"저기 오는군요, 형님."

사내들은 곧장 그들에게로 다가왔는데, 앞장선 사내는 신문이나 텔레비전에서 보아 낯이 익은 안기부장 임병섭이었다.

"안녕하십니까, 김 사장, 조 사장님?"

다가선 임병섭이 부드러운 표정으로 그들을 향해 손을 내밀었다.

"요즘 놀라셨지요?"

"놀라기는 무신."

조웅남이 떨떠름한 얼굴로 그의 손을 잡고는 뒤에 선 사내를 힐끗 바라보았다.

"아, 이쪽은 내 보좌관 고동규 씨인데……."

"말씀 많이 들었습니다."

눈빛이 날카로운 30대 후반의 사내가 그들을 향해 머리를 숙였다. 네 사람은 텅 빈 커피숍의 테이블에 모여 앉았다.

웨이터는 여전히 보이지 않았으므로 테이블 위는 비어 있었으나 이를 불평하는 사람은 없었다. 지금은 흉흉한 분위기의 전시 체제인 것이다.

지하철이 겨우 정상 가동되고 버스가 띄엄띄엄 눈에 띄었지만, 시내를 운행하는 승용차는 대폭 줄어들었다. 영동에서 시내로 커피를 마시고 쇼핑하러 나오는 사람들이 없어진 까닭이다.

그러나 경부선과 중부 하행선 고속도로와 국도는 새벽부터 주차장이 되어 있었는데 추석 연휴 시작일의 교통 체증은 양반이었다. 수십 군데에서 일어난 사고로 도로는 마비가 되어 있어서 계엄 당국은 오전 10시를 기해 전 도로의 하행선 통행을 금지시켰다. 일단 피난 행렬은 당국의 물리력으로 억제된 것이다.

계엄 당국은 반국가적이고 파렴치한 해외 도피자를 엄단하겠다고 경고하고 출국자는 계엄사령부의 심사를 받아야 한다고 발표하였지만 아침부터 공항과 항구는 인산인해를 이루고 있었다. 그들 모두가 계엄사령부의 승인을 받았는지는 알 수 없었다.

"이거 정신이 하나도 없군요. 하지만 며칠 지나면 정상적으로 될 겁니다."

임병섭이 의자를 당겨 앉으며 웃는 얼굴로 말했다.

"한국 사람은 적응력이 강하니까요."

"그런데 우릴 보자고 하신 건 무슨……."

김칠성이 조웅남을 대신해서 먼저 물었다. 임병섭과는 서로 안면이 있는 사이였지만 이제 기업인이 된 그들은 그와 이렇게 개인적으로 만나야 할 이유가 없었다.

"이번 일 때문이지요."

그렇게 말하는 임병섭의 얼굴에서 웃음기가 사라졌다.

"여러분의 도움이 필요합니다."

"나는 체중 때미 병역 면제되었는디."

찌푸린 얼굴로 조웅남이 입을 열었다.

"공산당 놈들허고 쌈헐라면 군대에 가야 헐 것 아뇨?"

"김원국 씨를 찾아뵈어야 하겠지만, 이 상황에서 내가 자리를 비울 수가 없어요."

"우리 성님까지… 왜 그러쇼?"

조웅남이 턱을 들었다.

"섬에서 도 닦고 있는 사람 불러다가 뭐 헐려고 허쇼?"

"형님, 잠깐만요."

김칠성이 가로막고 나섰는데 조웅남의 말을 그대로 받다가는 싸움이 나는 수가 많기 때문이다.

"요컨대 저희 형님과 저희들의 힘이 필요하다는 말씀이지요?"

"그래요, 엉뚱하게 생각되시겠지만."

"안기부 요원들이 수천 명은 되지 않습니까? 그리고 우린 조직 활동에서도 손을 떼었고요."

"이곳 일이 아닙니다, 김 사장. 외국에서 해야 할 일이오."

"외국에도 안기부 요원들이 있지 않습니까?"

"우린 CIA와 공조 체제를 이루고 있어서 모두 그들에게 파악되어 있어요."

김칠성과 조웅남이 서로 얼굴을 마주 보았다.

"이해가 안 가는데. 지금 같은 시국에 CIA 모르게 무슨 일을 하시려고?"

"외국에 나가주셨으면 해서, 취리히에. 우리 외무장관 안승재 씨도 곧 그곳으로 갑니다."

"가서 뭘 합니까?"

임병섭이 잠시 그들의 얼굴을 바라보았고, 고동규는 커피숍 안을 둘러보는 시늉을 했다.

"북한의 공작원들이 취리히에 대거 몰려가 있습니다. CIA는 말할 것도 없고."

임병섭이 말을 이었다.

"미국은 우리 요원들이 스위스에 가는 것을 달갑지 않게 생각합니다. 북한을 자극할 염려가 있다는 것이지요. 따라서 외무장관도 비밀리에 출국합니다."

"미치겠군."

김칠성이 조웅남을 바라보았으나 그쪽은 입맛을 다시면서 입을 열지 않았다.

"곧 취리히에서 북미 고위급 회담이 다시 열리지만 안 장관이 참석할 가능성은 없습니다."

"챙피헌 일이여. 가시내 하나를 앉혀두고 포주허고 손님이 조개 값 홍정허는 것 같고만잉?"

문득 입을 연 조웅남의 목소리가 컸으므로 고동규가 서둘러 주위를 둘러보았다. 카운터에 앉아 있던 종업원이 힐끗 이쪽을 바라보고는 머리를 돌렸다.

"회담을 막을 수는 없습니다. 하지만 그들의 약점이나 허점을 현지에서 찾아낼 수 있을지도 모릅니다."

주위가 설렁한데도 임병섭은 손수건을 꺼내어 이마에 솟은 땀을 닦았다.

"어차피 전쟁이 일어난다는 가정하에 나도 이 일을 결정했고, 그래서 당신들께 부탁하는 것이오. 당신들은 힘과 조직, 그리고 뛰어난 응용력으로 밤의 세계를 장악했소. 그리고 당신들은 조국에 대한 충성심도 남다르고."

그의 말은 열기를 띠어갔다.

"가서 일해 주시오. 놈들의 회담을 깨고, 합의를 지연시키고, 북한으로 하여금 다시 생각하게 하고, 결국은 포기하게 하는 것, 그러기 위해서는 무슨 짓을 해도 좋습니다."

"그리고 문제가 생기면 당신은 모르는 일이라고 빠지시겠군. 우린 밤의 조직이니까."

"당연한 일이오."

"아따 말은 거창헌디 뭣을 어뜨케 혀야 허는지 하나도 모르겄다."

조웅남이 혀를 차고는 김칠성을 돌아보았다.

강대홍은 본적이 전라남도 고흥이었는데, 고흥이라면 장사가 많이 나기로 소문난 고장이다. 왜란 때에는 의병도 수없이 배출하였고, 6.25 때는 전사자도 많이 발생했다. 요즘은 씨름꾼과 싸움꾼으로 두각을 나타내고 있었다.

고흥에서 중학교까지 졸업한 강대홍은 서울로 올라와 삼촌 집에 묵으면서 고등학교를 졸업하고 난 뒤 뜻을 세워 하와이 유학길에 올랐다. 집안이 부농으로 여유가 있었고, 부잣집 셋째 아들이라 운신이 자유롭기 때문이기도 했다.

그러나 하와이에서 그는 건성으로 대학을 다니면서 주먹 사회에 발을 딛게 되었다. 185센티미터의 신장에 100킬로그램의 체중, 떡 벌어진 어깨에다가 태권도가 3단, 유도가 2단이었다. 그는 하와이 생활 10년 만에 독자 계보를 형성한 보스가 되었고, 기존 조직인 일본과 미국의 세력으로부터 인정받는 위치에 이르렀다. 그것이 그의 나이 스물여덟 살 때였고, 지금으로부터 2년 전이었다.

일취월장하며 기세를 올리던 강대홍이 보따리를 싸들고 하와이를 떠나게 된 것은, 그의 표현대로라면 미국 놈과 일본 놈이 배신했기 때문이다. 마피아와 야쿠자로부터 마약 판매의 지분을 얻어서 유흥가의 일부분을 장악하게 되었던 그의 조직은 어느 날 갑자기 FBI에 의해 일망타진되었는데, 그것은 소탕 계획을 미리 알아차린 마피아와 야쿠자가 희생양으로 그의 조직을 털어놓았기 때문이라는 것이다.

어쨌든 강대홍은 서울로 돌아와 조웅남의 수하로 들어왔다. 영어에 능통한 데다 붙임성이 좋았고, 술이 고래여서 여자를 밝히는 것 하나만 빼고는 조웅남에게 아주 귀염을 받는 부하가 되었다. 그런 그가 이제 서울의 영동 한구석에서 계엄령을 맞게 되었다.

"어이구, 씨팔. 이거 어디 가서 분을 푸나. 내가 무슨 죄가 있다고."

강대홍이 주먹으로 탁자를 내려치자 맥주병들이 바닥으로 떨어져 깨졌다.

나이트클럽 파타야는 400평이 넘는 규모에다 종업원이 100명 가까이 되었고, 전속 악단과 무용수, 고정 출연하는 인기 연예인과 가수들을 합하면 200명이 넘었다. 신임 사장으로 부임한 강대홍이 경영을 맡은 지 오늘이 열흘째였다.

텅 빈 클럽 안을 휘둘러보던 강대홍이 앞에 서 있는 오종표를 바라보았다. 두 눈이 번들거리고 있었다.

"이제는 공산당 놈들까지 내 신세를 조지려고 한다. 하필 내가 클럽을 인수하자마자 쳐내려온다니……."

"형님, 진정하십시오."

오종표가 건성으로 말했는데 꽤 오랫동안 계속된 강대홍의 사설에 진력이 난 눈치였다. 그는 하와이 태생 한국인으로 강대홍을 따라 서울로 도망쳐 온 유일한 부하였다. 서울뿐만이 아니라 대한민국에 인연이 있는 사람은 하나도 없는 이민 3세여서 그에게 이곳은 낯설고 물선 곳이다.

"야, 진정하게 되었냐? 그 빌어먹을 놈들이 사흘만 일찍 이야기했어도 연예인들 계약금은 살렸는데."

강대홍이 땅이 꺼질 듯이 숨을 내쉬었다.

"차라리 쿠데타가 일어났다면 다시 문 열 희망이라도 있지, 이건 도무지……."

"형님, 전쟁 끝나면 열 수 있지 않습니까? 요즘은 전쟁이 빨리 끝난다던데."

"이런, 병신 같은 자식."

강대홍이 그에게서 시선을 돌렸다.

오종표는 언젠가 이산가족이 무어냐고 물어온 적이 있을 정도로 남북한 관계에 대해서는 아는 것이 없었다. 오후 4시가 되었지만 넓은 홀 안에는 그들 둘밖에 없었다. 종업원은 대부분 소집되어 군에 들어갔고, 남은 놈들은 모두 집구석에서 눈알을 굴리면서 귀를 세우고 있을 것이다.

"형님, 나갑시다. 여기 앉아 있을 수만은 없지 않습니까?"

오종표가 사정하듯 말하자 어깨를 늘어뜨린 강대홍이 일어섰다. 그러고는 텅 빈 홀을 천천히 둘러보았다.

"아이고, 내 돈."

"형님, 제발……."

"아이고, 이거 형님한테 미안해서 어쩌나. 계약금만이라도 살렸어야 하는데."

"아이고, 형님."

오종표의 목소리에는 짜증이 섞여 있었다.

*　　　*　　　*

1월 15일 오후 2시.

한미연합군 사령관 이영규 대장은 영관 장교 시절 미국에서 3년 동안 대사관 무관으로 근무한 경력을 갖고 있다. 그는 영어가 유창했고, 미국 군부에 터놓고 지내는 친구가 많았는데 매그루더와도 평상시에는 허물없이 지내는 사이였다.

전투복 차림의 이영규가 방으로 들어서자 매그루더가 자리에서 일어섰다.

"어서 오시오, 장군."

이영규의 뒤를 따라 육군 참모총장이자 계엄사령관인 강동진이 들어서자 문이 곧 밖에서 닫혔다.

"바쁘시겠습니다, 강 장군."

강동진과도 인사를 나눈 매그루더가 옆에 선 신사복 차림의 사내를 손으로 가리켰다.

"CIA의 톰 그랜트 차장이오. 어젯밤에 도착했습니다."

한국군의 대장들은 아무 말 없이 그의 손을 잡아 흔들고는 자리에 앉았다.

전시 상황이므로 그들이 앉아 있는 곳은 동두천에 있는 연합 사령부의 지하 벙커 안이었다.

"장군, 커피 드시겠소?"

매그루더가 묻자 한국군 대장들은 똑같이 머리를 저었다. 모두 딱딱하게 표정을 굳히고 있다.

"곧 폭설이 쏟아진다는 위성 정보요. 도로 정비를 단단히 해두어야겠어."

혼잣말처럼 말하는 매그루더를 향해 강동진이 입을 열었다.

"장군, 미국 언론 보도에 대한 해명을 듣고 싶습니다만. 우린 대통령의 지시를 받고 왔습니다."

매그루더가 씁쓸하게 웃었다.

"그건 오전에 우리 대사가 당신 장관에게 해명한 것으로 알고 있는데."

"그것으로는 미흡해요, 장군. 이 상황에서 미국 일간지들이 한국 파병에 대한 여론조사를 발표한 것은 일종의 기만행위요."

"장군, 나에게 그러실 것 없어요."

매그루더가 파란 눈을 치켜떴다. 그는 갈퀴 같은 손가락으로 회색 머리칼을 긁어 올리고는 어깨를 폈다.

"우리 여론은 이곳처럼 통제를 받지 않아요. 제각기 성향이 있는 데다 정부에서 간섭할 수가 없어요."

"그렇다고 세 개 일간지가 한국 파병에 찬성하는 미국 국민의 비율이 20퍼센트 내외라고 일제히 보도하는 건 기막힌 타이밍이지 않소? 이런 상황에서 말이오."

잠자코 앉아 있던 이영규가 헛기침을 했다.

"예비군 동원령은 언제 내려집니까? 우린 그걸 알고 싶은데, 장군."

"1월 21일경에 내려질 거요."

그러자 매그루더의 옆자리에 있던 그랜트가 입을 열었다.

"모든 건 정상적으로 진행되고 있습니다. 근거는 없지만 일단 한국에 계엄령이 내려진 이상 우리 미국도 그와 보조를 맞추어서……."

"잠깐."

강동진이 그의 말을 막았다. 이영규처럼 유창하지는 않으나 단어를 발음기호 그대로 발음하는 정확한 영어였다.

"근거가 없다니? 북한이 침공해 온다는 정보는 당신들한테서 나오지 않았소? 당신들이 직접 북한 고위층에게서 통보를 받았으면서."

"물론이오, 장군. 우리 측 패트릭스 보좌관과 로젠스턴 장관이 통보를 받았습니다. 그리고 우리는 맹방인 한국 정부에게 즉각 그 사실을 알렸고."

"그럼 근거가 없다는 건 무슨 말이오?"

"일부 각료와 국회의원들, 또 군부에서도 그것은 북한의 엄포일 가능성이 높다는 의견이 나오고 있어요."

"그건 이미 우리 정부와 당신들의 정부 측에서도 논의되었던 일이오."

이제는 이영규가 그의 말을 받았다. 금테 안경을 쓴 이영규는 군복을 벗으면 은행가나 학자처럼 보이는 말끔한 용모였지만 지금은 단단히 몸을 굳히고 있었다.

"지금은 그런 이야기를 할 상황이 아닙니다, 그랜트 씨. 북한은 날짜까지 지목하며 선전포고를 했고, 우리는 당연히 그에 대한 방비를 해야 합니다. 나라를 지키기 위해서 선제공격이 필요하다면 그것도 고려해 보아야지요. 그렇지 않습니까?"

그랜트가 머리를 끄덕였다.

"그건 군인들이 할 일이고, 방위조약대로 진행되겠지요. 아까 내가 근거가 없다고 말한 것은 신경 쓰지 마세요. 그것도 미국에서는 당연한 일이니까. 그런데 내가 온 것은……."

그랜트가 자리를 고쳐 앉고는 앞에 있는 한국군의 대장들을 똑바로 바라보았다.

"북한군의 두드러진 움직임이 없다는 것은 모두 알고 계시겠고."

"움직일 필요도 없소, 신사 양반. 그놈들이 있는 곳이 공격 위치요."

강동진이 대뜸 말을 받자 그랜트가 힐끗 그를 바라보았다.

"노동적위대 150만이 소집되었지만 이동하지 않고 있습니다. 한마디로 말해서 북한군의 전선은 변화가 없어요."

"우리도 알고 있어요. 하지만 전쟁 때 최전선에 나서는 것은 휴전선 부근의 5개 군과 그 뒤쪽의 7개 군이오. 노동적위대는 후방 근무지."

"중공군의 움직임도 두드러진 것이 없어요, 장군. 국경 근처의 두 개 군단과 내륙의 다섯 개 군단은 예전과 전혀 다른 점이 없습니다."

"이것 봐요, 그랜트 씨."

강동진의 얼굴이 붉게 달아올랐다.

"도대체 당신은 무슨 말을 하려고 이곳에 온 거요?"

"북한은 이 상태로 공격하지 못합니다. 미국 측에 미리 공격 날짜를 통보해 준 것은 미국군과의 교전을 피하려는 의도로 생각하는데."

"그것이 어느 정도 성공한 것 같소, 그랜트 씨. 여론조사네 뭐네 하고 미국이 떠들썩한 걸 보면."

"그렇지요. 하지만 그들은 이제 남한이 공격해 온다고 선전하고 있어요. 당신들의 계엄령에 대한 텔레비전 보도와 전시체제 상황이 북한 국민에게 그대로 방영되고 있습니다."

"상투적인 수법이지. 우리도 몇십 년 전에는 그런 수법으로 국민의 불만을 일시적으로 돌렸어."

"도발하지 마시라고 충고해 드리려고 왔습니다. 여기 자료를 보시오."

그랜트가 옆에 놓인 서류를 손바닥으로 가볍게 쳤다.

"이런 식으로 가다 보면 상대방에 의해 서로 열기가 상승되다가 부딪쳐 폭발하게 됩니다. 제동을 걸기에는 서로가 늦게 된단 말입니다."

"무슨 소리! 일을 일으킨 놈이 누구인데?"

"그들은 그렇게 말하지 않아요."

"잠깐만."

매그루더가 그들의 말을 막고는 길게 숨을 내쉬었다.

"그랜트 씨, 이제 정리해서 말씀해 주실까? 이쪽은 대통령에게 보고해야 하니까 말이오."

머리를 끄덕인 그랜트가 입을 열었다.

"2월 10일까지는 25일이 남았습니다. 그런데 우리 모두는 어느덧 그 날짜에 속박을 받고 있는데 그것이 문제입니다. 전쟁은 내일이라도 일어날 수 있어요. 그리고 일어나지 않을 가능성도 있습니다."

그랜트는 서류를 앞쪽으로 밀어놓았다.

"이것은 북한군의 주요 인물에 대한 동향과 군부대의 현황입니다. 당신들의 자료와 비교하시면 도움이 될 겁니다."

이영규가 서류를 받아 옆에 있는 강동진에게 넘겨주자 그랜트가 말을 이었다.

"닷새 후의 회담에서 어떤 결과가 나올지는 모릅니다만, 회담은 다시 열리는 것으로 확인이 되었습니다. 그동안만이라도 도발하지 마시라는 충고를 드립니다."

"고맙소, 그랜트 씨. 당신 덕분에 한숨 돌리겠군요. 하긴 우리에겐 당신같이 냉정한 사람도 필요하지요."

이영규가 얼굴의 근육을 부드럽게 이완시키면서 말하자 강동진이 입맛을 다셨다.

"한편으로는 김빠지게 하고 있는 거요, 이 신사 양반은. 이분 말씀만 듣고 앉아 있다가는 쳐내려온 북한 놈들을 이불 속에서 맞게 될지도 몰라."

548고지는 휴전선 남방 15킬로미터 지점에 있었으나 앞쪽이 평야 지대였으므로 방어에는 적격이었다. 따라서 고지에는 철근 콘크리트로 만든 벙커와 참호가 능선을 따라 30미터 간격으로 구축되어 있었다.

수색중대 제1소대 1분대는 능선 방어선의 우측 끝부분에 있는 벙커를 맡았으므로 신동석은 벙커 안에서 등을 기대고 앉아 담배를 피워 물고 있었다.

그의 앞쪽에서는 이용식 일병이 배낭에서 봉지 라면을 꺼내고 있다. 신동석의 간식을 준비하는 것이다. 벙커 밖에서 수런거리며 쇠끝이 돌멩이와 부딪치는 소리가 났다. 분대원이 참호 보수 작업을 하고 있는 중이었다.

그때 발소리와 함께 김형만 하사가 벙커로 들어섰다. 1분대의 분대장으로 나이가 신동석보다 두 살이나 어린 스물둘이다.

"야, 이 일병. 너도 참호 보수 작업에 나가!"

그가 소리치자 이용식이 엉덩이를 들었다. 그러나 움직이지는 않았다.

"동작 봐라. 안 나갈 거야?"

그의 목소리가 다시 벙커를 울렸다.

벙커 안에는 그들 세 사람밖에 없었다. 김형만이 한 걸음 다가서면서 눈을 치켜뜨자 견디지 못한 이용식이 신동석을 바라보았다. 그는 신동석의 당번으로 언제나 열외의 혜택을 누리고 있었다.

중대 최고참인 신동석은 상병 시절부터 고참병 그룹을 이끌고 있었는데, 학군 출신의 소대장들과도 연줄로 따져 친구의 친구뻘이 되었고, 말년이 되자 슬쩍 말을 놓는 형편이었다.

어차피 일이 년 후에는 사회에서 만나게 될 것이고, 어슷비슷한 과정의 삶을 살아갈 것이다 보니 소대장들도 굳이 계급을 따지려고 들지 않았다. 신동석은 엉기적거리면서 무겁게 엉덩이를 들었다.

분대장이라고는 하지만 김형만은 고졸에 단기 하사 출신이어서 짬밥도 일 년이 겨우 넘었을 뿐이다. 그는 지금껏 신동석에게 반말도 하지 못했다.

"어이, 분대장."

김형만이 몸을 돌려 그를 바라보았다. 얼굴이 판자 조각처럼 굳어 있었다.

"차렷!"

갑자기 김형만이 소리치자 신동석이 눈을 껌뻑이며 그를 바라보다가 마침내 풀썩 웃었다.

"이거 웃기는구만. 전시라고 광내기 시작하는데?"

"차렷!"

"좆 까고 있는데?"

그러자 김형만이 갑자기 몸을 돌리더니 벙커 입구에 세워둔 M—16을 집어 들었다. 철거덕하는 소리와 함께 노리쇠가 전후진하고 실탄이 쟁이는 것을 신동석이 눈을 껌벅이며 바라보았다. 이제는 얼굴의 웃음기가 가셨다. 총구가 그에게 겨누어졌기 때문이다.

"차렷해, 이 새끼야!"

시키지도 않은 이용식은 이미 차렷 자세를 취하고 있었으나 신동석은 아직 엉거주춤 두 발을 벌리고 있었다.

"이 새끼, 항명하는 거야?"

김형만의 손가락이 방아쇠에 걸쳐졌다. 이제 신동석의 귀에는 밖의 소리가 하나도 들리지 않았다.

"어이, 분대장."

얼이 빠진 듯한 신동석이 한 걸음 다가섰을 때 총소리가 났다.

타앙!

벙커를 가득 메운 총소리와 함께 신동석은 벽에 등을 부딪치며 주저앉았다. 앞으로 머리를 꺾은 그는 가슴의 총탄 자국을 바라보더니 깊게 머리를 떨구었다.

김형만이 들고 있던 총을 내리더니 온몸을 떨고 서 있는 이용식을 바라보았다.

"분대원을 집합시켜라."

"예, 예, 분대장님."

그러나 총소리를 들은 분대원들은 이미 벙커로 달려 들어오고 있었다.

중대장의 벙커 안이다.

조명훈 대위는 피우던 담배를 땅바닥에 던져 비벼 끄고는 이한성 소위를 바라보았다.

"다른 놈은 없나?"

"예, 김을수라고 고참이 하나 있지만, 아마……."

"아마 혼이 나가 있겠지."

제2소대장 김정환 소위가 한 걸음 다가왔다.

"제 소대의 고참 세 명은 분대장들이 별문제 없이 잘 장악하고 있습니다."

"전쟁이야. 어느 놈에게 잘 보이고, 고과를 따질 상황이 아냐."

"알고 있습니다, 중대장님."

"괜히 등 뒤에서 총 맞지 말고."

조명훈이 둘러선 소대장들을 하나씩 바라보았다.

"소대를 확실하게 장악하도록 해. 죽은 신동석이는 항명으로 총살당한 거야. 중대원들은 모두 알고 있겠지?"

"예."

소대장들의 대답에 그는 머리를 끄덕였다.

"좋아, 시체는 연대 본부로 옮기고, 연대장한테 사실 그대로 보고하겠어. 김형만 하사는 현 위치에서 그대로 근무한다."

조명훈이 해산하라는 듯 머리를 치켜들어 벙커 입구를 가리키자 소대장들이 그곳을 나갔다.

그러나 이한성은 아직도 제자리에 서 있었다.

"왜, 마음에 걸리는 일이라도 있나?"

다시 담배를 꺼내 문 조명훈이 물었다.

"아닙니다. 다만……."

"다만, 뭐?"

"죽이리라고는 생각하지 못했습니다."

"난 죽이길 바랐어, 이 소위."

길게 담배 연기를 내뿜은 조명훈이 힐끗 벙커의 입구를 바라보았다. 벙커에는 두 사람밖에 없다.

"군기가 개판이라는 것을 내가 모르고 있는 줄 아나? 자네는 나를 진급에 목을 매고 있는 학군 출신의 부패한 장교로 생각하고 있겠지."

"아닙니다. 저는……."

"어떤 면에서는 맞아. 나는 대위에서 소령으로의 진급을 사회의 직장에서, 대리에서 과장으로 진급하는 것쯤으로 생각했으니까."

"……."

"수단과 방법을 가리지 않았지. 그건 사실이야. 부대 내의 사고나 문제점은 될 수 있는 한 덮어두려고 했고 말이야."

"……."

"하긴 잘 장악되고 훈련된 부대에서 오늘 같은 일이 일어날 리는 없지."

조명훈이 담배 연기 사이로 씁쓸하게 웃었다.

"하지만 어쩌겠나? 이런 부대로는 전투가 안 돼. 이제 와서 누구의 잘잘못을 따질 겨를도 없고, 한두 놈 죽여서 놈들이 정신을 바짝 차리게 해야 할 필요가 있었단 말이야."

이한성이 어깨를 굽히고 그를 바라보았다.

"중대장님, 사기가 문제입니다."

"사기?"

한동안 눈을 껌벅이며 이한성을 바라보던 조명훈이 어깨를 추켜올렸다가 내렸다.

"젠장, 사기가 어쨌단 말이야? 저 새끼들 대가리 굴리는 것이 우리보다 못한 줄 알아? 이제 와서 어설프게 사기 진작을 위해 교육시킬까? 그만둬."

"……."

"놈들이 저 아래로 몰려오면 죽지 않기 위해 싸워야겠지. 도망치는 놈이 있으면 우리가 죽이고. 흥."

조명훈이 다시 입술을 찌푸리며 웃자 이한성이 발끝을 모았다.

"저는 제 위치로 돌아가겠습니다."

"좋아."

머리를 끄덕인 그가 문득 이한성을 바라보았다.

"동부전선에서는 아마 자네 소대가 첫 총성을 울린 것 같구만."

아무 말 없이 몸을 돌린 이한성이 벙커를 나왔다. 밖은 이미 짙은 어둠으로 뒤덮여 있었다. 진눈깨비가 섞인 밤바람이 얼굴을 스치고 지나갔다.

제3장

섬을 떠난 은둔자

밤의 대통령

담배 연기가 자욱한 커피숍은 웅성거리는 소음으로 가득 찼는데, 입구에 사람이 들어설 때마다 잡음이 많은 라디오의 볼륨을 낮추었을 때처럼 조용해졌다. 대형 유리벽을 통해 옆쪽의 호텔 로비를 바라보고 있던 오종표가 머리를 돌렸다.

"형님, 시간이 꽤 되었는데……."

"기다려, 곧 올 거다."

강대홍이 시계를 들여다보며 말했다.

"2시 10분이야. 10분밖에 지나지 않았어."

계엄령이 내려진 으스스한 상황이었지만 이곳은 열기로 가득 차 있었다.

동대문 옆에 있는 휴스턴호텔은 3급 호텔이지만 아시아와 아프리카권의 방문객이 많았다. 근처에 동대문 시장이 있기 때문이었는데, 지금 한국인들로 들끓고 있는 이유는 근처의 귀금속 상인과 거간꾼이 몰려와 있기 때문이다.

그리고 그들을 찾아오는 고객들이 있었다. 대부분 귀금속을 사려는 사람이었는데, 금값이 네 배나 뛰었어도 상관하지 않았다. 그들의 옆자리에 앉아 있던 사내들이 일어나 한꺼번에 몰려나갔다.

유리벽을 통해 로비로 들어서는 두 명의 중년 남녀가 보였는데 남자의 손에는 꽤 묵직한 손가방이 들려 있다. 돈가방이다. 집 안의 금고에 오랫동안 박아두었던 만 원권 뭉치를 들고 나와 금과 바꾸려는 것이다. 금이 있으면 외국에 나가서도 써먹을 수 있고 설령 북한이 내려와 화폐개혁을 해도 상관없었다. 지금 외국에서는 한국 돈을 환전해 주지도 않고 있었다.

"제기랄……."

오종표가 중얼거리듯 투덜거리는 순간 강대홍은 호텔의 유리문을 밀고 들어서는 세 명의 남녀를 보았다. 30대 중반의 여자가 두 명의 건장한 사내를 양옆에 달고 있었다. 보디가드다.

"왔다."

강대홍이 낮은 목소리로 말했다. 이미 오종표도 보았는지 얼굴이 굳어 있었다.

손에 꽤 묵직해 보이는 가죽 가방을 든 여자는 곧장 커피숍으로 다가왔다. 짙은 색 투피스 차림의 그녀는 조금 살이 붙기는 했지만 눈에 띄는 용모였다.

커피숍에 들어선 그녀는 걸음을 멈추더니 턱을 들고 안을 훑어보고는 강대홍을 발견하자 흰 이를 드러내며 웃었다. 주위의 시선은 아랑곳하지 않는 태도였다.

“미안해요, 늦어서.”

앞자리에 앉은 여자가 밝은 목소리로 말했다. 그녀에게서 짙은 향수 냄새가 풍겼다.

“여기까지 오는데 두 번이나 검문을 받았다니까요, 글쎄. 신분증도 건성으로 보면서 무슨 검문을 한다고.”

강대홍의 시선이 옆쪽 자리의 사내들에게로 가 있는 것을 알아챈 여자가 다시 환하게 웃었다.

“내 동생들이에요. 여자 혼자 이걸 들고 오기가 뭣해서. 험한 세상 아녜요?”

“그렇지요.”

강대홍이 얼굴에 웃음을 띠었다.

“우린 짐을 호텔 방에 두었으니 같이 올라가십시다. 여기서 계산하기는 좀 곤란하지 않겠습니까?”

“그래요. 시간도 없으니까 어서 끝내야죠.”

그들은 서둘러 자리에서 일어섰다. 로비를 가로질러 엘리베이터 앞에 멈추어 설 때까지 그들은 입을 열지 않았다.

로비에는 바쁘게 오가는 사람들이 많았다. 모두 귀금속을 사고파는 사람들이었는데, 간혹 일본인이나 동남아인으로 보이는 얼굴도 섞여 있었다.

“얼마나 가져왔습니까?”

여자의 옆에 바짝 붙어 선 강대홍이 낮게 물었다. 옆쪽에 선 사내가 힐끗 그를 바라보았다.

“금 2킬로그램하고, 다이아, 백금이 꽤 돼요.”

여자가 앞을 바라본 채 소곤대듯 대답했다.

여자는 청담동에 자기 소유의 7층 빌딩과 여성용 고급 의류 매장을 갖고 있는 세실 정이다. 그녀는 국내 굴지의 재벌인 국도그룹 황 회장의 정부였지만 강대홍과는 서너 번 몸을 섞은 사이이다. 강남의 고급 카바레인 영락클럽에 단골로 드나들면서 일회용 상대를 낚는 것이 취미이던 세실 정이 허우대 멀쩡한 강대홍을 놓칠 리 없었고 강대홍도 마찬가지였다.

그들은 엘리베이터를 타고 5층에서 내렸다.

"달러는 충분해요?"

세실 정이 복도를 걸으면서 물었다. 빈 복도여서 그녀는 마음 놓고 큰 소리를 냈다.

"친구가 꽤 많이 가져와 주어서 충분해요."

강대홍이 어깨를 추켜올렸다가 내렸다.

"하와이에서 꽤 날리던 몸이오, 과소평가하지 말아요."

"그건 나도 들었어요, 그곳에 있는 친구한테서."

그들은 복도 끝 방 앞에서 멈추어 섰고, 오종표가 주머니에서 열쇠를 꺼내 열쇠 구멍에 꽂았다.

"시간만 충분하다면 몇백만 달러도 가져올 수 있는데, 미 군용기 편으로."

그러면서 강대홍이 웃는 얼굴로 그녀를 바라보다가 그 표정 그대로 굳었다.

"꼼짝하지 말어."

그녀의 옆에 서 있는 30대 후반의 사내였다. 사내의 손에는 묵직한 콜트가 들려 있었는데, 끝에는 긴 소음기까지 부착되어 있었다.

"그냥 쏴 죽이고 들어갈 수도 있으니까 꼼짝 말란 말이다."

"움직이지 마, 이 새끼야."

그러면서 뒤쪽에 서 있던 사내도 총구를 그의 등에 대었다.

"어이쿠, 이런."

강대홍이 눈을 치켜뜨고 세실 정을 바라보았다.

"정 여사, 이게 무슨 짓이야? 나하고 당신 사이에."

세실 정이 웃었다.

"이봐, 잘난 연장 자랑하는 거야?"

사내 한 명이 강대홍을 돌려세우고는 온몸을 손바닥으로 훑어 내렸다. 그러고는 손에 잡히는 것이 없자 다시 한 번 훑어보더니 오종표에게로 다가갔다.

"야, 이 씨발 놈아, 나 건드리지 마! 흥분되니까!"

사내가 머리를 미는 바람에 얼굴을 벽에 부딪친 오종표가 버럭 소리쳤다.

"정 여사, 이 강대홍이를 그토록 못 믿으셨나?"

"믿을 놈이 따로 있지. 네가 하와이에서 무슨 짓을 하고 온 줄 내가 다 아는데."

세실 정이 흰 이를 드러내며 웃었다.

사내 한 명이 오종표를 밀치고는 열쇠를 돌려 문을 열었다. 오종표와 강대홍은 그들에게 등을 떠밀려 고꾸라지듯 안으로 들어섰다.

"돈가방은 어디 있지, 강 사장?"

가방을 내던진 세실 정이 두 손으로 허리를 짚고는 강대홍을 쏘아보았다.

"어서 내놔. 죽기 싫으면."

"내놓으면 일찍 죽을 텐데."

강대홍이 혼잣소리처럼 말하면서 방 안을 뒤지고 있는 사내의 뒷모습을 바라보았다. 사내 한 명은 이쪽으로 총구를 겨눈 채 움직이지 않았다.

"쏴 죽여. 귀찮으니까."

세실 정이 자르듯 말하고는 강대홍을 손가락으로 가리켰다.

"이 새끼부터."

"아이구."

강대홍의 얼굴이 금방 하얗게 질렸다.

"좋아, 정 여사. 내가 달러를 주겠어."

"어디 있는지 말만 해."

"저기, 텔레비전 밑이야."

손을 들어 텔레비전을 가리키자 방 안의 시선이 모두 그쪽으로 쏠렸다.

"텔레비전을 들면 있어."

사내 한 명이 서둘러 텔레비전으로 다가갔다. 세실 정이 힐끗 강대홍을 바라보았다. 다른 사내는 총을 이쪽으로 겨눈 채 시선을 돌리지 않는다. 오종표가 길게 숨을 내쉬었다.

그 순간 방 안이 터져 나갈 것 같은 폭음이 울리면서 산산조각이 난 텔레비전 파편이 날아들었고, 금방 흰 연기가 자욱해졌다. 텔레비전이 들리는 순간 총을 겨눈 사내를 방패로 삼아 파편을 피한 강대홍은 한걸음에 그 사내에게로 다가갔다.

비틀거리는 사내가 권총을 겨누는 순간 강대홍은 발을 들어 사내의 턱을 차올렸다. 턱뼈가 부서지는 소리와 함께 사내가 무릎을 꿇더니 방바닥에 엎어졌다.

"종표야, 죽었냐?"

사내의 손에 쥐어진 권총을 빼앗아 든 강대홍이 소리치자 오종표가 엉덩이부터 일으켜 세웠다.

"살아 있어요, 형님."

"나가자."

서둘러 문으로 다가간 그들은 방 안에 쓰러져 있는 세 명의 남녀를 바라보았다.

텔레비전을 들어 올리던 사내는 폭발과 동시에 튀어 반대편 벽에 박혀 있으나 형체를 알아볼 수 없었다. 세실 정은 살아 있었다. 엎드린 채 두 팔로 방바닥을 휘저으며 일어나려고 했다.

강대홍은 총을 들어 그녀의 등에 대고 두 발을 쏘았다. 그러고는 턱을 차여 엎어져 있는 사내의 등에도 다시 두 발을 쏘았다.

"갑시다, 형님."

그녀가 가지고 온 가죽 가방을 집어 든 오종표가 서두르듯 말했다. 그들은 한 번에 서너 개씩 비상계단을 뛰어 내려왔다.

"야, 이 새끼야, 그거 버려!"

2층을 내려오던 강대홍이 오종표가 쥐고 있는 가방을 바라보며 소리쳤다.

"그년이 제대로 가져왔을 것 같아?"

"잠깐 보기나 하구요."

오종표가 허덕이며 말하더니 속도를 늦추었다. 1층의 로비로 내려간 강대홍이 가쁜 숨을 가라앉히며 사람들을 헤치고 걸어

나갔다. 엘리베이터 쪽에 사람들이 몰려 서 있었지만 아직 사건은 알려지지 않았다. 그러나 5층의 현장에는 사람들이 몰려 있어서 곧 소동이 벌어질 것이다.

현관을 나오는데 오종표가 바쁜 걸음으로 쫓아왔다. 그와 시선이 마주치자 오종표가 입맛을 다셨다.

"수석이오, 형님. 돌멩이가 들어 있더란 말입니다."

그들은 서둘러 호텔을 빠져나왔다.

그들이 파타야에 돌아왔을 때는 오후 5시가 넘어 있었다. 이제 폐업한 것이나 다름없는 클럽이어서 주차장은 썰렁했고, 클럽 안내판도 덩그마니 벽에 기대어 방치되어 있었다.

"제기랄, 이놈의 세상."

오종표가 클럽의 현관 유리문을 열면서 투덜거렸다.

"제대로 되는 일이 하나도 없어."

"왜, 인마. 다 그런데 뭘 그래?"

갑자기 뒤에서 걸쩍지근한 목청이 울렸으므로 둘은 소스라치며 몸을 돌렸다.

"아이고, 형님."

강대홍이 허리를 꺾으며 신음처럼 말했다.

"여기까지 웬일이십니까?"

김칠성과 조웅남, 두 거구가 그들에게로 다가왔다.

"느그덜, 이 빈집에서 뭐 허냐?"

조웅남이 클럽과 그들을 싸잡아 훑어보면서 물었다.

"꼭 도둑놈들맹키로."

강대홍과 오종표가 서로 얼굴을 마주 보았다.

"저 요즘 저희들은 이곳에서 지내고 있습니다. 클럽을 지킬 애들도 없고 해서……."

강대홍의 말에 조웅남이 머리를 끄덕였다.

"그대로 놔두고 우리허고 같이 가자."

"예, 형님."

강대홍은 대답부터 하고 나서 그들을 바라보았다.

"그런데 어디로 말입니까?"

"따라와. 이야기할 것이 있어."

김칠성이 자르듯 말하고는 조웅남과 함께 몸을 돌렸다.

어둠이 깔리기 시작한 거리, 통금에 걸리지 않으려는 듯 사람들이 서두르고 있었다. 얼마 떨어지지 않은 곳에서 사이렌이 요란하게 울렸다. 굵고 짧은 사이렌은 계엄군의 순찰차가 내는 소리였다.

"우리는 결단코 괴뢰 도당들의 남침을 허용하지 않을 것입니다. 김정일의 주구들은 이미 동족임을 포기하고 이제 짐승의 무리로 변해 있습니다. 그들은 경제정책 실패에 대한 북한 인민들의 불만을 남침으로 해소시키려는 것입니다. 우리가 땀 흘려 이룩한 재산과 산업을 송두리째 강탈하려고 합니다."

대통령의 열띤 연설은 15분이 넘게 계속되는 중이었는데 호소력이 있었다. 저녁 9시의 특별 방송이었으므로 텔레비전과 라디오의 전 채널을 통해 전국으로 전파되었다.

"우리는 최선을 다했습니다. 경수로 건설에 막대한 자금과 시설을 대었지만 그들은 그것을 당연한 것으로 생각하지 않았습니까? 여러분이 땀 흘려 번 돈이 몇조 원이나 그들에게 제공되었습니다. 핵을 막으려고 말입니다. 무슨 핵입니까? 그것은 우리 대한민국을 위협하기 위해서 개발한 것입니다. 그것을 막으려고 우리가 자금을 제공하여 경수로를 건설하고 있는 것입니다. 그들의 상대는 미국이 아니었습니다. 일본? 중국? 아닙니다. 같은 동족인 대한민국이었단 말입니다. 40여 년 동안 오직 군사력만을 확장하여 동족을 말살시키고 모든 것을 빼앗을 준비만 해왔다고 볼 수도 있을 것입니다."

대통령의 얼굴은 열기로 들떠 있었다. 두 눈을 치켜뜨고 두 손으로 연단을 움켜쥐고 있었다.

"철천지원수라는 미국에게 꼬리를 치면서 동족인 대한민국을 무시하는 이유가 무엇입니까? 러시아와 중국에게 아부하여 기름과 기계, 식량을 얻고, 이제는 미국의 발바닥을 핥으면서 김정일 도당은 대한민국이 원수의 나라라고 합니다. 그리고 이제 한국을 공격하여 자신들의 기아를 해결하겠다고 합니다."

"잘하시는군."

텔레비전에서 눈을 뗀 오학봉이 아내에게 말했다.

"북한이 판단을 잘못한 거야. 시간이 지날수록 이쪽의 방비뿐만이 아니라 국민들의 적대감도 높아지고 있어."

"세용이한테 돈을 더 주었으면 좋겠는데."

아내가 바짝 그의 옆으로 다가앉았다. 대통령의 특별방송은 귀에 들어오지 않는 모양이었다.

"당신이 공항에 사람을 딸려 보내면 안 돼요?"

"이 사람이 정말?"

오학봉이 이맛살을 찌푸렸다.

"당신, 날 죽이려고 그래?"

"설마요."

"설마라니, 지금이 어떤 상황인지 뻔히 알면서."

"기린건설 김 사장은 처자식을 모두 보냈어요. 아마 있는 돈을 모두 보냈을 거요."

기린건설 김 사장의 부인 고 여사와 오학봉의 아내는 고등학교 동창이다. 그녀는 대학생과 고등학생인 두 아들과 함께 어제 미국행 비행기를 탄 것이다.

"쓸데없는 소리 말아. 그놈 보내는 것만 해도 얼마나 위험한 일인데."

"우리뿐만이 아닐 거요. 교통부장관 아들들도 미국에서 오지 않았다던데."

"조용히 해."

대통령이 연설하는 텔레비전 쪽으로 머리를 돌린 오학봉이 꾸짖듯 말했다.

그는 통상산업부 차관이고 새로 편성된 전시 내각의 산업 감독관 역할도 겸하고 있었다. 전시 상황이라고 해도 국가의 경제와 산업은 움직여야만 했고, 생산과 수출입도 최대한 유지시켜야 한다. 오학봉은 자신의 외아들인 오세용을 군수 공장의 기자재 구입 팀에 끼워 넣어 내일 아침에 미국으로 보낼 계획이었다.

"여보, 내일 세용이를 보내고, 나하고 당신도 다음번에 떠날 수 없을까요?"

텔레비전을 향해 있는 오학봉의 옆얼굴에 대고 아내가 다시 말했다.

"베트남의 수상이던 사람이나 장군들도 베트남이 망하기 전에 탈출해서 미국에서 삽디다. 남아 있던 사람들은 모조리……."

"아, 시끄러!"

오학봉이 버럭 소리쳤다. 얼굴이 잔뜩 찌푸려져 있었다.

"재수 없는 소리 그만해. 누가 들으면 어쩌려고."

"뭐가 재수 없어요? 다른 사람들은 우리 같은 이야기 안 하는 줄 아시우?"

아내는 물러서지 않고 말을 이었다.

"모두 제 살길은 마련해 놓고 있을 거요. 높은 사람일수록 더 그럴걸요. 그 사람들은 비행기를 대기시킬 수도 있으니까. 우리같이 어중간한 사람이나 당하게 될 테지."

"이 여편네가 정말!"

"날 버려두고 당신만 떠나도 돼요. 세용이 혼자 보내는 게 걸려서 그래요."

"이런, 빌어먹을……."

다시 텔레비전에서 몸을 돌린 오학봉이 아내를 바라보았다. 노여움이 조금 풀린 표정이다.

"스물여섯이나 먹은 놈이니 제 앞길은 제가 닦아야지."

"우리는 남들처럼 미국에 친척도 없단 말이에요."

"돈도 10만 달러나 가지고 있어. 영어도 제법 하고."

외아들이라 병역은 면제되었지만 그의 여권에 도장을 받느라 오학봉은 십년감수했다. 고등학교 동창인 안기부의 박대규 차장이 도와주지 않았다면 그것도 안 되었을 것이다.

"그리고 걱정하지 말어. 놈들은 쉽게 넘어오지 못할 테니까."

달래듯 말했으나 아내는 믿기지 않는 표정이다. 대통령의 연설은 끝으로 치닫고 있었다.

"친애하는 국민 여러분, 우리는 자유민주주의 국가인 대한민국을 적의 침략에서 지켜야만 할 것입니다. 우리는 이깁니다. 강하고 단결된 힘으로 적을 격파합시다."

오학봉은 아까부터 무언가 빠진 것 같은 느낌이 들었는데 아내가 자리에서 일어서자 문득 깨달았다.

대통령은 연설의 처음부터 끝까지 한 번도 '통일'이라는 말을 쓰지 않았던 것이다. 이제 통일은 식상한 단어가 되었기 때문이 아니었다. 이것은 동족 간이라면 일어나서는 안 될 일이었다. 이제까지 한민족의 통일이라는 개념이 정착된 이상 굳이 말한다면 병합이나 정복이 되어야 할 것이기 때문이다.

"그나저나 지긋지긋해. 세용이는 한국에 돌아오지 말고 그곳에서 살아야 돼요."

아내가 방을 나서면서 말했다.

"전시 상황이라 통화를 검열할 거야. 그러니 나한테 전화로 연락할 것 없다."

박도영의 부드러운 목소리가 응접실을 울렸다.

창밖은 짙은 어둠에 싸여 있었고, 멀리서 경찰차의 사이렌이 들렸다가 멈추었다. 유리창 너머로 서울 시가의 불빛이 내려다보였는데 등화관제를 하고 있어서 광고탑과 유흥가의 네온사인은 모두 꺼져 있었다. 한강변의 가로등도 보이지 않았다.

"진 사장이 다 알아서 해줄 테니까, 넌 신경 쓸 일이 아무것도 없다."

"아버지, 저는 정말 이러고 싶지 않아요. 동료 직원들한테도 면목이 없고, 또……."

박은채가 조심스럽게 말하자 박도영이 이맛살을 찌푸렸다.

"면목? 애가 아직 철이 덜 들었군. 동료들이 네 인생을 책임져 준다더냐?"

"그래도 친구들한테 인사도 못 했는데."

"뭐라고 인사를 할 테냐? 쓸데없는 소리 말아라. 네 허가증을 얻으려고 계엄사령부 놈들에게 얼마를 준 줄 알아? 우선 나부터 살고 볼 일이야. 살고 나서 통일이니 애국도 하는 거야."

아버지로부터 여러 차례 들어온 말이었으므로 박은채는 창밖으로 시선을 돌렸다.

무역 회사를 경영하는 박도영은 싱가포르에 지사가 있었고, 상당한 액수의 자금도 현지 은행에 예치시켜 두었다. 몇 년 전에 아내를 잃은 박도영은 무남독녀인 박은채를 회사 경영에 참여시키고 있었는데 이번에 싱가포르 지사로 파견하는 것이었다.

계엄사령부는 수출입 활동이 격감한 상황이었지만 합당한 사유라면 상사원의 출국을 금지시키지 않았다. 그러나 박도영은 박은채의 허가증을 급하게 얻으려고 상당한 액수의 돈을 쓴 모양이다.

"내가 보기엔 북한 놈들이 쳐내려오면 미국 놈들은 뒤로 빠질 거다. 어제도 필립한테서 전화가 왔어. 미국 내의 여론도 그렇게 돌아간다고 하더라."

흰머리가 반쯤 섞인 머리칼을 손가락으로 쓸어 올리며 박도영이 말을 이었다.

"북한 놈들이 미리 남침하겠다고 통보한 것은 미국더러 전상자가 생기지 않도록 물러나 있으라는 뜻이야. 필립의 의견도 그렇다."

필립은 로스앤젤레스에 있는 박도영의 거래선이자 친구였다. 로스앤젤레스의 한국 교민들은 한국의 전시 상황에 맞추어 호국단을 결성하고 전비를 나누어 내고 있었다. 교민 의용군을 파견한다는 보도도 있었다.

박도영이 탁자 위에 놓인 위스키 병을 들어 잔을 채웠다.

"나도 곧 싱가포르로 따라갈 게다. 서울에 남아 있다가 공산당 놈들에게 당하고 싶지 않아. 남아 있다고 애국자가 되는 것도 아니고, 도망친다고 반역자도 아냐."

"……."

"큰소리친 놈들이 한둘이었더냐? 그놈들더러 나라 지키라고 해. 내 생각에는 그놈들이 나보다 먼저 떠날 것 같다만."

"아버지, 북한이 미국과 우리에게 뭔가 큰 양보를 얻어내려고 그랬다는 이야기도 있어요. 신문 사설에도……."

"그 잘난 북한 전문가들 말이지? 그놈들이야말로 반역자다. 북한 놈들이 쳐내려왔을 때 그놈들은 공산당 놈들에게 그럴 게다. 우리가 이쪽 분위기를 흩뜨려 놓았습니다. 그러니 상을 주시오, 하고."

"……."

"하나도 도움이 안 돼, 그놈들 이야기는. 그리고 신문도 마찬가지야. 계엄사령부는 그것도 통제하지 않고 무얼 하는지 모르겠다."

"하지만 그렇게 했다가는 북한에게 쳐내려올 구실만 준다구요."

"이미 이쪽은 그놈들에게 놀아나고 있어. 그놈들의 의도를 알고 있는 놈은 아무도 없어. 그러니 차라리 남침해 온다고 믿고 있는 게 낫다."

박은채가 자리에서 일어섰다.

큰 키에 마른 몸매였고, 또렷한 검은 눈과 부드러운 입술이 화사한 느낌을 주었다. 화장기 없는 얼굴에 긴 머리는 뒤로 묶어 올렸다.

"저 이만 가서 잘래요."

"그래라. 비행기 시간은 내일 오후니까, 아침에 천천히 준비해도 된다."

응접실을 나온 박은채는 자신의 방으로 들어가 침대에 걸터앉았다. 방 안을 무심한 시선으로 둘러보던 그녀는 이윽고 움직임을 멈추었다.

어머니가 돌아가시기 전에 세 식구가 동해에 놀러 갔을 때 찍은 사진이 경대 위에 걸려 있었다. 가져갈 짐이라 해봐야 옷가방 몇 개뿐이지만 짐을 꾸리는 데도 하루 종일 걸렸다. 그런데 저 사진을 빼놓은 것이다.

어깨를 늘어뜨리면서 숨을 내쉰 박은채는 힘들게 침대에서 일어섰다. 나라를 지켜야 한다는 조국애라든가, 또는 공산당에 대한 불안감이나 분노의 감정은 아직 자신의 가슴속에 확실하게 자리 잡고 있지 않았다. 어릴 때 6.25를 겪은 아버지는 북한에 대해서라면 무조건적인 불신과 적개심을 보이고 있었지만 지금은 그의 말대로 나서서 할 일도 없을뿐더러 그의 책임도 아닌 일이었다.

박은채는 액자에 들어 있는 사진을 빼내어 방 한쪽에 세워놓은 가방 속에 집어넣었다. 어머니가 살아 계셨다면 같이 떠나게 되었을 것이다.

생각이 거기까지 미치자 박은채는 문득 이렇게 떠나는 자신이 선택받은 자이고 그것에 대해 크게 거부감이 느껴지지 않는다는 것을 깨달았다.

혼다 다카오가 신발을 벗고 다다미방에 들어서자 기다리고 있던 무라야마 고지가 그의 손을 잡았다.

"혼다, 식사는 했나?"

"했어."

그들은 낮은 탁자를 사이에 두고 마주 앉았다.

무라야마의 낡은 집은 30평도 안 되었지만 세 평쯤 되는 정원에 손바닥만 한 연못도 있었다. 일본 자민당의 간사이며 외무장관인 무라야마는 이 낡은 집으로 여러 차례 구설수에 올랐다. 처음에는 검소한 생활로 매스컴에 떠들썩하게 보도되었다가 그가 자민당의 자금책인 것이 밝혀진 뒤로는 가면을 쓴 행위라고 지탄을 받았는데 지금은 잊히고 있었다. 국민들은 쉽게 잊고, 쉽게 용서해 주었다.

혼다 다카오와는 그가 정보국장으로 가기 전까지 같은 연배로 같은 당의 의원 생활을 해서 말을 터놓고 지내는 사이였다. 무라야마가 사기잔에 차를 따라 건네주면서 입을 열었다.

"미국은 예비군을 소집하고 있어. 한미방위조약의 작전 계획대로 움직이고 있단 말이야. 성실한 우방으로 보이고 있어."

그는 차를 한 모금 마시고는 잔을 내려놓았다.

"공군력도 증강되어 가고, 북한이 쳐내려오면 애 좀 먹을 거야."

"이봐, 무라야마. 그런 이야기는 신문에도 났어."

혼다가 이맛살을 찌푸리며 말했다.

"캘리포니아의 바스토우에 모인 제82예비사단 병력은 소집 명령이 내려진 지 이틀이나 지났는데 30퍼센트도 모이지 않았어. 그리고 네바다의 핸든 공군기지에 집결한 75공수사단은 5박 6일의 야간 훈련을 시작했어. 그런데 그 훈련이란 것이……."

혼다는 자신의 목소리가 크다고 느꼈는지 소리를 낮추었다.

"훈련 계획에도 없는 야간 훈련이야. 놈들은 부대원들의 외출, 외박을 통제하는 대신 영내에 풀어놓고 있어. 외부에는 야간 훈련을 한다고 해놓고."

"……."

"우리 요원들의 눈을 속이지는 못해. 놈들은 움직이는 시늉을 하지만 실제로는 아니야. 무라야마, 한국이 야단났어."

"오후에 윈필드가 찾아왔다."

무라야마의 말에 혼다가 눈을 치켜떴다. 로버트 윈필드는 주일 미국 대사이다.

"윈필드는 미국이 미일방위조약을 충실히 지킬 것이라고 하더군. 그리고 한국전이 발발했을 때 방위조약대로 일본 기지 사용에 대해 확인하고 갔어."

"그 자식, 우리가 진주만을 침공할 때 쓰던 방법을 써먹는군."

"클린트가 하시모토 수상한테 전화를 할 거라고도 하더구만. 어떠한 무력 도발도 용납하지 않겠다는 것을 재천명하는 내용이라는 거야."

"선거 직전에 머리깨나 아프겠어, 인기도 떨어져 있는 판에."

혼다가 허리를 세우자 작은 키임에도 불구하고 그의 앉은키가 무라야마와 비슷해졌다. 상반신이 긴 까닭이다.

"아침 회의 때 이야기 다 한 걸 또 중얼거리려고 날 부른 것은 아닐 테고. 날 보자고 한 이유를 말해, 무라야마."

"성질은 여전히 급하군."

"북한에 엄중한 경고 메시지를 보내는 일이 하루 종일 우리 정부가 결정한 일이야. 나는 그것이 화가 나서 그래."

"저녁때 수상과 만나고 왔어. 윈필드의 이야기를 전하러 갔을 때."

무라야마의 표정이 엄숙해졌다.

"수상은 자위대의 파병도 고려하고 있어. 원내에서 가토가 발의할 거야. 그 전에 은밀하게 교섭해 나갈 것이고."

"우리 쪽은 문제가 없겠지만 한국이 걸려. 놈들은 철없이 반일 감정이 강해. 이런 상황에서도 자위대가 상륙한다면 소동이 일어날 거야."

얼굴이 굳은 혼다가 말을 이었다.

"미국은 미국대로 지상군을 금방이라도 파견할 것처럼 해 보이면서 자위대의 파병을 희석시킬 것이고, 아마 여러 가지 경로로 압력을 넣고 방해할 거야."

"수상은 가만있을 수 없다는 생각을 갖고 있어."

"하시모토가 노망은 안 들었군. 가만있으면 안 돼. 미국은 우리가 파병하면 어쩔 수 없이 지상군을 보내야 할 테니 끌려들어 가는 셈이 되겠지. 우리와 미군을 합쳐서 수십만의 사상자가 날 거야. 클린트든 제이슨이든 총대를 멘 놈은 떨어지게 되어 있어. 지금의 여론으로는."

"미국은 참전할 것같이 보이면서 우리 자위대까지 막다가 결정적인 순간에 북한에게 남한을 넘겨줄 확률이 있다. 맞는가?"

"지금의 상황으로는."

머리를 끄덕인 무라야마가 자리를 고쳐 앉았다.

"수상의 지시야. 혼다, 잘 들어."

"말해, 무라야마."

"정보국도 움직여 주어야겠어, 혼다."

혼다가 잠자코 그를 바라보았다. 몹시 답답한 듯 얼굴이 찌푸려져 있었다.

"자네 부하들을 동원해서 모든 상황을 점검해 줘. 그리고 정보가 있으면 그것을……."

"그것을 어떻게?"

"그것을 한국 측에 넘겨주도록 해. 도와주란 말이야. 그들은 아마 CIA의 견제를 받고 있을 거야."

"수상의 지시인가?"

"이런, 바보같이……."

무라야마가 혀를 찼다.

"관료 생활을 오래 하더니만 답답한 녀석이 되었군, 너는."

"알겠다."

혼다가 자리를 고쳐 앉더니 무라야마를 똑바로 바라보았다.

"무슨 말인지 알겠다. 그럼 내 식으로 처리해 나가겠다."

"일이 있으면 나하고 상의하라구."

"좋아."

크게 머리를 끄덕인 혼다가 식어버린 찻잔을 들었다.

* * *

1월 16일 오전 11시.

대통령의 집무실 안이다. 탁자 앞에 앉은 대통령의 앞쪽으로 비서실장인 박종환과 외무장관 안승재, 안기부장 임병섭이 나란히 앉아 있다. 조금 전에 옆방의 회의실에서 매일 아침에 열리는 계엄하의 비상 각료 회의를 마치고 그들 네 사람만 대통령 집무실로 자리를 옮긴 것이다.

대통령의 얼굴은 며칠 사이 눈에 띄게 초췌해져 있었다. 엊저녁의 연설에서 보인 활기 있고 자신에 찬 얼굴이 아니었다. 그는 앞에 놓인 우유 잔을 들어 서너 모금 마시고는 내려놓았다. 입술 윗부분에 우유 거품이 묻어 있었다.

"하긴 키드먼의 말도 일리가 있어. 안 장관이 와 있는 줄 알면 북한 놈들이 좋아할 리가 없지."

대통령이 손등으로 입술을 닦으며 낮은 목소리로 말했다.

"그리고 미국 측도 꺼림칙할 거야. 도마 위의 고기가 감 내놔라,

배 내놔라 하는 상황이 될 테니까."

"각하, 미국 측이 어떻게든 전쟁을 막으려는 것은 확실합니다. 말씀하신 대로 어떤 조건이냐가 문제입니다만."

임병섭이 입을 열었다. 그는 키드먼 국장으로부터 어젯밤에 전화를 받았다. 미국 측은 안승재가 1월 20일에 취리히에서 있을 회담에 오는 것도 사양했다. 북한을 자극할 염려가 있다는 것이다.

"이런 일이 전에도 있었습니다. 경수로 문제로 제네바에서 회담이 열렸을 때 그랬지요."

"놈들은 우리가 미국의 속국이라는 것을 전 세계에 알려주려고 했어."

대통령이 눈을 치켜떴다.

"내 평생에 그렇게 자존심이 상한 적이 없었다. 부끄러웠어, 국민들에게."

"각하께서는 당당하게 표현하셨습니다. 국민들은 각하를 이해하고 있습니다."

임병섭이 말을 받자 대통령은 잠자코 머리를 돌려 안승재를 바라보았다.

대통령은 경수로 건설 문제가 북미 회담으로 결정되자 대국민 발표를 통해 주권이 침해당한 것 같은 대한민국의 외교 실정에 대해서 국민들에게 사과했다. 북한의 핵 위협에 대해서 적절한 대응 방법을 갖추지 못한 자신의 불찰을 솔직히 털어놓았는데, 그러자 국민들은 그것이 그의 잘못이 아니라는 것을 인식하게 되었다. 솔직하다기보다 정치와 상황 감각이 뛰어난 대통령이었다.

그러나 어차피 외교 실무는 외무장관의 소관이자 책임이다. 안승재는 이제까지 한 번도 감정을 표현해 본 적이 없다. 하지만 주관이 없는 것같이 보여도 어떤 상황에서도 의논 상대가 되어주고 있어서 그는 대통령에게 의지가 되는 인물이었다.

"안 장관의 의견은 어떤가?"

"저는 잠입해서라도 취리히에 가겠습니다."

"호오, 잠입한다."

의외라는 듯 대통령이 눈을 껌벅이며 그를 바라보았다.

"그들의 눈을 피할 수 있을까?"

"없더라도 효과는 있을 것입니다. 부담이라도 주겠지요."

"……."

"안보이사회의 소집도 불투명한 상황입니다. 저는 무슨 일이라도 해야 합니다, 각하. 이대로 앉아만 있을 수는……."

안승재가 대통령을 똑바로 바라보았다.

미국이 요구한 유엔의 안전보장이사회 소집은 중국과 러시아, 그리고 프랑스의 반대에 부딪쳐 좌절되었다.

북한이 남침 계획을 통보했다는 회의는 비공식이었을 뿐만 아니라 그 사실을 믿을 수도 없고, 현 상황에서 보면 전쟁 준비를 하는 것은 오히려 남한과 미국이라는 이유에서였다.

유엔 주재 북한 대사는 오히려 남한이 북침을 준비하는 상황이라며 길길이 날뛰며 비난했다. 그는 미국이 터무니없는 각본을 짜고 북한을 공격하려 한다면서 동정을 호소하기도 했다. 또한 북한의 김사훈도 외신 기자들에게 자신은 취리히에 간 적이 없을뿐더러 로젠스턴이나 패트릭스를 만난 적도 없다면서 미국의 거짓말에 맹렬히 분개했다.

대통령이 머리를 끄덕였다.

"좋아. 가게, 안 장관. 가서 소신껏 하게."

"각하, 감사합니다."

"각하, 제가 어떻게든 도우려고 합니다."

임병섭이 입을 열자 대통령이 다시 머리를 끄덕였다.

"그래, 안 장관을 도울 사람은 임 부장밖에 없을 것 같군."

달리는 차 안에서 임병섭은 텅 비어 있는 광화문 사거리를 바라보았다. 간간이 승용차들이 지날 뿐, 넓은 길은 빈 것이나 다름없었다. 며칠 전만 해도 오후 1시면 차가 도로를 가득 메울 시간이었다.

한산한 거리는 마치 평양의 거리와 비슷했고, 이순신 장군 동상 밑에 세워져 있는 두 대의 전차가 더욱 분위기를 가라앉히고 있었다. 길게 숨을 뱉어낸 임병섭은 차의 등받이에 깊게 등을 묻었다.

전차의 포신이 남대문 쪽으로 향해 있는 것이 눈에 띄자 그는 쓴웃음을 지었다. 적들은 남대문 쪽으로 해서 서울로 들어오지 않는다. 그들에게 향하려면 청와대 쪽으로 포신을 돌려야 한다.

그때 카폰이 울렸다. 앞자리에 앉은 수행보좌관이 전화를 귀에 대고 응답하더니 몸을 돌렸다.

"부장님, 일본 정보국장 혼다 씨입니다."

"혼다 국장?"

번쩍 상체를 든 임병섭이 손을 들어 전화기를 받았다. 두 눈썹이 추켜올라가 있다.

"여보세요, 임병섭입니다."

—임 부장. 나, 혼다 다카오입니다.

"웬일입니까, 갑자기?"

그와는 서너 번 통화한 적이 있어서 목소리가 귀에 익었다. 혼다가 웃음소리를 내었다.

—임 부장, 지금 한반도 상공에 우리 일본의 위성 노부나가 호가 지나고 있습니다.

"그런가요?"

—지금 우리의 통화는 어느 놈도 도청할 수가 없다는 말입니다.

"훌륭한 전자 장비요, 혼다 국장."

임병섭의 목소리는 딱딱했다.

"그러면 지금 내가 어디에 있는지도 아시겠구만."

—임 부장, 우리 일본 정보국은 당신들을 도와줄 계획이오.

혼다의 목소리도 딱딱해졌다.

—지금은 정보국 차원에서 임 부장에게 협조할 용의가 있다는 것을 말씀드리는 겁니다.

"……."

—국가 이기주의가 우선이오, 임 부장. 우리 사이에 구차한 이야기는 하지 맙시다.

"혼다 국장께선 상황을 잘 알고 계시는 모양이군."

—잘 알고 있소. CIA가 당신들을 견제하고 있다는 것도. 미국 내의 지상군 동원 실태도 자세히 알고 있고.

"미국이 좋아하지 않을 텐데."

—글쎄, 키드먼은 예상하고 있을지 모르지만… 할 수 없는 일이지요.

"통일 한국이 당신들에게는 바람직한 일이 아니겠지요, 물론."

—적화 통일이 당신들에게 바람직한 것도 아니지 않소?

전화기를 귀에 댄 임병섭이 잠자코 있자 혼다가 말을 이었다.

—따라서 지금 남한과 일본의 목표는 같소. 서로 빼앗을 것이 없는 데다 뺏기면 안 되는 공동의 목표가 있단 말이오. 내가 도와드리겠소, 임 부장.

"받아들이겠소, 혼다 국장."

—그래야 합니다. 당연히.

손에 땀이 배어 나왔으므로 임병섭은 전화기를 고쳐 쥐었다. 차는 겨울의 한산한 길을 달리고 있었다.

공항 출국장 옆의 기념품 상점에는 손님이 한 사람도 없었고 점원도 보이지 않았다. 아마 문만 열어놓고 점원은 어디론가 사라진 것 같았다.

기념품 상점의 쇼윈도에 등을 기대고 선 키가 큰 여자가 지나는 사람들을 바라보고 있다. 무심한 시선이다. 검은색의 풍성한 느낌을 주는 바바리코트 차림으로 긴 머리를 뒤에서 묶어 올려 얼굴의 윤곽이 뚜렷하게 드러나 있다.

눈꼬리가 살짝 올라간, 생기 있는 눈과 곧고 단정한 입술이 눈에 띄는 여자였다. 두 손을 코트 주머니에 찔러 넣고 선 그녀의 옆에는 조그만 짐 가방 한 개가 놓여 있다. 가벼운 여행길에 오르는 듯했다.

반대편 벽에 붙은 플라스틱 의자에 앉아 있던 강대홍은 아까부터 그녀를 유심히 바라보고 있었다. 볼수록 신선함이 느껴지는 여자였다.

"저 여자는 미국 시민권이 있거나 끗발이 대단한 여자 같군요, 형님."

오종표가 턱으로 앞쪽의 여자를 가리켰는데, 마침 그녀가 오종표의 턱짓을 보았다. 여자가 반쯤 몸을 돌리면서 시계를 내려다보는 시늉을 했다.

덩달아 시계를 내려다본 강대홍이 자리에서 일어서자 오종표가 눈을 치켜떴다.

"형님, 어딜 가시려고?"

"시간이 좀 있어."

"곧 형님들이 오실 텐데."

"잠깐이면 돼."

강대홍이 사람들을 헤치고 다가가 앞에 멈추어 섰으나 그녀는 시선을 돌리지 않았다.

"실례합니다."

여자가 머리를 들어 그를 바라보았다.

"어디로 가십니까?"

"그건 왜 물으세요?"

"혹시 같은 방향이 아닌가 해서… 난 자카르타로 갑니다."

"난 아닌데요."

잠시 말이 끊겼다. 여자가 저쪽으로 조금 더 몸을 돌렸으므로 강대홍도 그쪽으로 몸을 옮겼다.

"어디서 뵌 분 같다는 생각이 들어서… 난 강대홍이라고 합니다. 영동에서 장사를 하다가……."

강대홍이 열심히 말하자 여자가 다시 시계를 내려다보았다.

"한국 국적인가요?"

그렇게 묻자 여자가 퍼뜩 머리를 들었다.

"그래요, 한국인이에요."

"이런 때 출국하시려면 영업 출장이라고 해도 계엄군의 허가를 받기가 어려울 텐데."

"난 이야기하고 싶지 않은데, 좀 비켜 주시겠어요?"

"이름이 어떻게 되십니까?"

여자가 굳게 입을 닫았으므로 강대홍은 입맛을 다셨다. 상황 때문이기는 하겠지만 그에게는 드문 경우였다. 대부분의 여자들은 호감을 보였고 적어도 말대꾸는 성실히 해주었다.

"당신같이 멋진 여자가 눈앞에 있어서 도저히 참을 수가 없었어요. 그저 이야기나 나누고 싶었는데……."

강대홍이 반걸음쯤 물러났다.

"하지만 할 수 없는 일이지. 마음이 심란하신 모양이라 내 말이 귀에 들리지도 않는 것 같구만."

"……."

"또 봅시다."

휘적거리며 돌아오는 강대홍을 본 오종표가 얼른 머리를 돌렸다.

1월 16일 오후 2시.

공항 입구의 국제선으로 들어가는 차도에 차들이 밀려 있었다. 길 양쪽에 서 있는 군인들이 출국자와 환송자를 제각기 점검하고 환송자에게는 통행증을 발부해 주었기 때문이다.

"출국하는 사람이 꽤 많네."

김칠성의 혼잣말에 앞좌석의 고동규가 머리를 돌려 그를 바라보았다.

"계엄사령부의 허가증을 위조한 일당이 어제 잡혔어요. 한 사람당 천만 원에서 1억까지 받았던 모양이오."

"신문에는 나지 않았던데."

"통제했지요. 놈들은 중형을 받게 될 겁니다."

"돈 내고 산 놈들도 잡혔겠군."

"물론이오."

무장한 군인들에게 여권과 허가증을 보여준 그들은 출국장 앞에서 내렸다.

"억울헐 거여, 공산당 놈들이 쳐들어와서 몽땅 뺏어가믄 말여."

조웅남이 말하자 고동규가 머리를 끄덕였다.

"하긴 그렇습니다. 하지만 놈들은 비겁한 반역자들이지요. 놈들 모두가 기업체 대표에다 사회 유명 인사입니다. 아마 중형으로 처리되겠지요."

대합실의 입구에서 다시 허가증과 여권 검사가 있었다. 사람들로 들끓고 있는 대합실은 여느 때와 다름없었지만 분위기는 전혀 달랐다. 출국으로 들뜬 분위기가 아니었다. 어느 공항이든 떠나는 사람이나, 배웅하는 사람이나 조금씩 들떠 술렁대는 것이 정상인데 이곳은 무겁게 가라앉아 있었다. 그리고 모두 긴장한 상태였다.

조웅남이 두 팔을 휘저으며 출국장 입구로 다가가자 옆쪽에서 강대홍과 오종표가 나타났다. 반가운 듯 그들의 얼굴에 웃음기가 번져 있다.

"형님, 이제 오십니까?"

"그려, 느그덜은 일찍 왔구나."

티켓은 미리 받아둔 상태이므로 그들은 곧장 출국장 안으로 들어섰다.

안에는 무장한 군인들이 도열해 서 있었는데 한쪽 구석에 몰려 있는 출국자들이 보였다. 대위 계급장을 단 장교가 그들에게 다가왔다.

"허가증을 봅시다."

여권과 허가증을 넘겨준 김칠성이 조웅남을 바라보았다.

"빠져나가기 힘들겠군요, 형님."

조웅남이 혀를 찼다.

"도망갈 놈들은 가라고 허지, 왜 붙잡고 난리다냐, 난리가?"

그들은 여권 검열이 끝나기를 기다리기 위해 벽 쪽으로 다가갔다. 조웅남의 입술이 뒤틀려 있었는데 잔뜩 못마땅한 표정이다.

"미 공군기지 근처에 사람들이 많이 모인답니다. 미군과 결혼한 한국 여자들이나 군무원들에 끼어 미군기를 타려고 하는 사람들 때문에요."

고동규가 낮은 목소리로 말했다.

"미군 측에서 티켓을 판다는 정보도 있습니다. 한 장에 10만 달러라는 말도 있고, 50만 달러 상당의 귀금속이나 달러를 가진 사람에게는 요금이 싸다고 합니다."

"장사가 잘되겠군. 땅만 가지고 있던 놈들은 안됐어. 땅을 짊어지고 도망갈 수도 없으니."

김칠성이 말을 받자 조웅남이 머리를 돌렸다.

"거그 가서 우리가 장사허는 건디."

"어디 말이요? 미국 말입니까?"

"이런, 빙신 같은 놈."

욕을 얻어먹은 김칠성이 입맛을 다시고는 머리를 돌렸다. 조웅남이 고동규에게로 몸을 돌렸다.

"미군 기지가 어디여?"

"오산, 군산, 대구 등이지요. 그곳에서는 하루에 네댓 차례씩 군용기가 일본으로 뜹니다."

"애들허고 거그 가서 사업을 벌이는 건디."

그때 대위가 그들 쪽으로 다가왔다. 사병 두 명이 그를 따르고 있다. 조웅남 일행을 지나친 대위가 사람들을 향해 섰다.

"박은채 씨 있습니까?"

조용해진 사람들 사이에서 20대 중반의 여자가 두어 걸음 앞으로 나왔다. 바바리코트의 벨트를 죄어 묶어 큰 키가 돋보였고, 긴장했는지 두 눈이 크게 뜨여 있다.

"전데요."

"잠깐 이쪽으로 오세요."

그녀가 다가오기도 전에 병사들이 다가가 그녀의 양팔을 잡았다.

"이거 왜 이래요!"

얼굴이 하얗게 질린 여자가 소리치듯 말했으나 반항하지는 않았다.

"이봐, 대위."

고동규가 여자 뒤를 따라 지나치려는 대위를 불러 세웠다.

"무슨 일이야?"

"허가증 문제입니다."

"위조한 거야?"

"아닙니다."

잠시 망설이던 대위는 고동규의 시선을 받자 다시 입을 열었다.

"계엄사의 장교 몇 명이 뇌물을 받고 허가증을 내준 혐의로 구속되었습니다. 그 사람들이 허가증을 발급해 준 명단을 저희가 입수했는데……."

"저 여자도 끼어 있단 말이지?"

"예, 중령님."

몸을 돌린 대위는 바쁜 듯 여자의 뒤를 따라갔다.

"저것 봐요, 형님."

오종표가 강대홍의 허리를 손가락으로 찔렀다.

"저 여자……."

"알고 있어, 인마."

강대홍은 그를 젖히고는 앞쪽으로 나아갔다.

"형님."

조웅남의 앞에 선 강대홍이 두 눈을 부릅떴다.

"형님, 저 여자를 빼내주십시오."

"누구 말이여?"

김칠성과 이야기하던 조웅남이 멍한 얼굴로 물었고, 김칠성과 고동규도 이쪽으로 몸을 돌렸다.

"저기, 방금 군인들한테 끌려간 여자 말입니다."

"왜?"

김칠성이 물었다.

"아는 여자냐?"

"예."

"어떻게?"

"우연히 알게 되었습니다."

"어떤 관계인데?"

"제 애인입니다."

잠자코 있던 조웅남의 목에서 앓는 소리가 터져 나왔다.

"이 씨발 놈은 아는 년도 많고만. 해필이믄 이런 디서……."

김칠성이 다시 나섰다.

"야, 인마. 허가증 문제로 끌려간 모양인데, 형님이 어떻게……."

"저 애는 기술잡니다. 마취 기술자지요. 약만 있으면 틀림없이 일을 끝내는 앤데. 제가 하와이에 있을 때부터……."

"하와이에 있을 때부터 알았어?"

"예, 형님."

"그런데 저 여잔 지금 어디 가는 거야?"

"예, 잠깐 나가 있겠다고."

김칠성이 머리를 저었다.

"놔둬라. 우린 그런 일에 신경 쓸 형편이 아니다. 잊어버려, 인마."

"형님……."

그러자 강대홍에게 한 걸음 다가간 조웅남이 냄비 뚜껑만 한 손바닥으로 그의 뺨을 쳤다. 면적이 넓은 만큼 소리도 컸으므로 출국대 근처의 모든 사람들이 이쪽을 바라보았다.

"이런, 지기미 씨발 놈 같으니."

조웅남이 으르렁대듯 말하며 머리를 숙인 강대홍을 노려보았다.

"자지도 쬐깐한 것이 지집을 밝히기는."

머리를 돌린 조웅남이 고동규를 바라보았다.

"야, 저 지집년을 빼내라."

"예? 형님, 그것은……."

"마취쟁이라는디 데꼬 가서 써먹을 수도 있겄다. 시원찮으믄 갖다 버리면 되고."

김칠성이 이맛살을 찌푸리며 조웅남을 바라보았으나 말리지는 않았다.

"뭐 혀? 니 끗발로 빼낼 수 있잖여?"

이어진 조웅남의 말에 고동규가 마지못한 듯 몸을 돌렸다.

승용차의 히터를 오래 틀어놓아 차 안에서 기름 냄새가 났다. 조수석의 창을 손가락 한 마디만큼만 내려놓았는데도 그 부분을 마주친 얼굴은 얼음을 댄 것처럼 차다. 밖은 영하 10도가 넘었고, 매서운 바람에 나무 밑에 쌓인 눈가루가 어지럽게 흩날리고 있었다.

지희은은 옆자리에 놓인 보온병을 들었다. 뚜껑을 열자 아직 따뜻한 커피에서 김이 피어오르며 구수한 향기가 났다. 그러나 남은 커피는 한 잔 정도밖에 되지 않았다. 눈가루가 앞쪽 유리창에 덮여왔으므로 그녀는 윈도 브러시를 작동시키고 나서 잔에 커피를 따랐다. 왜건 한 대가 바퀴의 체인을 덜거덕거리면서 얼어붙은 차도를 지나갔다.

오후 4시밖에 되지 않았는데도 저녁때가 된 것처럼 하늘이 어두웠다. 지희은은 커피를 한 모금 삼키고는 길 건너편으로 시선을 돌렸다. 그녀의 시선이 닿은 곳은 3층짜리 벽돌 양옥집의 현관이었다.

눈가루를 뒤집어쓴 승용차들이 차도 가에 나란히 세워져 있었고, 인도 옆쪽으로 벽돌이나 대리석으로 건축된 주택들이 늘어서 있었지만 인적은 드물었다. 한두 명이 바쁜 걸음으로 지나갈 뿐이었다.

유리창 사이로 휘몰려온 바람이 이마에 닿았으므로 그녀는 창을 끝까지 올렸다.

벌써 네 시간째 이러고 있는 것이지만 그녀는 지루하지 않았다. 작년에 제네바에서는 호텔 앞에서 북한인을 일곱 시간이나 기다린 적도 있었다. 커피 잔의 바닥에 고인 마지막 한 모금까지 마시고 났을 때 휴대폰의 벨이 울렸다.

"여보세요."

—나야.

정상혁의 목소리다.

—그쪽은 어때? 아직도야?

"네."

그녀는 벽돌집의 굳게 닫힌 현관문을 바라보았다. 북한 대사관의 공보관 이필수는 지금 앙리 주르메의 집에 들어가 있었다. 요즘 들어 그는 일주일에 두 번 꼴로 이곳에 찾아와 머물다 갔는데, 그것은 북한의 문화재 판매에 관한 일 때문일 것이다.

앙리 주르메는 취리히 시내에 꽤 큰 화랑을 운영하고 있는 거부였다. 그가 북한에서 반출해 온 문화재를 팔아 1, 2년 사이에 큰돈을 모았다는 것은 제법 알려진 사실이다.

—요즘 이필수가 그곳에 자주 가는구만. 북한이 자금을 모으려고 애를 쓰는 모양이야.

정상혁의 목소리가 다시 울려 나왔다.

—놈들은 문화재의 가치도 모르고 있어. 그것을 한국의 미술상에게 팔면 몇 배는 더 받을 수 있을 텐데.

"지루해요, 정 중령님."

지희은이 하품을 참으며 말했다.

"언제까지 이곳에 있어야 하죠?"

—이봐, 한국에는 지금 계엄령이 내려졌어. 언제 북한이 쳐내려올지 모른다구. 그리고 이곳은 그 진원지야.

정상혁의 목소리가 딱딱해졌다.

—아침에도 이야기했지만, 우린 놈들의 어떤 행동도 놓치면 안 돼. 몇 명 안 되는 인원이지만 하는 데까지 해보는 거야.

수화기를 잠시 귀에서 떼었지만 그의 목소리는 선명하게 들려왔다.

"하지만 너무해요. 이곳이 그렇게 중요하다면 왜 요원을 증원시켜 주지 않죠? 세 명으로 뭘 어떻게 하라고……."

그러자 정상혁은 잠시 입을 열지 않았다. 차 안의 공기가 탁해져 있었으므로 지희은은 유리창을 조금 내렸다.

—곧 사람들이 올 거야.

정상혁이 말하자 지희은이 수화기를 고쳐 쥐었다.

"요원들이 와요? 언제는 요원들이 움직이지 못한다면서?"

—아니, 다른 곳에서.

그때 벽돌집의 나무 문이 열리더니 이필수가 밖으로 나왔다. 검은색 모피 코트에 손에는 가죽 가방이 들려 있었다. 인도에 내려선 그가 잠시 주위를 둘러보자 지희은은 몸을 굳혔다. 그의 시선이 이쪽을 스치고 지났으나 눈치챈 것 같지는 않았다. 차도에 세워진 그의 검은색 벤츠에는 눈가루가 하얗게 뒤덮여 있었다.

지희은은 휴대폰의 스위치를 끄고는 브레이크를 풀었다.

흰색 시트로엥이 검은색 벤츠의 뒤를 따라 시야에서 사라지자 시바다 겐지가 옆에 앉은 다케무라 한죠를 바라보았다.

"다케무라, 줄줄이 따라가는 걸 보면 서양 놈들이 웃겠다. 우린 사무실로 돌아가자."

"부장님, 괜찮을까요? 저 여자가 다른 곳으로 샐지도 모르는데."

다케무라가 브레이크를 풀면서 말하자 시바다는 머리를 저었다.

"이필수는 꼬리를 잡힐 놈이 아냐."

"그래도 앙리 주르메는……."

"저놈은 취리히에서 북한의 골동품을 받아 파는 거간꾼으로 알려져 있어. 한국 측이 알아낼 수 있는 것도 그 이상은 없을 거야."

시바다가 힐끗 벽돌집을 바라보았다.

"남한은 외국으로 반출된 유물들을 사들이려고 야단인데 북쪽은 정부에서 팔아먹는군."

"북쪽이 남한을 점령하면 피장파장이지요. 제 놈들이 판 유물들이 돌고 돌아 남한에 와 있을 것 아닙니까? 어차피 다시 갖게 되겠군요."

그들이 탄 차는 차량의 왕래가 많은 시내로 들어섰다. 인도를 걷는 사람들은 추위에 잔뜩 웅크린 모습이었다. 차도의 눈이 바퀴의 마찰에 녹아 질퍽였으므로 다케무라는 속력을 줄였다.

시바다가 주머니에서 휴대폰을 꺼내 들었다. 40대 후반으로 짧은 머리에 다부진 인상의 그는 일본 정보국의 부장으로 국장인 혼다 다카오가 신임하는 부하였다. 그가 다이얼을 누르자 곧 저쪽에서 응답이 왔다.

—여보세요.

사쿠라이의 목소리다.

"나, 시바다야."

—부장님, 이쪽은 움직이지 않습니다.

"말루치는 오늘 저녁에 그곳에 있을 거야. 아까 미국 측한테서 들었어."

—그렇습니까? 그렇다면 저도.

"기다려, 스케줄을 모르고 기다리는 친구도 있으니까. 그걸로 위로를 삼고."

—알겠습니다, 부장님.

휴대폰의 스위치를 끄자 다케무라가 그를 바라보았다.

"북한 공작원 몇 명이 숙소를 취리히 호 남쪽으로 옮겼어요. 어젯밤에 비밀리에 움직였는데 무슨 꿍꿍이인지 알 수가 없습니다."

시바다가 입술 끝을 비틀며 웃었다.

"회담이 시작되면 모일 테니 어디에 처박혀 있건 상관없어."

"북한 측 공작원이 꽤 되는 모양이던데요. 곤도의 이야기로는 30명에서 40명은 족히 된다고……."

다케무라는 붉은 신호등을 보고 차를 세웠다. 날이 어두워지면서 눈발이 굵어지기 시작했으므로 그는 윈도 브러시의 작동 속도를 빠르게 조정했다.

"우리 측과 미국 측도 몰려와 있어서 취리히의 물가가 뛰겠군요, 부장님."

"중국, 영국, 프랑스, 독일, 러시아의 정보원들도 몰려와 있어. 아마 세계의 이렇다 할 정보기관들은 모두 이곳에 일급 요원들을 파견해 놓았을 거야."

신호가 바뀌자 다케무라는 차를 발진시켰다. 바퀴가 잠깐 헛도는가 싶더니, 곧 튀듯이 앞으로 나갔다.

"그런데 한국 측은 웬일일까요? 정보 요원이 서너 명밖에 없으니."

다케무라의 혼잣말에 시바다가 천천히 머리를 저었다.

"그들 나름대로 무슨 수를 쓰겠지. 가만히 앉아 있을 놈들은 아니니까."

"내일 외무장관이 이곳에 도착하지요? 수행원은 세 명뿐이라면서요?"

"그렇다더군. 비공식 방문이니까 이곳에서 그를 반길 사람이나 맞을 사람은 한 명도 없어."

"……."

"감시를 받아 움직이지도 못할 거야."

"안됐군요. 조만간 침공일이 다가올 텐데."

"유럽의 한국 안기부 요원들은 모두 CIA에 파악되어 있어서 제대로 움직이지도 못해. 동맹국이라 정보가 샅샅이 알려져 있기 때문이지."

시바다가 얼굴을 허물어뜨리면서 웃었다.

"우선 깔보이지 않으려면 이쪽이 강해져야 돼. 한국 사람들, 가엾지만 정신 못 차린 대가를 치른다. 이건 딱 400년 전의 우리와 조선이 전쟁할 때와 비슷해. 남한은 당파 싸움과 사대주의에 물들어 있던 조선과 비슷한 상황이야."

"그렇습니까?"

"지금은 명나라 대신 미국을 믿고 있는 것 같지만, 어쩌면 상황이 더 나쁠지도 모르겠군."

앞쪽으로 그들이 숙소로 쓰고 있는 모텔이 보였다. 2층짜리 모텔 전체를 빌려 쓰고 있었다.

모텔 직원과 함께 현관에 서 있던 부하 한 명이 아는 체를 했다.

제4장

취리히의 암살단

밤의 대통령

하타공항의 탑승구는 한산했다. 바닥이 반질거리는 홀은 목재로 되어 있었고, 사면이 유리벽으로 되어 있어서 밖의 푸른 잔디와 야자수가 한눈에 들어왔다. 멀리 앞쪽의 유리벽 밖으로 비행기의 둥근 머리가 보이지 않았다면 마치 풀숲 위에 세워진 조용한 호텔의 로비쯤으로 생각될 수도 있을 것이다.

통로의 양쪽에 각기 번호가 쓰인 탑승구가 있었는데, 어느 곳으로 떠나는지는 알 수 없으나 백인 한 명이 오른쪽 통로를 천천히 걸어가고 있었다. 통로 끝에는 양쪽 날개에 검은색 프로펠러 엔진을 단 가루다항공의 여객기가 세워져 있었다.

고동규가 벽에 걸린 시계를 올려다보고 입을 열었다.

"2시에 출발인데 늦으시네요."

"아직 1시 30분이오."

던지듯 말한 김칠성이 다시 입구 쪽을 바라보았다.

탑승구의 자동문이 가끔씩 열리면서 승객들을 안으로 밀어 넣는다. 옆쪽의 일등석 라운지에 들어가 있던 조웅남이 모습을 나타냈다. 그의 뒤를 강대홍과 오종표, 박은채가 따르고 있다.

"어뜨케 된 거여? 2시 비행긴디."

조웅남의 목소리가 넓은 홀을 울렸다. 기다리다가 조바심이 나서 밖으로 나온 모양이다. 그러나 그의 말이 끝나자마자 자동문이 열리더니 김원국이 모습을 나타냈다.

엷은 색 양복 차림에 조그만 손가방을 든 간편한 차림이었다.

"형님."

김칠성이 자리에서 튕기듯이 일어섰고, 조웅남은 이미 두 팔을 휘저으며 그에게로 다가가고 있다.

"아이고, 형님."

조웅남이 둥근 몸을 반으로 꺾었다.

"형님, 이게 얼매 만입니까?"

"그래, 잘 있었냐?"

김원국이 흰 이를 드러내며 웃었다. 검게 탄 얼굴에 건강한 모습이었다.

"칠성이는 살이 붙은 것 같구나."

김원국의 말에 김칠성이 얼굴을 일그러뜨리며 웃었다.

"형님, 그동안 건강하셨습니까?"

"건강허시고만그려."

조웅남이 김원국에게서 가방을 받아 들었다.

머리를 돌린 김원국의 시선이 고동규에게 가서 멈추었다. 긴장한 고동규가 한 걸음 다가오자 김칠성이 나섰다.

"형님, 안기부의 고 중령입니다."

"그래, 이야기 들었어. 임 부장한테서."

"잘 부탁합니다."

고동규가 머리를 숙였다.

"저를 동생처럼 생각해 주십시오."

"그래. 상황이 이래서 내가 임 부장의 부탁을 거절할 수도 없었어. 아무튼 잘해보자구."

"예, 아무쪼록 잘 지도해 주십시오."

그들은 발소리를 내며 앞쪽으로 나아갔다. 강대홍과 오종표가 주춤거리며 비켜섰다. 그들은 김원국과 처음 대면하는 것이다.

"형님, 야가 강대홍이고, 야는 오종표. 대홍이 동생이오. 하와이에서 왔다고 지가 말씀드린……."

조웅남이 그들은 가리키며 말하자 김원국이 머리를 끄덕였다. 강대홍과 오종표가 허리를 직각으로 구부렸다.

"잘 왔다."

그러고 난 김원국의 시선이 힐끗 박은채에게 향했으나 아무도 소개하려 하지 않았다. 그들은 한 무리가 되어 탑승구로 다가섰다.

자카르타의 하타공항에서 이륙한 에어 프랑스 기는 3만 피트의 상공에서 기수를 고정시키고 직선으로 날아가고 있었다. 맑고 쾌청한 하늘이어서 비행기가 멈춰 있는 것처럼 느껴졌지만 시속 950킬로미터의 속도로 날고 있었다.

김원국이 통로 옆자리에 앉은 고동규 쪽으로 몸을 돌렸다.

"임 부장한테서 대충은 들었는데, 북한이 한 달의 기간을 준 것은 미국 내부의 분열을 노린 술책이라고. 그런가?"

"예, 그리고 그 술책이 어느 정도는 성공한 것 같습니다."

"외무장관 안승재 씨는 언제 취리히에 오나?"

"이삼 일 안에 도착합니다."

"비공식 방문이겠군."

"비공식도 아닙니다. 비밀리에 입국하는 것이지요. 물론 CIA 놈들에게 체크되겠지만요."

입맛을 다신 김원국은 한동안 입을 열지 않았다.

옆자리에 앉은 조웅남은 의자를 머리에 기대고는 잠들어 있었고, 고동규 옆의 김칠성은 창밖을 바라보고 있었다.

"우리가 일을 잘못되게 할 수도 있어. 북한에게 꼬투리를 잡히면 그땐 방법이 없어."

김원국이 혼잣소리처럼 말했으나 긴장하고 있던 고동규는 모두 알아들었다.

"알고 있습니다. 하지만 가만히 앉아서 북미 회담 결과만 기다릴 수는 없다고 부장께서도 말씀하셨습니다."

"그건 나도 동감이야. 그래서 섬에서 나온 거네, 고 중령."

"어차피 북한은 남침 계획을 굳힌 상황이라고 보아야 합니다."

"더 나빠질 것도 없다는 말이군."

"예, 회장님."

김원국이 힐끗 그의 얼굴을 바라보았다.

"하지만 철저히 우리의 존재를 숨겨야 돼. 그래서 임 부장이 나와 내 동생들을 필요로 했겠지만."

"애국심이 투철하신 분이라고 들었습니다."

"애국심 없는 사람도 있나?"

"도망치는 고위 공직자들도 있습니다, 회장님. 외국에 있는 자식을 들어오지 못하게 하는 각료도 있고요."

"앞으로 날 형님이라고 부르게, 고 중령. 나는 그게 편해."

"예, 형님."

"전쟁이 일어나면 어떻게 될까? 어때, 군인인 자네의 판단은?"

"집니다. 분하지만."

"그렇게 쉽게?"

"주변의 썩은 것들을 너무 많이 보아왔기 때문인지도 모릅니다."

"현실적으로는 어떤가?"

"국력과 전투기의 숫자, 병력 비교, 대포의 우열로 전쟁의 승패가 갈리는 것은 아니라고 생각합니다."

"사기 문제인가?"

"전쟁이란 단어를 쓰는 것마저 기피해 왔습니다. 우린 우선 준비가 덜 되어 있습니다."

김원국이 의자에 등을 기대고는 머리를 돌려 뒤쪽을 바라보았다.

나란히 앉아 이야기하고 있는 강대홍과 오종표의 뒤쪽에 앉은 박은채와 시선이 마주쳤다. 그러자 그녀는 창밖으로 머리를 돌렸다.

"저 여잔 스위스에 도착하면 풀어줘. 데리고 다닐 수는 없다."

머리를 돌린 김원국의 말에 고동규가 그를 바라보았다.

"괜찮을까요? 우릴 모두 파악했는데요."

"상관없어. 놈들은 저 여자를 주목하지도 않을 테니까. 저 여자의 특기를 써먹을 기회는 생기지 않을 거야."

*　　　*　　　*

"이제 취리히가 회담 장소라는 것을 모르는 사람이 없습니다. 세계의 정보 요원, 언론인이 모두 모여들고 있어요."

조민섭이 충혈된 눈으로 안승재를 바라보았다. 대한한공의 특별기로 밤 11시에 출발하고 나서 꼬박 10시간째 비행하고 있었는데 그는 한숨도 자지 못했다.

안승재는 회담에 참가할 수 없는 입장이지만 자료는 준비해야만 했고, 그것은 모두 조민섭의 몫이었다. 현재의 직책은 본부의 대사였지만 러시아 대사를 거친 중량급 외교관인 조민섭은 자원해서 안승재를 따라나선 것이다.

안승재는 들고 있던 서류를 내려놓고 기내를 둘러보았다. 뒤쪽 자리에 앉아 있던 두 명의 사내가 그와 시선이 마주치자 똑같이 엉거주춤 몸을 일으켰다. 임병섭이 딸려 보낸 안기부 요원들이다. 안승재가 머리를 저으며 시선을 돌리자 그들은 다시 자리에 앉았다. 조종석 뒤에는 스튜어디스 두 명이 이쪽으로 등을 보이고 앉아 있었다. 20인승의 쌍발 제트기는 인도양 상공을 지나는 중이었다.

"장관님, 북한이 이번 회담 장소도 취리히로 정한 것은 세계의 이목을 끌기 위해서입니다. 꺼릴 것이 없다는 자세이기도 하구요."

조민섭의 말에 안승재는 머리를 끄덕였다.

"맞습니다. 미국 측 이야기로는 그들이 장소를 취리히로 정했다고 했지만 북한이 거부했다면 바꿨겠지요."

"참담합니다. 아니, 비참하다고 해야……."

조민섭이 부스스하게 일어선 머리를 손가락으로 쓸어 올렸다. 백발이 반쯤 섞인 머리에 얼굴은 굵은 주름살로 덮여 있는 투박한 용모였다.

그는 러시아 대사로 있을 적에 차관 문제로 목이 달아난 사람이었다. 옐친이 방한할 때마다 차관의 상환 계약서가 수정되었는데 조민섭은 한국 측의 차관 문제 사절단이 방문하였을 때 러시아 정부를 강력히 밀어붙이다가 옐친의 화를 돋우었고, 한국의 정치권에서는 그를 본국의 대리대사로 불러들인 것이었다.

"우린 고립되어 있습니다, 장관님."

"모두 내가 무능한 탓입니다."

"잘 알고 계실 텐데 소용없는 겸손입니다. 이제 와서."

어깨를 늘어뜨린 안승재가 시선을 돌렸다.

로젠스턴은 두 번이나 전화를 해서 취리히에 올 필요가 없다고 했다. 회담에 참석할 수도 없는 입장일뿐더러 북한 측을 자극하여 일이 꼬일 염려도 있다는 것이다. 미국이 이 지경이니 다른 나라는 말할 것도 없었다.

중국과도 접촉을 시도해 보았으나 외교부장 화인봉은 아예 상대도 해주지 않았고, 국장급인 간부 하나가 전문을 보내어 방문

계획은 추후 상의해 보자고 했는데 이것은 모욕 그 자체였다. 중국은 이쪽의 장관을 두 계단이나 낮은 국장으로 상대하면서 대답을 피한 것이다.

일본은 재빠르게 움직이고 있었다. 방위대가 예비역까지 소집되어 있었고, 전군에 비상 대기령이 내려져 있었다. 그리고 하시모토 수상은 일본은 한반도에 전쟁이 일어나는 것을 원치 않는다고 성명을 발표했다.

전쟁을 막기 위해 최선을 다하겠다고 하면서도 남북한 어느 쪽도 옹호하거나 비난하지 않는 입장이었다. 안승재는 일본에 대한 기대는 갖지 않았다. 아직 국민의 정서가 선뜻 일본을 받아들일 수 있는 형편이 아니었다. 아마 하시모토도 그것을 알고 있을 것이 틀림없었다.

"어젯밤에 임 부장을 만났는데, CIA는 취리히 회담에 대한 정보는 거의 내놓지 않고 있다는 겁니다."

안승재가 말을 이었다.

"취리히에 안기부 요원 몇 명이 있지만 그들한테서 나오는 정보로는 윤곽을 알 수가 없습니다."

"로젠스턴이 있는 호텔은 알 수 있겠지요."

"글쎄요, 공식 회담 성격이 아니어서 처음부터 숨어 다닐지도 모릅니다."

"그렇다면 우린 로젠스턴도 만나지 못한단 말입니까?"

조민섭의 이마에 굵은 주름살이 잡혔다.

"어떻게든 그 사람이라도 만나야 합니다. 만나서 우리의 입장을 전해야……."

"대통령 각하의 말씀대로 우린 내놓을 카드가 없어요. 미국이 저런 식으로 우릴 기피하는 이상……."

"방법이 있을 겁니다, 장관님."

시선을 떨군 조민섭이 혼잣소리처럼 말했다.

"이대로 놈들에게 나라를 넘길 수는 없습니다."

"……."

"차라리 본국의 훈령이나 지침이 없고 미국의 눈치를 살필 필요도 없는 지금이 홀가분하군요. 어울리지 않는 표현입니다만."

"그래서 그토록 기를 쓰고 자원하신 겁니까?"

조민섭이 부드러운 얼굴로 안승재를 바라보았다.

"장관님도 잘 아시다시피 지금 우릴 도와줄 놈은 하나도 없습니다. 미국은 파병하지 않을 겁니다."

"……."

"배신당했다고 말하는 것 자체가 수치 아닙니까? 우리는 이제까지 군사력을 키워온 북쪽의 거지 놈들한테 경제 협력이니 뭐니 하면서 사정만 한 꼴이 되었습니다. 놈들이 저렇게 안하무인이 된 것은 모두 우리 책임입니다."

구름층으로 들어간 비행기가 위아래로 요동하기 시작했다. 스튜어디스 한 명이 일어나 그들에게로 다가왔다.

"안전벨트를 매시지요."

머리를 끄덕여 보인 안승재가 조민섭을 바라보았다.

"그래요, 조 대사님. 결과가 이렇게 되었으니 나로서도 할 말이 없습니다. 그러나……."

안승재는 안전벨트를 매었다.

"그러나 끝까지 최선을 다해봅시다. 취리히에 가면 우리를 도와 줄 사람들이 모일 겁니다."

"……."

"잘 아시겠지만, 김원국이라고 밤의 대통령으로 불리던 사내요."

"김원국."

"그가 부하들을 데리고 올 겁니다. 임 부장이 부탁했어요."

"그가 어떻게 한단 말입니까?"

"글쎄, 그것은 잘……."

안승재가 천천히 머리를 저었다.

"그저 나는 그들도 조 대사처럼 사심 없이 일을 해주리라는 것만 알고 있을 뿐이오."

밤이 깊어지자 눈발은 뜸해졌지만 도로는 얼어붙었다. 왼쪽의 호수에서 불어오는 강한 강바람이 택시의 측면에 부딪쳐 날카로운 소리를 내었다. 정상혁은 머리를 돌려 뒤쪽을 바라보았다. 멀찍이 모퉁이를 돌아오는 차량 두어 대의 불빛이 보였지만 미행하는 차는 아닌 것 같았다.

손목시계는 12시 10분 전을 가리키고 있다. 호텔 앞에서 차를 버리고 미행자를 따돌린 지 두 시간이 넘은 것이다.

택시 운전사가 백미러를 통해 그의 얼굴을 바라보았다.

"손님, 그루닝겐에 다 왔습니다. 내리실 곳이 어딥니까?"

"호숫가의 미라보모텔이오."

"그곳에 머무르실 겁니까?"

"아니, 잠깐 일이 있어서."

"그렇다면 내가 기다릴까요?"

정상혁은 나이 든 운전사의 등에 시선을 준 채 잠시 대답하지 않았다.

호숫가를 달리던 차는 길가에 늘어선 상가를 지나더니 다시 호수 쪽으로 뻗은 길을 달려 나갔다.

"그래요. 두 시간쯤 기다려 줘요. 하지만 두 시간이 넘으면 그냥 취리히로 돌아가시오."

정상혁의 말에 운전사는 머리를 뒤쪽으로 돌리고는 기쁜 듯 웃었다. 주름살이 늘어지기 시작한 60대의 독일계 백인이었다.

"이 날씨에 취리히로 돌아가는 손님은 없어요. 밤도 깊었고, 돌아오시는 동안 잠이나 자두렵니다."

"모텔에서 조금 떨어진 곳에 세워줬으면 좋겠는데."

"염려 마십시오, 선생님."

짙은 어둠 속을 달리는 택시의 앞쪽으로 반짝이는 불빛이 보였다. 한 무리의 불빛은 시간이 지나자 여러 개의 강하고 약한 불빛으로 구분이 되었다.

"다 왔습니다, 선생님."

운전사가 차의 속력을 줄이며 말했다. 이 차선 국도였으나 지나는 차량이 없는 한적한 곳이었다.

"잠깐 저쪽에 세워주시오. 길가에."

정상혁이 운전사의 어깨를 손으로 두드렸다.

택시가 길가에 멈추어 서자 그는 주머니에서 휴대폰을 꺼내 들었다. 운전사가 백미러로 힐끗 그를 바라보았다. 다이얼을 누른 정상혁이 앞쪽의 불빛을 바라보았다. 조금 높은 곳에 있는 여러 개의 불빛이 미라보모텔일 것이다.

—여보세요.

발신음이 끊기더니 김준호의 목소리가 들려왔다.

"나야. 나는 지금 그루닝겐에 있어."

정상혁이 힐끗 운전사의 뒷모습에 시선을 주었다. 그가 한국어를 이해할 리 없었다.

"미라보모텔 근처야. 여길 둘러보고 돌아가겠어."

—저도 지금 막 집에 돌아온 참입니다. 조심하세요, 중령님.

휴대폰의 스위치를 끈 정상혁이 운전사를 바라보았다.

"갑시다, 모텔 근처로."

택시가 움직이자 그는 코트의 단추를 채우고 장갑을 손에 끼었다. 정보원은 전임자 때부터 일해온 스위스인이어서 믿을 만했다. 미라보모텔에 북한인들이 투숙하고 있다는 것은 쓸 만한 정보였다. 회담이 곧 열릴 것이고, 북한인들이 취리히에 몰려들고 있었지만 숙소를 찾아낸 것은 처음이었다.

그러나 정상혁은 모텔에 투숙하고 있는 것은 보좌관급의 북한인들이라고 믿었다. 아마 고위층은 대사관이나 보다 고급 호텔에 묵을 것이다.

택시가 모텔을 향해 속력을 내어 다가가자 그는 운전사의 어깨를 살짝 두드려 차를 멈추게 했다.

"여기요. 이쯤에서 멈춰주시오."

택시가 멈춘 곳은 모텔의 옆쪽으로 50미터쯤 떨어진 선물 가게 앞이었다.

"이건 두 시간의 대기 요금까지 포함된 거요."

정상혁이 지폐를 내밀자 운전사가 이를 드러내며 웃었다.

"세 시간을 기다려 드리지요, 선생님. 난 한 시간을 더 잘 수 있거든요."

"그래 주시겠소?"

새벽에 취리히로 돌아갈 마땅한 차편이 없었기에 잘된 일이었다.

미라보모텔의 현관문은 닫혀 있었지만 유리문이어서 내부가 훤히 들여다보였다.

좁은 로비 안쪽으로 프런트가 현관을 향해 배치되어 있었는데 머리가 벗겨진 비대한 사내가 앉아 신문을 읽고 있었다. 로비에는 원형 탁자 한 개와 대여섯 개의 의자가 놓여 있을 뿐 손님은 없었다.

현관 앞에 서서 잠시 안쪽을 바라보던 정상혁이 문을 밀고 안으로 들어서자 사내가 머리를 들었다. 두툼한 턱살이 늘어져 그것이 마치 음식을 저장하는 주머니처럼 보였다. 코트에 묻은 눈가루를 털며 정상혁이 다가가 그의 앞에 섰다.

"방 있습니까?"

사내는 잠자코 옆쪽의 벽에 걸려 있는 열쇠 한 개를 빼내어 그의 앞으로 밀어놓았다.

"210호실. 150프랑이오."

"날씨가 지독하게 춥군요."

"계단으로 올라가서 왼쪽이오."

벽에 붙은 열쇠 걸이는 스무 개 정도였고, 매달려 있는 열쇠는

7, 8개 정도 되었다. 스무 개의 방 중 반 이상이 차 있는 셈이다.

"여긴 숙박부도 쓰지 않는 모양이군."

정상혁이 지갑에서 돈을 꺼내면서 웃었다.

"좋아하는 사람들이 꽤 있겠는데."

"당신은 이곳에 오래 묵을 일이 없어요, 신사 양반."

사내가 무표정한 얼굴로 말했다.

"그러니 괜히 끄적거릴 필요가 없어."

머리를 끄덕인 정상혁이 주위를 둘러보았다. 2층으로 올라가는 계단은 조용했고 로비는 여전히 비어 있었다.

"중국인들이 투숙하고 있다고 들었는데."

"없어요, 신사 양반."

팔짱을 낀 사내가 턱을 끌어당기면서 그를 바라보았으므로 목이 턱살에 가려 보이지 않았다.

"숙박부를 열어봐도 없을 거요."

"이러면 알 수 있을까?"

정상혁이 지폐 몇 장을 꺼내어 그의 앞으로 밀어놓았다. 1천 프랑이 넘는 돈이다. 사내가 힐끗 지폐를 바라보았으나 표정은 변하지 않았다.

"글쎄, 내가 기억력이 나빠서……."

"이거면 조금 나아질지 모르겠군."

그가 다시 두어 장의 지폐를 꺼내어놓자 팔짱을 푼 사내가 앞에 놓인 지폐를 한주먹에 움켜쥐었다.

"205호와 206호요. 두 명씩 네 명이오."

"중국인이요, 아니면……."

"글쎄, 동양인은 모두 똑같아 보여서……."

"지금 방에 있소?"

사내가 머리를 끄덕이자 정상혁이 벽으로 시선을 돌렸다.

"207호 열쇠를 주시오."

"200프랑을 더 주시면."

"지독하군."

"난 이 모텔을 25년째 운영하고 있어요, 신사 양반. 나는 사람을 볼 줄 알아."

"알 만하구만."

쓴웃음을 지은 정상혁이 지폐를 내밀자 그는 열쇠를 그의 앞에 던졌다.

"물건이 부서지면 반드시 변상을 해야 돼. 그러니 내가 확인하기 전에 떠나면 안 되오. 알겠소?"

"값나가는 것이 많은 곳이로군."

열쇠를 쥔 정상혁은 숨을 들이마시고는 계단을 향해 발을 떼었다.

코트 호주머니에 넣어둔 소형 카메라로 그들의 얼굴을 찍을 수 있다면 말할 것도 없이 좋겠지만, 그것이 불가능하다면 얼굴만 머릿속에 담고 다음 기회를 기다려도 될 것이다.

방문을 연 김원국이 문 앞에 선 박은채를 보곤 의외라는 듯 눈을 치켜떴다.

"웬일이야?"

"말씀드릴 것이 있어서 왔는데요."

머리를 꼿꼿이 든 박은채는 긴장한 듯 얼굴이 굳어 있었다. 김원국이 잠자코 자리를 비켜 주자 그녀는 방 안으로 들어섰다.

"거기 앉아."

김원국이 소파의 앞자리를 눈으로 가리키자 박은채가 조심스럽게 앉았다. 짙은 색 스웨터에 진 바지 차림이었다.

"고 중령한테 이야기를 들은 모양이군."

김원국의 말투는 가벼웠다. 소파에 깊게 등을 묻은 그가 박은채를 바라보았다.

"부담스러워할 것 없어. 내가 진작 알았다면 자카르타에서 내려주었을 거야."

"전 같이 일하고 싶은데요."

"그쪽이 할 일은 없어."

김원국이 한쪽 입술 끝으로만 웃으면서 머리를 저었다.

"여기선 그런 일이 통하지 않아."

"전 그런 여자가 아닙니다."

박은채가 몸을 똑바로 세우고는 그를 바라보았다. 필사적인 표정이다.

"그건 강대홍 씨가 저를 공항에서 빼내려고 만들어낸 이야기예요. 전 무역 회사에서 일했습니다."

"……."

"전 영어와 프랑스어를 구사할 수 있고, 독일어도 조금 할 줄 압니다. 대학에서는 경영학을 전공했어요."

"사람을 약 먹여서 재우고 깡그리 벗겨 가는 여자가 아니란 말이지."

김원국이 그녀를 똑바로 바라보았다. 이제는 표정이 딱딱해져 있었다.

"네, 전 그런 일은 해본 적이 없습니다."

"강대홍과는 언제 알게 되었지?"

"공항에서… 저는 그의 이름도 모르고 있었습니다."

"……."

"제 아버지가 허가증을 얻었는데 문제가 있을 줄은 몰랐습니다. 그런 것인 줄 알았다면 전 출국하지도 않았을 거예요."

"공항에서 처음 만났고, 이름도 모르는 사이인 강대홍이가 왜?"

"그건……."

박은채는 그제야 깨달은 모양이었다. 두 눈을 크게 뜬 채 잠시 입을 열지 않았다.

"그놈이 거짓말을 했군. 이런 상황에서. 여자 때문에."

김원국이 혼잣소리처럼 말하고는 얼굴에 웃음을 띠었다.

"네가 그런 이야기를 하면 강대홍이 처벌받을 수도 있다는 것을 생각해 보았나?"

"아닙니다. 그렇게까지는……."

"그놈의 형님인 김칠성이나 조웅남이 알게 된다면 강대홍은 당장 처단될 것이다."

"……."

"표정을 보니 그런 건 관심이 없는 것 같은데, 맞나?"

"그렇습니다. 그리고 그가 그 일로 처, 처단된다고는……."

"우리와 함께 있고 싶은 이유는 뭐야?"

"나라를 위해 일하고 싶어서요."

"너는 허가증을 위조해 나라에서 빠져나오려다 잡혔다. 믿을 수가 없어."

"제 의사가 아니었다고 말씀드리지 않았나요?"

박은채의 얼굴이 붉게 달아올랐다. 치켜뜬 두 눈의 검은자가 김원국을 뚫어질 듯 바라보고 있었다.

"저에게 기회를 주세요. 무슨 일이든 할 테니까요. 회담을 중지시키려면 한 사람의 힘이라도 더 필요해요."

"회담을 중지시킨다고 누가 그러든가?"

"조웅남 씨와 김칠성 씨가 이야기하는 것을 들었습니다."

한동안 방 안에 정적이 흘렀다. 박은채는 온몸을 석상처럼 굳힌 채 김원국을 바라보았다. 김원국은 어두운 창밖으로 머리를 돌리고 있었다.

이윽고 김원국이 자리를 고쳐 앉았다.

"그래, 같이 일하도록 해. 당분간만."

"고맙습니다, 선생님."

"강대홍의 일은 당분간 덮어두기로 하고."

"제가 열심히 일하면 그의 잘못도 상쇄될 거라고 생각합니다."

"입을 다물고 있으란 말이다."

"다물고 있겠습니다."

"목숨을 바쳐서 일하는 것이다. 그럴 각오가 없으면 안 돼."

"알고 있습니다."

다시 시선이 마주치자 김원국이 머리를 돌렸다.

"돌아가라."

자리에서 일어선 박은채는 문으로 다가갔다. 방을 나오면서 힐끗 뒤쪽을 바라보자 김원국은 탁자 위에 놓인 서류를 집어 들고 있었다.

지희은이 커피숍에 들어섰을 때는 오전 11시 정각이었다. 입구의 계산대에 앉아 있던 헬렌이 그녀를 향해 웃어 보였다. 기계적인 웃음이었으나 그런 경우가 자주 있는 것은 아니다. 콜머호텔은 지희은의 아버지인 지한호가 경영하는 객실 60개의 조그만 호텔이다.

입구에 서서 안을 둘러보던 그녀는 벽에 붙은 구석자리에 앉아 있는 준호를 찾아내었다. 이맛살을 찌푸린 지희은은 곧장 그에게로 다가갔다.

"웬일이에요, 여기까지?"

김준호는 이곳이 처음이었는데 지희은이 사람들이 호텔로 찾아오는 것을 싫어했기 때문이다.

"급한 일이 있어서 들렀어."

그의 얼굴은 딱딱하게 굳어 있었다. 30대 초반의 김준호는 정상혁의 보좌관으로 취리히대학에서 중세 유럽의 역사에 대한 석사 과정을 공부하고 있다. 정상혁이 배려해 준 덕택에 대사관 일을 보면서 공부도 하고 있었는데 넉 달 전에는 서울에서 아내와 딸을 데려와 퀴스나흐트에 살림을 차렸다.

"정 중령하고 연락이 안 돼. 숙소에도 돌아오지 않았고, 출근도 하지 않았어."

김준호가 희고 잘생긴 얼굴을 찌푸려 보였다.

"어젯밤 그루닝겐에 갔어. 미라보모텔에 북한 사람들이 묵고 있다는 정보를 받고. 근데 모텔에서는 그런 사람을 본 적이 없다고 한단 말이야."

"……."

"거짓말이야. 정 중령은 모텔 앞에서 나에게 전화를 했어."

"경찰에 신고해야 되지 않아요?"

이제 지희은의 얼굴도 찌푸려졌다.

"대사관에는 보고했지요?"

"했어. 하지만……."

"하지만 뭐죠?"

"경찰에 신고는 안 할 모양이야. 자체 내에서 수습하려는 것 같아."

"도대체 왜……."

"깊은 밤 그루닝겐의 모텔에서 실종된 한국 대사관 직원, 그리고 그곳에 있었을지도 모를 북한 측 사람들. 높은 사람들은 그것이 신경 쓰이는 거야."

"……."

"우린 그런 존재야, 지희은 씨."

김준호의 얼굴에 엷은 웃음기가 떠오르는 듯하다가 사라졌다.

시바다는 코트 깃을 세우고는 기둥에서 몸을 반쯤 돌렸다. 공항 대합실은 사람들로 혼잡했고, 쉴 새 없이 들려오는 안내 방송으로 어수선했다.

"네 명인데요. 뒤쪽에 경호원으로 보이는 사내가 둘 따라옵니다."

옆에 선 다케무라가 말했다.

“일국 외무장관의 행차치고는 초라합니다, 부장님.”

“공식 방문이 아니니까 할 수 없지. 그리고 행차를 따질 입장이 아냐, 저 친구들은.”

한국의 외무장관 안승재는 일행과 함께 대합실을 가로질러 걷고 있었다. 사람들의 눈을 피하려는 듯 그들은 빠른 걸음으로 출입구 쪽으로 다가가고 있었다.

“자, 우리도 가자.”

시바다가 움직이자 다케무라가 출입구 옆에서 서성거리고 있는 부하에게 눈짓했다. 부하가 재빠르게 유리문을 빠져나가는 것이 보였다.

안승재가 김포에서 대한항공 서울발 취리히 행 특별기를 탄 것은 즉각 일본 정보국에 전해졌다. 일본만큼 한국에 대한 정보를 많이 가지고 있는 나라는 없었다. CIA도 한국에 대한 정보에서는 일본에 밀리는 형편이었는데 그것은 일본 정보국이 오랜 시간에 걸쳐 막대한 자금을 투입한 결과였다. 남한과 북한은 일본과는 우방이자 적대국이었는데 그들끼리도 그러한 관계를 지속시키고 있는 것이 방위 전략상 필요했기 때문이다.

안승재 일행은 택시 정류장 쪽으로 다가가 기다리는 사람들 뒤에 줄을 섰다. 눈가루가 바람에 날리는 쌀쌀한 날씨였다. 저녁 무렵이어서 주변은 어두워지기 시작했고, 길가의 가로등 빛은 점점 밝아지고 있었다.

“이번 북미 회담에 참석할 수 있을까요? 저 사람 말입니다.”

다케무라가 턱으로 안승재의 뒷모습을 가리켰다. 택시가 드문

드문 오고 있어서 안승재 일행은 한참을 기다려야 할 것이다.

"참석 못 해. 북한 측이 거부할 테니까. 아마 미국 측과는 만날 수 있을 거야."

시바다의 말에 다케무라가 입술 끝을 비틀며 웃었다.

"안됐습니다. 자기 나라 일인데도 직접 나서지를 못하다니."

"자업자득이야. 누굴 원망할 것도 없다."

검은색 벤츠 한 대가 다가와 그들 옆에 서자 그들은 뒷자리에 올랐다.

"기다려라. 저놈들이 떠날 때까지."

시바다가 말하자 따뜻한 차 안에 들어온 다케무라가 부르르 몸을 떨었다.

"한국 대사관 쪽에도 비밀로 한 모양이군요. 저렇게 택시를 기다리는 걸 보면."

"그런 모양이군."

"한국 대사관은 지금 정상혁을 찾느라 혈안이 되어 있어요. 실종 신고도 하지 못하고 말이지요."

택시 서너 대가 한꺼번에 몰려왔으므로 시바다는 앞쪽을 바라보았다. 안승재 일행은 맨 마지막 택시에 오르고 있었다. 운전대를 잡고 있던 부하가 브레이크를 풀었다.

"숙소만 확인하면 된다. 조심해서 따라가도록."

시바다가 운전석에 앉은 부하의 어깨를 손으로 가볍게 두드렸다.

"오갈 데 없는 자들이라 어차피 멀리 가지도 못할 것이다."

"안승재가 나타난 건 하나도 도움이 안 돼. 아니, 오히려 방해가 될 거야."

로젠스턴이 커피 잔을 내려놓았다.

"그 망할 자식이 갑자기 나타나다니, 도대체 서울에서는 뭘 하고 있었길래 이제야 알게 된 거야?"

"일반 여권으로 가명을 쓰고 특별기를 타고 왔습니다. 공항의 우리 요원이 그를 알아봤기에 망정이지 하마터면 온 것도 모를 뻔했어요."

CIA의 찰스 월튼이 낮고 굵은 음성으로 말했다. 그는 중부 유럽의 지역 책임자로 이번 회담의 경비 책임자를 겸하게 된 40대 후반의 베테랑 요원이다.

"장관님, 내 생각이지만 한국의 안 장관이 곧 연락을 해올 것 같습니다만."

"그럴 수밖에."

로젠스턴의 얼굴은 펴지지 않았다.

"하지만 나더러 어쩌라는 거야? 나한테 매달려 봐도 나올 게 없어. 우리도 그 미친놈들한테 뒤흔들리고 있으니까."

"한국인이 여러 명 취리히에 들어왔습니다. 이틀 전인데, 우리가 파악한 숫자는 일곱입니다. 남자 여섯에 여자 하나."

"……."

"한국은 계엄령이 선포된 상황이라 출국하려면 계엄사령부의 허가증이 있어야 해요. 그들은 상용으로 이곳에 들어왔는데, 어제 시내의 전 호텔에 조회를 했지만 없었습니다."

"한국 기관원인가?"

"KCIA 명단은 우리가 모두 가지고 있어요. 그들 중 한 명만 KCIA였는데, 그도 행방을 감추었습니다."

"이번 회담하고 관계가 있군."

"안 장관의 입국과도 관계가 있을지 모릅니다."

"그 친구는 지금 어디 있나?"

"곧 연락이 올 겁니다. 우리 요원 두 명이 따라갔으니까요."

"……."

"일본 정보국 요원들이 안 장관을 미행하고 있다더군요. 그들은 우리보다 조금 먼저 정보를 입수한 것 같습니다."

"약삭빠른 놈들, 신경을 곤두세우고 있겠지. 동북아의 판도가 달라질지도 모르는 상황이니까."

로젠스턴이 탁자 위에 놓인 커피 잔을 들어 한 모금을 마시고는 이맛살을 찌푸렸다. 식어 있었기 때문이다.

"중국 측의 정보 요원들도 대거 몰려왔고, 일본 정보국 요원들에다 북한의 공작원들, 거기에 한국의 정체불명 사내들이라……. 전쟁은 이곳에서부터 시작된 것 같구만."

"아직 상대방의 존재를 명확하게 파악하지 못하고 있어서 서로 쫓고 쫓기고만 있는 상황이지요."

그때 탁자에 놓인 전화가 울렸다. 월튼의 바지 주머니에서도 휴대폰의 낮은 신호음이 들려왔다. 로젠스턴이 수화기를 들었고, 월튼도 휴대폰을 꺼내어 귀에 대었다.

"여보세요."

로젠스턴이 커다랗게 말하자 월튼은 휴대폰을 귀에 댄 채 몸을 돌렸다.

—로젠스턴 장관, 난 한국의 안승재올시다.

"아아, 안 장관, 웬일이시오? 거기 서울입니까?"

그의 목소리가 방을 울렸다.

—아니, 여긴 취리히요. 지금 도착했습니다.

"아니, 저런. 난 모르고 있었는데, 어찌 된 일입니까?"

—장관께 도움이 될까 해서 비밀리에 날아온 겁니다.

"이런 세상에… 이해는 합니다. 하지만 북한 쪽이 좋아하지 않을 텐데."

—장관, 이제 그들이 좋아하건 싫어하건 상관할 때가 아닌 것 같습니다만.

"그건 무슨 말입니까?"

벌써 통화를 마친 듯 월튼은 휴대폰을 든 채 물끄러미 로젠스턴을 바라보고 있다.

—내일 나를 회담에 참석하게 해주시오, 장관. 그들에게 허락을 받을 필요도 없습니다. 그저 데려가기만 해주시면…….

"장관, 그건 억지요. 당신 같은 사람이 그런 관행을 무시하다니. 그렇게 되면 회담은 당장 결렬됩니다."

—난 대통령께 허락을 받고 온 거요. 난 그들에게 할 말이 있습니다.

"내가 전해드리지요, 장관. 전쟁을 피할 수 있는 방법이라면."

—안 됩니다. 내가 직접 말해야 합니다, 한국어로. 토론하자는 건 아닙니다. 다만…….

안승재의 음성이 간절해서 로젠스턴은 그가 마치 앞에 있는 것처럼 느껴졌다.

—로젠스턴 장관, 부탁이오. 날 회담장에 데려가 주시오.

"장관, 그건 불가능합니다. 이건 미국과 북한의 회담이오. 내일 그들과 상의해서 당신을 비공식으로라도 참석시킬 것인가를 결정하겠소."

그는 이미 국무부 내의 참모들과 수백 가지의 상황을 분석해 보았고, 남한 측이 내놓을 수많은 조건에 대해서도 검토를 끝낸 참이었다.

북한의 침공 계획이 사실이라면 그들이 받아들일 수 있는 조건은 한 가지밖에 없었다. 남한의 무조건 항복이다. 그렇게 되면 피 흘리지 않는 통일이 된다.

로젠스턴은 수화기를 고쳐 쥐었다. 안승재가 그런 카드를 가져왔을 리는 없었다.

"안 장관, 언론에 노출되면 좋을 것이 없으니까 그곳에 계시오. 내가 내일 회담 내용을 바로 전해드리겠소. 회담 도중이라도 상의할 일이 있으면 전화를 드리지요."

—…….

"내 말 명심하시오, 장관. 그리고 내가 당신들의 입장에서 노력하고 있다는 것도 잊지 마시고."

그러자 그는 갑자기 온몸에 피곤이 몰려와 입맛을 다셨다. 저쪽이 잠자코 있었으므로 로젠스턴은 조심스럽게 수화기를 내려놓았다.

"유로호텔 724호실입니다. 일행 세 명은 옆방인 723호와 725호를 쓰고 있습니다."

월튼이 분위기를 깨지 않으려는 듯 낮게 말했다.

"일본 측은 그의 숙소를 확인하고 돌아갔습니다."

두어 번 머리를 끄덕여 보인 로젠스턴은 벽을 바라본 채 한동안 입을 열지 않았다.

"고 선생님이신가요?"

지희은이 다가가자 박물관의 기둥에 기대서 있던 동양인이 몸을 바로 세웠다.

"지희은 씨로군."

"대사관에서 연락을 받고 오는 길입니다. 차가 막혀서 조금 늦었어요."

국립박물관 주변은 길 건너편의 중앙역이 붐비는 것과는 대조적으로 썰렁했다. 아침 9시라 아직 개장 시간이 되지 않았기 때문일 것이다.

"불러내서 미안한데, 사정이 있어서 그랬으니까 이해하도록."

고동규가 들고 있던 담배를 앞쪽의 쓰레기통에 던져 넣었다.

"잠깐 나하고 갈 데가 있어."

고동규가 코트 주머니에 손을 넣으며 그녀를 바라보았다.

"괜찮겠지?"

말은 그렇게 했지만 명령이나 다름없었다. 그리고 그것은 당연한 일이었다. 고동규는 서울의 본부에서 온 상급자인 데다 대사관의 지시가 있었다.

대사관의 안성민 참사관은 아침 일찍 그녀에게 직접 전화를 해왔다. 본부에서 고동규라는 간부가 왔으니 국립박물관 앞으로 9시까지 나가라는 지시였다.

고동규는 앞장서서 차도로 다가가더니 검은색 볼보의 뒷좌석에 올랐다. 그러고는 열린 문으로 그녀를 올려다보았다.

"어서 타."

그들이 탄 차가 멈추어 선 곳은 리바트 강 근처에 있는 조그만 호텔 앞이었다. 국립박물관에서 차로 10분 거리였으나 운전을 하는 한국인은 지리에 익숙지 못했다. 길을 뱅뱅 돌고, 왔던 길을 다시 달리는 바람에 25분이나 걸렸지만 고동규는 아무 소리도 하지 않았다. 그리고 이쪽에게도 입을 열지 않았으므로 지희은은 짜증이 나 있었다. 참사관의 말을 빌리면 고동규는 간부 요원으로서 이쪽 상황을 책임질 사람이었다.

그들은 4층에서 엘리베이터를 내렸다. 4층짜리 호텔이었으니 최상층이다. 고동규가 앞장서서 복도를 걸어 왼쪽 끝 방 앞에 멈추더니 뒤에 선 지희은을 돌아보았다.

"여기야. 들어가자구."

"숙소인가요?"

지희은이 건성으로 묻자 그도 건성으로 머리를 끄덕였다. 그를 따라 방에 들어선 지희은은 주춤대며 주위를 둘러보았다. 스위트룸인 모양이었다. 그녀가 선 곳은 응접실이었기 때문이다. 옆쪽은 문이 닫혀 있었는데 그곳이 침실일 것이다.

"잠깐 여기 앉아서 기다려."

고동규가 소파를 턱으로 가리키며 문 쪽으로 몸을 돌렸다.

"금방 돌아올 테니까."

그가 방을 나가자 소파에 앉은 지희은은 길게 숨을 내쉬었다. 공기를 들이마시자 눅눅한 곰팡이 냄새가 맡아졌다. 아침이었으나 하늘은 흐렸고 방 안은 더욱 침침했다. 천장에 달린 둥근 형광등도 이 방의 어두운 분위기를 바꾸어 놓지는 못했다.

고동규는 본부의 간부 요원이었지만 대사관에도 마음 놓고 들어올 수 없는 처지였다. 그리고 이곳의 간부 요원인 정상혁 중령이 실종된 지 사흘째가 되어가고 있었지만 경찰에 신고도 하지 못한 상황이었다. 5분쯤 지난 후 방문이 열렸다.

고동규인 줄 알고 머리를 들던 지희은이 눈을 치켜떴다. 처음 보는 남자였다. 장신에 체격이 컸고, 두 눈이 곧장 이쪽을 보고 있었는데 마치 쏘는 듯한 시선이었다. 그의 뒤를 따라 고동규가 들어섰다.

저도 모르게 자리에서 일어난 지희은에게 고동규가 말했다.

"인사해. 앞으로 우리를 지휘해 주실 분이니까. 김원국… 선생님이셔."

지희은이 머리를 살짝 숙였다.

"지희은입니다."

서로 자리를 잡고 앉자 김원국이 고동규를 바라보았다.

"이제 이 사람 한 명인가?"

"예, 형님."

김원국의 시선이 이쪽으로 향했다.

"교민이라면서?"

"네."

"정보 요원으로 일한 지 3년이 조금 넘었고."

"임시직이어서요. 일이 없으면 집안일을 합니다."

"지금 한국이 어떤 상황인지는 알지?"

"압니다."

그리고 지희은은 한국뿐만이 아니라 취리히에 있는 한국인들의 상황도 별반 나을 것이 없다고 생각했다.

"앞으로 할 일이 많아. 그리고 우리가 네 도움을 받아야 할 일도 많을 거야."

지희은이 퍼뜩 눈썹을 추켜올렸다가 내렸다. 서로 한국말을 하고 있었는데 집 안에서 한국어를 사용하는 그녀는 '너' 란 단어가 영어의 'You' 처럼 보편적인 '당신' 의 개념이 아닌 반말이라는 것을 안다. 그것은 때려 붙이듯이 아랫사람을 부르는 말이었다.

그녀가 머리를 들고 김원국을 바라보았다.

"제가 도와드릴 일이라곤… 저, 지리나 행정 분야에는 김준호씨가 저보다 더 익숙합니다. 경력도 많고, 정식 직원이거든요."

고동규가 힐끗 김원국을 바라보았다.

"그래?"

김원국의 시선과 부딪치자 지희은이 머리를 돌렸다. 김원국의 목소리가 들렸다.

"그 친구 지금 어디 있는지 아나?"

"출장 가 있습니다."

"도망쳤어. 가족과 함께. 아마 다른 나라로 갔을 거야."

지희은이 눈을 치켜뜬 채 멍한 표정을 지었다.

"어제 오전에도 제가 만났는데요. 그리고 대사관에서는 출장을 갔다고 하던데……."

"그렇게 말할 수밖에 없겠지. 직원들 사기 문제도 있고 하니까."

"……."

"비겁한 놈이야. 어려울 때 조국을 배신한 놈이다."

낮고 억양 없는 목소리로 김원국이 말했다.

"어디 가서 어느 나라 국적을 얻고 얼마나 잘살지는 모르겠지만 그런 건 쓰레기다."

"……."

"네가 유일하게 남은 요원이야. 우리를 이곳에서 도와줄."

김원국의 말소리는 퀴퀴한 방 구석구석에 배어들 것처럼 낮게 깔려왔다.

그 시간, 중국 공산당 주석 장자량은 당사의 붉고 거대한 접견실에서 북한의 김달현 부수상과 마주 앉아 있었다. 김달현은 한때 권력의 대열에서 밀려나 비날론 공장의 관리인으로 전락되었다가 끈기와 충성심을 밑천으로 다시 복귀한 인물이다. 이제 그는 서열 10위의 산업경제부장이자 김정일의 최측근이 되어 있었다.

긴장한 표정의 그는 장자량이 서류를 읽어 내려가는 것을 바라본 채 움직이지 않았다. 그들 사이에 앉아 있는 마른 몸매의 통역이 누군가의 입이 열리기를 기다리고 있을 뿐인 두 사람만의 회동이었다.

이윽고 장자량이 서류에서 시선을 떼고 얼굴을 들었다. 70대 초반이었으나 머리는 검고 피부에는 탄력이 있었으며 허리가 곧았다.

"잘 알았소, 부수상. 김정일 주석에게 서류를 잘 받았다고 전하시오."

그가 온화하게 말하자 통역도 부드러운 한국어로 전달했다.

"우리는 피로 맺은 맹방이오. 어느 누구도 우리의 형제 관계를 깨뜨릴 수 없다고 전하시오."

"감사합니다, 주석님. 저희 김정일 주석은 그 서약서대로 중국과의 관계를 보전할 것을 맹세하셨습니다. 이 말씀을 꼭 주석께 전하라고 하셨습니다."

"잘 들었소, 부수상."

"주석님, 미국은 유엔의 안보리를 소집할 계획입니다."

"우리 중국과 프랑스는 거부권을 행사할 것이고, 러시아와 독일은 기권하게 될 거요. 상임이사국 중에서 찬성하는 나라는 미국과 영국, 일본밖에 없소."

"남조선의 총리가 북경에 올 예정이라고 들었습니다만."

"그때면 난 입원하게 될 것이고, 수상은 출장을 갔을 거요. 아마 우리 외교부장은 만날 수 있겠지요."

"남조선은 지금 혼란에 빠져 있습니다. 미국이 참전하지 않을 것이라는 소문이 퍼져 나간 후로 수만 명이 국외로 빠져나가다가 체포되었고, 군대의 사기는 엉망입니다."

"듣고 있소."

"대학생들을 중심으로 한 주체사상 조직이 급속도로 확산되고 있습니다."

"이번 회담에서 미국 측에 동맹을 요청할 작정이지요?"

"예? 예, 그렇습니다. 하지만 그것은 어디까지나……."

"알고 있어요. 그리고 미국 측도 알고 있을 것이고."

"……."

"미국은 중국을 견제하기 위해 동북아에 보다 큰 세력을 가진 국가가 필요할 거요. 남북한을 합친 군사력이면 우리에게 대항할 만할 테니까."

"예, 주석님."

"우리 입장도 마찬가지이고, 러시아에도 해될 것은 없소. 물론 러시아 쪽으로 누군가를 보냈겠지요?"

"예, 주석님."

김달현은 달변가였지만 노회한 장자량 앞에서는 주눅이 들 수 밖에 없었다. 그도 그럴 것이, 장자량은 김정일의 대부이기도 한 것이다. 잘난 척을 하거나 말재주를 부려서 통할 사내가 아니었다.

"우습지만 소련 연방이 어처구니없이 해체된 뒤 제일 타격을 입은 것이 남조선이야. 그들은 동서 냉전 시대의 카드를 더 이상 사용할 수가 없게 되었거든. 이제 미국의 관심은 우리 쪽이 되었지."

장자량이 부드러운 표정으로 말했다.

"러시아가 힘이 빠지니까 우리한테 견제와 관심이 집중되는군."

"그렇습니다, 주석님."

"적절한 상황이오. 다만 예정대로 빨리 남한이 공략되어야 할 텐데."

"열흘입니다, 주석님. 전 인민군은 열흘분의 기름과 식량을 가지고……."

"대전으로부터 북쪽 지역만 점령해도 돼요. 그 상태에서 휴전해도 남조선은 얼마 가지 않아 사라지게 될 거요."

"예? 예."

김달현은 전략 회의에 참석해 본 적이 없었다. 그의 얼굴을 힐끗 바라본 장자량이 자리에서 일어섰다.

"자, 무운을 빌겠다고 전하시오."

"감사합니다, 주석님."

사명을 완수한 김달현은 부풀어 오르는 얼굴의 근육을 억제하면서 방을 나갔다.

장자량이 다시 자리에 앉자 반대쪽의 문이 소리 없이 열리면서 키가 크고 마른 노인이 들어섰다. 그는 수상인 진위였다. 그의 등장에 통역이 소리 없이 자리를 떴다.

"주석, 아비보다 나은 자식이 없다는 말이 맞습니다. 김정일은 경솔한 점이 있습니다."

진위가 김달현이 앉았던 자리에 앉더니 탁자 위에 놓인 서류를 보았다.

"서약서군요. 어디, 혈판이라도 찍었던가요?"

"경솔하긴 하지만 상황 판단은 제법이오. 위기를 헤쳐 나가는 임기응변도 그렇고."

"군부의 반발을 전쟁으로 막겠다는 발상을 예상하긴 했지만 조금 빠릅니다."

"하긴 그렇소."

장자량이 천천히 머리를 끄덕였다.

"군부뿐만이 아니오. 전 인민이 폭발 직전이오. 아마 세계에서 제일 참혹한 생활을 하고 있는 것이 북조선 인민들일 거요. 아프리카의 황무지를 헤매는 유민들이 차라리 그들보다 낫소."

"남조선이 계엄을 선포하고 군대를 정비하자 북조선은 모두 심기일전한다는군요."

"남조선만 점령하면 이밥에 고깃국을 먹게 될 테니까. 그것은 현실이오. 김일성 시대의 꿈을 드디어 아들이 이루게 되는군. 해방전쟁으로 남조선을 점령해서 말이야."

*　　　*　　　*

보위부 상사 김덕천은 평강 시내에 있는 보위중대에 업무 보고를 마치고 시 외곽의 근무처인 검문소로 돌아왔다.

제74검문소는 일곱 명이 분조가 되어 열두 시간씩 근무하고 있었는데 주 임무는 작전 지역에 출입하는 사람들을 검문하는 것이었다. 검문소의 시멘트 막사 안으로 들어서려던 그가 걸음을 멈추고 앞쪽을 바라보았다. 차단봉 옆에 사내 두 명이 쪼그리고 앉아 있는 것이었다.

"이봐, 저것들은 뭐야?"

그가 묻자 분조원 하나가 다가왔다.

"작전 지역 안의 반석 협동농장에 사는 사람들입니다, 분조장 동무."

"그런데 왜?"

"시내에 들어가겠다고 해서 못 들어가게 했더니 저러는군요."

"저런 간나 새끼들이."

몸을 돌린 김덕천이 사내들에게로 다가가자 그들이 느리게 일어섰다. 둘 다 50대 초반에 남루한 인민복 차림이고 수척한 얼굴은 추위에 얼어서인지 나무껍질처럼 굳어 있었다.

"이봐, 당신들. 왜 돌아가지 않는 거야?"

다가선 김덕천이 턱을 들고 묻자 흰머리가 반쯤 섞인 사내가 한 걸음 나섰다.

"동무, 우린 입대하러 나섰소. 난 20년 전에 전차부대의 상사로 제대했지만 지금도 전차를 몰 수 있소."

"난 기관포 사수였소."

대꼬챙이처럼 마른 다른 사내도 나섰다.

"일등 사수 훈장도 가지고 있소. 여기."

사내가 주머니를 뒤져 녹슨 양철 조각 하나를 꺼내어 보였다.

"협동농장에서 어떻게 나온 거요? 위원장이 내보내 줍디까?"

잠시 어이없다는 듯 물끄러미 그들을 바라보던 김덕천의 물음에 대꼬챙이가 대답했다.

"군대에 나간다니까 보내주었습니다. 여기 허가증도 있소."

"말도 안 되는 소리 말아요."

김덕천은 사내들이 내민 종이쪽지를 거들떠보지도 않고 말했다.

"어제부터 작전 지역 내의 사람들은 이동할 수가 없게 되었소. 그 간나 새끼들은 그것도 모르고 허가증에 도장을 찍어주는구만."

"동무, 우릴 시내로 들여보내 주시오."

흰머리의 사내는 울상을 되었다.

"우리도 싸우고 싶소, 동무."

"도대체 당신 나이가 몇이오?"

"쉰네 살이오. 하지만 ……."

"영감태기가 농장 일이나 하지, 왜……."

"나도 남으로 쳐내려가고 싶소."

"치기는 누가 쳐!"

김덕천의 눈꼬리가 빳빳하게 일어섰다.

"남조선 놈들이 쳐들어오는 것을 막으려고 하는데."

"그렇지요. 그래서 우리도 같이 막으려고……."

대꼬챙이가 얼른 말을 받았다. 나이는 들었지만 군 생활을 했기 때문인지 빠르게 상황을 읽는다.

김덕천이 혀를 찼다.

"돌아가요. 동무들을 받아줄 부대는 없어. 자원입대에도 해당이 안 되고 소집 대상도 아니야, 동무들은."

"싸우다 죽게 해주시오, 동무."

대꼬챙이가 바짝 다가서더니 그의 소매를 움켜쥐었다.

"농장에서 죽으나, 싸우다 죽으나 죽기는 매한가지요."

"농장에서 왜 죽는단 말이야?"

"동무, 총알받이가 되어도 좋소, 우리들은. 위대한 수령님을 위해 죽을 결심을 했소."

"이 간나 새끼들이 정말!"

소매를 뿌리친 김덕천이 소리치자 이쪽을 힐끔거리던 부하들이 달려왔다.

"분조장 동무, 어떻게 할까요?"

그들도 시달렸는지 부하 한 명이 사납게 물었다.

"쫓아내. 말을 안 들으면 체포해서 보위부로 데려가고."

"차라리 그래 주시오."

흰머리의 말에 대꼬챙이가 어깨를 펴고 턱을 치켜들었다.

"싸움터에 자원해 나간다는데 감옥에 처넣겠다니, 그런 법이 어디 있소?"

"싸우러 나간다고? 이 간나 새끼들이!"

김덕천이 이를 드러내며 입으로만 웃었다.

"군대 밥 축내려고 하는 걸 누가 모를 줄 알고? 너희 같은 놈들을 우리가 한두 번 겪은 줄 알아?"

"……"

"또 수령님 핑계를 대었다가는 반역죄로 체포할 테다."

김덕천이 몸을 돌려 부하를 쏘아보았다.

"쫓아내, 저 거지 같은 놈들을."

"예, 분조장 동무."

김덕천이 막사를 향해 발을 떼면서 어깨를 폈다. 바람이 거센 추운 날씨였지만 견딜 만했고, 문득 남쪽은 포근하다고 한 동료의 말이 떠올랐다.

제5장
역습

밤의 대통령

찰스 월튼이 로비로 내려오자 기다리고 있던 마크 캔들이 다가와 섰다.

"보스, 저 빌어먹을 놈들 때문에 화장실에도 제대로 갈 수가 없습니다. 그렇다고 내몰 수도 없고 말입니다."

캔들은 흑인으로 월튼의 보좌관이다. 2미터에 가까운 장신에 두 팔이 길어서 마치 오랑우탄과 같은 모습이다.

월튼이 잠자코 로비를 둘러보았다. 저녁 9시가 넘어 있었지만 로비의 이쪽저쪽에는 세계 각국에서 모여든 신문과 방송기자들이 진을 치고 있었다. 그들 중 일부는 월튼을 알아보고 이쪽으로 슬금슬금 다가오는 중이다.

"마크, 오늘 새벽에 에센으로 간다. 준비하도록."

월튼이 소곤대듯 말하자 캔들이 눈을 끔뻑이며 그를 바라보았다.

"몇 시에 출발합니까?"

"3시. 그때쯤이면 저놈들도 긴장이 풀어져 있겠지."

기자들이 다가왔다. 미국 기자들이었는데 그중에는 낯익은 얼굴도 있었다.

"월튼 씨, 회담은 내일 몇 시입니까?"

누군가가 묻자 월튼이 손을 저었다.

"나는 아는 바가 없소."

"당신이 모른다니 말이 안 됩니다. 어차피 회담 결과는 우리를 통해 발표해야 할 테니 털어놓으시죠."

그러자 뒤쪽에서 부하들이 다가와 그들을 몰아내었다.

"마크, 비상구를 통해 뒷문으로 나가야 돼. 차는 세 대면 될 거야. 앞뒤에서 경호하고."

월튼이 로비의 구석 쪽으로 발을 떼며 말했다.

"에센에서 회담이 끝날 때까지 우리 손님들은 이곳에 머물고 있는 것처럼 위장해야 된단 말이야."

그들은 창가로 다가가 어두운 창밖을 바라보았다. 호텔 정원의 그늘진 곳에는 아직 녹지 않은 흰 눈이 군데군데 쌓여 있었다.

"보스, 그거야 어렵지 않습니다만 저쪽이 걸리는데요. 그놈들이 꼬리를 잡히면 우리까지 들통나는 것 아닙니까?"

캔들이 말하는 것은 북한 쪽이다. 로스앤젤레스의 빈민가에서 성장한 그는 멕시코인과 동양인을 싫어했는데, 그중에서도 제일 싫어하는 인종이 한국인이었다. 그리고 그는 굳이 그것을 감추려고 하지 않았다.

월튼이 머리를 끄덕이며 캔들을 바라보았다.

"그래, 마크. 하지만 놈들은 이미 에센의 회담 장소로 가는 중이야. 지금 우리가 연막을 피워주고 있는 거라구."

"그렇군요."

회담 장소가 정해진 것은 세 시간 전이다. 취리히 북쪽으로 20킬로미터쯤 떨어진 에센이란 조그만 마을은 곧 전 세계 매스컴에 등장하게 될 것이다.

"마크, 우선 요원 열 명을 추려서 에센으로 보내라. 위치는 이곳이야."

월튼이 주머니에서 쪽지 한 장을 꺼내어 그에게로 내밀었다.

"숲 속의 단층 양옥인데, 은퇴한 정부 공무원의 별장이야. 가면 북한 측 경비원들을 만날 수 있을 거야."

"그 서툰 놈들이 실수나 하지 않을까요?"

"글쎄, 가서 가르쳐 주라구."

"밀리건을 팀장으로 해서 보내지요, 보스."

"그게 좋겠군."

"시내에 일본 정보국 요원들과 중국 정보부원이 득실거리고 있습니다."

머리를 끄덕인 월튼이 주위를 둘러보았다. 로비에서 이쪽을 힐끗거리는 사람들 중 동양인도 섞여 있었다. 기자들로 보이지만 정보 요원일 수도 있었다.

"한국의 미스터 정이라고 했던가? KCIA 요원 말이야. 그 친구에게 손댄 것이 누굴까?"

"글쎄요, 하도 여러 정보기관이 몰려 있어서 아직 감을 잡을 수가 없습니다."

캔들이 쪽지를 호주머니에 넣고는 이맛살을 살짝 찌푸렸다.

"한국 놈들의 행방은 아직 찾지 못했습니다. 보스, 놈들의 컴퓨터 기록이 깨끗한 걸 보면 KCIA가 놈들의 신원을 조작했을 가능성도 있는데요."

"하긴 신원이 모두 알려진 KCIA 요원들보다 노출이 안 된 새 얼굴들을 보냈을지도 모르지."

캔들이 서둘러야겠다는 듯 몸을 돌렸다.

로비에서 웅성거리던 사람들이 휘적거리며 자신들에게로 다가오는 캔들을 보고는 몰려들었다가 요원들에 의해 다시 밀려나고 있었다.

"저것들은 한국인이야. 내기를 해도 좋아."

다케무라가 눈으로 앞쪽을 가리켰다.

로비는 꽤 넓었고 창가에는 20여 개의 티 테이블이 있었으나 빈자리가 없었다. 대부분이 기자들인 그들은 쉬지 않고 지껄이면서 로비 안쪽을 기웃거리고 있었다. 10여 년 전 아랍의 왕이 투숙한 이후로 처음 맞는 상황에 호텔의 종업원들도 덩달아 활기 있게 움직이고 있었다.

"여자는 신참이야. 이런 일은 익숙지 않은 것 같군. 표정을 보면 알아."

다케무라의 말에 사쿠라이가 쓴웃음을 지었다.

"어릴 적에 오사카의 내 옆집에 한국인 가족이 살았어. 내 또래의 사내아이가 있었는데, 김이었던가?"

"저놈하고 비슷하단 말이냐?"

"아냐."

다케무라가 다시 눈으로 가리킨 쪽에 동양인 남녀가 앉아 있었는데 주위의 소음에도 아랑곳하지 않는 표정이었다. 탁자 위에 양쪽 팔꿈치를 대고 상체를 기울이고는 이야기에 열중하고 있었다.

"그놈은 나하고 국민학교도 같이 다녔어. 같은 반인 적도 있었는데……."

"김치 도시락을 싸가지고 왔겠군."

"공부를 썩 잘했지. 하지만……."

"하지만 뭐?"

"한 번도 반장이나 모범 학생이 된 적이 없어. 왜냐하면 매일 싸웠으니까. 나하고도 여러 차례 싸웠지."

"질이 나쁜 놈이었군."

"아니, 우리가 싸움을 걸었기 때문이야. 한국인은 그놈 하나밖에 없었거든."

"……."

"그놈의 아버지는 택시 운전사였는데."

"택시에서 김치 냄새가 났겠구만."

"어느 날 내가 그 집 담장 안에서 이상한 소리가 나기에 담 너머를 내려다보았지. 그런데 아버지가 아들에게 싸움 연습을 시키고 있더라구."

"……."

"아들 녀석은 기를 쓰고 아버지를 향해 발길질을 하고, 아버지는 팔꿈치로 치는 흉내를 내며 자식을 가르치고."

"흥!"

"그다음부터 나는 놈에게 시비 거는 패에 끼지 않았어."

"왜? 겁나서?"

"아니, 어쩐지 싫어져서."

"어쨌든 저놈은 한국 놈이야. 저년도."

강대홍이 찻잔을 내려놓고 박은채를 바라보았다.

"우리는 벌써 여러 장 사진이 찍혔어요. 옆쪽의 조각상 옆에 서 있는 놈들이오. 돌아보지는 마시오."

박은채의 표정이 굳어졌으나 얼굴을 돌리지는 않았다.

"아마 사진을 현상에서 서울에 있는 CIA 요원에게 보내겠지요. 그 결과가 어떻게 나올지 궁금하군."

"언제까지 이렇게 앉아 있어야 되죠?"

"시간이 다 되었어. 우린 지금 선보이려고 왔으니까."

"시간 되면 그냥 나가는 거예요?"

박은채가 묻자 강대홍이 씨익 웃었다.

"은채 씨는 생각한 것보다는 뱃심이 있어요. 마음에 듭니다."

"명분이 있는 일이니까요. 그리고 난 신세를 갚을 것도 있고."

"자, 이만하고 나갑시다."

강대홍이 자리에서 일어서자 그녀도 따라 일어섰다.

로비는 아직 기자들의 떠들썩한 말소리로 가득 차 있었는데 그들이 풍기는 분위기는 거칠었지만 활기찼다. 그리고 기대감이 배어 있어서 들떠 보이기도 했다. 사건을 기다리는 기자들의 속성 때문이다.

강대홍의 팔짱을 낀 박은채는 호텔의 현관을 나와 옆쪽의 주차장으로 다가갔다. 기온이 급격히 내려가 있어서 피부에 와 닿는 공기는 얼음처럼 찼다.

"내가 잘 해냈는지 모르겠네."

박은채가 혼잣소리처럼 말하자 강대홍의 어깨가 슬쩍 올라갔다가 내려왔다.

"우린 미끼요, 은채 씨. 당신의 어색한 태도가 놈들의 시선을 끌어주었거든."

"……."

"이쪽으로 두 놈이 따라옵니다."

"누군데요?"

"중국 놈인지, 북한 놈인지, 아니면 일본 놈일 수도 있고. 난 도무지 구분을 못 하겠어."

그들은 넓고 썰렁한 주차장 입구로 들어섰다. 야외 주차장은 들어오고 나가는 차량들로 꽤 붐비고 있었다.

라이트를 켠 캐딜락이 그들 옆을 천천히 스치고 지나갔고, 앞쪽에서는 커다란 바퀴를 붙인 지프가 요란한 엔진 소리를 내며 다가왔다. 그들이 주차장 귀퉁이에 주차시켜 놓은 검은색 볼보로 다가갔을 때 뒤쪽에서 빠른 발소리가 들려왔다.

"여보시오. 잠깐만."

영어다. 영어에 익숙한 박은채는 그것이 일본식 발음이라는 것을 듣기만 해도 알 수 있었다. 몸을 돌린 그들 앞으로 두 명의 동양인이 다가왔다. 호텔의 로비에서 보았던 사내들이다.

"당신들, 한국인 아니오? 남쪽의?"

앞장선 사내가 어깨를 펴며 물었다. 보통 체격이었으나 눈매가 날카로웠다.

"그렇소만."

강대홍이 박은채의 앞으로 나섰다. 그도 영어가 능숙했는데 이번에 뽑혀온 사내들 중에서 영어 실력이 제일 처지는 것은 조웅남일 것이다. 그러나 그가 몇 개의 단어만을 섞어 몸짓으로 하는 이야기를 알아듣지 못하는 상대방은 없었다.

"우리에게 볼일이 있소?"

강대홍이 묻자 사내가 가볍게 머리를 끄덕였다.

"당신들, KCIA는 아니지요?"

"KCIA? 난 무슨 말인지 이해가 안 가는데."

"어쨌든 이번 회담 때문에 온 것은 맞지요?"

"무슨 회담 말이오?"

"시치미 뗄 것 없어요. 우린 당신들을 기다리고 있었으니까."

"이건 점점……."

강대홍이 어처구니없다는 듯이 입을 벌린 채 바로 뒤에 있는 박은채를 돌아다보았다.

"우릴 기다렸다구?"

"그렇소. 당신들은 지금 CIA의 추적을 받고 있소. 덕분에 우리도 노출되고 있겠지만."

"도대체 당신들은 누구요?"

"우린 일본 정보국 요원이오."

사내가 한 걸음 다가서서 강대홍을 똑바로 바라보았다.

"우릴 당신들의 근거지로 데려다주시오. 책임자를 만나고 싶소."

"허어, 이거 우습군. 책임자라……."

말은 그렇게 하였지만 강대홍의 얼굴에는 당황한 기색이 역력했다. 그는 흔들리는 시선으로 박은채를 바라보았다. 그들의 뒤쪽에 늘어서 있는 승용차 중 한 대에 김칠성이 부하들과 함께 타고 있었다. 그러나 이것은 그가 기대한 상황이 아니었고 목표물도 다르다.

"좋아, 정 그렇다면."

마침내 강대홍은 결심을 했다.

"어쨌든 이곳을 나가기로 하지. 추운 데서 떨고 서 있을 수는 없으니까."

"좋소. 우리가 당신 차를 타도 되겠소?"

"마음대로."

"뱃심이 있는 사람이군, 당신은."

"지랄하네."

그것은 한국말이었으므로 사내는 대답하지 않았다.

"예의상 내가 당신 옆자리에 앉겠소."

강대홍이 차의 키를 꽂자 사내가 조수석의 문으로 다가가며 말했다.

"차가 있는 걸 보면 집에 있는 것 같아요. 거실에 불도 켜져 있고."

지희은이 옆자리에 앉은 고동규를 바라보았다. 운전대 위에 두 팔꿈치를 올려놓고 상체를 기울인 자세였다.

"이번 주일엔 북한 대사관 쪽에서 찾아오지 않았어요. 다른 방법으로 접촉하고 있는지는 모르지만."

"내가 서울에서 듣기로는 북한에서 문화재를 외국으로 팔아넘기는 루트가 있다던데, 아마 이놈인 모양이군."

고동규가 뒷좌석으로 머리를 돌렸다.

"형님, 어떻게 할까요?"

"들어가지, 뭐."

시큰둥한 표정의 조웅남이 길 건너편의 3층 벽돌집을 바라보며 말했다.

"가서 인사나 허고 오지, 뭐."

지희은이 힐끗 고동규를 바라보았다.

"그러지요. 그럼 미스 지, 당신은 여기서 기다려. 우리가 들어갔다 올 테니까."

가죽점퍼의 지퍼를 올리며 고동규가 말하자 지희은이 자동차의 시동을 껐다.

"저도 함께 가겠어요. 제가 벨을 누르는 것이 나을 거예요, 두 분보다는."

고동규가 다시 조웅남이 있는 쪽으로 머리를 돌렸는데 아무런 반응이 없었다.

"좋아, 그럼 앞장서. 그리고 문이 열리면 비켜나."

그들은 일제히 차 밖으로 나왔다.

거리는 어두웠고 반들거리는 노면은 밤바람에 얼어붙어 차도를 지나는 차량들은 그저 바퀴만 겨우 굴릴 뿐이었다. 매운바람이 휘몰려 왔으므로 지희은은 코트 깃을 세웠다.

길을 건너 벽돌집의 층계를 오르자 커다란 목제 문이 앞을 가로막았다.

지희은은 문을 밀고 안으로 들어섰다. 다세대 주택이어서 문 안쪽은 30평쯤 되어 보이는 로비였다. 안쪽 벽에 붙은 안내대에 앉아 있던 경비원 제복 차림의 사내가 그들을 바라보았다. 살찐 얼굴에 어깨가 넓은 40대의 백인이다.

그의 좌측으로, 위층으로 올라가는 계단이 보였고, 우측에는 1층 주택의 현관문이 있었다.

"누굴 찾아오셨습니까?"

경비가 의자에서 몸을 일으켰는데 키가 2미터에 가까운 거인이었다. 자신의 체격에 대한 뭇 사람들의 반응에 익숙한 터라 그들을 내려다보는 시선에서는 놀라운 표정을 받아들이려는 여유 같은 것이 보였다.

"2층의 주르메 씨를 찾아왔어요."

지희은이 나섰다.

"올라가도 되겠죠?"

"아니, 연락을 해봐야……."

사내가 냄비 뚜껑만 한 손바닥을 그들 앞으로 들어 보였다.

"기다려요, 여기에서."

옆에 놓인 인터폰을 집어 드는 경비에게로 고동규가 한 걸음 다가섰다.

"이봐."

사내의 어깨를 손으로 가볍게 두드린 그가 얼굴에 웃음을 띠었다.

"그렇게 서둘 것 없어. 잠깐만 이것을."

그는 주머니에서 100달러짜리 지폐 서너 장을 꺼내어 사내의 손바닥 위에 올려놓았다.

"친구를 놀래주고 싶어서 그래. 당신은 모른 척하고 있기만 하면 이 자리를 계속 지키게 될 거야."

경비가 손바닥 위의 지폐를 바라보다가 주먹을 쥐자 지폐가 보이지 않았다.

"가시지요, 형님."

고동규가 계단 쪽으로 발을 떼면서 조웅남을 바라보았다. 조웅남의 뒤쪽에 서 있던 지희은은 그가 경비원에게로 한 걸음 다가서는 것을 보았다.

"이 시키가 연락을 허믄 어쩔라고 그려?"

웅얼거리는 조웅남의 한국말을 고동규도 들었다.

"형님, 그렇지만……."

계단에 한 발을 올려놓은 고동규가 엉거주춤한 자세로 이쪽을 바라보았다.

"나 같어도 돈 먹고 연락혀 줄 거다."

조웅남이 다시 한 걸음 다가서자 경비가 커다란 얼굴에 웃음을 띠었다. 두 볼이 계란을 담은 것처럼 부풀어 올랐다. 조웅남의 두 팔이 뻗쳐 올 때까지 경비의 얼굴에는 웃음기가 남아 있었다.

그와 조웅남 사이에는 폭이 50센티미터쯤 되어 보이는 간이 탁자가 놓여 있다. 지희은은 조웅남이 경비의 얼굴을 양손으로 감싸 쥐는 것을 보았다. 놀란 경비가 손을 들어 그의 팔목을 움켜쥐는 순간 부드득 하면서 무엇인가 부러지는 소리가 났다. 굵고 둔한 소리였다.

조웅남이 손을 떼고 비켜나자 지희은은 자신들이 들어올 때처럼 경비가 자리에 앉아 있는 것을 보았다. 그리고 그다음 순간 저도 모르게 손바닥을 입에 가져다 대고는 터져 나오려는 소리를 막았다.

경비의 몸은 이쪽을 향하고 있었지만 얼굴이 뒤쪽으로 돌려져 있었던 것이다.

"인자 되았다. 이러믄 안심이여."

조웅남이 경비의 얼굴을 이쪽으로 돌려놓으며 말했다. 초점이 없는 경비의 두 눈이 보였고 입은 반쯤 벌어져 있었다. 우두커니 서 있던 고동규가 경비에게 다가갔다.

저택 안은 조용하였지만 숨을 죽이고 있는 순간에는 수많은 소음이 희미하게 들려왔다. 텔레비전의 웃음소리와 발소리까지 벽을 뚫고 들려오는 것이다. 고동규가 경비원을 경비 테이블의 구석에 쑤셔 앉히고 그 머리 위에 신문을 덮었다. 머리를 숙이고 테이블 안쪽을 바라보지 않는 한 경비는 보이지 않았다.

"올라가자."

조웅남의 말에 고동규가 서둘러 앞장을 섰고, 지희은이 꽁무니에 서서 2층의 계단을 올랐다. 곡선의 계단을 오르자 육중한 나무 문이 오른쪽에 보였다. 3층의 주택은 왼쪽의 계단으로 올라가는 구조로 되어 있었는데 2층에서 3층 저택의 입구는 보이지 않는다.

문 앞에 선 고동규가 숨을 들이마시더니 벨을 눌렀다. 잠시 여유를 둔 다음 두 번, 세 번 눌렀다.

"누구요?"

문 옆의 스피커에서 낮고 굵은 목소리가 울려 나왔다.

"대사관에서 왔습니다."

고동규가 문 옆의 스피커에 바짝 다가섰다.

"북한 대사관의 미스터 김이오."

"미스터 김?"

"예, 미스터 리의 동료요."

"기다려요."

고동규가 어깨를 늘어뜨리면서 돌아서는 순간 조웅남이 발 하나를 버쩍 치켜들었다. 고동규가 입을 쩍 벌렸고 지희은은 벽에 등을 붙이며 온몸을 움츠렸다. 우지끈 하는 소리와 함께 육중한 목재 문짝이 부서지면서 안쪽으로 활짝 열렸다. 조웅남이 두 팔을 쩍 벌리고 안으로 뛰어들어 가자 권총을 빼어 든 고동규가 뒤를 따랐다.

문 안쪽은 거실이었는데 20평이 넘었으나 비어 있었다. 단숨에 거실을 뛰어 건넌 조웅남이 안쪽의 문을 발로 차 열자 막 이쪽으로 등을 보이며 오른쪽 문을 열고 도망치는 사내가 보였다. 방 안의 탁자에 놓여 있던 목이 긴 도자기 한 개가 조웅남의 허리에 걸려 방바닥에 떨어져 박살이 났다.

문을 어깨로 밀치면서 뛰어들어 간 조웅남은 서랍에서 무엇인가를 꺼내 드는 사내를 향해 두 팔을 뻗쳤다.

사내가 이쪽으로 몸을 돌리는 순간 그의 손에 쥐어진 권총이 보였다. 30대 후반의 수염이 무성한 사내는 두 눈을 부릅뜨고 있었다. 그 순간 조웅남은 어깨로 사내의 몸을 밀치면서 권총을 쥔 그의 팔목을 움켜쥐었다.

벽에 온몸을 부딪친 사내의 손에서 권총이 떨어졌다. 사내가 숨을 돌릴 사이도 없이 다시 조웅남이 주먹을 뻗자 억눌린 신음 소리가 길고 낮게 울려 나왔다. 배를 움켜쥔 사내가 방바닥에 무릎을 꿇는 것과 동시에 고동규가 방 안으로 뛰어들어 왔다.

"넌 옆방으로."

권총을 움켜쥔 고동규는 숨을 들이마시고는 옆방의 문을 발로 차 열었다.

탕! 탕!

방 안을 울리는 총소리가 들리면서 벽에 걸려 있던 대형 거울이 산산조각으로 부서져 내렸다. 고동규는 몸을 던지듯 굴러 열린 문 안으로 들어갔다.

탕! 탕!

그를 향해 다시 총소리가 났고, 방바닥에 몸을 굴리면서 고동규는 냉장고 그늘에 선 사내를 향해 방아쇠를 당겼다.

퍽! 퍽! 퍽!

사내가 털썩 방바닥에 무릎을 꿇고 앞으로 엎어지자 벽에 붙어 서 있던 50대의 백인이 두 손을 들며 고함을 쳤다.

"쏘지 마! 난 무기가 없어!"

방바닥에서 몸을 일으킨 고동규는 발아래에 쓰러진 사내를 내려다보았다. 동양인이다. 아마 같은 한국인으로 북한 사람일 것이다. 그가 백인의 등을 떠밀어 방으로 들어서자 조웅남이 눈을 번들거리며 다가왔다.

"집 안을 뒤져 봐라. 딴 놈들이 있는가."

조웅남이 사내의 목덜미를 움켜쥐면서 말했다. 그는 발을 들어 사내의 옆구리를 찍듯이 찼다. 다시 고동규가 밖으로 나가자 지희은이 주춤거리며 방 안으로 들어섰다. 온몸이 뻣뻣하게 굳은 듯 걸음걸이가 자연스럽지 않았다.

"이 시키가 주르멘가 수르멘가 허는 놈 맞냐?"

조웅남이 머리칼을 움켜쥔 손을 당겨 사내의 얼굴을 들어 보이며 묻자 지희은이 머리를 끄덕였다.

"맞아요. 그 사람입니다."

만족한 듯 머리를 끄덕인 조웅남이 방바닥에 웅크리고 앉아 있는 주르메의 멱살을 잡아 일으켜 세웠다.

방 안을 둘러보던 지희은이 숨을 들이쉬고는 움직임을 멈추었다. 방구석에 주저앉아 이쪽을 바라보는 사내와 눈이 마주친 것이다. 두 눈을 부릅뜬 사내는 동양인이었는데 살아 있는 것 같지 않았다.

세 대의 승용차가 한적한 도로 가에 주차되어 있다. 짙은 어둠이 덮인 도로에는 차량의 통행이 드물었고 도로 아래쪽은 눈이 덮인 개울이었다. 개울 건너편 숲의 나뭇가지들이 바람에 쉴 새 없이 흔들리며 날카로운 소리를 내고 있었다.

창문을 닫은 김칠성이 옆자리에 앉은 시바다를 바라보았다. 창문을 닫자 차 안은 따뜻했으나 억눌린 듯한 정적이 덮쳐 왔다.

"믿을 수가 없군. 갑자기 우리에게 정보를 주겠다니."

김칠성의 목소리가 차 안의 정적을 깨었다.

"우린 아직 당신의 정체를 확인하지도 않았어."

"확인하고 자시고 할 여유도 없을 텐데. 하지만 그러고 싶다면 당신네 부장에게 물어보시지. 대답해 줄 테니까."

시바다가 김칠성의 시선을 정면으로 받았다.

"지금 당신들에게는 우리밖에 도와줄 사람이 없어요, 김 선생. 우리는 당신들이 취리히에 온 것을 알고 이틀 동안 찾아 헤매었소."

"그거 꺼림칙하군."

"중국과 북한, 그리고 미국 측의 정보를 체계적으로 정리해 두어야 할 거요. 당신들이 무슨 일을 하려는지는 모르지만."

"……."

"한국의 KCIA는 CIA에 의해 감시당하고 행동에 제약을 받고 있어서 힘들 테니까."

"도대체 당신은 우리를 누구로 알고 있는 거야?"

"조직원들 아니요. 김원국 씨를 대부로 모시고 있지요. 당신은 보스 중의 하나인 김칠성 씨이고."

"……."

"우린 당신들이 취리히에 와 있다는 것을 알고 있어요. 아마 CIA 측에서는 당신들의 신분까지는 알아내지 못하고 있을 거요."

"그런가? 대단하군."

"그럴 것도 없지요. 우린 투자한 만큼 돌려받으니까."

김칠성이 쓴웃음을 지었다.

"옛날에 야쿠자와 한바탕 일을 치른 적이 있었지. 그때 얼굴이 팔린 모양이군."

"글쎄."

"남북한이 전쟁을 한다니까 걱정되나?"

"농담할 때가 아니오, 김 선생."

"나도 마찬가지야. 난데없는 일본 정보국 요원의 제의가 믿기지 않는단 말이야."

시바다가 힐끗 뒤쪽의 창문을 바라보았다. 뒤쪽에 있는 차의 윤곽이 희미하게 보인다. 밤이 깊어가고 있었다.

"필요할 때는 적한테서도 무엇인가를 얻어내야 할 텐데, 김 선생. 지금은 적과 아군의 구분이 없는 상황이오. 어제의 적이 오늘은 아군이 되었다가 내일 다시 적이 되는 세상이지."

머리를 든 시바다가 김칠성을 찬찬히 바라보았다.

"당신의 보스 김원국 씨에게 전해요, 김 선생. 지금 취리히엔 어마어마한 숫자의 정보 요원이 몰려와 있소. 전쟁은 이곳에서부터 시작되고 있는 거요."

"당신의 이야기를 전하기는 하겠어."

"받아들여야 할 겁니다, 김 선생."

"그건 내가 결정할 일이 아니오."

"당신네 대사관의 정보 요원은 북한 공작원이 죽였소. 그들은 중국 여권으로 활동하고 있고, 그루닝겐의 모텔에 투숙한 네 명의 중국인은 지금 북한 대사관으로 옮겨 왔소."

"……."

"북한 공작원은 30명 정도인데 대부분 시내의 북한 대사관 안에서 요인들과 함께 기거하고 있어요."

"……."

"미국 측을 조심해야 될 거요. 그랜드호텔과 미국 대사관, 그리고 시내 여러 곳에 분산되어 있는 요원은 대략 80명이 넘어요."

"회담 장소는? 그건 알아보았소?"

마침내 김칠성이 상체를 기울이며 시바다를 바라보았다.

"그건 아직 모릅니다. 지금도 우리 요원들이 그랜드호텔을 감시하고 있긴 하지만, 북한 대사관 앞에서도……."

"……."

"당신네 외무장관이 유로호텔에 묵고 있다는 것도 알고 있습니다. 미국 측에 의해 회담에 옵서버로 참가하는 것을 거절당했다는 것도 압니다."

이맛살을 잔뜩 찌푸린 김칠성이 머리를 돌리자 시바다도 하던 말을 멈추었다.

"무슨 전화야?"

조민섭의 물음에 수화기를 내려놓은 고영석이 그에게로 한 걸음 다가섰다.

"회담이 내일 열리는 것은 확실하답니다. 그랜드호텔 로비에는 아직도 기자들이 가득 차 있고 북한 대사관 앞도 마찬가지랍니다."

그는 서울에서부터 따라온 안기부의 연락관이었는데 방금 외부에서 걸려온 전화를 받은 참이었다.

"누가 그래?"

"대사관의 주재원입니다."

잠자코 앉아 있던 안승재가 고영석을 올려다보았다.

"미국 측이 대사관에 연락해 온 건 없나?"

"그런 얘긴 듣지 못했습니다."

특별한 이야기였다면 대사인 오경득이 전해주었을 것이다. 안승재가 입을 다물자 방 안에 잠시 정적이 흘렀다.

로젠스턴의 경고 때문만이 아니라 언론에 노출되면 좋을 것이 없었다. 회담 당사자인 한국 외무장관이 회담에 참석하지도 못하고 삼류 호텔 방에 숨어서 결과를 기다린다는 것이 발견되면 특종감이다.

안승재는 탁자 위에 내려놓은 신문을 펼쳐 얼굴을 가렸다. 세계 언론은 이 사실로 인해 대한민국을 동정하게 될 것이다. 그리고 그다음 날부터 세계 각국은 약자를 잊고 강자에 대한 존경과 호의를 품었다. 그것이 국제사회의 흐름이다.

강자가 존경받고 약자는 자연스럽게 도태되는 것이 역사이고 진리였다. 그것은 개인보다도 단체가, 단체보다도 민족이나 국가 간의 관계에 이르면 더욱 철저해지고 명확해진다.

"장관님, 제가 잠깐 밖에 나갔다 오려고 합니다만."

조민섭이 안승재를 향해 말했다.

"저야 얼굴이 잘 알려지지 않았으니까 대사관 근처에 가서 오 대사를 만나보고, 또 그랜드호텔에 가서……."

"안 됩니다."

신문을 접은 안승재가 머리를 저었다.

"최선을 다하려는 것을 이해는 합니다만, 소용없는 일입니다."

"그래도 여기까지 와서 이렇게 앉아 있을 수만은……."

"요즘 사는 것이 더 힘들다는 것을 깨닫고 있습니다."

안승재의 말에 조민섭이 눈을 끔뻑이며 그를 바라보았다. 그러나 선뜻 입을 열지는 않았다. 고영석이 소리 없이 문 옆으로 물러나 자리에 앉았다. 안기부의 고참 수사관인 그도 방 안의 분위기를 온몸으로 느끼고 있는 것이다.

"오 대사한테도 절대 이 근처로는 오지 말라고 했습니다. 나는 나라 망신을 시키고 싶지 않아요."

"장관님, 로젠스턴에게 편지라도 보내시는 것이……. 준비해 둔 자료가 있지 않습니까? 그것을 첨부해서……."

"……."

"어떻게든 전할 수 있을 겁니다."

"제가 전하지요. 제가 책임지고 하겠습니다."

문 옆에 있던 고영석이 엉거주춤 엉덩이를 들자 안승재가 머리를 저었다.

"기다려 봅시다."

"벌써 밤 10시가 넘었습니다, 장관님. 회담은 내일입니다."

조민섭이 말했으나 안승재는 다시 신문을 펼쳐 들었다.

결혼과 장례식, 그리고 구직과 구인 광고가 기재된 부분을 펼쳐 든 안승재는 한동안 신문을 내려놓지 않았다.

* * *

대사관의 앞마당은 대낮같이 불빛이 밝혀져 있어 분수대 옆의 조그만 돌멩이까지도 환하게 내려다보였다. 정문 안에는 두꺼운 방한복으로 몸을 감싼 경비원들이 벌려 서 있었고, 건물의 현관 근처에도 서너 명이 서성거리고 있었다.

김사훈이 머리를 들자 담장에도 일정한 간격으로 붙어 서 있는 경비원들이 보였다. 창에서 몸을 돌린 김사훈은 소파에 기대 앉아 있는 최대민을 향해 섰다.

"남조선의 외무장관 안승재가 취리히에 와 있다고 하는군. 조금 전에 로젠스턴으로부터 연락이 왔어."

"그렇습니까? 애가 탄 모양이군요."

최대민이 얼굴에 웃음을 띠었다. 해사한 용모에 영어와 중국어, 러시아어에 능통했고, 깨끗한 매너로 기자단의 평도 좋은 인물이다.

"로젠스턴에게 매달리려고 왔겠지요. 온갖 수단을 다 쓰다가 안 되니까 그냥 몸으로 부딪칠 모양인데."

"안됐어."

"정말 안됐습니다."

그들은 서로 얼굴을 마주 보며 웃었다.

"남조선의 총리가 중국에 방문한다는 공식 서한이 외교부에 접수되었어."

김사훈이 소파 앞자리에 앉으며 말했다.

"물론 중국 측은 보류시켰고."

"안됐습니다."

"자업자득이지. 우리 위대하신 김일성 수령께서는 선견지명이 있으셨어. 철저한 사상 무장만이 살길이라는 말씀이 진리라는 것이 증명되어 간다."

"인민군은 물론이고 인민들의 사기가 충천하고 있는 것이 제

눈으로도 보입니다, 수상 동지."

"이 대세는 미국도 막을 수가 없지. 김정일 수령 동지께서 판단을 잘하신 거야."

소파에 등을 묻은 김사훈은 벽시계를 올려다보았다. 시계는 밤 11시 10분을 가리키고 있었다.

"제 생각입니다만, 이런 식으로 두 달만 더 끈다면 남조선은 스스로 붕괴되어 버릴 것 같은데요."

최대민의 목소리는 가벼웠고 표정도 부드러웠다.

"군대의 사기는 말이 아닙니다. 남조선은 사상 무장에 실패했어요. 우리에게 채찍과 당근의 외교를 펼친다고 했지만 그들은 애초부터 채찍이란 것을 갖고 있지 않았습니다. 우리 입장에서 보면 그들의 경제 협력 제의나 기타 통상 제의는 우리의 힘에 압박을 느껴 공물을 바치는 것이었는데 말입니다."

"국민들은 그것으로 평화가 온다고 믿었지. 집권층도 그렇게 선전했고."

"우스운 일입니다. 문민정부가 되면 왜 북쪽의 상황이 달라질 것이라고 믿었을까요?"

"집권층의 허세지. 자가당착인데 그것을 지적한 자들은 시대에 역행하는 극우 보수주의자로 소외되었어."

"그런 상황에서 군인들의 기강이 잡힐 리가 없지요. 군사 쿠데타로 정치군인들에 대한 불신이 생기고 경제 협력이네 뭐네 하며 제 장단에 춤을 추는 것들로 인해 군인들은 목표를 잃고 목적을 잊었습니다. 더구나 자본주의 사회의 타락상이 온 인민에게 퍼져 개인주의, 황금만능주의가 만연했고, 책임을 지려는 공무원, 군인은 한 놈도 없을 겁니다."

"급속도로 부패한 거야, 남조선은."

"하늘이 주신 기회입니다, 수상 동지."

"이 사람아, 하늘이라니. 위대한 수령 김일성 동지와 후계자이자 영도자인 김정일 동지의 혜안 덕분이야."

"그렇습니다, 수상 동지."

그때 방문이 열리더니 공작원 한 명이 들어섰다. 북한에서부터 그들을 수행해 온 호위 총국 소속의 대좌였다.

"수상 동지, 보고드릴 말씀이……."

그들 앞에 부동자세로 선 사내가 김사훈을 바라보았다.

"무언가? 급한 일인가?"

이맛살을 찌푸린 김사훈이 물었다. 모처럼 좋은 분위기를 깨기가 싫은 것이다.

"예, 대사 동지께서 보고를 드리라고 했습니다. 저, 앙리 주르메가 살해됐습니다."

"앙리 주르메가?"

김사훈이 눈을 치켜뜨고는 한동안 숨을 멈추었다가 내쉬었다. 그러고는 쏘듯이 묻는다.

"살해됐다구? 언제, 어디서, 어떻게?"

"30분 전에 자택에서 목을 매단 채로 발견되었습니다. 하지만 경찰은 타살 가능성이 있는 것으로 보고 조사를……."

"그곳엔 지금 누가 나가 있지?"

"예, 대사관의 이필수 동지와 서너 명이……."

"혼자 죽었나?"

"아닙니다, 수상 동지. 집 안에 있던 두 명의 저희 공작원과 주르메의 부하 한 명도."

"모두 자살이야?"

김사훈이 이를 드러내며 말을 씹듯이 묻자 대좌는 빳빳하게 몸이 굳었다. 이것이 그의 책임은 아니지만 앙리 주르메가 얼마나 중요한 인물인지는 알고 있는 것이다.

"아닙니다, 수상 동지. 그들은 각각 총에 맞거나 목뼈가 부러져서……."

"……."

"경찰은 강도의 소행으로 짐작하고 있었습니다. 집 안은 엉망으로 흐트러져 있었었고, 반항한 흔적이 많았습니다."

김사훈이 힐끗 최대민의 얼굴을 바라보더니 대좌를 향해 머리를 끄덕였다.

"과정을 수시로 보고해 주도록. 주르메의 변호사 로빈슨을 찾아서 즉시 그곳으로 보내도록 해. 경찰이건 뭐건 그곳 물건에 손대지 못하도록 하란 말이야."

"알았습니다, 수상 동지."

대좌가 서둘러 방을 나가자 최대민이 길게 숨을 내쉬었다.

"이거 갑자기 무슨 일인지 알 수가 없군. 중국에 지불할 1억 5천만 달러를 그에게서 아직 받지 못했습니다, 수상 동지."

"현찰을 집 안에 넣어둘 미련한 놈이 아냐, 앙리 주르메는."

김사훈도 이맛살을 찌푸렸다.

"하지만 이거 난처하군. 기름이 다음 주 중에 수송되어 오는데."

"주석 동지에게 보고해야 하지 않을까요?"

"해야지."

자리에서 일어선 김사훈이 움직임을 멈추고는 최대민을 내려다보았다.

"정말 싫구만, 이런 보고는."

지희은이 다가가자 김칠성과 이야기하고 있던 김원국이 머리를 들었다. 밤 12시가 지나 있어서 저택은 조용했고, 언덕을 훑고 내려온 밤바람에 나뭇가지가 흔들리고 있었다.

"말씀드릴 일이 있어서 왔습니다."

굳은 얼굴로 그녀가 말하자 김칠성이 이맛살을 찌푸렸다.

"거, 고 중령한테 말하면 안 될까? 우린 지금 바쁜데."

"고 중령이 결정하지 못할 일이에요."

김원국이 손을 들어 김칠성의 옆자리를 가리켰다.

"앉아."

"바쁘신데 죄송합니다. 하지만 지금 아니면 시간이 없을 것 같아서요."

"……."

"전 이 일을 해낼 자신이 없습니다. 저는 본래 정보 수집이 임무였는데 지금은……."

"그만두겠다는 얘긴가?"

"저는 사실 정식 직원도 아니에요. 언제든지 그만둘 수 있도록 되어 있습니다."

머리를 끄덕인 김원국이 김칠성을 돌아보았다.

"동규에게 얘기해서 그만두게 해라."

"형님, 하지만……."

김칠성이 눈을 부릅떴다.

"지금이 어떤 상황인데 제 마음대로 그만둔단 말입니까?"

"우리 상황하고 이 여자 상황은 다르다. 길게 이야기할 것 없다."

김원국이 지희은을 바라보았다.

"이제까지 수고했어. 앞으로 더욱 어려워질 텐데, 마침 잘 이야기해 줬어."

"……."

"그만두도록 해. 정보원으로 몇 년 근무했으니까 주의 사항은 잘 알 것이고."

"제가 도와드릴 일이 있으면 제 나름대로……."

지희은이 낮은 목소리로 말하자 김원국이 머리를 저었다.

"필요 없어."

그가 머리를 돌렸으나 지희은은 잠시 그 자리에 서 있었다.

"뭐 해, 돌아가지 않고?"

김칠성이 쏘아붙이듯 말하자 그녀는 몸을 돌렸다. 가벼운 발소리와 함께 문이 닫혔다.

"형님, 저걸 돌아다니게 할 수는 없습니다. 만일의 경우 일이 생긴다면 우리 모두가 노출되어 버립니다."

김칠성이 서류를 내려놓고 자세를 고쳐 앉았다.

"당장 저년을 없앱시다, 놈들이 채가기 전에."

"박은채를 불러와라."

난데없는 말이었으므로 김칠성이 눈을 껌벅이며 그를 바라보았다.

"그 여자에게 이야기할 것이 있다. 어서."

"예, 형님."

김칠성이 5분쯤 후에 박은채와 함께 방으로 들어섰다. 일주일이 넘도록 김원국과 대좌해 본 적 없는 박은채는 긴장한 듯 눈꼬리를 세우고 있었다.

"거기 앉아.

김원국이 턱으로 앞자리를 가리키자 그녀는 잠자코 자리에 앉았다. 김칠성이 옆자리에 따라 앉았다.

"늦은 시간에 불러내어 미안한데……."

김원국의 말에 그녀는 똑바로 그를 바라보았다.

"아니에요. 모두 자지 않고 있는데 저만 잘 수가 있나요?"

"이 기회에 이야기하겠는데, 거기도 그만두고 돌아가도록 해."

박은채가 눈을 치켜떴다.

"전 그때 말씀드린 대로……."

"남자들이 해야 할 일이야. 그쪽의 애국심은 인정하지만 몸으로 부딪칠 일이 많아."

"돌아갈 수 없습니다."

얼굴이 굳은 박은채가 김원국을 똑바로 바라보았다.

"적응해 가고 있어요. 그런데 왜……."

"형님 말씀을 들어."

김칠성이 던지듯 말했다. 그는 아직도 박은채를 마취 기술자로 알고 있는 것이다. 그는 또박또박 김원국에게 말대꾸를 하는 박은채를 못마땅한 듯 노려보았다.

"널 위한 말씀인데 받아들이지 않고 말대답을 하는 거야?"

아랫입술을 깨문 박은채가 머리를 숙였다. 얼굴이 조금씩 붉어지고 있었다.

김칠성이 마무리하듯 말했다.

"솔직히 마취 기술자는 필요 없어. 그것에 넘어갈 놈들이 없단 말이다."

"난 마취 기술자가 아니에요."

박은채가 번쩍 머리를 들었다.

"그건 강대홍 씨가 날 빼내려고 공항에서 거짓말을……."

김원국의 눈빛을 보고 말을 멈추었으나 이미 때는 늦었다.

"뭐라구? 마취 기술자가 아냐? 강대홍이가 거짓말을 해서 빼내?"

김칠성이 눈을 치켜떴다.

"아니, 이게 도대체……."

김칠성이 얼굴을 돌려 김원국을 보았다. 김원국이 입맛을 다셨지만 입을 열지는 않았다.

"어떻게 된 거야?"

김칠성이 때려 붙이듯 물었지만 머리를 숙인 박은채는 더 이상 대답하지 않았다.

"대답 안 할 거야?"

김원국의 앞이었으므로 목청을 높이지는 않았으나 김칠성의 기세는 사나웠다.

"대홍이가 빼내려고 거짓말을 한 건 맞다. 하지만 그것으로 놈을 처벌하지는 말아라."

김원국이 가라앉은 목소리로 입을 열었다.

"놈은 호인이야. 인간미가 있는 놈이다."

"형님, 도대체……."

손을 들어 김칠성의 말을 막은 김원국이 박은채를 바라보았다.

"이것 봐, 지금도 그렇다. 강대홍의 이름을 다시 꺼내어 놈을 도마 위에 올려놓았다."

"……."

"수모나 고통을 당하더라도 참아야 할 때가 있는 법이야. 넌 번번이 그것을 어겼어. 너한테 이 일은 적합하지 않아."

"형님, 그렇다면 이 여잔 누굽니까?"

김칠성의 물음에 김원국이 얼굴에 웃음을 띠었다.

"3개 국어에 능한 무역 회사의 간부 사원이지."

"그런데 형님이 어떻게? 그리고 강대홍이는?"

"공항에서 우연히 만나 빼주려고 거짓말을 한 것이야."

"그놈을 그냥."

당장 뛰쳐나갈 듯 얼굴을 붉히며 씨근거리는 김칠성을 김원국이 바라보았다.

"내버려 두라고 했다."

"…예, 형님."

김원국이 박은채를 향해 머리를 돌렸다.

"널 생각해서 한 소리가 아냐. 너 하나 때문에 우리가 위험해질 수도 있어."

"……."

"지희은이 그만둔다고 해서 보냈다. 그래서 다시 널 부른 것인데."

"절 남아 있게 해주세요."

박은채가 탁자를 내려다본 채로 말했다.

"절대 신경 쓰이게 해드리지 않을게요."

새벽 4시 30분이 조금 넘은 시간, 아직도 먹물 속에 잠겨 있는 것처럼 어두운 밤길을 석 대의 승용차가 속력을 내어 달려가고 있었다. 취리히 시내를 빠져나와 북쪽의 산악 지대로 향하는 이 차선 도로는 얼어붙은 눈으로 미끄러웠으나 차량들은 바퀴에서 흰 눈가루를 뿜어내며 달려 나갔다. 오가는 차도 없고 길가에는 이제 민가도 보이지 않았다. 불빛에 드러난 길가의 눈더미와 잡목 숲은 어둠에 섞여 춥고 황량하게 느껴졌다.

최성산은 세 번째 차의 뒷좌석에 앉아 창밖을 바라보고 있었다. 구형 올즈모빌은 차체가 넓고 아늑했는데 가끔씩 노면이 파인 곳을 지나면서 가볍게 흔들릴 뿐 텅 빈 도로를 거침없이 달려 나갔다. 최성산은 호위 총국에 속해 있는 해외 공작반의 조장으로 이번 작전의 책임자였다.

내년이면 장군으로 진급하게 되어 있는 최성산에게 이번 회담은 진급의 마지막 관문이나 다름없었다. 세계 각국의 정보원들이 들끓고 있는 취리히에서 그들의 눈을 피해 이동한다는 것이 쉬운 일은 아니었다. 더욱이 파리 떼보다 더 귀찮은 기자들의 추적도 따돌려야 한다. 최성산은 창에서 시선을 떼었다.

"선도 차가 너무 빠르다. 속도를 줄이라고 해."

"예, 조장 동지."

앞자리의 부하가 무선전화기를 빼 들었다. 에센에는 6시 이전에 도착할 것이고, 그럼 회담이 시작될 때까지 두 시간이나 기다려야 한다. 승용차가 속력을 떨어뜨리고 있다.

"조장 동지, 주르메를 친 것은 남조선 놈들이 아닐까요?"

옆에 앉은 황태식이 낮은 목소리로 물었으나 차 안의 네 사람은 모두 들었다.

"경비원부터 차례로 없애 버린 것으로 보아 보통의 강도들이 한 짓이 아닙니다, 조장 동지. 그리고 우리 공작원도 그렇게 쉽게 당할 놈들이 아닙니다."

"기습하면 할 수 없지."

"경비는 거인이었습니다. 그런데 그놈의 목이 뒤로 돌아갔어요."

최성산은 얼굴을 찌푸리고 입을 다물었다.

황태식은 그의 지휘를 받고 있기는 하지만 당 상임위원회의 해외사업국 요원이다. 그가 매일 평양의 해외사업국으로 업무 보고를 하고 있다는 것을 최성산은 알고 있었다.

"남조선의 안기부 요원들은 모두 CIA의 감시를 받고 있어, 황 동지. 그 시간에 움직인 안기부 요원은 없었어."

최성산이 차분하게 말했다.

"하지만 남조선에서 일단의 사내들이 이곳에 와 있다는 이야기를 들었어. 도착한 후에 모두 종적을 감추었는데……."

"……."

"미국 측도 수색을 하고 있으니까 곧 알아낼 수 있을 거야. 어떤 놈들인지."

"당에서는 대단히 걱정하고 있습니다. 주르메가 보내야 할 돈이 있었는데 차질이 생겨서."

"……."

"수단과 방법을 가리지 말고 놈들을 찾아내라는 지시였습니다."

"나도 지시를 받고 있어, 황 동지."

"참고 삼아 말씀드린 겁니다, 조장 동지."

최성산이 창밖으로 머리를 돌리자 차 안엔 다시 정적이 감돌았다. 희미한 엔진 소리와 함께 차체를 스치는 바람 소리가 그들의 귀에 들려왔다.

"2킬로미터쯤 전방입니다, 사쿠라이 씨. 시속은 60킬로미터 정도, 속력이 아까보다 떨어졌군요."

추적 장치를 무릎 위에 올려놓은 구로다가 말했다. 20대 중반으로 신참인 그는 온몸에 활기를 띠고 있었다.

"취리히 시에서 15킬로미터 벗어난 지점입니다."

사쿠라이는 구로다의 말을 들으며 무선전화기를 들었다. 승용차는 짙은 어둠이 덮인 산길을 빠르게 달려 나갔다.

앞쪽을 달리는 북한인들의 차량은 보이지 않았으나 구로다가 안고 있는 위성 추적 장치는 사방 50킬로미터 안에 있는 목표물을 놓친 적이 없었다. 전화기의 발신음이 두 번째에서 그쳤다.

―여보세요.

시바다의 목소리다.

"부장님, 접니다."

―그래, 지금 어디냐?

"북쪽 국도를 달리고 있습니다. 시내에서 15킬로미터 떨어진 지점입니다."

—그랜드호텔에서도 양키들이 떠났어. 놈들의 방해가 심해서 접근하지 못했는데, 양키들은 헬리콥터를 탔어.

"걱정하지 마십시오. 이쪽은 놓치지 않습니다."

사쿠라이가 몸을 굽혀 앞자리의 추적 장치를 바라보았다. 가방처럼 생긴 세 개의 알루미늄 케이스는 열려 있었고 스크린에서는 점이 길을 따라 북상하고 있었다.

"부장님, 2킬로미터 전방에 에센 마을이 있습니다. 직진하면 메린드 마을이고."

—좋아, 놓치지 마라.

전화기의 스위치를 끈 사쿠라이가 다시 추적 장치를 굽어보았다. 유럽 상공에 떠 있는 인공위성 다케다 호는 북한인들이 탄 석 대의 차량에 초점이 맞춰져 있다. 다케다의 컴퓨터는 목표물의 모든 것을 입력하고 있어서 형체가 없어질 때까지 자동으로 추적을 한다. 사쿠라이는 구로다가 안고 있는 추적 장치가 무사하기만을 빌면 되었다.

새벽 5시 30분이었으나 안승재는 넥타이를 단정히 맨 양복 차림이었다.

김원국이 방으로 들어서자 그는 엉거주춤 자리에서 일어섰고, 그의 옆에 서 있던 머리가 반백인 사내가 김원국의 앞으로 다가왔다.

"어서 오십시오. 기다리고 있었습니다."

"주무실 시간인데 죄송합니다."

김원국이 그가 내민 손을 잡았다.

"김원국이라고 합니다."

"조민섭입니다."

안승재가 다가와 손을 내밀었다.

"어서 오십시오, 김 선생."

인사를 마친 그들은 소파에 마주 보고 앉았다. 아직 새벽이어서 호텔은 정적에 잠겨 있었고, 찻길을 달리는 차량의 소음도 들리지 않았다.

안승재가 충혈된 눈으로 김원국을 바라보았다. 넥타이의 매듭은 빈틈없이 매어져 있고, 머리칼도 빗어 넘겨 단정했지만 뜬눈으로 밤을 지새웠다는 것이 얼굴에 드러나 있었다.

김원국이 입을 열었다.

"이곳은 미국과 북한 측의 감시를 받고 있습니다. 지금도 밖에는 그들의 감시 차량이 두 대 있더군요."

"미국 측이야 그럴 만한데, 북한은 왜?"

조민섭이 물었다.

"북한 사람들도 알고 있단 말인가요?"

"미국 측이 알려준 것 같습니다."

"그럴 리가……."

멍한 얼굴의 조민섭을 내버려 두고 김원국이 안승재 쪽으로 몸을 돌렸다.

"지금 북한의 김사훈과 최대민은 취리히 북쪽으로 이동 중입니다. 회담장으로 가는 모양입니다."

"……."

"난 장관께 여쭈어볼 게 있어서 찾아왔습니다."

"말씀하시지요."

"만일 이번 회담에 장관께서 참석하시게 된다면 북한 측에 어떤 제의를 하실 생각입니까? 장관께서는 대통령과 상의하고 오신 것으로 알고 있습니다만."

"물론 대통령 각하께서는 모든 것을 아십니다. 내가 개인적으로 행동할 수는 없지요."

"북한의 남침을 저지할 조건이 있습니까? 아니면 보류시킬 방법이라도?"

"없습니다."

안승재가 머리를 저었다.

"온갖 조건과 방법을 다 써도 저 사람들의 행위를 막을 수는 없을 것 같습니다."

"그렇다면 참석하시려고 하는 이유는 뭡니까?"

안승재가 충혈된 눈으로 김원국을 바라보았다.

"내 눈으로 보고 듣고 싶어서요. 북한이 날 제쳐놓고 미국 측에만 이야기한다고 해도 상관없습니다. 나는 그들이 무슨 이야기를 하는가를 직접 듣고 싶은 겁니다."

"……."

"하지만 무리였습니다. 미국 측에 부탁했지만 꼼짝하지 말고 기다리라고만 하는군요. 북한을 자극시킬 염려가 있다고."

"그렇다면 다른 대안은 없고 회담 참석만이 장관님의 목표였군요."

"대통령 각하께서는 전쟁을 피할 수 있는 방법이면 항복을 빼놓고 어떤 것이라도 사용하라고 하셨습니다."

"……."

"우리가 이제까지 이루어놓은 모든 것을 전쟁으로 파괴시킬 수는 없습니다."

한동안 안승재를 바라보고 있던 김원국이 천천히 머리를 끄덕였다.

"전쟁이 일어나면 우리가 지리라는 걸 믿고 계시군요."

"집니다. 분하지만."

안승재가 의자의 팔걸이를 움켜쥐고는 김원국을 쏘아보았다.

"다른 모든 것은 북한보다 월등합니다. 몇 배, 몇십 배. 다만……."

아랫입술을 혀로 축인 그가 말을 이었다.

"우린 싸울 준비를 하지 않고 있었어요. 이유는 그것 하나뿐입니다."

"사회가 부패했지요. 정치는 사분오열되었고."

조민섭이 몸을 꼿꼿이 세웠다.

"민주주의 사회의 일부분이 과장되게 보일 수도 있어요. 문제는 우리가 정신병자 집단을 동족으로서 위쪽에 두고 있었다는 것이오."

그는 넥타이의 매듭을 거칠게 잡아당겼다.

"우리는 방법을 만들어야 합니다. 끝까지 최선을 다해서."

"다시 오겠습니다."

김원국이 몸을 돌려 나오자 자리에서 일어선 안승재가 문까지 따라왔다.

"오늘의 회담 결과를 알고 싶습니다, 김 선생. 미국 측도 연락을 해주겠지만……."

그는 얼굴에 씁쓸한 웃음을 띠고 있다.

"부끄럽습니다. 이런 말을 내 입으로 하다니."

머리를 끄덕인 김원국이 잠자코 문을 열었다.

* * *

"오늘은 눈이 내릴 것 같군요."

김사훈이 밝은 표정으로 말했으나 앞자리에 앉은 로젠스턴과 패트릭스는 입을 열지 않았다. 아침 8시 10분이다. 회담 장소인 에센의 조그만 별장 응접실에는 예전과 달리 네 사람이 마주 앉아 있었다. 미국 측 경호원이 들어가 그들 앞에 뜨거운 커피 잔을 내려놓고 나간 참이었다.

"올해는 북한에 눈이 많이 내렸습니다. 한국 속담에 눈이 많이 내린 해는 풍년이 든다고 했는데."

"김 수상, 유엔의 안보리가 내일 소집되는 것은 알고 있지요?"

패트릭스가 김사훈의 넋두리를 깨었다. 커피 잔을 손에 쥐고 김사훈을 바라보는 그의 표정은 굳어 있었다.

"알고 있어요, 패트릭스 씨."

"오늘의 회담 결과가 내일 안보리의 북한 제재 방법에 직접적인 영향을 미친다는 것도 알고 계시겠군."

"중국과 프랑스가 거부권을 행사한다는 것도 알고 있습니다.

우리의 선전포고는 비공식적인 회담에서 나온 내용이오."

"남한은 비록 계엄령을 선포했지만 방어용이라는 것을 증명시키기 위해 유엔의 감시단 파견을 요청했소. 12개국의 감시단이 휴전선에 배치될 거요."

"그것도 압니다, 패트릭스 씨."

로젠스턴이 헛기침을 했다.

"우선 그쪽의 이야기를 들어봅시다. 우리 쪽의 이야기는 나중에 해야 할 것 같으니까."

"좋습니다. 내가 먼저 시작하지요."

김사훈이 탁자에 올려놓은 검고 납작한 가방에서 서류 한 장을 빼 들었다.

"우리는 남조선에 대해 2월 10일 12시 정각에 해방 작전을 시작합니다."

로젠스턴은 담배를 꺼내 입에 물었고, 패트릭스는 커피 잔을 내려놓았다.

김사훈이 말을 이었다.

"작전 기간은 열흘, 따라서 2월 20일에는 정전이 될 것이고, 조선민주주의인민공화국은 단일국가로 미국과 상호 동맹 조약을 맺습니다. 이것은 우리의 요망 사항이니까 참조만 해주시오."

"……"

"우리는 남조선이 해온 것보다 더욱 강력한 동맹 관계를 맺고 싶습니다. 한반도가 동북아시아의 요지로서, 우측으로는 일본, 좌측으로는 중국을 끼고 있는 군사 요충지라는 사실은 미국이 더 잘 알 겁니다."

입맛을 다신 패트릭스가 의자에 등을 기대었다. 정면에 앉아 있던 최대민과 시선이 마주치자 패트릭스는 찌푸린 얼굴을 돌렸다.

"우리는 통일이 된 후에도 당분간은 미군의 주둔을 받아들이겠고, 미군이 필요하다고 생각되는 군사기지, 예를 들어 울릉도 같은 곳을 미군 주둔 기지로서 영구 임차해 드릴 용의가 있습니다."

"……."

"물론 미군의 주둔 비용은 조선공화국 부담이오. 이것은 쌍방의 협정에 의해야겠지만 미국 측의 제안을 받아들일 것을 약속할 수 있습니다."

"……."

"또한 우리는 중국과의 상호방위조약을 백지화시킬 용의도 있습니다."

"……."

"해방 후에 일절 숙청이나 보복은 없을 것이오. 그것을 방지하기 위하여 주한 미군은 우리 공화국의 모든 치안 부서에 감시단을 파견하여 정국이 안정될 때까지 일정 기간 동안 근무해 주기를 요청합니다."

"……."

"공무원, 군인, 경찰도 감원 이외의 조처는 하지 않습니다. 모든 사유재산을 그대로 인정하고 화폐도 남조선 화폐로 공화국을 통일시킬 계획입니다."

"잠깐만."

마침내 패트릭스가 한 손을 들어 그의 말을 막았다.

"잘 알겠소. 그 서류의 내용은 잠시 후에 다시 읽어봅시다. 어차피 우리가 결정을 내릴 것도 아니니까."

"그럽시다. 하지만 미리 말씀드리는 건데, 미국 쪽이 어떻게 나오든 우리는 작전을 변경시킬 수 없습니다."

"일본이 오늘 중 중대 발표를 할 거요. 세계 질서를 지키기 위해서라면 남한에 파병할 수도 있다고."

"법은 국회에서 통과되겠지요. 하지만 귀국 정부가 탐탁지 않게 생각할 텐데. 특히 공화당의 보수파들이 말이오."

"명분이 약해서 밀릴 거요."

"시간이 걸리는 일이오. 더구나 대통령 선거 때이고, 일본이 파병하면 미국도 방위조약을 지키기 위해 파병해야 하는데, 그럼 미군은 수십만이 죽습니다."

로젠스턴이 피우던 담배를 재떨이에 거칠게 비벼 끄고 머리를 들었다.

"남한의 군사력만으로도 당신들을 충분히 저지할 수 있어. 우린 두 개 함대의 공군력과 일본, 필리핀의 공군을 모아 당신들의 땅을 쑥밭으로 만들어 버릴 거야."

자신의 목소리가 크다고 생각했는지 그는 소리를 낮추었다.

"서로 핵을 안 쓴다고 하지만 그것도 장담할 수 없어. 그리고 재래전은 곧 지구전이야. 그럼 기름과 식량이 한 달분밖에 없는 당신들은 패망하게 될 거요."

"글쎄."

김사훈이 마른 얼굴에 웃음을 띠었다.

"아직 모르시는 모양인데, 우리 공화국 인민들의 대부분이 요즈음 이런 말을 하고 있어요. 이래 죽으나, 저래 죽으나 마찬가지다. 차라리 전쟁이나 일어나서 이밥에 고깃국이나 배불리 먹어보고 죽자."

"……."

"우린 전쟁을 하지 않으면 모두 죽습니다. 굶어 죽든지, 아니면 서로 죽이든지."

로젠스턴과 패트릭스가 서로 얼굴을 마주 보았다. 최대민이 불안한 듯 눈을 껌벅이며 김사훈을 바라보았으나 그는 말을 이었다.

"정권의 위기지요. 돌아가서 내 말을 그대로 전하시오. 전쟁을 해서 남조선을 해방시키지 않으면 우리가 망합니다. 우린 선택의 여지가 없습니다."

얼굴이 검붉게 달아오른 김사훈이 갑자기 말을 그치더니 턱을 들어 올렸다. 그의 부릅뜬 눈에 물기가 가득 고여 있는 것이 미국인들의 눈에 보였다.

제6장

혼란과 배신의 서울

밤의 대통령

이영만 대통령은 한동안 말없이 국방장관 김형태를 바라보았다. 그의 시선을 받은 김형태는 몸을 굳힌 채 시선을 내리깔았고, 그의 옆자리에 앉은 합참의장 겸 계엄사령관 강동진과 박종환 비서실장도 긴장한 채 입을 다물고 있었다.

"제시 윌슨 대장은 어떤 인물인가? 그에 대해서 누가 알고 있소?"

이윽고 대통령이 입을 열었다.

강동진이 상체를 세웠다.

"NATO 참모장을 지내다가 미 육군본부의 제1차장을 지내고 있던 사람입니다. 육사를 졸업하고 중동전에도 참전한 경력이 있는……."

"이런 상황에서 주한 미군 사령관을 교체하는 이유가 뭘까?"

"각하, 그것은……."

"매그루더가 워싱턴과 사이가 좋지 않다는 이야기가 들려왔어. 언론에서도 그렇게 말하고."

"……."

"미국은 방위조약을 지킬 의도가 없다는 증거일까? 이번 사령관 교체 건 말이오."

박종환이 머리를 들었다.

"언론은 그렇게 평가할 것입니다, 각하. 매그루더는 북한이 공격한다면 당연히 그들을 격퇴시켜야 한다고 여러 차례 성명을 내었습니다."

그러자 김형태가 입을 열었다.

"각하, 이것은 결의를 새롭게 하겠다는 의도로도 해석할 수가 있습니다. 윌슨 대장은 실전 경험이 풍부한 사람입니다. 미국 대사관의 맥슨 참사관도 그렇게 평가하고 있었습니다."

"……."

"그리고 각하, 이제 국군의 사기도 올라가고 있습니다. 북한에 대한 적개심이 나날이 고취되고 있는 중이고, 또 국민들도 질서가 잡혀갑니다."

대통령이 머리를 돌려 강동진을 바라보았다.

"연합사 부사령관이 그쪽 사정을 더 잘 알지도 모르겠군."

"예, 각하. 이영규 대장은 매그루더와 작전 회의가 끝나는 대로 각하께 보고를 드리러 올 것입니다."

"취리히에서는 미국과 북한의 회의가 열리고 있어. 우리 외무장관은 호텔 방에 앉아만 있고."

"……"

"미국은 남북한을 동시에 만나고 있는 셈이군. 한쪽은 작전 회의, 다른 한쪽은 무슨 회의라고 해야 할까?"

대통령은 두 팔을 의자의 팔걸이에 내려놓고는 가늘게 숨을 내쉬었다. 두 볼의 근육이 힘을 잃고 늘어졌다. 그가 말을 이었다.

"아침에 하시모토 수상한테서 전화가 왔었소. 사회당이 격렬하게 반대하고 있어서 며칠 지연됐지만 국회는 파병안을 통과시킬 거라고 했어요."

"……"

"자위대의 해공군은 당장에라도 출동할 수 있고, 육군은 열 개 사단이 15일 내에 부산에 도착할 수 있다고 하더군."

모두들 잠자코 그를 바라보았다. 일본의 파병 문제가 언론에 보도되면서부터 여론은 양쪽으로 갈라져 있었다.

보수 세력과 안정을 바라는 일반 대중은 자위대의 파병에 거부감을 느끼지 않았으나 학생 일부와 소외층은 자위대를 받아들일 수 없다면서 반발하고 있었다. 그리고 그것이 점점 공감대를 형성하고 있었다.

"각하."

강동진이 입을 열었다.

"자위대 파병설이 나왔을 때부터 북한의 사주를 받는 주사파 학생 조직과 대남 공작 조직들이 활발하게 움직이고 있습니다. 놈들은 표면에 드러날 기회가 왔다고 생각하는 것 같습니다. 파병 반대 조직의 배후에는 북한이 있습니다."

"시위는 온건하다던데. 계엄군에 대항하지 않고."

"내버려 두면 점점 확산됩니다, 각하."

"그렇다고 모두 잡아 가둘 수는 없지 않겠소?"

"계엄령이 내려진 상태입니다, 각하. 평상시하고는 다릅니다."

한동안 강동진을 바라보던 대통령이 머리를 끄덕였다.

"좋소. 하지만 파병을 반대했기 때문이라고는 하지 마시오. 그리고 북한의 사주를 받았다는 증거를 밝히면 더욱 좋을 것이오."

"알겠습니다, 각하."

대통령이 자리에서 일어서자 모두들 따라 일어섰다. 하루에 한 번씩 비상 국무회의가 열렸고, 그다음엔 작전 회의다. 그리고 그것이 끝나면 계엄사령관이 동석한 기밀 회의가 있었는데 이제 그것도 끝난 것이다.

그들이 집무실에서 나가자 대통령은 한동안 멍하니 벽을 바라보며 앉아 있었다. 아침 8시에 시작한 회의가 12시에 끝난 것이다.

그때 노크 소리가 들리더니 강동진이 다시 들어왔다. 며칠 사이에 두 볼이 홀쭉하게 파인 그는 문민정부가 들어서자 빛을 본 군인이고 대통령과는 동향이었다.

"각하, 보고드릴 일이……."

강동진이 굳은 얼굴로 탁자 앞에 서자 대통령은 잠자코 그를 바라보았다.

"어젯밤 인천에서 밀항선 한 척을 나포했습니다. 200톤급 쾌속선이었는데 경비함이 포를 쏘아 잡았습니다."

"……."

"각하, 그 배에는 현직 국회의원 세 명과 그 가족, 고급 공무원

네 명, 그리고 의사와 변호사 여섯 명과 그 가족들이 타고 있었습니다."

"……."

"인천항의 경비를 맡은 계엄군 소속의 대령 한 명도 끼어 있었습니다, 각하."

대통령이 퍼뜩 눈을 들었지만 입은 열지 않았다.

강동진이 말을 이었다.

"사기 문제도 있고 해서 국무회의에서 말씀드리지 않았습니다만……."

"……."

"비밀리에 인천의 계엄군 막사에 감금시켜 두고 있습니다, 각하."

대통령이 길게 숨을 내쉬고는 머리를 들었다.

"처형해."

강동진이 눈을 치켜떴다.

"네?"

"계엄령하의 군법에서는 어떻게 처리되지?"

"군인은 총살입니다. 공무원도."

"총살시켜. 가족은 구속시키더라도."

"…네, 각하."

"그리고 그 사실을 언론에 알려주도록. 총살 장면까지 보도하도록 해."

"네, 각하."

"이젠 앞만 보고 나갈 것이다."

대통령이 혼잣소리처럼 말하자 강동진이 눈을 끔뻑이며 그를 바라보았다. 대통령이 말을 이었다.

"나는 다른 것에는 신경을 쓰지 않을 것이다. 오직 이 일만 끝내고 죽겠다."

*　　*　　*

548고지의 남쪽 능선은 밋밋하게 뻗어 나가 산 아래쪽의 화전 마을이 1킬로미터나 떨어져 있었지만 북쪽 능선은 급경사였다. 잎을 떨구어 버린 잡목 숲이 거칠고 황량한 모습으로 가지만을 뻗치고 있는 능선이 200미터쯤 되었고, 아래쪽은 얼어붙은 개울이었다. 개울 건너편은 마른 갈대숲이 어지럽게 펼쳐진 벌판이었는데 2킬로미터쯤 더 가면 분계선의 철조망이 가로막는다.

제1소대 1분대장인 김형만 하사의 벙커 안에서는 분계선의 철조망도 훤히 내려다보였다. 야생 노루가 갈대 사이로 지나가는 바람에 두 번이나 비상이 걸렸다. 분대원들은 벙커 생활에 익숙해져 갔고, 김형만도 신동석 병장을 사살한 충격에서 조금씩 벗어나고 있었다.

점심 식사를 마치고 난 오후 1시 반이었다. 벙커 안은 김치와 찌개 냄새로 가득 차 있었고, 담배 연기로 눈이 매웠다. 김형만은 기관총좌 옆에 앉아서 오늘 저녁의 불침번 명단을 작성하고 있었다. 구석에서 고참 상등병이 일등병에게 잔소리를 퍼붓는 소리가 들려왔다. 탄창을 제대로 쌓아두지 않았다는 것이다. 그러자 참호 쪽에 쳐진 담요가 젖혀지더니 소대장이 들어섰다.

"차렷!"

누군가가 소리치자 벙커 안이 일순 조용해졌다.

"쉬어!"

가볍게 말한 이한성 소위가 김형만에게로 다가왔다. 쉬라고는 했지만 벙커 안은 조용했다. 상병도 잔소리를 그쳤다.

"김 하사, 양만호 일병 어디 있나?"

소대장의 목소리가 벙커 안을 울렸다.

"예, 저기……. 야, 양 일병!"

"예."

일병 계급장을 붙인 병사 한 명이 구석에서 나왔다. 이한성이 두 팔을 허리에 짚고는 일등병을 잠자코 바라보았다. 스무 살을 갓 넘은 해사한 얼굴의 사병이었는데 불안한 듯 온몸을 굳히고 서 있었다.

"너, 배낭 꾸려. 단독 군장이다."

이윽고 이한성이 뱉듯이 말했다.

"10분 안에 소대 본부 벙커로 와. 알았나?"

"예."

몸을 돌린 이한성이 김형만을 바라보았다.

"오늘 중으로 대대에서 보충병들이 온다. 1분대에 두 명 보낼 테니까 빈자리를 메우도록 해."

"예, 소대장님."

이한성이 담요를 젖히고 벙커를 나가자 한동안 아무도 입을 열지 않았다.

"씨팔, 역시 끗발 좋은 놈은 이런 때에도 빠져나가는구만."

누군가가 구석에서 씹어뱉듯 말하자 다른 병사가 말을 받았다.

"돈 없고 백 없는 놈만 남는 거여. 여그가 우리 묫자리다."

"조용히 못 해?"

김형만이 버럭 소리치자 더 이상 말이 이어지지는 않았으나 술렁이는 분위기는 가라앉지 않았다. 일등병은 구석 자리로 돌아가 그의 눈치를 살피며 서 있었다.

"이 새끼야, 군장 꾸려. 어서."

김형만이 뱉듯이 말했다. 일등병의 외삼촌이 육본의 장군이라는 것을 모르는 소대원은 없다. 외삼촌에게 미처 연락을 하지 못한 바람에 소총 소대로 떨어진 그는 곧 육본으로 전출될 것이라고 제 입으로 떠들고 다녔기 때문이다.

양만호가 꾸물대며 군장을 꾸리기 시작하자 상등병 하나가 벙커 구석에서 몸을 일으켰다. 그는 기관총 사수로 학력은 고졸이고, 자동차 정비공으로 있다가 입대한 병사이다.

"분대장, 곧 전쟁이 일어날 것 아니오?"

허리에 두 손을 짚은 상등병이 김형만을 똑바로 바라보았다. 체격이 크고 성격이 거칠었지만 입대하기 전에 직장 생활을 했기 때문인지 상하 구별은 확실한 병사였다. 신동석과는 유형이 달랐다. 이맛살을 찌푸린 김형만이 그를 쏘아보았다.

"그래, 그런데 왜?"

"끗발 가진 놈들이 저렇게 빠져나가면 전쟁은 누가 합니까? 돈 없고 백 없는 나 같은 놈들만 나라를 지키라는 거요?"

그의 얼굴은 붉게 달아올라 있었고 말투는 격렬했다.

"맞어! 씨팔! 어떤 놈 좋으라고 죽어준단 말이야! 저런 새끼들이 잘 먹고 잘살라고?"

누군가가 따라 외쳤다.

"줘여 버려, 저런 새끼는!"

"좆같이, 난 전쟁 못 해! 못 죽어!"

이곳저곳에서 격한 외침이 터져 나와 벙커는 금방 수라장이 되었다.

"아, 씨팔! 조용히 못 해!"

김형만이 버럭 소리를 지르자 모두 입을 닫았으나 격한 표정들은 그대로였다.

"좋다, 내가 소대장에게 다녀오겠다. 너희들은 이곳에서 기다려."

그러자 벙커의 복판에 버티고 선 상등병이 피식 웃었다.

"육본의 명령을 소대장이 어떻게 한단 말이오? 사단장도 안 돼, 저 새끼 끗발은."

이영규 대장은 망원경을 내리고는 옆에 선 매그루더 대장을 바라보았다.

"존, 달라진 건 없어요. 외관상으로는 열흘 전과 똑같습니다."

"중국 놈들이 이쪽이 먼저 도발하고 있다고 말할 만하군."

매그루더도 망원경을 내렸다. 그들은 휴전선 건너편의 장단 쪽을 바라보고 있는 중이었다. 황량한 벌판을 휩쓸고 온 얼음 날 같은 바람이 그들의 피부를 스치고 지나갔다.

"놈들은 이미 2년 전에 공격형 배치를 끝내 놓았으니 새삼스럽게 병력 이동과 장비 수송을 할 필요가 없지요."

이영규의 말에 매그루더가 머리를 끄덕였다.

"밀고 내려오면 되지요. 지금 저 위치에서 이곳까지 오는 데 두 시간이면 될 거요."

"……."

"정상적인 공격을 한다면 북한 측 공군이 먼저 시작해야 할 거요, 리. 전투기와 폭격기가 일제히 떠오를 것이고, 다섯 곳의 공군 기지에서 발진하는 최초의 습격기는 전폭기 합쳐서 500대 정도겠지요."

바람이 그들의 옷자락을 날렸다. 그들의 뒤쪽에 서 있던 장교 두 명이 그들을 지나 앞쪽의 산비탈을 내려갔다. 두 명 모두 어깨에 K-2 자동소총을 메고 있다.

"물론 우리 쪽에서도 공군이 부딪쳐 가겠지요. 아마 우리 머리 위쪽에서 만나게 될 것이오."

매그루더가 엄지손가락으로 위쪽을 가리켰다.

"우리도 두 개 함대의 해군 함재기까지 모으면 700대는 되지. 아마 사상 최대의 공중전이 될 거야."

작전 회의에서 몇 번씩이나 거론되었던 이야기다. 전쟁 발발 시 예상되는 수십 가지 상황에 맞추어 이쪽의 대응 전략도 수립해 놓았다. 그래서 오늘은 전선 시찰차 서부전선에 나온 것이다.

이영규가 매그루더를 향해 몸을 돌렸다.

"존, 당신이 그걸 보지 못하게 되어서 유감이오."

"할 수 없는 일이지. 명령이니까. 난 합참본부로 들어가게 되었소."

매그루더의 파란 눈이 이영규를 쏘아보았다.

"리, 윌슨은 잘 해낼 거요. 그 친구는 쿠웨이트 전쟁 때 이라크군 2만 명을 포로로 잡았소."

"여긴 상황이 다르오, 존."

"물론 그렇지. 이곳이 사막이라면 차라리 낫겠군. 북쪽 놈들, 한 달의 시간을 주었는데 한국군의 정비만 제대로 된다면……."

말을 그친 매그루더가 머리를 돌려 뒤쪽을 바라보았다. 20여 명의 장군과 부관, 헌병이 추위에 떨며 이쪽을 바라보고 서 있었다.

"리, 겨울 전쟁에서 제일 중요한 것은 보급품이오. 북한은 단기전으로 끝낼 모양이지만 시간만 끈다면 우리가 이길 확률도 많습니다."

매그루더가 이영규의 어깨에 한쪽 손을 올려놓았다.

"당신 말대로 이곳을 떠나게 되어서 유감이오, 리. 이것은 야전군인에게 일생에 한 번 있을까 말까 한 기회인데."

"……."

"미안합니다, 리. 난 직업군인이오. 전쟁과 전투가 내 삶의 기둥이자 일이어서."

"제시 윌슨이 백안관의 지시를 받고 온다는 이야기가 있어요, 존. 당신은 너무 호전적이어서 백악관과 불화를 일으키고 있다고도 합디다."

매그루더는 입술을 비틀어 올릴 뿐 대답은 하지 않았다. 다시 산비탈을 훑으며 바람이 휘몰려 왔다. 매서운 북풍이다. 뒤쪽에서 잠시 수군대는 소리가 들리다가 이내 그쳤다. 그들의 앞쪽에 나란히 서 있는 것은 두 명의 대장이다. 한국군과 주한 미군의 최고위 장성인 것이다. 추우니까 내려가자고 말할 수 있는 사람은 아무도 없었다.

"존, 당신의 교체는 미국이 한국을 포기한 것으로 비추어질 수도 있습니다. 당신들의 언론은 며칠 전부터 한반도 문제에 대해서 문제를 축소화하는 경향을 보입니다."

"대통령 지명전 때문이오."

"세계 대전이 일어나려고 해요, 이곳에서. 당신들 언론은 정치가들과 손발을 맞추고 있는 거요."

"방위조약을 지켜야 한다고 주장하는 정치인들도 많아요, 리. 너무 비관적인 생각은 말아요."

"난 군수 산업체들이 의회에 전처럼 강력한 로비를 해줄 것으로 기대했어요, 존. 그런데 그것이 내 단견이었다는 것을 깨달았소. 이것은 단기전이라 그들에게 별로 도움이 되지 않는 장사인 것이오."

"리."

매그루더가 그를 부르고는 힐끗 뒤쪽을 돌아보았다. 부하들은 이제 얼음덩이가 된 것처럼 움직이지 않았다.

"한미방위조약을 지키느냐 아니냐는 여론에 달려 있소."

낮은 목소리로 말했으나 이영규의 귀에는 똑똑히 들렸다.

"클린트는 말할 것도 없고, 그 누구도 여론을 무시할 수는 없소, 리."

"그 여론을 당신들의 언론이 정치인들과 함께 조작하고 있다고 하지 않았소?"

"아니."

매그루더가 머리를 저었다. 그의 파란 눈이 똑바로 이영규의 눈과 부딪쳤다.

"그것은 어떤 공감대가 형성되었을 때 만들어집니다. 그것이 자신들의 이해에 관계되었든, 의협심 때문이든 간에."

"……."

"언론은 그것에 살을 붙일 수는 있어도 조작할 수는 없지요, 리."

"……."

"동기가 필요해요, 리."

바람이 다시 휘몰아쳐 오자 매그루더는 이영규의 어깨를 잡아 돌려세웠다. 그러자 굳어 있던 부하들이 뻣뻣한 몸을 움직이기 시작했다.

계엄사령부는 과천의 정부 종합 제4청사를 빌려 사용하고 있었는데 경비를 맡은 것은 수도경비사단 소속의 제29연대였다. 연대의 3개 보병 대대와 1개 기갑대대는 종합청사 전체를 삼중으로 둘러싸는 경비망을 구축해 놓아서 사령부로 들어가려면 세 번의 검문을 받아야 했다.

이틀에 한 번 꼴로 대통령이 사령부에 들렀고, 정부 요인의 대부분이 매일 사령부에 모이는 상황이었다. 연대장인 우중철 대령은 청와대 경호실의 협조를 얻어 청사 앞에 추가로 경비를 배치시키고 있었다.

1월 하순이어서 추위가 기승을 부렸다. 초순에는 두어 번쯤 눈이 내리면서 날씨가 풀렸으나 지금은 일주일째 맹렬한 추위가 이어지고 있었다. 그러나 하늘은 맑았다.

우중철이 경비 배치 상황을 점검하고 청사 1층에 있는 경비연대 사무실로 돌아온 것은 오후 2시였다. 요즈음은 점심을 지프 안에서 야전용 햄버거와 우유로 때우고 있었으므로 그에게 점심 시간은 달리 없었다. 장갑을 벗으며 안쪽의 연대장실로 들어가는 그에게 작전참모 김 중령이 다가왔다.

"연대장님, 대기실에서 경찰청 차장이 기다리고 있습니다."

"무슨 일이야?"

그가 거칠게 묻자 김 중령이 머리를 한쪽으로 기울였다.

"글쎄요, 용건을 이야기하지 않습니다."

우중철이 이맛살을 찌푸리고는 대기실로 발길을 돌렸다. 경찰청 차장이면 군대의 군단장급이다. 계엄령하여서 군대가 치안의 주도권을 잡고는 있었지만 경찰력의 협조 없이는 치안 유지가 불가능했다. 그가 대기실의 문을 열자 50대 초반의 사내가 자리에서 일어섰다. 경찰 제복 차림이었고 어깨에는 주먹만 한 무궁화 뭉치 세 개가 달려 있었다.

"이거 갑자기 찾아와서 미안합니다. 계엄사령부에 들른 김에 잠깐……."

그는 우중철을 향해 손을 내밀었다.

"난 치안감 방인혁이오."

"29연대장 우 대령입니다. 그런데 무슨 일로?"

그러나 다시 자리에 앉은 방인혁은 선뜻 입을 떼지 않았다. 흰 피부에 단정한 용모의 사내였으나 얇은 입술을 꾹 다물고 있는 것이 고집스럽게 보였다.

"치안감님, 제가 바빠서요."

앞자리에 앉은 우중철이 재촉하듯 말하자 방인혁이 입을 열었다.

"위층에서 작전과장 정병식 소장을 만나고 오는 길이오."

"아아, 네."

"오늘 아침에 서울대에서 시위한 학생들과 시민 200여 명을 계엄군이 체포해 갔는데……."

"……."

"그들이 모두 이곳에 있다고 해서."

일반 사범은 각 해당 경찰서에서 파견된 계엄군과 함께 예전과 같이 처리해 왔지만 오늘 아침에 자위대 파병 반대 시위를 한 학생과 시민 230명은 모두 이곳 경비연대의 임시 막사에 감금되어 있었다.

우중철이 물었다.

"그놈들에게 무슨 볼일이 있으십니까?"

"아니, 볼일이 있다기보다는 그중 한 명의 신원을 인계하고 싶어서요."

"……."

"정병식 소장에게 이야기했더니 연대장께 상의해 보라고 해서."

"……."

"이유는 묻지 마시고 나에게 인계해 주실 수 있습니까?"

"정 장군은 계엄사령부의 작전과장이십니다. 제 직속상관이니까 명령이 내려오면 인계해 드리지요."

우중철이 탁자 옆에 놓인 전화기를 집어 들었다. 그가 다이얼을 누르는 것을 방인혁은 잠자코 바라보았다.

“저, 경비연대장 우중철 대령입니다.”

우중철이 상체를 곧게 세우면서 수화기에 대고 말했다.

“방인혁 치안감께서 이곳에 계십니다. 치안감께서 시위자 중 한 명의 신원을 인계하고 싶다고 하시는데…….”

—보내줘.

짧고 굵은 목소리가 우중철의 귀를 울렸다.

“알겠습니다.”

전화기를 내려놓은 우중철이 방인혁을 바라보았다.

“제가 부관에게 지시해서 이곳으로 데려오지요. 그런데 이름이 뭐지요?”

“방윤호요. 내 아들입니다.”

“…….”

“법에 어긋난다는 건 잘 알지만, 내가 책임지고 선도하지요.”

잠자코 그를 바라보던 우중철이 다시 전화기를 들었다.

“하도 시국이 급박한 때라 그놈이 어떻게 될지 몰라서 하는 수 없이…….”

그가 우중철을 향해 혼잣소리처럼 말했다.

“전화 왔습니다.”

무전병이 넘겨준 비상 전화를 받아 든 조명훈 대위는 숨을 들이마셨다. 대대와의 직통전화였다.

“전화 바꿨습니다.”

—조 대위, 나 대대장이다.

“예, 대대장님.”

조명훈의 주위에 있던 이한성 소위와 김정환 소위가 움직임을 멈추고 그를 바라보았다. 대대본부는 548고지의 후방으로 3킬로미터 지점에 위치하고 있었지만 제2방어선인 497고지의 제2, 3중대의 뒤쪽이다.

—조 대위, 그 일등병 이쪽으로 출발했나?

대대장의 목소리가 수화기를 타고 커다랗게 울려왔다.

"아직 출발 안 했습니다, 대대장님."

—아니, 지금 몇 신데 아직도… 내가 지시한 지 세 시간이나 지났잖아?

"……."

—이봐, 듣고 있는 거야?

"듣고 있습니다, 대대장님."

—지금 당장 출발시켜. 벌써 5시가 다 되었으니 오늘 밤은 이곳에서 재우고 내일 출발시켜야겠군.

"대대장님."

조명훈이 수화기를 고쳐 쥐었다.

"양만호 일등병은 떠날 수가 없습니다."

—뭐? 지금 뭐라고 했나?

"떠날 수가 없다고 했습니다."

그러자 저쪽은 잠시 말을 멈추었다가 버럭 고함을 쳤다.

—조 대위! 너, 항명하는 거냐?

"항명이 아닙니다, 대대장님."

배에 힘을 준 조명훈의 목소리도 굵어졌다.

—그럼 뭐야? 왜 안 보낸단 말이야? 어서 말해!

평상시의 오진갑 중령이었다면 이미 욕설이 한 무더기는 쏟아지고도 남았다. 학군 출신의 오진갑은 같은 학군 출신이라고 조명훈을 봐준 적이 없었다. 그 자신도 대령 진급을 두 번이나 놓친 몸이었는데도 동병상련의 눈치는 조금도 보이지 않았다.

"대대장님, 만일 양만호 일등병을 출발시킨다면 그의 생명이 위험합니다."

조명훈의 말에 이한성과 김정환이 가까이 다가와 섰다.

—뭐야, 생명이 위험해?

놀란 듯 오진갑의 목청이 한 계단 낮아졌다.

—그게 무슨 소리야?

"중대원들이 난동을 부릴 위험이 있습니다. 그들은 양만호가 육군본부의 외삼촌 백으로 전선에서 이탈하는 것이라고 믿고 있습니다."

—난동을 부린다구? 그런 놈들을 그냥 놔둔단 말이야? 이봐, 지금은 전시야! 항명죄로…….

"중대원 모두를 쏘아 죽일까요?"

—이봐, 너 지금…….

"육군본부의 장군이란 사람이 기껏 잡아놓은 군기를 엉망으로 만들어놓고 있단 말이오!"

조명훈의 얼굴이 벌겋게 달아올랐다.

"우릴 이곳에 처박아 놓았으면 제발 앞만 보고 싸우다 죽게 해 달란 말이오!"

—조 대위, 너…….

"씨팔, 그 좆같은 명령이 몇 계단을 거쳐서 말단인 나한테 떨어질 때까지 한 놈도 거부하지 않고 받아들였어."

—…….

"싸우는 건 우리야. 말단인 우리 소대, 중대가 싸우다가 죽는다구. 당신들 명령만 듣다가는 싸우는 도중에 뒤에서 총을 맞는단 말이오."

—…….

"양만호는 못 보냅니다. 한 놈 쏘아 죽이고 겨우 군기를 잡아놓은 참이오. 이런 때에 그놈을 보낸다면……."

—알았어.

오진갑이 갑자기 때려 붙이듯이 말했다.

—알았으니까, 개소리 그만해라.

"……."

—알았냐니까, 이 자식아!

"알았습니다, 대대장님."

—그리고 너, 아까 욕한 것 사과해라. 어서!

"죄송합니다, 대대장님."

—좋아.

"그렇다면 제가 잡고 있어도 됩니까?"

—잡아라. 죽이든지 살리든지 네 부하니까 네가 알아서 해.

"……."

—씨팔, 네 욕을 먹고 나서 나도 꿈에서 깨었다.

"……."

—나도 497고지 밑의 골짝에서 송장이 될 테다, 이 새끼야. 네 놈이 얼마나 548고지를 잘 지키는지 두고 보겠다.

"걱정 마십시오, 대대장님. 조명훈이가 그렇게 간단히 죽을 놈이 아닙니다."

—어설프게 했다가는 내가 귀신이 되어서라도 네놈을 죽일 테다. 늙은 중령 귀신이 얼마나 지독한지 두고 보아라.

"그땐 나도 귀신이 되어 있을 겁니다, 대대장님."

*　　　*　　　*

민자당 대표 의원 임종호가 국방장관실로 들어서자 김형태가 자리에서 일어섰다.

"어서 오십시오, 대표 의원님. 기다리고 있었습니다."

"요즘 수고가 많으십니다."

인사를 나눈 그들은 사람을 물리고 마주 앉았다. 계엄사령부 내에 있는 국방장관 집무실 안이었는데 활기를 띠고 있는 사령부 내의 다른 부서들과는 달리 한가했다.

평시의 국방장관은 합참의장의 직속상관이었지만 계엄사령관이 된 합참의장은 이제 대통령에게 직접 지시를 받고 보고하는 위치였다.

"어제 각하를 뵈었는데, 시위대 때문에 심기가 불편해 보이시더군."

임종호가 가볍게 입을 열었다.

60대 후반의 그는 한때 이영만 대통령과 대권 후보 자리를 놓고 경쟁하다가 승산이 희박하자 선뜻 물러난 인물이다. 계산과 결단이 빠르지만 좀체 속을 드러내지 않았다.

"오늘 아침에 일본 신문들이 일제히 특종 기사를 실었더군. 우리가 파병 반대 시위자들을 체포한 걸 말이오."

"예, 저도 보았습니다. 그쪽에서도 사회당 세력들을 압박하고 있는 모양입니다. 사회당 의원 하나가 테러를 당했더군요."

"하나만 알고 둘은 모르는 자들이야. 우리 선조들은 천 년 전에도 이러한 상황이 되었을 때 외교를 해서 나라를 위기에서 구해내었어."

임종호는 30년 전 역사적인 한일 회담의 주역이다. 그로서는 자위대의 파병이 조금도 어색하지 않았다.

김형태가 마른기침 소리를 내었다.

"그런데 대표 의원께서는 무슨 일로 갑자기……."

"아아, 다름이 아니라 며칠 전에 일본의 아베 자민당 간사장에게서 연락을 받았는데."

자리를 고쳐 앉은 임종호가 양복의 안주머니에서 접혀 있는 서류를 꺼내었다.

"이건 극비 서류요. 이것을 아는 사람은 일본에서도 하시모토 수상과 무라야마 외상, 그리고 아베 간사장 등 몇 명밖에 없어요. 한국에서는 나와 당 중역 몇 명, 그리고 이제는 국방장관이 되겠구만."

"대표 의원님, 이것은……."

저도 모르게 얼굴이 굳은 김형태가 탁자 위의 서류를 내려다보았다. 여러 장의 백지에 펜으로 휘갈겨 쓴 것이어서 내용은 알 수가 없었다.

"이것은 한일방위조약의 초안이오. 일본 측과 협의도 거쳤으니

문서로 만들기만 하면 되오."

"……."

"우리 당은 국회를 통과시킬 자신이 있소. 마침 각하께서도 그런 지시를 내려주셨고, 분위기도 절박하니까."

"방위조약이라면……."

"어허, 국방장관도 선입견이 있구만."

임종호가 주름진 얼굴에 웃음을 띠었다.

"무슨 을사보호조약이나 한일합방 같은 생각을 하시는 모양인데, 그런 엉뚱한 생각은 마시오. 미국과의 방위조약과 비슷하니까."

"……."

"미국과는 방위조약을 맺으면서 인접국인 일본과는 맺지 못할 이유가 없어요. 그것이야말로 주체성 없는 사대주의적 발상이오."

"대표 의원님, 저는 정치가가 아닙니다. 국방장관일 뿐입니다."

"행정부에서도 발의인이 있어야겠지요. 당에서만 추진할 수는 없습니다."

"그래도 저는… 차라리 외무장관이……."

"외무장관은 지금 취리히에서 궁상을 떨고 있지 않습니까? 우릴 상대도 해주지 않는 미국인들을 기약 없이 기다리면서 말이오."

"……."

"국방장관, 우린 뭔가를 해야 합니다. 조국을 위기에서 구해내려면. 시간이 촉박합니다."

"……."

"일본 측도 무조건 기다려 주지 않아요. 20일 후에 북한 놈들이 쳐내려오면 그땐 모든 것이 끝장입니다. 일본이 도와주려 해도 도와줄 수가 없어요."

"……."

"계엄사령관은 국내의 치안과 휴전선의 방위 때문에 이런 일에 신경을 쓸 수가 없습니다. 국방장관이 해야 할 일이오, 이것이. 우리 당은 이틀 안에 발의와 동의까지 끝낼 자신이 있고, 야당에서도 동조자들이 나옵니다. 우린 당신이 행정부 쪽에서도 거들어주기를 바라고 있어요."

임종호의 말은 열기를 띠고 있었고 얼굴도 활기가 넘쳐 보였다. 나라를 위기에서 구해내려는 결의에 찬 표정이었다.

수화기를 내려놓은 조민섭이 안승재를 바라보았다.

"아직 할 이야기가 없다는군요. 회담이 진행 중이어서 대사관과 회담장과도 연락이 되지 않는다고 합니다."

그는 피로한 듯 어깨를 늘어뜨리고는 길게 숨을 내쉬었다. 방금 미국 대사관과 통화를 한 것이다.

"물론 회담장이 어디인지도 모른답니다. 알아도 알려주지 않겠지만."

"북한 측은 북미방위협정을 제안했을 거요. 아마 한국보다 더 좋은 조건을 내놓았겠지. 설령 일본을 견제하기 위해 제주도를 미국 자치령으로 내준다고 해도 반대할 인민은 없습니다."

안승재가 낮은 목소리로 말했다.

오후 4시가 넘어 있어서 방 안은 어두웠으나 그들은 전등을 켤 생각을 하지 않았다.

북미 회담은 이틀째 계속되고 있었지만 철저하게 비밀에 싸여 있었다. 회담의 내용은 말할 것도 없고 회담 장소가 어디인지도 모르는 것이다. 세계 각국의 언론이 로젠스턴이 투숙하고 있던 그랜드호텔과 북한의 대사관을 겹겹이 감시하고 있었지만 그들은 여유 있게 빠져나가 어딘가에서 머리를 맞대고 있다.

갑자기 조민섭이 어스름한 방에서 흰 이를 드러내며 웃었다.

"북한은 국제사회에서 강자로 인정받게 되었습니다. 북한 외교의 완전한 승리군요. 상대적으로 우리는 미국의 속국으로, 식민지로 전락했습니다. 놈들이 바라는 대로 되었지요."

"……"

"난 외교관 생활을 30년 가까이 했습니다. 힘의 배경이 없는 상태에서의 외교는 술수와 기교가 통하지 않습니다. 더구나 우리 정부는 국민까지 기만하고 있었습니다. 북한의 위협을 경계하는 사람은 극우파로, 보수주의로 몰아 통일의 방해 세력이라고 매도까지 했습니다."

"……"

"순진한 국민에게 경제 협력이 통일의 과정이라고 홍보하고, 북한의 위험성을 보고하면 묵살했어요. 군사정권에서 북한의 남침 위험을 강조하여 권력 강화의 수단으로 삼았던 것과는 정반대의 방법이었지요. 문민정부가 들어서도 저쪽은 하나도 달라질 게 없는데 말입니다."

"이봐요, 조 대사."

이맛살을 찌푸린 안승재가 그를 바라보았다.

"우린 그런 이야기를 할 입장이 아닙니다, 조 대사."

"압니다, 장관님. 나도 공무원의 한 사람으로, 더구나 외교관으로 책임감을 느끼기 때문에 이러는 겁니다."

"기다립시다. 로젠스턴이 연락해 주기로 약속했으니까."

"……."

"고트 부통령이 내일 중국에 도착한다고 하니 미국 측도 나름대로 최선을 다하고 있는 겁니다."

이내 탁자 위에서 전화벨이 울렸으므로 그들은 놀란 듯 몸을 굳혔다. 그러고는 동시에 전화기로 손을 뻗었다가 조민섭이 손을 거두었다. 안승재가 수화기를 들었다.

"여보세요."

자신도 모르게 입에서 영어가 뱉어졌다.

—장관이십니까?

한국말이었기에 안승재는 어깨를 늘어뜨렸다.

"그렇습니다만."

—저, 김칠성이라고 김원국 씨의 동생입니다.

"아아, 예."

—형님의 전갈입니다. 놈들은, 예, 미국과 북한 사람들은 취리히 북방 20킬로미터 지점인 에센 마을에서 회담을 하고 있습니다.

"에센 마을이라구요?"

—예, 지도를 보시면 나옵니다.

조민섭이 긴장한 얼굴로 안승재를 바라보았다. 김칠성의 목소리가 다시 흘러나왔다.

—놈들은 경계를 철저히 하고 있어서 접근하기가 쉽지 않아요. 하지만 형님은 장관께서 회담장에 가실 것인지를 여쭤 보라고 하셨습니다.

"회담장에요? 어떻게 말입니까?"

—그건 우리한테 맡기시구요. 어떻습니까, 가시겠습니까?

"그거야… 가고 싶지만……."

—가시겠단 말이군요.

"잠깐만 기다려 주시오."

송화기를 손바닥으로 덮은 안승재가 조민섭에게로 머리를 돌렸다.

"김원국 씨 쪽인데 전갈이 왔소. 회담장을 알아냈으니 날더러 가겠느냐고 묻는데, 어떻게든 들어가게 하겠다고 말하는군요."

"그들다운 생각이군요. 쳐들어가겠단 말일까요?"

조민섭의 표정은 긴장되어 있었다.

"이렇게 앉아 있을 수만은 없습니다, 장관님. 차라리 들어갑시다. 이젠 외교 절차니 예의를 따질 입장이 아닙니다."

"그래도 미국 측에서……."

"우리가 간다고 미국 입장이 불리해질 것도 없습니다."

"우선 전화라도 해보는 것이 어떻소, 조 대사."

"어디 있는지 알려주지도 않은 놈들이오. 우리더러 오라고 할 리가 없습니다."

"……."

"가서 북한 놈들을 만납시다. 놈들의 얼굴을 보고 직접 말을 들어 봅시다."

한동안 조민섭을 바라보던 안승재가 전화기를 귀에 대었다.

"나는 갈 수 없습니다. 미국 측이 회담의 중간 과정을 나에게 전해주기로 해서 기다릴 작정이오."

—알았습니다.

전화기를 내려놓은 안승재가 조민섭을 바라보았다. 이미 얼굴을 저쪽으로 돌린 조민섭의 옆모습을 향해 그가 말했다.

"우리만 더욱 비참해집니다, 조 대사. 내 한 몸이라면 무슨 짓이라도 하겠지만 난 한국의 외무장관이오. 추태를 보일 수는 없습니다."

"좆같은 놈, 체면만 차리고 방에서 딸딸이나 치고 앉아 있으라고 혀라. 아니, 누워서."

조웅남이 으르렁대며 말했다. 그의 입에서 침이 튀어나왔으므로 김칠성은 반사적으로 조금 물러앉았다.

"들어가서 북한 놈들 멕살을 잡고 얘기허는 거여. 자, 굶어 죽게 생겼다니 쌀을 100만 가마니쯤 보내주마. 된장도 10만 통을 보내주고, 간장도……."

"형님, 저기 한 놈이 나옵니다."

김칠성이 창밖을 바라보며 나직하게 외치자 조웅남이 말을 그쳤다. 백인 사내 한 명이 숲 속의 길을 걸어 나오고 있었다.

흰색의 오리털 파카를 입고 양손을 주머니에 찌른 장신의 사내였는데 경호원처럼 보였다.

"가게로 가는 모양인데요."

사내가 길을 건너자 앞자리에 앉은 부하가 혼잣소리처럼 말했다. 길 건너편에는, 대여섯 채의 민가 사이에 그 마을에 하나밖에 없는 조그만 상점이 있다.

부하의 말대로 사내는 곧장 상점 쪽으로 다가가고 있었다. 산골이어서 오후 5시밖에 되지 않았는데도 주위는 어두웠다. 상점은 이미 환하게 불을 밝혔고 주위의 민가도 하나둘씩 불을 켜는 중이었다.

"하긴 수십 명이 모여 있으니 이것저것 모자랄 것이다."

김칠성이 저택으로 향하는 숲길을 바라보며 말했다. 그들이 있는 곳에서 저택의 숲길 입구는 100미터쯤 되었으나 그쪽은 출구가 하나뿐이어서 이곳에서도 정확히 체크되고 있었다.

가지만 남았지만 빽빽한 숲길로 100미터쯤 들어가면 조금 높은 지반에 세워진 단층의 꽤 넓은 저택이 나온다. 뒤쪽은 얼어붙은 조그만 호수가 있어서 여름 별장으로 적당했다.

조웅남이 부스럭대며 자리를 고쳐 앉자 차가 출렁거리듯 몹시 흔들렸다.

길가에 주차시켜 놓은 차는 동네 주민들의 차량 속에 끼어 있었지만 김칠성은 하루에 두 번씩 위치와 자동차를 바꾸고 있었다.

"지미럴 놈, 나는 같이 들어가자고 헐 줄 알었는디."

조웅남이 다시 투덜거렸다. 그는 안승재의 거절이 마음에 들지 않는 것이다.

김칠성이 힐끗 그를 보았다.

"큰형님도 기대하지 않으신 모양입디다. 하긴 들어가서 뭘 할 거요? 수모만 당하고 말지."

"이 시키야, 앞뒤 가리고 일헐 바에는 우리가 뭣 허러 여그까지 왔냐?"

"그게 무슨 말씀이오?"

"이것도 저것도 안 된게로 대통령이 우릴 여그로 보냉 거여. 조웅남이, 니가 가서 한바탕 벌여라 허고."

"형님, 대통령이 그렇게는……."

"일은 저지르고 보는 거여. 그리고 해결은 높은 놈들이 헌다."

"형님도 참!"

"우리가 여그서 폼만 잡고 있으믄 높은 놈들이 헐 일이 없다, 이 말씀이다."

"……"

"장관 그 시키도 무능헌 놈이여. 앙 그러냐? 니 쫄따구가 쌈을 혀서 니가 수습허는 것이 낫겄냐, 아니믄 니 쫄따구가 폼 잡고 있는디 니가 쌈허는 것이 낫겄냐?"

"글쎄, 이 경우하고는……."

"씨발 놈아, 뭐가 달라?"

김칠성이 눈을 치켜뜨고 조웅남을 노려보았다.

"형님, 허튼짓했다가는 내가 가만있지 않을 거요. 이건 농담이 아뇨."

"알고 있응게로 눈깔 내려."

조웅남이 입맛을 다시면서 시선을 창으로 돌렸다.

사내는 상점에 들어가서 아직 나오지 않았고, 어두운 거리에는 희끗한 눈발이 흩날리기 시작했다.

호텔의 로비로 내려온 지희은은 프런트로 다가갔다. 저녁때가 되어서 여느 때처럼 로비는 손님들로 붐비고 있었다.

"앙드레, 날 보자는 사람 어디 있어요?"

프런트 담당 직원에게 묻자 그는 턱으로 옆쪽을 가리켰다.

"저기, 창가에 서 있는 사람이오. 시청에서 왔다던데요."

머리를 돌린 그녀는 창가에 서서 이쪽을 바라보고 있는 사내와 시선이 마주쳤다. 40대의 백인이었다.

그녀가 다가가자 사내도 다가왔다.

"지희은 씨, 이 호텔의 관리자 되시지요? 난 시청에서 나온 모리스 와드입니다."

"그런데 무슨 일로……."

"지난달에 이 호텔에서 요청한 주차장 시설 확장 문제 때문에 왔어요."

"아아!"

지희은의 얼굴에서 긴장이 풀렸다. 호텔 옆쪽에 있는 호텔 소유의 주차장이 좁아 옆에 붙어 있는 시유지의 임대 사용 요청을 했었다.

"어제 전화를 드렸었는데, 미안합니다. 어제는 바빴어요."

사내가 지희은을 내려다보았다. 공무원 특유의 기계적인 표현과 표정이었다.

"알고 있어요. 오늘 오신다는 것도 들었고요. 그런데 조금 늦으셨네요."

"오기는 일찍 왔는데, 측량하는 데 두 시간 가까이 걸렸습니다."

머리를 끄덕인 지희은이 주위를 둘러보았다. 그런데 빈 의자가 보이지 않는다.

"당신들이 낸 1천 평방미터는 허용할 수가 없고, 750 정도는 되겠어요. 지금 막 측량을 마쳤는데."

"왜요? 그쪽은 공터인데, 그냥 놀리는 것보다……."

"우린 그곳에 공공 의료 시설을 건립할 계획입니다."

그들은 오가는 사람들에게 조금씩 밀려 창가 쪽으로 다가갔다.

"어쨌든 나가서 땅을 잠깐 보십시다. 우리 측량 요원들이 기다리고 있으니."

"좋아요."

머리를 끄덕인 지희은이 마침 옆을 지나는 종업원을 손짓으로 불렀다.

"샤샤, 나 시청에서 오신 분들과 옆쪽 주차장 부지를 보고 올게."

"예, 마드모아젤."

종업원을 보내자 시선이 마주친 사내가 웃었다. 얼굴이 온통 주름살로 덮였으나 호감이 가는 인상이었다.

"자, 가십시다. 늦었으니 얼른 마치고 돌아가야겠어요."

지희은은 앞장서 가는 사내의 뒤를 잠자코 따랐다. 현관을 나오자 밖은 어둠에 덮여 있었고 눈송이들이 한두 점씩 바람에 날려와 피부에 부딪쳤다.

"저쪽에 우리 측량차가 있습니다."

사내가 턱으로 주차장 끝 쪽을 가리켰는데 바로 시유지의 경계선 부근이었다.

“가서 지도를 보십시다. 당신이 사인만 하면 내일부터라도 공사를 시작해도 돼요.”

바람이 차가웠으므로 지희은이 재킷의 깃을 올리고는 사내의 뒤를 따랐다.

주차장은 승용차 50대를 주차시킬 수 있는 넓이였는데 이미 갖가지 차량으로 가득 차 있어서 주차 경비원이 들어서는 차들을 돌려보내고 있었다.

“늦게까지 일하시는군요! 집에 가서 쉬셔야 할 텐데 말이에요!”

사내의 등을 향해 그녀가 소리치듯 말했다.

“괜찮으시다면 제가 식사를 대접하고 싶은데요.”

“고맙지만 사양하겠습니다.”

사내가 머리만 돌려 그녀를 바라보았다.

“업무에 관련된 일로 보일 테니까요. 다음 기회로 미루지요.”

그들은 사유지의 경계선 안에 세워진 승합차로 다가갔다.

“자, 들어가시지요.”

승합차의 문을 열며 사내가 지희은을 돌아보았다.

“자, 어서.”

차 쪽으로 한 걸음 다가선 지희은은 사내가 억세게 등을 밀자 차 안으로 엎어지며 들어섰다. 사내가 서둘러 따라 들어왔다. 넘어지면서 차 바닥에 무릎을 꿇은 지희은이 엎드린 자세로 머리를 들었다. 긴장과 공포로 두 눈을 치켜뜨고 있었고 입은 반쯤 벌어져 있었다.

“어어.”

뒤쪽에서 낮은 소리가 났고, 그 순간 그녀는 앞쪽에 앉은 사내들의 모습을 보았다. 두 명의 사내가 권총을 이쪽으로 겨누고 있었다. 두 명 모두 동양인에 낯이 익었다. 강대홍과 오종표다.

강대홍의 입이 열렸다.

"손을 들어, 이 개자식아. 내가 쥐고 있는 것에 대해 존경심을 보이란 말이다."

"너희들은 누구냐?"

뒤쪽에서 거친 숨소리와 함께 시청 직원이 물었다. 긴장으로 굳은 목소리다. 지희은이 몸을 추슬러 한쪽으로 비켜나 의자에 엉덩이를 걸쳤다. 강대홍과 백인을 좌우로 바라볼 수 있는 위치였다.

"알아맞혀 봐, 이 개놈아."

오종표가 권총으로 사내의 이마를 겨누며 말했다. 그러는 그의 뒤쪽으로 뭔가 길게 뻗어 나와 있었다.

"도대체 어떻게 된 거예요?"

지희은이 한국어로 묻자 강대홍이 얼굴에 웃음을 띠었다.

"저 새끼는 CIA요, 지희은 씨. 그리고 우리 뒤쪽에 두 놈이 있는데."

그에 지희은은 그의 뒤쪽의 기다란 것이 사람의 다리인 것을 알아챘다. 좁은 공간에 거꾸로 처박혀 있는 것이다.

"북한 공작원들이오. 이미 뒈져서 송장이 되어 있으니 불편하지는 않을 거요."

강대홍이 해명을 하는 순간 오종표의 손에 들려 있는 권총에서 흰 빛줄기와 함께 무딘 총성이 났다. 총에 맞은 충격으로 의자에 상반신을 부딪친 사내가 어깨를 한 손으로 움켜쥐면서 주저앉았다. 이를 악물고 눈을 부릅떴다.

"이 자식들, 너희들, 내가 누군 줄 알고……."

"누군 누구야, 이 새끼야. 북한 놈의 앞잡이 미국 놈이지."

던지듯이 말한 강대홍이 권총으로 사내의 이마를 겨누었다.

"단숨에 죽이지는 않는다, 친구. 네놈이 북한 놈들하고 같이 이 여자를 납치하려고 한 이유를 알아야 할 테니까."

오종표가 문을 열고 밖으로 나가더니 운전석으로 들어섰다. 곧 엔진의 시동이 걸렸다.

강대홍이 다시 입을 열었다. 이제는 한국말이다.

"이 새끼들은 우리하고 방위조약을 맺고 있는 줄 알았더니 어느새 북한 놈과 손을 잡고 우리를 잡으러 왔어, 지희은 씨."

"도대체 왜?"

승합차가 덜컹거리며 움직이기 시작했다.

"당신이 대사관의 안기부 정보원이라는 걸 모르는 정보원은 없어, 지희은 씨."

강대홍이 사내를 노려보며 말했다.

"놈들은 우리에 대한 정보를 캐내려고 했겠지. 당신을 고문하면 우리 모두 노출될 테니까."

"……."

"우리는 당신이 그만둔다고 하고 이 빌어먹을 호텔로 돌아왔을 때부터 이 고생을 하고 있었소. 결국 성과는 얻었지만."

차가 흔들렸으므로 강대홍이 버럭 소리를 쳤다.

"야, 이 시키야! 살살 몰아!"

그러나 도로로 나온 승합차는 속력을 내기 시작했다.

“저 일당이 이곳에 온 이유는 뭡니까? 자기네 외무장관을 경호하러 온 것일까요?”

다케무라가 묻자 시바다는 머리를 저었다.

“그것 때문은 아닐 거야. 그리고 한국 외무장관을 건드릴 사람은 아무도 없다.”

“하긴 그렇습니다. 건드릴 가치가 없지요. 가엾은 존재이군요.”

도요타 콘티넨털은 소리 없이 시내를 달려가고 있었다. 밤 11시가 넘었다. 눈바람이 휘몰아치는 매섭게 추운 밤거리에는 인적이 드물었고 차량의 통행도 뜸했다.

“김원국은 밤의 대통령이야. 은퇴하고 인도네시아에 물러가 있다가 이곳에 나타난 거다. 혼다 국장은 많은 기대를 하고 있어, 그 친구에게.”

“우리가 정보를 몽땅 주었는데도 아직 인사를 받지 못했습니다. 오만한 놈입니다.”

“아마 내가 자신의 상대가 아니라고 볼 거다. 그놈들은 위계질서가 엄격한 데가 있지.”

“건방진 조센징 같으니. 어쨌거나 놈들은 우리 야쿠자와 비슷한 조직 아닙니까? 오히려 야쿠자보다도 질과 급수가 떨어지지 않습니까?”

“오다라는 야쿠자 보스에게서 김원국에 대한 이야기를 들었어. 그는 오야마와 격의 없이 지내던 사내야.”

“오야마하고 말입니까?”

다케무라가 눈을 껌벅이며 시바다를 바라보았다.

오야마는 동일본 야쿠자의 대부로서 전설적인 인물이었다. 그는 3년 전에 암으로 세상을 떠났지만 지금도 야마구치 조직은 그를 추모하여 해마다 그의 기일에 집회를 갖는다.

"그렇다면 대단하군요. 저는 통 몰랐습니다."

다케무라가 입을 열었다.

차는 이제 그들이 숙소로 사용하고 있는 힐튼호텔 입구로 다가가고 있었다.

"그럴 만도 하지. 은퇴해서 한국을 떠났던 사람이니까."

호텔의 현관 앞에 차가 멈추자 그들은 차에서 내려 호텔 안으로 들어섰다. 호텔 7층 전체를 빌려 요원들의 숙소와 통신실로 개조해 쓰고 있었다.

로비에 앉아 있던 부하 두 명이 그들을 보고 일어섰는데 그중 한 명이 다가왔다.

"부장님, 한국인이 찾아왔습니다."

그 말에 시바다는 저도 모르게 로비 안을 둘러보았다.

"710호실에 데려다 놓고 감시하고 있습니다. 지난번에 부장님과 만났던 미스터 고입니다."

머리를 끄덕인 시바다와 다케무라는 서둘러 엘리베이터 앞으로 다가갔다.

고동규는 창가의 의자에 앉아 있다가 방으로 들어서는 그들을 보고 자리에서 일어섰다.

"웬일입니까, 이런 시간에?"

시바다가 물었다. 그는 고동규가 현역 중령인 동시에 안전기획부로 이름을 바꾼 KCIA의 간부인 것을 알고 있었다. 따라서 그와는 말이 통한다는 선입견이 있었다.

"말씀드릴 것이 있어서……"

그들은 인사도 생략하고 마주 앉았다.

"오늘 저녁에 콜머호텔 주차장에서 승합차를 한 대 탈취해 왔습니다."

고동규가 입을 열었다. 그는 발음이 분명하고 유창한 영어를 썼다. 고동규가 말을 이었다.

"승합차에는 북한 공작원 두 명과 미국 CIA 요원 한 명이 타고 있었어요. 그들은 콜머호텔 관리인이자 소유주의 딸인 지희은을 납치하려고 했는데 내 부하들에 의해 저지당했습니다."

"잠깐, CIA 요원과 북한 공작원이 말이요?"

시바다가 묻자 고동규가 머리를 끄덕였다.

"손을 잡은 거요. 당신들과 우리처럼. 우린 이제 놀라지도 실망하지도 않습니다."

"……"

"회담의 방해 세력이 와 있는 것을 눈치챈 모양인데, 그들은 연합작전으로 그 여자를 납치하려고 했소. CIA 놈을 족쳤는데 놈들은 우리가 몇 명이라는 것까지 알고 있었소."

"……"

"그 여자를 취조하면 우리의 정체를 알아낼 수 있다고 생각한 모양이오. 그건 잘 생각한 것이지."

"그래서 그들을 어떻게 했소?"

"북한 놈들은 이미 죽여 놓았고, CIA 놈도 처치하고 오는 길이오. 알아낼 건 다 알아냈으니까."

"……"

"아마 지금쯤 호수에 가라앉아 있을 거요. 차와 함께."

시바다는 이제 전쟁이 시작되었다는 생각이 들었다. 누가 동기를 제공했건 간에 싸움은 이미 벌어진 것이다.

고동규가 말을 이었다.

"그리고 또 하나, 우리가 앙리 주르메를 쳐서 그놈 집 안에 있는 물건들을 훑었는데……."

그는 주머니에서 서류 몇 장을 꺼내었다.

"꽤 큰 소득이었소. 중국에 지불해야 할 기름 대금과 돈으로 환산하기 어려운 마약을 거둬 왔어요. 그리고 여러 가지 서류와 마약 도매상들의 연락망까지."

"……"

"우리 큰형님은 북한으로 옮겨질 기름이나 식량, 그리고 모든 전쟁 물자를 차단시킬 작정입니다. 이미 놈들은 전쟁 준비를 해 놓았겠지만, 앞으로 들어갈 것은 모두 차단시킨다는 생각이오."

그는 서류를 탁자에 올려놓았다.

"이건 북한 측으로부터 마약을 받는 도매상들의 연락처요. 큰형님은 당신들이 이놈들의 명단을 언론에 공개시켜 주기를 바라고 있습니다. 우리보다 당신들 발이 넓을 테니까. 스위스 정부나 다른 기관들과도 끈이 닿을 것이고."

시바다가 서류를 집어 들고 찬찬히 들여다보았다.

고동규가 말을 이었다.

"놈들이 얼마나 더럽고 비열한 짓을 하는지를 세계에 알려야 하고, 그놈들과 타협하는 놈이 있다면 그놈들과 같다는 것을 증명해야 합니다. 이것이 우리 큰형님의 지시이고, 우리의 뜻이오."

"알았소, 고 중령."

시바다가 머리를 끄덕였다.

"나도 최선을 다하겠소."

아침이다. 회담이 비밀리에 시작된 지 사흘째였다. 날씨가 매섭게 추웠음에도 불구하고 수백 명의 기자 중 반은 미국과 북한 대사관 앞에 모여 있었고, 나머지는 시내를 헤매고 다니면서 회담 장소를 찾았다.

모두들 눈에 불을 켜고 있었는데 시간이 지날수록 세계의 이목이 집중되어 갔기 때문이다. 이제는 회담장만이라도 찾아낸다면 그것만으로도 특종이 될 것이다. 이럴 때면 으레 터져 나오는 갖가지의 루머가 기자들의 입에서 입으로 전해졌고, 그 일부분은 기사화되기도 했다.

미국과 북한이 동맹을 맺고 남한 정부를 없애기로 했다는 것이 그중 하나였다. 프랑스 기자가 눈 딱 감고 석 줄짜리의 기사를 냈었는데, 프랑스 주재 한국 대사관 측이 미친 듯이 반발하자 두 번 다시 거론하지 않았다.

또 하나는 로젠스턴이 회담 중에 북한의 김사훈을 권총으로 쏘았다는 소문이었다. 취리히의 종합병원에 총상을 입은 김사훈이 입원한 것을 보았다는 사람도 나섰는데 그것도 곧 시들해졌다.

시내를 뒤지다 지친 기자들은 꼭 미국과 북한 대사관 앞으로 돌아와 진을 쳤는데 덕분에 근처의 식당과 커피숍은 호황이었다.

따라서 미국은 그렇다 치더라도 북한 대사관의 직원들은 출입할 때마다 수백 명의 시선을 한 몸에 받으며 질문 공세에 시달렸고, 근처의 가게에 들르면 주인과 손님들의 경외 어린 시선을 받았다.

한국 대사관은 북한 대사관에서 한 블록 떨어진 곳에 위치했다. 북한 대사관이 허름한 10층 빌딩의 2개 층을 빌려 사용하고 있는 것과는 달리 한국 대사관은 500평이 넘는 대지에 정원이 있는 3층짜리 대리석 건물이었다.

그러나 북적이는 북한 대사관과는 달리 한국 대사관의 철문 앞은 오늘도 인적이 드물었다. 가끔씩 직원 한두 명이 정문 옆의 쪽문으로 들락거렸는데 마치 숨어 지내는 사람처럼 재빠르게 들어가고 나온다. 가끔 한국 대사관 앞을 지나는 행인들이나 기자들은 서로 얼굴을 마주 보고는 입을 다물거나 턱으로 대사관을 가리키며 한두 마디 뱉고는 머리를 돌렸다.

조민섭이 대사관의 정문 앞에 도착한 것은 오전 10시 30분이었다. 택시에서 내린 그가 쪽문 안으로 들어서자 기다리고 있던 안성민 참사관이 머리를 숙였다.

"어서 오십시오, 대사님."

50대 초반으로 대머리가 번들거리는 그는 한때 조민섭과 같이 영국에서 근무한 적 있었다.

"대사는 계신가?"

대사관 정원의 마른 잔디 위를 가로질러 가면서 그가 안성민을 바라보았다.

"예, 기다리고 계십니다."

"서둘러야 돼, 참사관. 시간이 없네."

"예? 예."

그들은 서둘러 건물의 현관으로 들어섰다.

북한 대사관의 정문이 마주 보이는 길 건너편의 카페에 앉아 있던 AP 통신의 안톤 모리스 기자는 카페 앞에서 승용차 한 대가 급정거하는 것을 보았다. 검은색 벤츠였는데 뒤쪽 문이 열리더니 동양인 두 사람이 서둘러 내렸다.

잠시 주위를 둘러보던 그들 중 한 명이 카페의 입구 쪽으로 다가오자 안톤은 이미 자리에서 일어나 있었다. 20년이 넘는 현장 경험에서 나오는 육감이었다. 동양인이 카페의 입구로 들어서자마자 안톤이 그에게로 다가갔다.

"뭐요? 무슨 일이오?"

낮고 빠르게 물었지만 카페 안에는 날고뛰는 기자가 20명 넘게 모여 있었다. 동양인이 힐끗 안톤을 바라보더니 그를 스쳐 지나갔다. 그러자 안톤이 그의 팔을 잡았다.

"이봐, 당신, 코리언이지?"

"기자 여러분!"

대답 대신 사내가 주위를 둘러보며 소리쳤다. 30대 초반으로 세련된 옷차림의 사내이다. 코리언이라면 남한이 틀림없었다. 카페 안이 갑자기 조용해지며 모든 시선이 사내에게로 옮겨졌다.

놀란 안톤도 한 걸음 비켜서서 그를 바라보았다.

"여러분, 난 한국 대사관의 서기관 이용모입니다. 오늘 오후 1시 정각에 시내 맥슨빌딩 13층의 프레스센터에서 한국 정부에서 파견된 외무부 관리의 중대 발표가 있습니다. 늦지 않으시기 바랍니다."

"잠깐, 무슨 발표요?"

대뜸 물은 것은 안톤이었다.

"정부 발표인가?"

"그렇습니다! 이번 회담에 대한 한국 정부의 발표요!"

사내가 소리쳐 대답하고는 몸을 돌렸다.

"이봐요, 잠깐! 내용은 어떤……."

"여보시오! 1시라고 했나? 남한 혼자서……."

"미국은 어때?"

"남한 단독이야?"

수십 개의 입에서 질문이 쏟아져 나왔지만 대사관의 사내는 이미 밖으로 나갔고, 카페 안은 금방 수라장이 되었다. 시간은 12시였는데 준비하고 도착하려면 빠듯했다. 가방을 챙기다가 의자가 넘어지고, 서로 부르는 소리에 카페 주인의 돈 내고 나가라는 고함까지 겹쳐져 난리도 아니었다.

북한 대사관의 공보관 이필수가 남한의 중대 발표 소식을 들은 것은 그로부터 10분 후였다. 친절하게도 서방의 한 기자가 전화를 걸어와 남한의 중대 발표가 있다는데 당신들의 회담의 결말이 났기 때문이냐고 물어봐 주었기 때문이다. 그리고 전화기를 내려놓자마자 밖에 나갔던 직원들도 뛰어 들어와 남쪽의 중대 발표 소식을 전해주었던 것이다.

"별거 아닐 겁니다, 부대사 동지. 아마 다급하니까 그러는 것이겠지요."

속력을 내어 달리는 승용차 안이다. 앞자리의 이필수가 몸을 돌려 김정철에게 말했다.

부대사인 김정철은 50대 후반으로 날카로운 인상의 사내였다. 그는 잠자코 시선을 들었다가 내리고는 입을 열지 않았다. 불편한 기색이었는데 그것은 이필수도 마찬가지였으므로 잠시 차 안에는 정적이 흘렀다.

"발표 내용을 잘 녹음해 두도록 해, 공보관 동무."

김정철이 입을 열었다.

"수상 동지는 놈들의 발표 내용을 알게 될 때까지 회담을 잠시 중단하라고 했어. 미국 놈들도 그러자고 했다는군."

"염려 마십시오, 부대사 동지. 녹음기를 가지고 갑니다."

"하긴 텔레비전으로 생중계된다니까 그럴 필요 없을지도 모르겠구만."

"기자들에겐 특종이니까요."

"도대체 무슨 내용일까? 놈들이 내놓을 조건이 무엇이 있나? 항복 아니면 전쟁, 둘뿐인데."

김정철이 혼잣소리처럼 말했는데 이필수는 선불리 거들지 않았다.

"시간을 끈다든가, 해묵은 경제 협력 이야기로 우리에게 사정할 수도 없을 것이고."

차가 속력을 내어 로터리를 돌았기 때문에 타이어의 마찰음이 크게 들렸다. 12시 45분이어서 1시까지는 15분이 남았으나 이제 프레스센터가 있는 맥슨빌딩까지는 5분 거리였다.

제7장

죽음의 가치

밤의 대통령

프레스센터의 대회견장은 300명을 수용할 수 있는 규모였는데 지금은 입추의 여지가 없다. 회견장에 모인 것은 기자들뿐만이 아니다. 취리히에 주재하고 있는 각국의 외교관도 기자들 틈에 끼어 앉아 있는 것이 보였다. 방송국의 카메라맨들이 서로 좋은 자리를 차지하려고 앞쪽에서 몸싸움을 했고, 뒤쪽에서는 앞쪽을 향해 비키라고 고함을 치고 있었다.

안톤 모리스는 가장 먼저 들어온 사람들 중의 하나여서 연단의 바로 앞자리를 차지하고 앉아 있었다. 12시 50분이었고 빈 연단 위에는 10여 개의 마이크가 줄과 함께 뒤엉켜 쌓여 있다. 한국대사관의 직원으로 보이는 서너 명의 사내가 장내를 정리하였으나 소란은 가라앉지 않았다.

"굉장하군. 안 그렇소?"

옆자리에 앉은 털투성이의 사내가 안톤을 바라보았다. 주위가 시끄러웠으므로 고함치듯 말했다.

"한국 측에서 큰 걸 터뜨릴 모양이야. 이를테면 북한의 모든 조건을 받아들인다는 강화조약 같은 것 말이오."

안톤이 힐끗 그를 바라보았다. 작업복의 가슴에 독일 방송사의 마크가 붙어 있다.

"아니면 미국을 비난하는 내용일까? 매그루더를 윌슨으로 교체시킨 것에 대해 한국 대통령이 클린트에게 강력하게 항의했다던데."

털보는 신바람이 나 있었다. 안톤은 그가 다시 말을 붙이기 전에 머리를 돌렸다. 그러자 오른쪽 구석에 모여 앉은 서너 명의 동양인이 그의 시선에 잡혔다.

기자는 아니다. 주위의 소란에도 아랑곳하지 않고 모두 꼿꼿한 자세로 앉아 연단을 바라보고 있다. 궁금한 것은 북한 쪽도 마찬가지일 것이다. 아니, 여기 모인 각국의 기자들과 외교관 중에서 제일 긴장하고 있는 무리가 바로 그들일 것이다.

"형님, 저기 앞쪽에 북한 놈들이 있습니다."

고동규가 다가와 앞쪽을 바라보며 말했다. 검은 테 안경에 콧수염을 붙이고, 어깨에는 큼지막한 일제 카메라를 메고 있다.

그의 시선이 가리키는 쪽을 바라보던 김원국이 잠자코 머리를 끄덕였다. 의자에 앉지도 못하고 뒷줄에 몰려 서 있는 사람들에 끼어 있어서 온몸이 이리저리 쏠리고 있다. 옆쪽에 서 있던 박은채가 밀리는 바람에 그의 가슴에 얼굴을 대었다가 황급히 떨어져

나갔다. 짧은 순간이었으나 그녀에게서 맑고 상큼한 향내가 났다.

김원국이 조민섭이 프레스센터에서 특별 성명을 발표한다는 연락을 받은 것은 12시 15분이었다. 조민섭이 직접 전화한 것이라 김원국은 만사를 제쳐두고 달려온 참이다. 조민섭은 그에게도 성명의 내용을 귀띔해 주지 않았다.

한국 대사관 소속의 직원들이 얼굴에 땀을 흘리며 장내를 정리하고 있다.

잠자코 그들을 바라보던 김원국은 머리를 돌렸다. 그러자 옆에서 있던 박은채와 시선이 마주쳤다.

"대사관 직원들이 활기차게 움직이는군. 그렇게 보이지 않나?"

갑작스러운 김원국의 물음에 박은채가 놀란 듯 눈을 깜박이며 그를 바라보다가 머리를 끄덕였다.

"네, 그렇게 보여요."

"소외당하고 무시당하고 있다가 오랜만에 언론의 관심을 받게 된 거야. 내용이 무엇이든 지금 저들의 분위기에는 활기가 있다."

"……."

"분하다. 우리가 이렇게 무시당하고 있었어. 여기 모인 놈들은 모두 특종을 노리는 기자야. 놈들은 보다 더 자극적인 것을 원해. 남한의 항복이나 어떤 치욕적인 발표를 잔뜩 기대하고 있는 것이다."

김원국의 말소리는 낮았으나 옆에 붙어 선 박은채는 한마디도 놓치지 않았다.

비어 있는 연단을 바라보며 그가 말을 이었다.

"정부의 특별 성명이라니 지켜보겠지만 에센에서 머리를 맞대고 있는 놈들에게 웃음거리가 되는 짓을 한다면 내버려 두지 않겠다."

"형님, 시작합니다."

옆쪽에서 고동규가 다급하게 말하자 김원국은 머리를 들고 연단을 바라보았다.

여기저기서 터지는 카메라의 플래시 사이로 조민섭이 걸어 나오는 것이 보였다. 그의 뒤로 서너 명의 한국인이 따르고 있다.

연단의 양쪽 귀퉁이를 두 손으로 쥔 조민섭이 기자들을 내려다보았다. 그의 뒤쪽의 의자에는 스위스 주재 한국 대사인 오경득과 참사관 안성민, 그리고 교민회 회장인 유정호 씨가 나란히 앉아 있었는데 모두 굳은 표정이다.

카메라의 번쩍이는 플래시가 조금 뜸해졌고, 잠자코 서 있는 조민섭의 분위기에 이끌려 회견장은 차츰 조용해졌다.

조민섭은 무표정한 얼굴로 회견장을 천천히 돌아보았다. 반백의 머리칼은 단정히 빗어 넘겨져 있고, 굵은 주름살로 깊게 파인 거친 얼굴이었으나 두 눈은 맑았다. 회견장의 한쪽에서 기침 소리가 조그맣게 울리다가 그쳤다. 이젠 400여 개의 입이 모두 다물어졌다.

"여러분."

마이크를 통한 조민섭의 목소리가 회의장을 울렸다.

"나는 대한민국의 외교관으로 외무부의 대리대사인 조민섭입니다."

그는 낮으나 굵은 목소리로 말을 이었다.

"나는 이번 북미 회담이 열리고 있는 취리히에 대한민국 정부의 특사 자격으로 파견되었으며 오늘 여러분 앞에서 특별 성명을 발표하게 된 것을 큰 영광으로 생각합니다."

안톤의 옆에 앉은 독일 털보가 낮은 목소리로 중얼거렸다.

"서론이 길군."

"여러분, 북한은 남한을 침공하겠다고 미국 측에 통보했습니다. 그것은 1996년 1월 10일이었으며, 지금 취리히 근교의 어느 곳에서는 미국과 북한의 회담이 열리고 있습니다."

안톤은 녹음기의 스피커를 조민섭을 향해서 다시 조절해 놓았다. 회담장 안은 가끔씩 카메라의 플래시가 터지는 소리가 들릴 뿐, 조용했다.

"북한은 정권 붕괴를 전쟁으로 막아보려고 남한 침공을 선언했습니다. 그들은 이미 미국이 한미방위조약에 얽매여 한반도에서 수십만 명의 인명을 희생시키지 않으리라는 것을 알고 있었습니다. 그들이 한 달 후로 시간을 정한 것은 미국과의 타협, 무력 통일 후의 관계를 협의하려는 이유 때문이었습니다."

그러자 회담장에 잠시 소란이 일어났다. 방송국 카메라들이 조민섭에게 더 가까이 다가가려다가 기자들로부터 항의를 받은 것이다. 기자 몇 명이 소리를 쳤고, 누군가가 발소리를 내며 밖으로 뛰어나갔다.

시바다 겐지는 왼쪽의 구석에 끼어 서 있었다. 옆에는 다케무라와 서너 명의 부하가 조민섭의 말에 열중하고 있었다.

"남한이 맞불을 놓는군요."

다케무라가 낮은 목소리로 말하자 시바다는 잠자코 머리를 끄덕였다. 장내가 다시 고요해지자 조민섭의 목소리가 다시 울려 나왔다.

"친애하는 여러분, 지구상 단 하나밖에 남아 있지 않는 세습 독재 집단, 2천7백만 국민을 철저히 유린하여 혼을 빼앗아 노예로 만든 수용소 집단, 핵으로 동족을 위협하면서 그것이 자위책이라고 선전하는 정신병자들의 집단, 굶어 죽느니 차라리 전쟁을 해서 남한을 점령하여 배불리 먹고 보자는 짐승의 무리가 이제 세계 법질서의 책임을 지고 있다는 미국과 타협하고 있습니다."

"어쨌든 특종이군."

독일 털보가 노트에 내용을 휘갈겨 쓰면서 중얼거렸다. 두 눈이 번들거리고 있고 그의 엉덩이는 의자의 3분의 1에만 걸쳐져 있었다. 성명이 끝나자마자 튀어나갈 자세였다.

플래시가 다시 번쩍이며 터졌고, 이쪽저쪽에서 기자들이 소리내어 웅성대다가 그쳤다.

"이거, 생방송되는 거야?"

부대사인 김정철이 묻자 이필수가 굳은 얼굴로 상체를 그에게로 숙였다.

"예, 부대사 동지. 생방송입니다."

"회담장에서도 보겠군."

"그렇습니다, 부대사 동지."

에센의 회담장이다. 텔레비전 앞에 모여 앉은 로젠스턴과 패트릭스는 굳은 얼굴로 입을 열지 않았는데 김사훈이 소리 내어 웃었다.

"저놈 미쳤군. 아니, 남조선 놈들은 이제 갈 데까지 갔어."

"안됐습니다. 저런다고 누가 동정해 주는 것도 아닌데."

말을 받은 것은 최대민이다.

"남조선 정부가 저런 식의 성명을 발표하다니, 이젠 발악을 하는군요."

로젠스턴이 머리를 돌려 패트릭스를 바라보았다.

"지미, 왜 미스터 안은 보이지 않나?"

"글쎄, 내가 아나? 성명 내용이 독하니까 저 친구를 대신 시켰겠지, 아마."

로젠스턴은 패트릭스에게 무언가 다시 물으려다 말고 다시 텔레비전으로 머리를 돌렸다. 조민섭이 말을 계속하고 있었다.

"친애하는 여러분, 미국은 곧 북한과 타협합니다. 미국은 지난번 북한의 핵 공갈에 물러섰고, 다시 전쟁 위협에 물러섭니다. 핵 공갈 대상은 남한이었으므로 남한은 30억 달러의 자금을 대었고, 이제는 대상이 남한이므로 미국은 남한을 북한에게 넘길 겁니다. 지난번도 그러했지만 주체국인 남한 정부는 이번에도 회담에 참석하지 못했습니다. 나는 외교관의 한 사람으로서 이러한 상황에 비애를 느낍니다."

그러고 난 조민섭이 온 얼굴을 주름살투성이로 만들면서 웃었다. 흰 이가 몽땅 드러났으나 바로 앞에 앉은 안톤은 그의 늙은 얼굴이 어쩐지 처참해 보였다. 몇 명의 기자가 따라 웃다가 그쳤고, 장내는 물을 끼얹은 듯 조용해졌다.

"친애하는 여러분, 이것이 미국의 실체입니다. 냉전 시대에 인권과 인도주의를 부르짖던 그들은 이제 경쟁 상대가 힘을 잃자 진면목을 보이고 있습니다. 여러분, 나는 오늘 미국의 실체를 말씀드리고 북한과의 투쟁을 선언하려고 이 자리에 선 것입니다."

점점 격앙되어 가던 조민섭의 목소리가 격렬한 외침으로 끝났을 때 누군가가 때를 놓치지 않고 물었다.

"그것은 대한민국 정부의 발표입니까?"

그러자 조민섭이 머리를 숙이고는 그쪽을 바라보았다. 그러고는 천천히 입을 열었다.

"여러분, 잘 보시고 기억해 주시기 바랍니다. 오늘 내가 드린 말씀을 기억해 두십시오. 대한민국에는 나 같은 국민이 4천5백만이나 있다는 사실도."

그리고 그는 연단 위에 놓인 종이를 뒤적이는 것처럼 보였는데 곧 한 손에 무엇인가를 들어 올렸다.

그러자 안톤의 옆자리에 앉은 독일 기자가 와락 안톤에게 몸을 부딪쳐 왔다. 머리만 안톤의 뒤로 감춘 것이다. 눈을 부릅뜬 안톤은 조민섭이 쥐고 있는 권총을 노려보았다. 그 순간 회견장은 아수라장으로 돌변했다.

플래시가 쉴 새 없이 터지고, 서로 누군가를 부르고 대답했는데 한쪽으로 밀려 나가는 사람들과 사진을 잘 찍으려고 밀려오는 사람들로 회담장은 전쟁터나 다름없었다.

"여러분, 나는 외교관으로서 주권을 잃은 외교를 한 것에 대해 책임지려고 이곳에 왔습니다."

권총을 들어 오른쪽의 관자놀이에 총구를 붙인 조민섭이 말했다. 뒤쪽에 앉은 세 명의 사내는 입을 벌린 채 움직이지 않는다.

플래시의 불빛에 싸인 조민섭이 회담장을 내려다보았다. 그의 시선이 훑고 내려가자 회담장은 다시 순식간에 고요해졌다. 기다리는 것이다.

안톤은 아랫입술을 깨물고는 들고 있던 카메라를 그를 향해 겨누었다. 렌즈 안에 그의 얼굴과 총이 드러났다. 그의 두 눈이 똑바로 이쪽을 바라보고 있다. 그러자 그의 입이 열리더니 낮은 목소리가 회의장을 울렸다.

"대한민국 만세!"

총성이 울렸고, 안톤의 카메라와 함께 그 장면을 기다리고 있던 수십 개의 카메라가 일제히 플래시를 터뜨렸다. 섬광에 싸인 조민섭의 몸이 천천히 바닥으로 쓰러졌고, 그제야 회의장은 다시 아우성으로 뒤덮였다.

한국 대사관의 대사 집무실 안.

안승재는 한동안 움직이지 않고 의자에 앉아 있었다. 이마 위로 몇 올의 머리카락이 흘러 내려왔고, 넥타이는 느슨하게 풀려 있었다. 그의 앞쪽에 앉은 스위스 대사 오경득이 초조한 듯 시선을 이리저리 돌리다가 조그맣게 헛기침을 했다.

밖에서 자동차의 경적과 함께 사람들이 떠드는 소리가 희미하게 들려왔다. 이제 한국 대사관 앞에도 기자들이 운집해 있었다. 안승재가 머리를 들었다.

"수습할 것도, 해명할 것도 없습니다. 그분의 시신이나 빨리 고국으로 보내세요."

안승재가 말하자 오경득이 머리를 끄덕였다.

"알겠습니다. 조처하지요."

"이젠 내가 이곳에 와 있다는 것이 언론에 알려졌을 테지만 숙소를 옮기지는 않겠소. 어쨌든 난 비공식으로 이곳에 왔으니까."

"그렇게 하지요."

안승재가 충혈된 눈을 들어 오경득을 바라보았다.

"예상치 못한 일이었지만 조 대사는 여러 사람에게 가르침을 주었소. 나도 그중 한 사람이오."

오경득이 잠자코 그를 바라보았다. 50대 초반의 그는 외무부 대사급 중에서도 신참이었다. 하지만 노련한 대사라 할지라도 이런 경우에는 당황했을 것이다.

조민섭은 오경득을 찾아가 정부의 특별 성명을 발표해야 한다고 말했는데 이것을 이상하게 생각한 사람은 하나도 없었다. 조민섭은 러시아 대사까지 역임한 중량급 외교관이다. 지금은 본부의 대리대사로 있는 상태였지만 외무장관 자리에 앉혀도 손색이 없는 인물이었던 것이다.

"장관님, 조금 전에도 로젠스턴 장관에게 전화가 왔습니다."

오경득이 말하자 안승재가 입술 끝을 비틀며 희미하게 웃었다.

"대통령 각하께서는 조금 전에 조 대사의 장례를 국장으로 치르겠다고 하셨소. 로젠스턴이나 클린트 대통령이 그 장면을 텔레비전으로 보아야 합니다."

"성명 발표 장면을 찍은 녹화 필름은 이미 한국으로 전송되었습니다, 장관님."

안승재가 잠자코 있자 분위기에 이끌린 오경득도 말을 멈추었다.

벽에 걸린 시계는 오후 6시 30분을 가리키고 있다. 시간마다 뉴스를 방영하는 스위스 방송은 벌써 네 번째 조민섭의 분사 장면을 보여주고 있었고, 5시의 뉴스 시간에는 아예 특집으로 한반도의 정세와 미국의 태도에 대한 30분짜리 프로그램을 방영했다. 이 사건은 스위스뿐만이 아니라 전 세계의 텔레비전과 신문에 특종으로 보도되는 중이었다.

탁자 위의 전화가 방 안의 정적을 깼다. 오경득이 수화기를 들자 안승재는 의자에 등을 기대고는 눈을 감았다.

잠깐 나갔다 오겠다면서 방을 나가던 조민섭의 모습이 눈앞에 떠올라 그는 눈을 떴다. 오경득이 송화기를 손바닥으로 막고 그를 바라보고 있었다.

"장관님, 로젠스턴 장관입니다."

잠시 오경득이 들고 있는 전화기를 바라보던 안승재는 수화기를 받아 들었다.

"여보세요, 안승재입니다."

—안 장관, 나 로젠스턴입니다.

"아, 장관."

—여러 차례 전화했습니다.

안승재는 차분한 그의 목소리에 가슴이 뛰었으나 숨을 깊게 들이마시고는 차분하게 물었다.

"무슨 일로 찾았습니까?"

—무슨 일이라니, 장관. 프레스센터의 그 난동 말입니다.

로젠스턴의 어투는 가벼웠다.

—안 장관, 그 미스터 조는 강박감에 견딜 수 없었던 모양이오.

그런 쇼를 벌이다니.

"……."

—워싱턴에서 소동이 일어났어요. 우린 지금 잠시 회담을 중지시켰습니다.

"로젠스턴 장관, 그는 애국자요."

—외교관이 아닙니다, 안 장관. 당신은 그것을 인정해야 돼요.

"나는 세계의 모든 시청자가 그의 죽음에 경의를 표한다고 보는데. 당신들 몇 사람만 빼고."

—안 장관.

"내일쯤 당신들이 좋아하는 여론조사를 해보시지. 파병 지지율이 아마 10퍼센트쯤 높아졌을 거요."

—…….

"클린트가 회담을 보류시킨 이유가 그것 때문이라는 걸 잘 알 텐데. 모르고 있었다면 당신은 아이오와로 돌아가는 것이 나을 거요. 워싱턴 티켓은 버리고."

—안 장관, 당신도 입이 걸군.

"당신 옆에 붙어 앉아 있는 그 거지 새끼들에게 전해. 우리는 45년 전에 당신들에게 껌을 얻어먹은 선배라고. 그래서 당신들을 몇십 배 더 잘 알고 있다고. 물론 그 말을 따를 놈들은 아니겠지만."

—당신이 스위스에 있어주어야겠소, 안 장관.

로젠스턴도 다혈질의 사내지만 세계 최강국인 미국의 국무장관이다. 아프리카의 오지에서 남미의 끝까지 그의 영향력이 뻗치지 않는 곳이 없었다. 그만큼 산전수전을 겪어온 사내인 것이다.

그가 다시 가라앉은 소리로 말했다.

—당신의 나라를 위한다면 말이오.

*　　　　*　　　　*

"아하, 우리나라에 저런 훌륭허신 양반이 있었다니."

조웅남이 목이 메어 잠시 말을 멈추었다가 다시 말을 이었다.

"이준 열사보다도 더 훌륭허다, 조민섭 열사는. 아니, 열사보다 더 높은 말이 있으믄 그것을 뒤에다 붙여야 헌다."

강대홍이 무엇을 가지러 가면서 텔레비전 앞을 잠깐 가로막자 조웅남이 버럭 소리쳤다.

"저리 안 가? 이 씨발 놈이!"

옷가지를 집어 든 강대홍이 그 소리에 놀라 튀어나갔다. 7시 뉴스 시간에 조민섭의 분사 장면이 다시 방영되고 있는 것이다. 조민섭이 쓰러지고 사람들이 연단으로 몰려가는 장면을 끝으로 화면이 바뀌었다.

"어이고, 씨발, 억울허다."

마침내 조웅남이 손등으로 눈에 고인 눈물을 닦아내었다.

"이 웬수를 어뜨케 갚아야 헌단 말이냐?"

그는 에센의 회담장 근처에서 낮 동안 감시를 하고 왔기 때문에 6시 뉴스에 이어 두 번째 그 장면을 보았다. 그리고 볼 때마다 눈물을 흘렸다.

방문이 열리더니 김칠성이 응접실로 들어섰다. 밖에서 들어오는 참이라 어깨에는 흰 눈가루가 아직도 얹혀 있다.

"야, 텔레비전 꺼라."

그가 조웅남의 앞자리로 와 앉으면서 말하자 백대팔이 일어섰다. 힐끗 조웅남의 눈치를 살핀 그가 텔레비전 전원을 끄고 자리로 돌아왔다.

"형님, 북한 놈들이 눈에 불을 켜고 우릴 찾는 모양인데."

김칠성이 입을 열었다. 방 안의 따스한 기온이 피부에 닿자 그의 얼굴이 붉게 달아올랐다.

"놈들은 콜머호텔 옆에서 우리가 두 놈을 처치한 것을 아는 모양이오."

"당연허지."

조웅남이 선뜻 말했다.

"우리 아니믄 누가 혔겄냐?"

"형님도 참. 우리가 이곳에서 얼굴을 내밀고 다닐 상황이오?"

김칠성이 혀를 찼다.

"시바다를 만났더니 북한 놈들이 온 시내를 뒤지고 다닌다고 합디다."

"잘되었고만. 전쟁이여."

"더구나 미국 CIA 요원들이 그놈들에게 정보를 주고 있단 말이오."

"그놈들허고도 전쟁이다."

"큰형님한테 보고를 드려야겠어요. 조민섭 대사 사건이 있고 나서 미국 쪽에서도 시내에 요원들을 풀었답니다."

"드러운 놈들."

"이렇게 앉아만 있다가는 당합니다. 언제 이곳이 놈들에게 노출될지 몰라요."

자리에서 일어난 김칠성이 입맛을 다셨다.

"형님, 이건 첩보전이오. 정보가 무엇보다도 중요한 싸움이오. 예전과는 다릅니다."

"알고 있어."

조웅남이 의외로 선선히 대답하자 김칠성이 잠시 멍한 얼굴이 되었다가 몸을 돌렸다.

"나도 안단 말여, 이 시키야. 그렁게로 내가 이렇게 처백혀만 있는 거여."

김칠성이 방을 나가자 조웅남이 백대팔을 바라보았다.

"왕년의 나 같으믄 뛰쳐나가서 몇 놈 쥑이고 왔을 것이다."

"예, 형님."

"허지만 지금은 나라가 위험헌 판국여. 내가 뛰쳐나가믄 산통이 왕창 깨질 수도 있단 말이여. 나는 그것이 겁난다."

"예, 형님."

백대팔로서는 달리 거들 말이 없는 데다 그에게 조웅남이란 인물은 겁부터 나는 존재였다.

"대팔이 너한티만 애기허는디, 나도 조 대사처럼 저렇게 멋있게 죽을 텡게로 두고 보거라. 저 양반보다 사람들을 더 모아놓고 대한민국 만세를 세 번 부르고 나서 배를 가를 거여."

백대팔은 잠자코 있었으나 조웅남의 목소리는 점점 더 열기를 띠었다.

"그러고는 빨랫줄을 몽땅 꺼내서는 기자 놈들헌티 던질 것이다. 어떠냐?"

"예, 형님."

"괜찮냐?"

"예, 형님."

그러자 입맛을 다신 조웅남이 텔레비전 쪽으로 머리를 돌렸다.

"야, 텔레비전 켜라."

에센의 회담장 한쪽에 있는 방.

회담이 길어지고 있어 북한과 미국의 대표들은 제각기 그곳에서 숙식을 하고 있었는데 김사훈과 최대민이 묵고 있는 곳은 오른쪽에 있는 끝 방이었다.

회담장으로 쓰고 있는 곳은 2층의 저택이었고, 대기실에 접견실까지 갖추고 있어서 크게 불편하지는 않았다.

회담 사흘째의 밤인 오늘은 북미 양측이 오후부터 제각기 방에 틀어박혀 서로 얼굴을 마주치지 않았다. 바로 프레스센터에서 있었던 조민섭 사건 때문이다. 매스컴의 위력은 대단한 것이어서 그 사건은 이미 세계 각국의 신문과 텔레비전을 타고 알려졌는데 지금도 스위스의 방송국은 뉴스 시간에 그 장면을 보여주고 있었다.

김사훈이 찌푸린 얼굴로 텔레비전에서 머리를 돌리자 최대민이 리모컨을 들어 전원을 껐다.

"남조선 정부는 조민섭이 개인행동을 했다고 하지만 그건 거짓말입니다. 치밀하게 각본을 짜고 움직인 겁니다, 수상 동지."

최대민이 낮은 목소리로 말했다.

"세계 여론의 주목을 받아보겠다는 작전이지요."

"어쨌든 성공했어, 그 목표는. 우선 우리의 회담도 중지시켜 놓았으니까."

뱉듯이 말한 김사훈이 벽시계를 올려다보았다. 밤 12시가 되어가고 있다.

"미국 측이 당황하고 있어. 내 생각엔 회담이 연기되어야 할 것 같은데."

김사훈의 말에 최대민은 잠자코 시선을 돌렸다. 같은 생각을 하고 있었기 때문이다.

"그렇다면 전쟁이야. 한쪽이 멸망할 때까지."

"……."

"멸종은 되지 않겠지. 위아래가 같은 민족이니까. 살아남은 자들이 역사를 쓸 것이고, 역사는 이긴 자, 정복자의 몫이니까."

"수상 동지, 당에서는 이번에 어떻게든 결말을 내라고 지시가 내려왔습니다."

"우리가 이렇게 앉아 있어도 이제는 결말을 향해 나아가는 중이네, 외교부장 동지."

"합의서에 서명을 받아내야 합니다."

"……."

"정말 분통이 터집니다, 수상 동지. 그 미친놈의 자살이 아니었다면 오늘 중으로 끝낼 수 있었습니다."

그때 노크 소리가 들리더니 최성산이 들어섰다.

"수상 동지, 취리히 남쪽 호수에서 차와 함께 우리 공작원들의 시체가 발견되었습니다."

굳은 얼굴로 그가 말을 이었다.

"두 명 모두 총에 맞아 죽었습니다."

"남조선의 여자 정보원을 잡으러 갔던 공작원들인가?"

"그렇습니다, 수상 동지."

"계속 당하기만 하는군. 앙리 주르메가 습격당해 엄청난 손실을 입었어. 물건과 예금 증서를 찾아내는 것이 한시가 급한데 또 이렇게 되다니."

김사훈이 앞에 서 있는 최성산을 쏘아보았다.

"이것도 남조선 놈들의 짓이라고 믿나?"

"예, 수상 동지. 틀림없습니다."

"미국인도 같이 있었다면서?"

"그는 아직 행방불명 상태입니다."

김사훈이 최대민 쪽으로 머리를 돌렸다.

"이것으로 남조선의 무리가 앙리 주르메를 습격했다는 게 증명이 될까? 그리고 그 여자가 사건과 관련이 있고."

"그놈들 아니면 그런 짓을 할 놈이 없습니다, 수상 동지."

"알 수가 없군."

김사훈이 혼잣소리처럼 말했다.

"절박한 상황이긴 하지만 남조선 놈들의 행동이 너무 과격해. 닥치는 대로 죽이는 걸 보면 눈이 뒤집힌 모양이야."

"미국 측도 앙리 주르메를 친 게 남조선 놈들이라고 믿고 있습니다, 수상 동지."

최성산의 말에 김사훈이 머리를 한쪽으로 기울이며 그를 바라보았다.

"남조선 놈들이 미국인도 처치했을까?"

"당연히 그랬을 겁니다."

"미국 측도 그렇게 알고 있던가?"

"예, 수상 동지. 그들도 놈들을 찾고 있습니다."

김사훈이 얼굴에 깊게 주름을 만들며 웃었다.

"잘되었어. 하지만 뜻밖이야. 놈들이 그토록 과감하다니. 진작 그런 배짱을 보였다면 이런 일은 애당초 일어나지도 않았을 텐데."

월튼이 북한인들의 시체 인양 소식을 들은 것은 밤 10시경이었으니까 최성산보다는 한 시간쯤 빠른 셈이다. 그가 현장을 돌아보고 나서 숙소인 그랜드호텔로 돌아왔을 때는 새벽 1시가 되어 있었다.

호텔 현관을 들어서자 로비는 텅 비어 있었고, 구석의 의자에 앉아 있던 부하 두 명이 일어나 그를 맞았다. 오늘 아침만 해도 10여 명의 기자가 로비에 진을 치고 있었는데 지금은 한 사람도 없었다. 이제 로젠스턴과 패트릭스가 호텔 안에 없다는 것을 알게 되었기 때문이다.

부하 한 명이 그에게로 다가왔다.

"보스, 손님이 기다리고 계십니다."

"알고 있어. 어디 있나?"

"커피숍 안에 계십니다."

머리를 끄덕인 그가 로비 왼쪽의 커피숍으로 몸을 돌렸다.

늦은 시간이어서 커피숍에는 벽을 등지고 앉아 이쪽을 바라보고 있는 한 명의 사내밖에 없었다. 짧게 깎은 머리에 강한 인상의 동양인이었다.

월튼은 거침없이 그에게로 다가갔다.

"시바다 겐지 씨 맞습니까?"

"그렇소. 당신은 찰스 월튼 씨."

그들은 손을 내밀어 악수를 나눈 후 마주 앉았다. 그러고는 잠시 서로의 시선이 부딪쳐 떨어지지 않더니 거의 동시에 비켜났다.

"날 보자고 한 건 무엇 때문입니까, 월튼 씨?"

시바다가 먼저 물었다.

"난 일본 정보국 요원들이 대거 취리히에 몰려온 이유를 알고 싶소."

월튼이 굵은 음성으로 묻자 시바다가 빙그레 웃었다.

"당연한 일 아니오? 바로 인접국인 한국 땅에 전쟁이 일어나느냐 마느냐를 결정하는 회담이 이곳에서 열리고 있지 않소."

"그걸 알아보려면 당신네 외무부에 물어보면 될 텐데. 미국은 동북아의 중요한 사항에 대해서는 일본과 협력하고 있지 않소?"

"우리의 일이 따로 있지요. 당신에게 설명해 줄 수 없어서 유감이지만 말이오."

"당신들이 무슨 짓을 하든 상관할 바는 아니지만 한국인들을 도와주고 있다는 정보가 있어서요."

"북한이오? 아니면 남한인가요?"

입맛을 다신 월튼이 시바다를 노려보았다.

"내 부하 한 명이 행방불명이오, 시바다 씨. 내 생각엔 이미 죽은 것 같은데."

"저런."

시바다가 눈을 치켜떴다.

"그것과 우리와 무슨 연관이 있단 말이오?"

"그렇게 생각지는 않아요, 시바다 씨. 다만 한국인 일곱 명의 행적을 당신이 알고 있는 것 같아서."

"일곱 명이라니?"

"지난주에 입국한 놈들이지. 모두 정식 여권에 가명을 써서 신원 파악이 안 돼. 한국 정부에서 만들어준 거야."

"내가 그들을 알고 있다는 증거가 있소?"

"당신들의 분주한 움직임. 콜머호텔의 사건 직후에도 당신 부하들이 나타났고, 조금 전의 호숫가에서도 당시 부하들을 보고 온 길이오."

"당연하지. 정보 요원이라면 그것은 기본이오."

"스위스 트리뷴 지의 편집국장 니젠스키에게 앙리 주르메가 갖고 있던 마약 도매상 명단을 넘겨준 것이 누구요?"

월튼의 말에 시바다가 움직임을 멈추었다. 그가 월튼을 쏘아보자 두 사람의 시선은 한동안 떨어지지 않았다.

"그건 모르겠는데, 무슨 말인지."

시바다가 시선을 돌리면서 낮게 말했다.

"앙리 주르메가 북한 측 문화재 판매 책임자인 것은 이미 알고 있는 사실이고. 그런데 그가 마약까지 맡았던 모양이군."

"한국 대사관의 미스터 김인가 뭔가 하는 자가 오늘 아침 니젠스키에게 자료를 가져다주었다는데 우리가 확인해 본 결과 한국 대사관에는 그런 자가 없어."

"가명을 썼을 수도 있겠지. 익명의 투고니까."

월튼이 쓴웃음을 지었다.

"이봐요, 시바다. 그런 메가톤급 국제 사건은 해당 국가의 위상에 치명적인 상처를 주기 때문에 내용과 제보자의 신원이 확실해야 기사화되는 법이오. 잘 알면서."

"그런가?"

"니젠스키에게 제보자의 신원을 보장해 달라고 한 사람은 일본 대사관의 안도 공보관이오. 바로 당신의 부하이지."

"……."

"안도는 니젠스키에게 몇 번이나 다짐을 받았소. 자신을 비밀에 부쳐 달라고. 니젠스키는 특종을 쥐게 되었지. 앙리 주르메 필적의 마약 도매상 명단을 쥐었으니까. 도매상 중에는 유명한 의사도, 전직 고관도 끼어 있어서 스위스가 발칵 뒤집힐 사건이오."

"……."

"북한은 구제 불능의 범죄 집단, 악의 무리로 지울 수 없는 낙인이 찍히게 되고……."

"……."

"세계 여론이 들고일어날 거요, 미국도 마찬가지고. 우파들이 격렬하게 정부를 비판하겠지. 저런 무리에게 질질 끌려다니면서 회담이나 하고 있다고."

시바다가 머리를 들고 월튼을 바라보았다.

"그래서 니젠스키를 어떻게 했겠구만. 그 대특종 대신 어떤 것을 주고 입을 막았소?"

"그건 말할 수 없소, 시바다. 어쨌든 그것으로 당신과 한국인 암살단에 끈이 닿아 있다는 것이 증명되었으니까."

"이젠 무엇으로 내 입을 막을 셈이오, 월튼 선생? 니젠스키에게 한 방법으로는 안 될 텐데."

그러자 월튼이 흰 이를 드러내며 웃었다.

"당신이 아냐. 곧 당신의 보스인 혼다 다카오 국장께서 연락을 할 거요. 당신에게 말이오."

"……"

"그동안만이라도 잠자코 있어 달라는 부탁을 하려고 당신을 불렀소."

"남한을 버릴 셈인가, 당신들은?"

시바다의 질문이 난데없었는지 한동안 멍한 표정이던 월튼이 입을 열었다.

"그건 내 소관이 아니오. 정치가들이 결정할 문제지."

그러고는 상체를 시바다 쪽으로 기울였다.

"어쨌든 더 이상 그런 장난은 하지 않는 게 좋아. 미국과 일본의 관계를 위해서라도 말이오."

바깥은 영하 10도였지만 숲에 의해 그늘진 오두막은 3, 4도쯤 더 기온이 내려가 있을 것이다. 언 호수 위를 휩쓸고 온 바람이 정면으로 부딪쳐 단단하게 만들어진 창틀이 덜컹대며 흔들렸고, 통나무 처마 끝에 달려 있던 고드름이 소리 내며 떨어졌다.

오두막은 임대용 여름 별장으로 만들어진 정사각형의 통나무 집으로 호숫가를 따라 10여 채가 늘어서 있었다. 호수는 넓었고 뒤쪽의 울창한 숲과 어울려 여름에는 사람들이 몰릴 만한 곳이었지만 지금은 인적이 없었다.

오직 날카로운 바람 소리만 들리는 이곳은 취리히 남동쪽으로 10킬로미터쯤 떨어진 그라이웬 호숫가로 지희은이 찾아낸 새로운 은신처였다.

벽에 걸린 괘종시계가 천천히 아홉 번 울었다. 창가에서 몸을 뗀 김원국은 방 가운데 놓인 커다란 난로로 다가가 장작 서너 개를 집어넣었다. 마른 나무는 불꽃을 튀기며 타오르기 시작했다.

그때 문을 두드리는 소리가 들리더니 김칠성이 들어섰다. 그의 뒤로 방한복 차림의 조웅남이 보였다.

"아따, 드럽게 춥네잉."

커다랗게 말한 조웅남이 인사를 제쳐두고 난로 옆으로 바짝 다가왔다.

"형님, 북한 대표들이 대사관에 도착했답니다. 미국 대표들은 아직 회담장에 있다고 하는군요."

김칠성이 다가와 말했다.

회담이 중단된 것이다. 그러나 언제 다시 열릴지 알 수 없었다. 어젯밤 조민섭 대사의 분사에 충격을 받은 로스앤젤레스의 한인들은 대대적인 시위를 했다. 경찰 추산으로 50만 명의 한국인이 거리로 쏟아져 나온 것이다. 그리고 그 시위는 미국인들에게도 호응을 얻고 있었다. 뉴욕, 워싱턴, 시카고에서도 시위가 있었는데 미국인들이 반수 이상 끼어 있는 상황이었다.

그러자 매스컴은 클린트 정권의 외교정책에 회의를 나타내기 시작했다. 북한에게 끌려 다니고만 있지 않느냐는 비판이 민주당 의원들 내에서도 터져 나오는 참이니 공화당은 말할 것도 없었다. 아침 뉴스는, 공화당 의원들이 로젠스턴과 패트릭스를 당장 미국으로 소환하라고 클린트에게 압력을 가했다는 소식을 전해주었다.

"이럴 때 마약 건이 터져야 한다."

김원국이 혼잣소리처럼 말했다.

"일본 측이 빨리 손을 써야 될 텐데."

"아직 시바다한테서 연락이 없습니다. 신문사와 이야기가 되었으면 연락이 올 텐데요."

조웅남이 난롯불에 벌게진 얼굴을 들었다.

"차라리 우리가 허지, 그것들한테 왜 일을 맡겼냔 말이여? 도로 갖고 오그라. 내가 경찰한티 넹겨줄 팅게로."

김칠성이 이맛살을 찌푸렸다.

"우리가 주르메를 치고 뺏어왔다고 말할까요?"

"그려, 내가 죽였다고 자백헐란다. 그리고 배를 가르지."

"배 가르면 장땡인가? 이제는 걸핏하면 배 가른다고 하니……."

"이런 쌍놈의 새끼가."

"거 아침부터 욕하지 말아요, 형님."

그들의 이야기를 듣고만 있던 김원국이 입을 열었다.

"어쨌든 북한 측은 악에 받쳐 있을 것이다. 그리고 이제 우리의 정체도 어렴풋이 눈치채고 있을 것이고."

"미국 측이 정보를 주고 있을 겁니다, 형님. 지희은이를 잡으려고 한 것을 보면 짐작할 수 있습니다."

김칠성의 말에 김원국이 잠자코 머리를 끄덕였다.

취리히 호에서 불어온 강바람이 뷔르클리 광장을 훑고 지나가자 우중충한 색의 비둘기 떼가 흐린 하늘로 솟아올랐다. 마른 낙엽이 바람에 쓸렸다가 어지럽게 나부꼈고, 광장의 벤치에 앉아 있던 서너 명의 노인이 추위를 견딜 수 없었는지 자리에서 일어섰다. 반대쪽 승선장에 매어진 유람선 두 척이 거칠어진 파도에 흔들리고 있다. 오전 9시가 조금 넘은 시간이었다.

승선장 앞의 차도에 흰색 시트로엥 한 대가 멈춰 서 있었는데, 운전석에 앉아 있는 사람은 지희은이었다.

"꽤 늦네요, 오늘은."

지희은이 옆자리에 앉은 박은채를 바라보았다.

"9시 정각이면 배가 도착했는데… 바람이 세서 그런가?"

"10분밖에 지나지 않았어요. 곧 오겠지요."

길가에 늘어선 수십 대의 차량은 모두 배에서 내릴 사람들을 기다리는 것이었다. 택시 정류장은 뒤쪽에 있었다.

"박은채 씨는 이 일을 자원했나요? 아니면……."

지희은이 묻자 박은채가 이를 드러내며 소리 없이 웃었다.

"자원했다고 봐야겠죠. 우연이었지만."

"우연이라뇨?"

"우연히 형님들을 알게 되었다는 말이에요."

"이제는 거기도 형님이란 말이 입에 배었군요."

둘은 얼굴을 마주 보고 웃었다.

"난 이 일이 좋아요. 정말 요즘처럼 하는 일에 대해 보람을 느껴본 적이 없어요."

박은채의 말에 지희은의 얼굴에서 웃음기가 지워졌다.

"내가 일을 그만두겠다고 한 것 알고 계시죠? 그리고 내가 다시 돌아오게 된 이유도."

"알고 있어요."

"난 대사관에서 일을 했어요. 그땐 조국을 위해 일한다는 보람도 있었는데."

"……."

"내가 모시고 있던 상관이 갑자기 실종되었지요. 아마 살해된 것 같아요. 그리고 정신을 차릴 수 없을 정도로 상황이 빠르게 진행되더군요. 한국에서 사람들이 몰려오고……."

"이해할 수 있어요. 그러니까 나한테는 그런 이야기 할 필요가 없어요."

"난 목숨을 걸고 일할 자신이 없었어요. 한국인의 피를 이어받았지만 내가 나고 자란 곳은 이곳이고, 난 스위스 국민이에요."

"……."

"절박한 상황이 되자 나 자신을 알게 되었지요. 난 한국인이 아니에요."

"……."

"하지만 이제는 어쩔 수 없어요. 살기 위해서는 이 사람들하고 같이 있는 수밖에."

"솔직하군요, 지희은 씨는."

이야기를 나누면서도 그들은 승선장 쪽을 번갈아 바라보았다. 아직 정기 연락선은 보이지 않았다.

"난 김원국 씨가 싫어요. 그를 보면 온몸에 찬 기운이 덮이는 것 같아요."

지희은이 입을 열었다.

"그와 눈이 마주치면 숨이 막혀요. 아마 살기라는 것이 그런 건가 봐요."

"난 그렇지 않던데. 처음에는 무섭기도 했지만."

힐끗 박은채를 바라본 지희은이 승선장 쪽으로 머리를 돌렸다.

"박은채 씬 남자 있어요? 좋아하는 남자."

"아직."

"나는 스위스 남자가 있어요. 찰스라는 의사인데, 요즘은 만나지도 못했어요. 괜찮은 남자인데."

말을 그친 지희은이 얼굴을 굳히고는 승선장을 바라보았다. 머리를 돌린 박은채의 눈에 물결을 가르며 이쪽으로 다가오는 연락선이 보였다. 검은 선체가 흐린 하늘을 배경으로 뚜렷하게 드러났고, 갑판 위에 몰려 서 있는 사람들의 모습도 보였다.

이필수가 선착장에 내린 것은 오전 11시 20분이었다. 엔진에 이상이 생긴 연락선이 제대로 속력을 내지 못했기 때문에 20분이나 늦게 도착한 것이다.

코트의 깃을 세운 그가 대합실을 빠져나오자 현관 앞에 서 있던 사내 한 명이 다가왔다. 두툼한 털 코트를 입은 장신의 백인이었다.

"이쪽이오, 미스터 리."

이필수는 잠자코 그에게 다가갔다.

"기다리게 해서 미안합니다. 배가 고장이 나서……."

"나한테 사과할 필요는 없소."

그들은 서둘러 차도로 다가갔다. 차도에 세워진 차량들 주변은 배에서 내린 사람들로 붐볐다. 이쪽은 케 다리 쪽으로 향하는 차선이고, 콘서트홀 쪽으로 길을 건너야 했으므로 성급한 사람들은 차도를 건너뛰고 있었다. 앞장선 사내는 케 다리 쪽으로 늘어선 차량들 앞으로 다가갔다.

이필수는 코트 자락을 휘날리면서 그의 뒤를 따랐다. 이윽고 사내는 검은색 롤스로이스로 다가가더니 뒷문의 손잡이를 잡고 주위를 돌아보았다.

"여기요, 미스터 리."

이필수가 뒷문을 열고 안으로 들어가자 사내는 다시 한 번 주위를 둘러보고는 앞문을 열었다.

뒷좌석의 안쪽에 앉아 있던 회색 머리칼의 50대 사내가 막 들어와 앉은 이필수를 바라보았다. 금테 안경을 쓰고 있어서 번들거리는 안경알 속의 눈이 차갑게 느껴졌다.

"미스터 리, 갑자기 만나자고 해서 놀란 것 같은데."

"아니, 괜찮습니다, 루벤돌프 씨. 이렇게 뵙게 되어 영광입니다."

이필수의 말투는 정중했다.

에리히 루벤돌프와는 서너 번 만난 적이 있다. 물론 죽은 앙리 주르메와 함께한 자리에서였는데 그는 루벤돌프가 행장으로 있는 반호프은행의 고객이었기 때문이다. 앙리 주르메가 반호프은행에 예치해 놓은 대금을 이필수가 인출했으므로 어쨌든 이쪽도 고객이다.

"그런데 웬일이십니까? 이 시간에 절 보자고 하신 이유는?"

이필수가 묻자 루벤돌프가 손을 들어 앞자리를 가볍게 두드렸다. 그러자 롤스로이스가 소리 없이 차도로 들어서더니 케 다리

쪽으로 달려 나갔다.

루벤돌프가 입을 열었다.

"앙리 주르메를 죽인 건 남한의 암살단이라고 하던데."

"글쎄요, 그것이……."

"나에게 숨기면 안 돼요, 미스터 리. 우린 같은 편이니까. 같은 배를 타고 있단 말이오."

"그렇게 알고 있습니다, 루벤돌프 씨. 그래서 놈들을 찾고 있지요."

"암살단이 당신들의 공작원들도 호수 속에 집어넣었고. 그렇지 않소?"

"…그렇습니다."

"어제 당신 상관인 부대사한테서 연락이 왔어요. 앙리 주르메의 예금을 찾을 수 있겠느냐고. 그건 불가능한 일이오. 그 돈은 앙리 주르메가 없으면 인출이 안 됩니다. 하지만 예금증서가 있다면 가능성이 있지요."

예금증서는 없다.

이필수의 찌푸린 얼굴을 보며 그가 말을 이었다.

"내가 당신을 만나자고 한 것은 그것 때문이 아니오. 다른 일 때문인데……."

"……."

"주르메가 갖고 있는 서류가 있었소. 언젠가 나도 한번 슬쩍 보았는데 마약 도매상들과의 거래 관계가 적힌 서류였소."

이필수가 놀란 듯 머리를 들었다.

"난 그런 이야기는 듣지 못했는데요."

"그건 주르메의 일이었지. 당신네는 공급만 하고 돈만 받으면 되었으니까."

"……."

"그는 거래 내역을 꽤 꼼꼼히 기록해 두었는데 만일의 경우에 대비하기 위해서라고 하더군. 말하자면 도매상이 쓸데없는 짓을 하면 터뜨리겠다는 뜻이었는데 도매상들은 모두 그것을 알고 있었소."

"……."

"그런데 이번에 그 서류도 없어진 거야. 그러니 그 사람들의 입장이 어떨 것 같소?"

"……."

"그 사람들도 모두 내 고객이오. 큰 고객이지."

"루벤돌프 씨, 난 그 일을 도와드릴 수 없을 것 같습니다만……."

루벤돌프가 얇은 입술의 끝을 올려 웃으며 말했다.

"도와줄 수 있는 방법을 알려드리지. 사례금으로 20만 달러를 드리고."

"글쎄, 저는……."

"스위스 트리뷴 지의 폴 니젠스키가 그 명단의 사본을 갖고 있다가 CIA에게 넘겨주었소. 우리가 한발 늦었지요. 그리고 하마터면 당신네 나라는 전 세계인의 지탄을 받을 뻔했지. 아마 당신들이 남한을 침공했다면 50개 국쯤이 남한에 지원군을 파병했을 거요."

"……."

"그리고 내 친구들도 땅에 묻힐 뻔했다니까. 미국이 니젠스키를 협박해서 서류를 빼앗지 않았다면 말이오."

"날더러 어떻게 하란 말입니까?"

케 다리를 건넌 승용차는 우회전해서 벨류 광장을 왼쪽에 끼고 달렸다. 오른쪽은 취리히 호수이다. 한동안 호수를 바라보던 루벤돌프가 입을 열었다.

"미국 측에 서류를 달라고 하시오. 그들은 그것을 스위스 정부에 넘기지도 못하고 안고만 있어. 클린트 정권은 주한 미군 사령관까지 바꾸고 의회 내에서나, 매스컴을 통해서나 전쟁 시에 파병을 안 하려고 공작을 하고 있었어. 이런 일이 터지게 되면 당장 클린트에게 돌멩이가 날아가. 아마 몇 달 남은 임기도 못 채우고 사임하게 될 거야. 재선은 꿈같은 소리고."

"……."

"그 골칫거리 서류를 달라고 하시오. 그리고 시치미를 떼라고 해요. 처음부터 못 보았던 것처럼. 그게 속이 편할지도 모르지. 물론 복사는 해놓겠지만."

택시에서 내린 안승재는 곧장 커피숍 안으로 들어섰다. 그의 뒤를 따라 내린 안기부 요원 고영석이 잠시 주위를 둘러보다가 커피숍 현관 앞에 섰다. 세게 부는 바람에 그는 코트의 깃을 올려 귀를 덮었다.

대형 유리문을 통해 안승재가 백인 한 명이 앉아 있는 탁자로 다가가는 것이 보였다. 그들은 잠시 서서 인사를 나누고는 마주보며 앉았다. 아직 오전이어서 손님은 별로 없었지만 따뜻하고 아늑하게 느껴졌다.

“난 언론에 종사한 지 30년이 넘었습니다. 내년이면 정년이 되지요.”

폴 니젠스키가 도수 높은 안경알 속의 갈색 눈으로 안승재를 바라보았다.

“내 아버지는 폴란드에서 독일군에게 잡혀 수용소로 끌려가 죽었습니다. 케이크를 만드는 기술자였는데 착한 분이었지요. 어렸을 때 기억이 납니다. 행복했지요. 그런데 아버지는 유태인이었습니다.”

니젠스키가 얼굴에 부드러운 웃음을 띠었다.

“난 며칠 전에 당신네 대사관 직원이라는 사람에게서 어떤 서류를 받았지요. 그야말로 가슴이 뛰는 특종이었습니다. 북한의 마약 공급과 그 도매상들의 내역이 상세하게 기록된 서류였지요.”

몸을 굳힌 안승재가 그를 바라보았다. 그러나 말의 흐름이 끊길 것이 두려운 듯 입을 열지는 않았다.

니젠스키가 그가 묵고 있는 유로호텔에 전화를 해온 것은 한 시간 전이었다.

스위스 트리뷴 지는 스위스 삼대 일간지 중 하나이고, 니젠스키도 꽤 알려진 언론인이다. 그가 대단히 중요한 정보가 있다면서 비밀리에 만나자는 제의를 했고, 안승재는 두말하지 않고 나온 것이었다.

무엇인가를 해야 한다는 강박감에 조민섭의 죽음이 겹쳐진 상황이었다. 이것저것 가릴 때가 아니었다.

니젠스키가 말을 이었다.

"난 오늘 자로 신문에 기사를 내려고 했습니다. 대서특필하려고 했지요. 그런데 그 과정에서 정보가 새어 나간 모양입니다. CIA에서 찾아왔어요. 그들은 나에게 서류를 달라고 하더군요. 대단히 민감한 정치적인 문제라면서. 그리고 진위 확인도 하지 않고 싶을 수 있느냐고 했습니다. 또 서류를 누구에게 받았느냐고도 물었습니다."

"누구에게 받으셨습니까?"

안승재도 그렇게 묻자 니젠스키가 다시 웃었다.

"당신네 대사관 직원이라고 했지만 그렇게 보이지는 않더군요. 하지만 서류는 진품이었습니다. 진위를 가릴 것도 없었어요. 서류에 기록된 스위스의 저명인사들, 그리고 엄청난 양의 마약. 그것은 세계를 놀라게 하기에 충분했지요. 아마 북한은 그것으로 철저히 매도당하게 되었을 겁니다."

"하지만 당신은 CIA에 서류를 돌려주셨군요. 그렇죠?"

"그래요, 돌려주었습니다."

머리를 끄덕인 니젠스키가 안주머니에서 서류 한 통을 꺼내어 그에게로 내밀었다.

"이건 그 서류의 복사본입니다. 나에게 전해진 것도 복사본이었지요. 내가 아는 한국 대사관원은 아무도 없고 당신 신분이 제일 확실하니까 드리는 거요. 신문에서 사진도 보았고……."

안승재가 서류를 받았다.

"고맙습니다."

"난 아버지처럼 당하진 않습니다. 착한 케이크 제조 기술자인 아버지는 케이크는커녕 빵도 귀한 수용소에서 2년을 버티다가 죽었지요. 무기력하게 말입니다. 그들의 명분은 허상입니다. 당신이나 나 같은 사람에게는 나치나 미국이나……."

안승재가 천천히 머리를 끄덕였다.

"미국은 나치와 다릅니다. 여론에 민감한 정치가들이 흔들리고 있을 뿐이지요, 지금은."

제8장

전초전

밤의 대통령

흰색 시트로엥은 취리히 호수를 오른쪽으로 끼고 달려가는 중이다. 오후 3시가 조금 넘었을 뿐인데도 호수 반대편은 짙은 그늘에 덮여 있었다.

초승달 모양의 호수는, 끝 쪽에 취리히 시를 두고 양안에 소도시를 거느렸는데 울창한 삼림과 어울려 한 폭의 그림 같았다.

그러나 그것도 움직이지 않았을 때의 장면이다. 오늘같이 눈바람이 휘몰아치는 날씨에 얼어가는 도로에서 차를 운전하는 지희은은 그것을 느낄 기분도 상황도 아니었다. 옆자리에 앉은 강대홍이 긴장한 것이 느껴졌다. 그는 한 손으로 손잡이를 쥐고 앞쪽만 바라보고 있었다. 그가 긴장한 것은 뒷좌석에 앉아 있는 김원국 때문이었는데 그것은 지희은도 마찬가지였다.

시트로엥은 완만하게 곡선을 그리며 곧고 평탄한 길로 들어섰다. 왼쪽은 눈에 덮인 울창한 전나무 숲이어서 차는 짙은 그늘 속을 달려 나갔다.

"루벤돌프가 주르메의 자금을 관리해 주고 있었을까?"

갑작스러운 김원국의 물음에 지희은은 차의 속력을 줄였다.

"그건 알 수가 없어요, 가능성은 있지만요. 반호프은행은 꽤 큽니다."

"이필수를 만난 이유는 뭐라고 생각하나?"

"그건 잘……."

지희은이 백미러로 힐끗 뒤쪽을 바라보았으나 시선이 마주치지는 않았다.

"이필수와 주르메, 루벤돌프로 움직이던 것이 주르메가 없어지자 좁혀든 것이 아닐까? 이필수와 루벤돌프로."

김원국이 혼잣소리처럼 말했다.

"예금증서가 없으면 돈은 인출되지 않으니 북한이 떼를 쓸지도 모르겠군."

"떼를 쓴다고 해도 돈을 내주지는 않을 거예요. 예금증서를 발급한 경우에는 꼭 그것이 있어야만 인출이 됩니다."

"스위스에서 살아서 잘 아는군."

"……."

"일본 측으로부터 연락이 왔는데 콜머호텔 주변에 CIA 요원과 북한 측 공작원들이 깔려 있다는데. 널 잡으려고 하는 것 같다."

"……."

"조심하도록 해."

"주의하고 있습니다."

"힘든 일은 시키지 않을 거야, 위험한 일도. 난 누구에게 일을 강요한 적이 없다."

"……."

"하지만 그만두겠다는 말은 좀 의외였다."

지희은이 차의 속력을 내자 시트로엥은 내리막길을 빠르게 달려 나갔다.

"난 여자 부하를 둔 적이 없다. 그래서 더욱 난감했지."

김원국의 얼굴에 엷은 웃음이 떠올랐다가 사라졌다.

"직원 한 명은 파리에 있는 모양이야. 한국 대사관을 피해서 CIA에 보호를 요청했다는군. 영리한 녀석이지. 정보원이어서 상황을 재빠르게 읽고 있어."

"……."

"북한 측에 안 간 것만 해도 다행이지. 아니, 지금은 마찬가지가 되겠군. 두 놈이 연합전을 펴니까."

"전 그런 유는 아니에요."

"장담하지 말아. 알 수 없는 것이야."

"전 배신자는 아닙니다."

지희은이 말소리가 강해졌으므로 강대홍이 곁눈으로 힐끗 그녀를 바라보았다.

"좋아."

가볍게 대답한 김원국은 더 이상 입을 열지 않았다. 그에 강대홍은 가늘고 긴 숨을 뱉고는 허리를 폈고, 지희은은 핸들을 고쳐 쥐고는 차에 속력을 내었다.

김원국이 방으로 들어서자 안승재는 안에서 문을 잠갔다.

"오시라고 해서 미안합니다, 김 선생."

김원국에게 자리를 권한 안승재가 선 채로 물었다.

"마실 것을 드릴까요? 술이라면 발렌타인이 한 병 있습니다만."

"아니, 됐습니다."

"난 낮술을 한잔했습니다."

안승재가 그의 앞자리에 앉았다.

히르센 광장 옆의 조그만 호텔이었는데 안승재는 응접실이 딸린 꽤 큰 방을 빌려 놓고 있었다.

"이 방은 임시로 빌린 겁니다. 김 선생을 만나려고."

안승재가 주름진 얼굴을 들어 김원국을 바라보았다. 두 눈의 흰자가 붉어져 있는 것을 보면 위스키를 두어 잔 마신 것 같았다.

"장관께선 대사관에 들어가시는 것이 낫지 않을까요? 이제 언론에서도 모두 알고 있는 형편인데."

김원국의 말에 안승재가 쓴웃음을 지었다.

"그럴수록 안 되지요. 차라리 망명해 온 모양이라고 오해를 하더라도 이렇게 나와 있는 것이 낫습니다. 공식적으로 나서도 날 만나줄 사람이 없으니까요."

"……."

"로젠스턴이나 북한의 김사훈은 말할 것도 없고, 스위스 정부의 관리들도 마찬가집니다."

안승재가 자리에서 일어나 발렌타인 병과 잔 두 개를 가져왔다.

"미국 측은 날더러 꼼짝 말고 방 안에 앉아 있으라고 하더군요. 모두 우리를 위한 일이라고. 북한을 자극하게 된다나요?"

잔에 술을 채운 그는 한 번에 입안으로 털어 넣었다.

"조 대사의 일이 터지고 나서 더욱 심해졌습니다. 이젠 노골적으로 감시를 합니다."

"감시가 심했을 텐데. 이곳으로 오실 때 말입니다."

"염려하지 마시오, 김 선생. 내가 그렇게 호락호락한 인간이 아닙니다. 택시와 버스를 여섯 번이나 갈아타고 왔지요. 호텔을 나올 때는 비상계단을 통해 뒷문으로 나왔구요."

"……"

"아마 지금쯤 내가 없어진 걸 발견했을 겁니다."

"그런데 무슨 일로……"

"중요한 일을 상의하려고. 그래서 모험을 한 겁니다."

안승재는 안주머니에서 구겨진 서류를 끄집어내더니 탁자 위에 펼쳐놓았다.

"하늘은 나에게 기회를 주셨소, 김 선생. 조 대사를 따라 나라에 봉사를 하라는 명령이오, 이것이."

탁자 위의 서류를 힐끗 바라본 김원국이 머리를 들었다.

"북한 사람들이 건네준 마약으로 주르메가 장사를 한 내역 아닙니까? 도매상들의 명단이 적힌……"

"그렇습니다. 어떻게 그렇게 잘 아십니까?"

"내가 일본 정보부에게 넘겨주었던 겁니다. 언론에 폭로하라고."

"김 선생이?"

안승재가 눈을 치켜떴다.

"그럼 김 선생이 앙리 주르메를……."

"그렇습니다. 내 부하들이었지요."

안승재가 술기운이 달아난 얼굴로 머리를 끄덕였다.

"일본 측은 스위스 트리뷴 지의 폴 니젠스키에게 넘겨주었어요. 그런데 그 정보가 새어서 CIA가 빼앗아갔습니다."

"그렇다면 이것은……."

"니젠스키가 복사해 두었던 것이지요."

"나는 원본을 가지고 있습니다."

"나는 이걸 발표할 예정이오, 김 선생."

머리를 든 김원국과 안승재의 시선이 마주쳤다. 이윽고 김원국이 입을 열었다.

"위험할 텐데요, 장관님."

"조 대사의 방식으로, 생방송으로 폭로하겠습니다."

"이번에는 그렇게 간단히 되지 않습니다. 그들은 같은 일을 두 번 당하지 않을 겁니다."

"그들이라니? 누구 말입니까?"

"미국과 북한이지요."

"……."

"미국은 북한과의 협상을 끌어온 것 자체부터 비판을 받게 됩니다. 클린트 행정부는 격렬한 국내 여론으로 인해 위기에 몰리게 될 거구요. 그들은 필사적으로 가로막을 겁니다."

"……."

"남북한의 전쟁은 그들만의 문제라는 식의 여론을 조성한 사람들입니다. 그런데 북한이 대사관을 통해 마약을 세계로 공급했다는 증거를 내보이면 클린트 행정부의 단견이 드러나지요. 치명적이 될 겁니다."

"그래도 하겠소."

"목숨을 걸고 말입니까?"

"그래요. 내 폭로가 끝날 때까지만 나를 지켜주시오. 그 후로는 아무래도 좋소."

"난 하와이에 꽤 오래 있었지요. 아주 눌러살 작정을 했었는데, 어쨌든 이곳과 비교하면 그곳은 천국이오."

복도의 벽에 기댄 강대홍이 말했다. 창밖으로 흰 눈이 바람에 흩날리고 있는 것이 보인다. 건물 사이로 들어온 바람은 벽과 모서리 등에 부딪쳤다.

"난 일이 끝나면 다시 하와이로 가겠어. 가서 소탕할 작정이야."

지희은이 머리를 돌려 그를 바라보았다. 무엇을 소탕하는지 알 수가 없었기 때문이기도 했지만 그가 하와이 출신이라는 것에 호기심이 일었던 것이다.

"하와이에서 태어나셨어요? 그러니까 그곳 교민이었냐구요?"

"교민? 그렇지는 않습니다."

"그럼 어떻게?"

"유학을 갔지요."

그들은 안승재와 김원국이 있는 방의 옆쪽 복도 입구에 마주서 있었다. 4층의 복도에는 인적이 없었고, 양쪽의 방에도 손님이 있는 것 같지 않았다.

강대홍이 힐끗 앞쪽의 엘리베이터를 바라보았다. 숫자판에서 불빛이 반짝이고 있다.

"이건 매일 긴장하고 있어서 온몸이 굳어진 기분이야. 가끔 스트레스도 풀어야 몸이 부드러워지는데."

그가 혼잣소리처럼 말하면서 다시 엘리베이터를 바라보았다. 8까지 있는 숫자판의 불빛의 그가 서 있는 4층을 지나 위쪽으로 올라갔다.

"난 서울에서 꽤 큰 클럽을 운영하고 있었지요. 직원이 500명이 넘었는데 빌어먹을 공산당 놈들 때문에……"

강대홍이 다시 입을 열었다.

"미스 지는 서울에 가본 적 있지요?"

"그럼요. 서너 번."

"영동의 테헤란로, 그곳에 내 클럽이 있어요. 파타야라고."

"이 일은 언제 끝날까요? 혹시 알고 계신 거 없어요?"

지희은의 물음이 난데없었는지 강대홍이 눈을 끔벅이며 그녀를 내려다보았다.

"글쎄, 나는 잘 모르겠는데."

"지겹지 않으세요, 강 선생님은?"

"지겨운 건 없습니다."

"그럼 북한 사람들을 증오하세요?"

"그걸 말이라고 합니까?"

강대홍이 눈을 부릅떴다.

"그놈들 때문에 내 클럽이 폐쇄되었다고 하지 않았습니까? 돈이 얼마가 들어간 줄 아시오? 20억이 넘어요, 20억이."

"……"

"내 원수요, 그놈들은."

"전 그 사람들한테 원한이 없어요."

"대사관에서 안기부 일을 하셨다면서."

"그냥 잡(Job)이었어요. 정보를 수집하고 분석하는 일."

"안기부에서 교육시키지 않습디까?"

"무슨 교육이요? 정보 취급 요령이나 수집 방법은 배웠지만……."

"대공 교육. 공산당 놈들에 대한 것."

"있기는 했죠. 실감이 나지 않았지만."

"……."

"난 스위스 국민이거든요. 나에게 무엇을 강요할 수는 없어요."

그러자 강대홍이 퍼뜩 눈을 치켜뜨고는 복도 안쪽으로 한 걸음 비켜섰다.

그가 서 있던 곳은 왼쪽으로 엘리베이터가 보이고 정면으로는 비상구가 보이는 위치였다. 영문을 몰라 눈을 깜박이며 그를 바라보는 지희은을 향해 강대홍이 허리춤에 꽂은 권총을 뽑아 들었다.

"옆으로 비켜."

그제야 지희은은 강대홍의 시선이 자신의 뒤쪽으로 향해져 있다는 것을 깨닫고는 한 걸음 옆쪽으로 물러났다. 순간 그녀의 볼 옆에서 둔탁한 총성이 울렸다.

퍽! 퍽! 퍽!

총알이 비상구의 쇠문에 맞아 날카로운 쇳소리를 내었다.

"빨리 큰형님께! 놈들의 습격이야!"

한쪽 무릎을 꿇으며 강대홍이 다급하게 소리쳤다. 권총을 두 손으로 움켜쥔 채 그는 비상구를 겨누고 있었다.

지희은은 자신이 어떻게 김원국과 안승재가 있는 방까지 달려왔는지도 몰랐다. 세차게 문을 두드리자 김원국이 문을 열고는 그녀를 바라보았다. 그의 뒤쪽에 놀란 표정의 안승재가 서 있었다.

"저, 저기……."

그녀가 말을 잇기도 전에 머리를 내민 김원국이 복도의 끝 쪽을 바라보고는 뛰쳐나왔다.

"장관을 모시고 따라 나와! 어서!"

김원국이 강대홍 쪽으로 급히 달려가면서 소리쳤다. 출구는 엘리베이터와 비상계단 둘밖에 없었고, 그곳을 지금 강대홍이 지키고 있는 것이다.

"형님, 두 놈은 잡았습니다. 하지만……."

김원국이 다가오자 강대홍이 총신으로 앞쪽을 가리키고는 엘리베이터를 바라보는 시늉을 했다.

"엘리베이터가 올라옵니다, 형님."

비상계단 입구에 사내 두 명이 쓰러져 있었는데 한 사람의 얼굴만 보였다. 두 눈을 크게 뜬 놀란 듯한 얼굴이었는데 광대뼈가 나온 동양인이었다.

"비상계단으로 간다."

"예, 형님. 여긴 제가."

뒤쪽에서 안승재와 지희은이 뛰어왔다.

"계단으로. 어서."

권총을 빼어 든 김원국이 앞장섰다. 쓰러진 사내들을 뛰어넘으며 김원국이 힐끗 지희은을 바라보았다.

"네 권총은?"

그녀가 맨손이었기 때문이다.

"차에 두고 내렸어요."

머리를 돌린 김원국이 안승재의 한쪽 팔을 쥐었다.

"자, 어서. 염려 마시고."

그들이 3층의 계단을 내려왔을 때 위쪽에서 귀에 익은 발사음이 다시 들렸다. 계단을 뛰어내리는 동안 지희은은 발사음이 다섯 번 울리는 것을 들을 수 있었다.

시바다가 클로텐 국제공항의 1층 플로어로 들어서자 입구 근처에 서 있던 다케무라가 다가왔다.

"아직 나오지 않으셨습니다, 조장님."

"다행이야. 차를 타고 오는 바람에 늦을 뻔했다."

프랑스에서 출발한 에어 프랑스 AF 759편은 이미 터미널 A에 도착해 있었고, 승객 중에는 혼다 다카오 정보국장이 끼어 있었다. 수행원 두 명을 거느린 비공식 방문이었으므로 입국 심사를 하고 수하물을 인수한 다음 세관을 통하는 코스를 정식으로 밟고 있었다.

출입구를 나오는 승객들을 바라보던 시바다가 생각난 듯 입을 열었다.

"30분 전에 시내에서 북한 공작원 세 명이 죽고 두 명이 중상을 입었다. 페스탈로치 공원 근처의 라인호텔에서 일어난 일이야."

다케무라가 놀란 듯 한 걸음 그에게로 다가와 섰다.

"한국인들이 했군요, 조장님."

"그들이야."

"그런데 왜 그곳에서……."

"그건 모른다. 종업원 이야기로는 50대로 보이는 동양인이 409호실에 투숙했다가 사라졌다는데. 4층에서 총격전이 있었어."

"……."

"현장에는 다무라가 나가 있다. 곧 자세한 보고를 해올 거야."

그들은 한동안 쏟아져 나오는 승객들을 바라보았다. 아직 혼다 국장의 모습은 보이지 않았다. 시바다가 입을 열었다.

"로젠스턴과 패트릭스는 지금쯤 워싱턴에 도착했겠군."

"곧장 클린트를 만나겠지요. 미국 내 여론이 참전 쪽으로 기울고 있다니까요."

"이 기회에 공화당이 클린트의 재선에 쐐기를 박아 넣을 작정이야."

시바다가 어깨를 으쓱 추켜올리면서 얼굴에 웃음을 띠었다.

"하지만 민심은 변덕이 심한 법이어서 언제 어떻게 변하게 될지 아무도 모른다. 또 다른 사건으로 조민섭의 죽음이 희석될지도."

그때 다케무라가 번쩍 머리를 들었다.

"저기 옵니다. 국장님이십니다."

사람들 틈에 끼인 혼다 다카오의 작달막한 몸은 잘 보이지 않았다. 두껍고 긴 코트를 작은 체구에 걸치고 있어서 마치 장난감 병정 같은 모습이었다.

시바다와 다케무라가 서둘러 그에게 다가갔다.

"국장님, 이제 오십니까?"

"어, 시바다, 다케무라."

혼다의 목소리는 체구에 어울리지 않게 굵었다. 마른 얼굴에 주름살을 만들며 그가 활짝 웃었다.

"어때, 전쟁놀이는?"

"우리가 주역은 아니지 않습니까?"

시바다가 그를 감싸듯 걸으면서 주위를 둘러보았다. 수행원 두 명은 한 걸음쯤 뒤에 처져 있었고 다케무라는 반대쪽에 섰다. 그들은 사람의 눈을 피하듯이 서둘러 대합실을 나섰다.

"철수해라, 시바다. CIA는 내가 취리히에 온 것도 알고 있다. 키드먼한테 내가 직접 전화했으니까."

혼다가 시내로 들어오는 차 안에서 던지듯 말했다. 모처럼 햇살이 비치는 맑은 오후였다. 벤츠는 낮은 엔진 소리를 내며 빠르게 달려 나갔다.

"난 너희들을 꼭 인솔하여 나오겠다고 키드먼에게 약속했어. 난 내일 아침에 유치원 선생처럼 너희들을 끌고 비행장에 나타날 게다."

그러고는 혼다가 얼굴을 펴고 활짝 웃었다.

"국장님, 우리가 그들의 지시를 받을 이유가 없습니다."

"닥쳐, 시바다. 지시가 아니야. 협조하는 것이지."

"무슨 협조란 말씀입니까?"

"일미 방위조약상의 협조를 말하는 것이다."

"……."

"우리는 정보를 공유하고 공동의 적에게 대처해야만 돼, 시바다."

"공동의 적이라니요? 한국 말입니까?"

"저런."

입맛을 다신 혼다가 둘째 손가락으로 자동차의 천장을 가리켰다.

"키드먼이 듣겠다."

"도청 방지 장치는 미쓰비시 제품이 최첨단입니다, 국장님."

"어쨌든 이 일로 미국과 틀어져서는 안 돼. 북한 쪽도 눈치를 챈 모양이고."

"미국 측이 말해주었겠지요. 지금 상황이 걷잡을 수 없이 빠르게 진전되고 있습니다, 국장님."

시바다가 그를 향해 몸을 돌려 앉았다.

"정보기관들은 정치권보다 실제 상황 판단이 빠른 법입니다. 정치권의 지시가 애매하면 정보기관은 나름대로 해석해서 상황이 잘못 진전될 수도 있습니다."

"흠."

혼다가 손바닥으로 턱을 쓸면서 시바다를 바라보았다.

"CIA 말인가?"

"예, 그들은 이제 공공연히 북한과 정보를 나누고 작전을 같이 합니다. 명목은 회담의 비밀을 지키기 위해서라고 하는데, 한국은 이제 그들 공동의 적대 세력이 되었습니다."

"……."

"정치권이 그렇게 지시하지는 않았을 텐데요, 국장님."

"글쎄, 그걸 클린트에게 물어볼 수도 없고. 그 사람은 지금 제 손으로 바지 지퍼도 못 올리는 입장이야."

"조금 전에 북한 공작원들이 시내에서 또 당했습니다. 이제 곧 이곳에서부터 전쟁이 벌어질 것 같습니다."

"그렇다면 서둘러야겠군."

혼다가 길게 숨을 내쉬었다.

"내가 여기 온 건 유치원 선생 노릇을 하려는 것이 아니다. 너도 짐작했겠지만."

*　　　*　　　*

"그년의 주변을 다시 생각해 봐. 혹시 빼놓은 곳이 있을지도 모른다."

황태식이 담배를 재떨이에 비벼 끄면서 말했다. 방 안은 담배 연기로 자욱해서 숨을 쉴 때마다 담배 연기가 들이마셔졌다.

"그년을 찾으면 놈들도 찾게 돼. 그년은 놈들의 안내를 맡고 있을 테니까."

"저는 더 이상 아는 곳이 없습니다. 이제까지 말씀드린 것이 전부요."

김준호가 지친 듯 헝클어진 머리칼을 손가락으로 쓸어 올렸다. 두 눈에 붉은 실핏줄이 드러나 있다.

"날 미스터 브라운과 만나게 해주시오. 그에게 할 말이 있습니다."

그러자 방 안이 일순 조용해졌다.

창가의 소파에 모여 앉아 있던 서너 명의 사내가 일제히 이쪽으로 머리를 돌렸다.

"미스터 브라운이라……."

황태식이 혼잣소리처럼 말했다.

"브라운에게 할 말이 있다구? 나에게는 말 못 할 이야긴가?"

"그런 건 아닙니다. 다만……."

"미 제국주의의 종놈으로 살아오더니 제 아비를 찾듯이 놈들을 찾는구만, 이 간나 새끼가."

자리에서 일어서는가 했는데 어느새 황태식의 발길이 날아와 김준호의 옆구리를 찍었다.

옆구리를 움켜쥔 김준호가 의자에서 방바닥으로 굴러떨어졌다.

"이 새끼야, 넌 우리 포로야. 정신 차리라우."

다시 황태식의 발길이 날아와 김준호의 등판을 찼다.

"어이구!"

"브라운인가 그놈한테 무슨 말을 하려고 했어?"

"그는 잠깐만 당신들을 만나면 된다고 했습니다."

옆구리의 통증이 더 심해졌는지 김준호의 이마에서는 땀이 배어 나왔다.

"그에게 물어보면 압니다. 물어봐 주시오."

"이 자식아, 놈은 우리에게 널 인계했어. 네 아비는 안 온단 말이다."

그러자 소파에 모여 앉아 있던 사내들이 웃었다.

"널 죽이고 살리는 건 이제 우리 손에 달려 있단 말이다."

"날 보내주시오. 내가 아는 건 다 말했습니다."

김준호가 방바닥에 앉아 그를 올려다보았다.

"난 대사관을 도망쳐 나온 몸이오. 그것을 참작해 주시오."

파리의 CIA 요원들은 스위스에서 빠져나온 그에게 우호적이었다. 그리고 그를 담당한 브라운이라는 요원은 그가 처한 상황을 이해하고 걱정해 주기까지 했다.

"좋아, 그것은 참작하겠다."

황태식이 자리에 앉아 그를 내려다보았다.

"그래서 넌 이제 우리 공화국의 일꾼이 되어야 한다는 것이다."

"……."

"일꾼이 되지 못하겠다면 할 수 없지. 널 없애야겠어. 죽은 동지들의 원수를 갚아야겠단 말이다."

"이것 보시오, 나는……."

김준호는 겨우 몸을 일으켜 의자에 앉았다.

"내가 당신들에게 무슨 잘못을 했다고……."

"겁이 나서 도망쳤단 말이지?"

"……."

"남조선 요원들이 붙잡을까 봐 CIA를 찾아갔고."

"……."

"네 가족도 모두 우리가 잡고 있어. 넌 우리 일을 해야 돼. 아는 것이 더 이상 없다면 다른 일을."

김준호가 얼굴의 진땀을 소매로 닦았다.

"영광으로 생각해라, 김준호 동무. 너는 조선인이야. 조선인은 남과 북 둘 중 하나이고, 다른 부류는 없다. 지금의 상황에선."

지희은이 방으로 들어서자 창가의 의자에 앉아 있던 박은채가 일어섰다.

"괜찮았어요? 금방 강대홍 씨한테서 들었는데."

"괜찮아요."

지희은은 몸을 던지듯이 의자에 앉아 길게 숨을 내쉬었다.

"시체들을 넘어서 미친년처럼 뛰었을 뿐이에요."

"다행이에요, 우리 쪽은 아무도 다치지 않아서. 텔레비전을 보니까 북한 사람은 세 명이나 죽었던데."

"강대홍 씨가 했어요."

"잘했네."

지희은이 머리칼을 쓸어 넘기다 말고 박은채를 바라보았다.

"박은채 씨는 이제 특공대가 다 되었네."

"특공대라구요?"

흰 이를 드러낸 박은채가 그녀의 앞자리에 앉았다.

"듣기가 싫지는 않군요. 외국에 나와 있으니까 어떨 땐 독립군 같은 느낌도 들었는데 특공대라니."

"독립군이라니, 그것이 더 우습네."

웃지도 않고 하는 말이어서 박은채의 얼굴에서 웃음기가 가셨다.

"지희은 씨는 쉬어야 할 텐데."

"돌아가고 싶어요, 집으로."

서로 마음을 터놓아본 적이 한 번도 없었는데 오늘은 지희은의 입에서 그런 말이 한숨처럼 흘러나왔다.

"난 정말 싫어요, 이런 일."

"……."

"대사관의 정보원이던 내가 이런 말 하는 게 우습나요?"

"아니, 전혀."

"그땐 이렇게 절박하고 양자택일하라는 식이 아니었어요. 여유가 있었는데."

이내 노크 소리가 들리더니 문이 열렸다.

김원국이 들어서자 그들은 자리에서 일어섰다.

"잠깐 할 이야기가 있어서 들렀어."

김원국은 손을 뒤로 뻗어 문을 닫고는 지희은을 바라보았다.

"권총 다룰 줄 모르나?"

"압니다."

지희은이 굳어진 얼굴로 대답했다. 그러나 또렷한 눈은 똑바로 김원국을 향하고 있다.

김원국이 지희은에게로 한 걸음 다가갔다.

"네가 기피한다고 해서 저쪽이 피해줄 것 같은가?"

"아닙니다."

"그렇다면 총을 놓고 다니는 이유가 뭐야?"

낮고 부드러운 음성이었으나 박은채는 온몸으로 휩싸여 오는 찬 기운을 느꼈다.

지희은은 잠자코 그를 바라본 채 입을 열지 않는다.

"우린 네가 필요했다. 지금도 그렇고. 그런데 너는 무성의하고 반항적으로도 보인다."

"……."

"네 조국이 능멸을 당하고, 배신을 당하고 있는 것이 분하지도 않단 말인가?"

"……."

"그렇지. 너는 스위스 국적의 스위스인이지."

박은채의 불안한 시선이 지희은을 스치고 지나갔다. 그러나 얼굴이 굳어진 지희은은 입을 열지 않았다.

"이번은 봐주겠다. 너에게 뭘 강요할 생각은 없지만 만일 우리에게 피해가 오는 행동을 하면 용서하지 않겠다. 조심하도록."

말을 그친 김원국이 잠시 지희은을 바라보다가 몸을 돌렸다 문이 닫히고 김원국의 모습이 시야에서 사라지자 지희은은 의자에 털썩 주저앉았다.

"정말 싫어, 저 사람."

"지희은 씨."

박은채가 타이르듯 불렀으나 지희은은 번쩍 머리를 들고 쏘아붙이듯 말했다.

"난 솔직히 여기가 내가 있을 곳이 아니라는 생각이 들어요."

"이젠 어쩔 수 없어요, 지희은 씨. 당신은 벌써……."

"저쪽의 리스트에 올라가 있단 말이지요? 그래서 어쩔 수 없다구?"

"……."

"이렇게 끌려다니다가는 정말 미쳐 버릴 것만 같아요."

잠자코 자리에서 일어선 박은채가 창가로 다가가 섰다. 바지 호주머니에 두 손을 찌른 그녀는 남자처럼 두 다리를 벌리고 서서 저녁노을이 지는 그라이펜 호수를 바라보았다.

니젠스키가 잠옷 위에 가운을 걸치고는 거실로 나왔을 때 다시 현관의 벨이 울렸다. 거실의 벽에 걸린 시계는 밤 11시 40분을 가리키고 있었다.

현관으로 다가간 니젠스키가 밖을 향해 물었다.

"거기 누구요?"

"한국 대사관에서 왔습니다."

"한국 대사관?"

문의 손잡이를 잡은 니젠스키가 주춤 움직임을 멈추었다.

"한국 대사관에서 무슨 일로?"

"신문 보도 문제요, 니젠스키 씨. 난 공보관인 이정민입니다."

"신문 보도라니. 그런 일은 내일 신문사에서 얘기해도 될 텐데. 지금은 너무 늦지 않았소?"

그들은 문을 사이에 두고 이야기를 주고받았다. 문의 렌즈 구멍으로 보이는 한국인은 30대 후반으로 학자풍의 사내였다. 니젠스키는 아예 손잡이에서 손을 떼고 벽에 붙어 섰다. 아내인 한나가 잠옷 차림으로 거실로 나왔다. 부스스한 머리에 찌푸린 얼굴.

"니젠스키 씨, 늦어서 실례된다는 건 압니다. 하지만 급해서 그럽니다. 지난번에 받으신 서류 문제 때문인데……."

"서류 문제라니?"

"북한 측의 마약 문제 말입니다."

니젠스키가 손을 저었으나 한나는 물러나지 않았다. 오히려 두어 걸음 더 이쪽으로 다가왔다.

"난 무슨 말인지 모르겠는데."

니젠스키가 이맛살을 찌푸리고는 머리를 한쪽으로 기울였다. 안승재는 대사관 측에도 비밀로 하겠다고 했다.

밖에서 다시 말소리가 들려왔다.

"우린 미국 측으로부터 들었습니다, 니젠스키 씨. 이러면 이해가 되십니까?"

"미국 측이라니?"

"당신이 미국 측에 넘겨준 서류 말입니다. 그걸 우리가 받았어요."

"……."

"그걸 상의해 보려고 합니다."

"당신, 대사관의 누구라고?"

"이정민 공보관입니다."

"확인해도 되겠소?"

"이것, 힘들군요. 그렇게 하시지요."

문에서 떨어진 니젠스키는 거실로 돌아와 한국 대사관으로 전화를 걸었다. 대사관의 숙직 직원이 굼뜬 목소리로 전화를 받았다.

"거기, 공보관이 이름이 누굽니까?"

—잠깐만요. 누구시지요?

"스위스 트리뷴 지의 니젠스키요."

—공보관 이름은 이정민인데요.

"인상은 어떻게 생겼소?"

—마른 얼굴이지요. 안경을 꼈고.

"고맙소."

수화기를 내려놓자 곁에 서 있던 한나가 물었다.
"무슨 일이에요, 여보?"
"아무 일도 아냐."
니젠스키는 문으로 다가가 문을 열었다.

다음 날 아침, 혼다 다카오가 아래층의 식당으로 들어서자 식탁에 앉아 있던 시바다가 일어섰다.
"안녕히 주무셨습니까, 국장님?"
"밤사이에 별일 없었나?"
"있었습니다, 국장님."
지나가는 말로 물은 것인데 시바다가 정색을 하고 대답하자 혼다는 자리에 앉으며 눈을 치켜떴다.
"또 무슨 일이야?"
"지난밤에 스위스 트리뷴 지의 니젠스키가 피살당했습니다."
"북한 놈들 짓이로군."
종업원이 커피 잔을 들고 다가오는 것에 그들은 잠시 말을 멈추었다. 그러나 일본 정보국장 혼다가 사보이호텔의 특실에 묵고 있다는 것은 이미 취리히에 있는 모든 정보원에게 알려져 있을 것이다.
"집 안이 엉망으로 흐트러져 있었고, 집에 있던 부인도 함께 당했습니다."
종업원이 물러가자 시바다가 말을 이었다.
"아마 서류를 찾으려고 했던 것 같습니다."
"그놈들, 혈안이 되어 있구만그래."

혼다가 커피 잔을 들면서 혼잣소리처럼 말했다.

"빌어먹을 CIA 놈들이 가로막지만 않았더라면 벌써 터졌을 텐데."

"국장님, 오늘 오후에 한국의 안 장관이 한국 대사관에서 기자 회견을 합니다."

시바다의 말에 혼다가 입에 대었던 커피 잔을 내려놓았다.

"안 장관이?"

"예, 국장님."

"조 대사에 이어서 두 번째 폭탄인가?"

"서류의 원본은 김원국이 갖고 있습니다. 그에게 넘겨주었을 수도 있지요."

"……."

"기자들이 대거 몰려들 겁니다. 모두 기대하고 있겠지요."

"잔인해, 기자 놈들은."

혼다가 주위를 둘러보았다. 마침 식사 시간이 지나서인지 식당은 한산한 편이었다. 입구와 그들이 앉은 좌석 주위로 일단의 동양인들이 앉아 있었는데 모두 시바다의 부하였다.

"그런데 우리는 오늘 오전에 떠나야 한단 말이지? 그 빅 쇼(Big Show)를 보지도 못하고 말이야."

"국장님, 호텔 로비에 CIA 요원들이 있습니다. 어젯밤부터 지키고 있더군요."

"빌어먹을 놈들 같으니."

혼다가 시계를 내려다보았다.

"모두 모였나?"

"예, 국장님."

"그럼 시작할까?"

자리에서 일어선 혼다가 앞장서서 식당을 나가자 그의 뒤를 시바다가 따랐다.

식당의 이쪽저쪽에 모여 앉아 있던 사내들도 일제히 일어섰고, 로비에서 서성대던 사내들도 시바다의 뒤쪽으로 모여들었다. 혼다가 엘리베이터 앞에 섰을 때는 그의 뒤쪽에서 스무 명이 넘는 사내가 웅성거리고 있었다.

"나눠서 타라. 한 번에는 무리다."

시바다의 말에 사내들은 질서 있게 두 그룹으로 나뉘었다. 엘리베이터를 타려고 다가오던 투숙객들이 주춤대며 뒤쪽으로 물러서는 것이 보였다.

엘리베이터 문이 열리자 안으로 들어서던 시바다는 머리를 돌려 로비 안쪽을 바라보았다. CIA 요원임에 틀림없는 백인 두 명이 이쪽을 멀거니 바라보다가 그와 시선이 마주치자 서둘러 몸을 돌렸다.

그들은 혼다의 방이 위치한 14층에서 내렸다.

"국장님, 저희들은 옆방에 있겠습니다."

앞장서서 걷는 혼다에게로 다가간 시바다가 그렇게 말하고는 걸음을 늦추었다.

혼다가 방문의 손잡이를 잡고 뒤쪽을 돌아보았다. 그러자 10여 명의 부하 사이에서 장신의 사내 한 명이 빠져나오더니 곧장 그에게로 다가왔다.

"혼다 국장이십니까?"

"김원국 선생이시군요."

그들은 손을 내밀어 악수를 나누고는 곧장 혼다의 방으로 들어갔다.

"자, 우린 옆방이다."

시바다가 부하들을 둘러보며 말했다.

"담배 피울 놈들은 방에 들어오지 말고 이곳에서 피우도록."

"내가 취리히에 온 이유는 김 선생을 만나기 위해서요."

혼다가 앞자리에 앉은 김원국을 바라보았다.

"한국 안기부의 임 부장을 통해 이야기를 할 수도 있었지만 괜히 절차만 복잡해질 것 같고, 또 김 선생이야 그들과는 별개의 조직이시니까요."

크고 넓은 의자에 파묻히듯 앉은 혼다는 얼굴에 웃음을 띠었다.

"조 대사의 의거로 회담이 중지되고 미국 내의 여론이 참전 쪽으로 기울고 있습니다. 클린트가 당황하니까 잠자코 눈치만 살피고 있던 공화당이 설쳐대고 있어요. 공화당의 지명권자인 제이슨은 이제 캠페인을 벌일 기세고."

"……."

"한국에서 밀려 나간 매그루더 대장이 어제 오후에 기자회견을 했습니다. 정부의 우유부단함과 배신 행위를 신랄하게 비판했어요. 곧 군복을 벗을 사람이니까 부담 없이 터뜨렸을 겁니다."

"일본 정보국의 도움을 많이 받고 있습니다. 국장님께 감사드립니다."

김원국이 부드러운 얼굴로 말했다.

"그런데 시바다 씨의 말을 들으니 오늘 떠나신다고요."

"키드먼이 우릴 내버려 두지를 않는군요. 우리가 김 선생을 도와주고 있다는 것을 눈치채고 있단 말입니다."

혼다가 허리를 굽혀 탁자 위로 상체를 가까이 붙여왔다.

"지금쯤 그들은 바쁘겠지요. 오후에 안 장관이 기자회견을 할 테니까 말입니다."

"솔직히 걱정됩니다. 방해가 있을지 몰라서요."

"수단과 방법을 가리지 않을 겁니다. 안 장관이 터뜨리면 클린트는 궁지에서 벗어날 길이 없습니다."

혼다가 의자 옆에 놓인 가방을 열더니 꽤 두툼한 서류를 탁자에 내려놓았다.

"이건 우리 정보국이 조사한 북한 측의 동향입니다. 북한은 인민들과 군부의 불만이 폭발 직전입니다. 김정일은 전쟁을 일으키지 않으면 얼마 가지 않아 자멸하게 되어 있습니다. 그리고 이건 취리히에 와 있는 북한 측 공작원들의 신상명세서이고."

혼다가 얼굴에 만족한 듯한 웃음을 띠었다.

"이런 정보를 빼낼 수 있는 사람은 우리밖에 없습니다. 자랑 같지만."

서류를 집어 든 김원국의 얼굴에도 웃음이 떠올랐다.

"고맙습니다, 혼다 국장. 신세를 지겠습니다."

"우린 같은 배를 타고 있지요. 북한이 남침해 오면 안 됩니다."

"……."

"잘 아시겠지만, 남북한의 통일된 군사력이 남아돌고, 더욱이 그것이 북한에 의해 통제된다면 동북아의 평화는 위협을 받습니다."

"……."

"미국은 잘못 생각하고 있어요. 통일 조선은 중국과 연합해서 일본을 압박할 겁니다. 일본은 아마 그들과 연합해서 반미 전선을 구축할 가능성이 높지요. 클린트는 생각이 모자랍니다."

"도와주시는 이유는 이해합니다."

"그리고 북한 측의 자금원은 반호프은행장인 에리히 루벤돌프요. 우리가 조사해 보았는데 마약 판매책은 죽은 앙리 주르메였고, 이곳의 북한 측 책임자는 부대사인 김정철입니다. 공보관 이필수는 심부름꾼이오."

김원국이 잠자코 혼다의 얼굴을 바라보다가 알겠다는 듯 천천히 머리를 끄덕였다.

"고맙습니다, 혼다 국장."

"돌아가신 오야마 선생으로부터 김 선생에 대한 이야기를 많이 들었습니다."

"저도 존경하는 분이었지요."

"만나게 되어서 반갑습니다."

"신세를 졌습니다."

서류를 안주머니에 넣은 김원국이 자리에서 일어섰다.

그들이 방문을 열자 복도를 가득 메우고 잡담을 나누던 시바다의 부하들이 몰려왔다.

"그럼……."

혼다와 눈인사를 나눈 김원국이 복도로 나서자 사내들은 올 때처럼 그를 에워싸고 몰려나갔다.

김준호가 방으로 들어서자 아내인 안정미가 매달리듯 그의 팔을 잡았다.

"여보, 어떻게 되었어요?"

"어떻게 되긴."

낮은 목소리로 대답한 그는 침대 옆의 의자에 앉았다. 침대에는 다섯 살짜리 딸 수연이 두 볼을 발갛게 물들인 채 깊게 잠들어 있었다.

"당신 얼굴이 왜 이래요?"

그의 옆으로 다가온 아내가 놀란 듯 소리쳤다.

"볼이 부었잖아?"

"추워서 언 거야."

볼에 손을 대려는 아내를 밀치며 김준호가 조금 떨어져 앉았다.

"걱정하지 마. 아무것도."

"어떻게 걱정을 안 해요? 우리가 지금 북한 사람들에게 잡혀 있는데."

아내는 금방 울상이 되었다.

착하고 순진하기만 해서 언제나 마음이 놓이지 않았다. 100프랑짜리 지폐를 들고 나가 동물원의 입장료를 내고 90프랑이 넘는 거스름돈을 못 받아 울고 돌아온 적도 있었다. 영어가 서툰 데다 부끄럼을 많이 타는 성격 때문이다.

김준호는 그녀에게서 시선을 떼었다. 취리히 변두리의 호텔 방 안이고, 옆방에는 북한 공작원들이 묵고 있다. 복도에도 감시가 있는 데다 방의 전화는 떼어 갔기에 아내는 그가 나가면 공포에 시달린다. 벌써 사흘째 이런 생활이 계속되고 있었다.

"여보, 우린 어떻게 되는 거예요? 브라운 씨는 곧 파리로 돌아가게 해준다던데."

아내가 다가와 그의 손을 잡았다.

"어서 우리 셋이 같이 있고 싶어요. 조용한 곳에서. 이젠 파리가 아니어도 돼."

"정미야."

김준호가 팔을 들어 그녀의 어깨를 안았다.

"곧 그렇게 될 거야. 그러니까……."

"언제? 내일?"

"곧."

"나 혼자 내버려 두지 말아요. 무서워."

김준호가 눈을 치켜떴다.

"바보같이. 수연이 생각도 해야 할 것 아냐? 엄마 노릇을 해야지."

그러자 안정미의 눈에 금방 물기가 고였다. 그가 무엇을 하든 그만을 믿고 따라온 안정미였다. 그녀에게는 국가나 민족 등의 어렵고 거창한 말보다 사랑하는 남편과 가족이 더 중요했다.

"난 여기에서 할 일이 좀 있어."

가늘게 숨을 뱉어내면서 김준호가 말했다.

"일 마치고 바로 따라갈 테니까 넌 수연이 데리고 먼저 가 있어."

"어디로요?"

"한국은 안 돼. 파리나, 아니면 미국도 좋고. 그들이 데려다줄 거야."

"당신은?"

"나도 곧 따라가."

"언제?"

"일 마치면 곧. 며칠 후야."

"……."

"정착 자금도 충분히 받아놓았어. 자, 우선 당신이 가져갈 20만 달러."

김준호는 안주머니에서 두툼한 봉투를 꺼내어 그녀의 손 위에 올려놓았다.

"우리 세 식구는 전쟁 없는 나라에서 새로운 생활을 하게 될 거야."

"그건 장관께 여쭤보아야겠는데요. 나로서는 지금 말씀드릴 수가 없습니다."

스위스 대사인 오경득이 전화기를 귀에 대고는 진땀을 흘리고 있었다. 그는 지금 미 국무장관인 빌 로젠스턴과 직접 통화를 하고 있는 것이다.

—오 대사, 난 당신 정부의 승인을 받고 통화를 하고 있는 겁니다. 청와대 비서실장 미스터 박한테서 연락이 오지 않았던가요?

로젠스턴의 목소리는 탁하고 빨라서 오경득으로서는 신경을 곤두세워야 알아들을 수 있었다.

"나한테는 직접 오지 않았습니다. 혹시 장관께는 왔는지 모르겠습니다만."

—장관하고 정말 연락이 안 됩니까?

"예, 로젠스턴 씨. 지금은 그가 어디에 있는지 알 수가 없습니다."

—대사관에 있다고 들었는데.

"글쎄, 찾아보아도 없다니까요."

시치미를 뗀 오경득이 힐끗 눈을 들어 앞자리에 앉아 있는 안승재를 바라보았다.

"찾으면 즉시 연락을 드리도록 하지요."

—다시 한 번 말하지만, 오늘 기자회견은 취소해야 합니다. 만일 미스터 안이 강행했다가는 한미 간에 큰 문제가 생길 것을 각오해야 할 거요.

"이것 보시오, 로젠스턴 씨."

선량한 생김새대로 성품도 부드러운 오경득이 마침내 얼굴을 붉혔다.

"당신 나에게 협박하는 거요?"

—협박 이상이야, 미스터 오. 당신이 상상하는 것 이상의 일이 벌어질 거란 말이오.

"……."

—안 장관이 무슨 일을 벌이려고 하는지 우리는 잘 알고 있어. 조 대사의 흉내를 내려고 하는 모양인데 그것은 역효과를 내게 될 거요.

"로젠스턴 씨, 당신은 도대체 누구 편이오? 우리 대한민국이 당신들의 적대국이오?"

—우리는 당신들을 도우려고 이 고생을 하고 있어. 그런데 당신들은 번번이 판을 깼어.

"우리를 북한에게 팔아넘기는 일이 잘 안 되고 있나?"

아차 싶었는지 오경득이 수화기를 귀에서 떼고는 안승재를 바라보았다.

의자에 등을 붙이고 팔걸이에 두 팔을 올려놓은 채 그림처럼 앉아 있던 안승재가 숙이고 있던 머리를 세웠다.

"오 대사, 그만 끊으시오."

"예, 장관님."

그러나 아무리 화가 난다고 하더라도 전화를 그냥 끊을 수는 없었다. 오경득이 다시 수화기를 귀에 대자 로젠스턴의 말소리가 흘러나왔다.

—우리 클린트 대통령이 곧 이 대통령께 전화를 할 거요. 그리고 곧 당신에게 대통령의 명령이 떨어질 것이고. 내 말을 믿어요, 오 대사. 그리고 안 장관에게 그렇게 전하시오.

그쪽에서 전화를 끊었으므로 오경득은 수화기를 내려놓고 안승재를 바라보았다.

"회견을 중지하라는 전화였습니다."

"알고 있어요."

"곧 대통령 각하한테서 장관께 연락이 올 것이라고."

"없다고 하세요. 어디 갔는지 모른다고."

"예?"

"각하께도 그렇게 말씀드리라는 말입니다."

"저는 그렇게 할 수가 없습니다, 장관님. 각하께 거짓말은……."

"각하께서도 그것을 바라고 계신다면 어떻게 하시겠소?"

"……."

"각하께서는 클린트의 요구를 거절하지 못하십니다. 오 대사도 알고 계실 거요."

"……."

"내가 책임을 질 테니 오 대사는 준비나 해주시오."

"장관님, 도대체 어떤 내용의 기자회견인지 저에게 말씀해 주실 수 없습니까?"

"북한의 구체적인 범죄행위요."

그때 그들이 앉아 있는 대사 집무실의 문이 열리면서 직원 한 명이 들어섰다.

"대사님, 정문에 미국 대사관원이라는 사람들이 찾아왔습니다만."

오경득이 안승재를 바라보자 그가 머리를 저었다.

"회견이 시작될 때까지는 아무도 들여보내지 마시오."

"예, 장관님."

몸을 돌린 직원이 방을 나갔다. 대사관저는 그 나라의 영토나 마찬가지였고, 해당국의 국민이라도 출입을 통제할 수 있었다.

오경득이 머리를 들어 벽시계를 바라보았다. 오후 1시가 조금 넘었다. 점심을 걸렀으나 전혀 시장기가 느껴지지 않았다. 이제 2시면 정문 앞에 몰려 있는 수백 명의 기자를 들여놓고 회견을 시작해야 하기 때문이다.

고동규는 단상에 서서 아래쪽을 바라보았다. 빈 의자가 빼곡하게 놓여 있는 이곳은 식당을 개조하여 만든 회견장이다. 대사관 직원들이 아직도 분주하게 의자를 배열해 놓고 있었는데 어림잡아 200명은 입장시킬 수 있을 것 같았다.

"이봐, 단상이 기자석하고 너무 가까운 것 아냐?"

김칠성이 옆쪽에서 다가왔다. 그의 팔에는 대사관원임을 표시하는 흰색 완장이 둘러져 있다. 헝겊에 대사관의 고무도장이 찍힌 임시 완장이다.

"어쩔 수 없어요. 대사관에서 이곳보다 넓은 곳은 없으니까."

고동규가 시계를 내려다보았다. 2시 15분 전이었다.

"금속 탐지기가 있으면 좋은데."

"이제 와서 그런 소리 하면 뭘 해?"

던지듯이 말한 김칠성이 몸을 돌렸다.

조웅남과 김원국, 지희은을 뺀 나머지가 모두 대사관에 들어와 있었는데 이번에는 파리와 베를린, 빈 등의 공관에 파견되어 있는 안기부 요원들도 도착해 있었다. 임병섭의 특별 지시를 받고 온 요원은 모두 열네 명이었다.

"이봐, 거기 두 명은 이쪽으로."

단상에 서 있던 고동규가 손짓으로 벽 쪽에 서 있는 사내들을 불렀다.

"자네들은 이쪽 입구를 맡아주어야겠어. 장관님이 나오고 들어올 때를 책임져."

고동규는 자연스럽게 이번 작전의 경호 책임자가 되었다. 직급도 높았지만 김원국의 말을 들은 안승재가 그를 지명했기 때문이다.

박은채는 식당 밖의 입구에 서서 오가는 사람들을 바라보고 있었다. 명색은 회견장의 감시였지만 대사관 정문 앞에 구름처럼 몰려와 있는 기자들이 들이닥쳤을 때를 생각하면 난감해졌다. 백인은 모두 CIA 요원으로, 동양인은 북한인같이 보였던 것이다.

현관을 나온 강대홍은 잠시 주위를 두리번거리며 서 있었다.

정문 앞에서는 시위대 같은 신문기자들이 아우성을 치는 중이고, 대사관 안에서는 직원들이 바쁘게 움직이고 있었다. 기자회견이 곧 시작될 것이다.

정문 앞에는 기자들의 소지품 검사를 위해 대여섯 명의 직원이 모여 서 있었는데 그 속에는 오종표도 있었다. 모두 일이 맡겨져 있어서 김칠성은 2층의 대사 집무실에서 안승재, 오경득과 함께 있었고, 고동규는 식당에 들어가 있을 것이다.

이윽고 강대홍은 식당 입구에 서 있는 박은채를 발견하고는 그쪽으로 걸음을 떼었다. 풍성한 흰색 파카를 입은 그녀는 두 손을 호주머니에 넣고 오가는 사람들을 바라보다가 다가오는 그를 향해 웃었다. 화장기가 없는 얼굴의 양 볼이 추위에 붉게 달아올라 있었다.

"모두들 바쁘군요."

그녀가 맑은 목소리로 말했다.

"저기, 신문기자들 좀 보세요. 한국 대사관에 저렇게 기자가 많이 모인 건 처음일 거예요."

"재미 붙인 모양이야, 저놈들. 조 대사 사건이 있고 나서부터."

강대홍은 그녀 옆에 나란히 섰다.

"은채 씨는 나한테 빚이 있을 텐데, 그렇게 시치미만 떼고 있을 거요?"

"빚이라구요?"

박은채가 이를 드러내며 웃었다.

"빚이 있다면 그걸 갚으라는 말이군요."

"내가 아니었다면 지금쯤 군 형무소에 갇혀 있는 신세가 되었을 텐데. 안 그래요?"

"아마 그랬을 거예요. 그런데 빚을 어떻게 갚지요?"

"당신은 영리한 여자야. 일찌감치 형님들한테 찾아가 정체를 밝히고 나서 짐을 벗어버렸더구만."

"……."

"덕분에 나만 죽일 놈이 되었지. 칠성 형님한테 얻어맞은 옆구리가 지금도 결려. 웅남 형님이 알게 되었다면 난 지금쯤 병원에 누워 있었을 거요."

"미안해요. 어떨 수가 없었어요. 날 돌려보내려고 해서."

"내 입장을 한 번이라도 생각해 봤어야지. 큰형님한테까지 낙인찍혔단 말이오, 나는."

"그렇게 심각하게 생각하지는 않으시는 것 같던데요."

"그건 당신 생각이야. 난 이미 여자 밝히는 놈으로 소문이 나 있었단 말이오. 그런 데다……."

"그래요?"

머리를 돌린 박은채가 강대홍을 빤히 바라보았다.

"그렇게 보이지는 않는데."

"이봐, 농담하지 말어."

강대홍이 눈을 부릅떴다.

“당신은 날 배신한 거야. 은혜를 원수로 갚았다구. 나한테 두 번 빚을 진 거야.”

“알고 있어요. 하지만 배신이라는 말은 좀 심해요.”

“당신한테 빚을 갚을 기회를 주겠어.”

강대홍이 힐끗 그녀의 옆얼굴을 바라보았다.

“오늘 밤에 내가 연락할 테니까.”

“…….”

“솔직히 나는 밥은 굶어도 여자는 그럴 수 없어. 그런데 벌써 보름이나…….”

“그러니까 나더러…….”

“딱 한 번이면 돼. 난 구질구질한 놈이 아냐. 여자가 매달리면 하는 수 없이 몇 번 더 만나주지만, 내 쪽에서 사정해 본 적은 없어.”

“당신한테 다리를 벌려주라는 말이군요. 빚을 갚으려면.”

“이봐, 당신답지 않게 그렇게 험한 표현을……. 어쨌든 알아들은 모양이지만.”

“할 수 없군요.”

가늘게 숨을 뱉으며 박은채가 정문 쪽으로 시선을 돌렸다.

“큰형님이나 웅남 형님께 당신 이야기를 하는 수밖에 없어요. 당신한테는 세 번 빚지는 게 되겠지만.”

“이, 이런!”

강대홍의 얼굴이 새빨갛게 달아올랐다.

“나, 나한테 협박하는 거야?”

"당신이 먼저 시작했어요, 강대홍 씨."

"그것 한 번 준다고 걸음을 못 걷게 되는 것도 아니고. 그리고 내가 그렇게 매력 없는 놈이란 말이야?"

"사람을 잘못 보았을 뿐이에요."

"빌어먹을 년."

"이젠 안으로 들어가 봐요, 강대홍 씨."

"더럽군."

몸을 돌리려던 강대홍이 움직임을 멈추었다.

"넌 배은망덕한 년이야. 그리고 사람을 잘못 본 건 너야. 너 아니라도……."

"여자는 많아요. 그러니까 다른 곳을."

뭐라고 말을 할 듯 턱을 올린 강대홍은 어깨를 내리더니 식당 쪽으로 몸을 돌렸다.

제9장
폭풍 전야

밤의 대통령

지난밤에 내린 눈을 치우고 분대원과 함께 벙커로 돌아온 김형만 하사가 이용식 일병에게 물었다.

"소대장님한테서 연락 없었나?"

"없었습니다, 분대장님."

"없었더라도 소대본부에 가봐라. 어젯밤에 중대본부에서 보충병이 왔을 거다."

"예, 분대장님."

이용식 일병은 죽은 신동석 병장의 당번으로 한때 열외로 날리던 몸이다. 그러나 지금은 온몸이 빳빳하게 군기가 잡혀 있다.

이용식이 K–2 소총을 등에 걸치고 벙커를 나가자 김형만은 총안으로 전방을 살펴보았다. 눈으로 덮인 산야가 시야에 들어왔는데 전방에 움직이는 물체는 없었다.

"분대장님, 경계 교대 다녀오겠습니다."

뒤쪽에서 덜그럭거리는 소리와 함께 김 일병과 고 상병이 나란히 서서 그에게 경례를 올려붙였다. 벙커 앞쪽으로 경사진 능선에 경계 교대를 나가는 것이다.

"그래, 수고."

그들이 참호 쪽의 통로에 쳐진 모포를 들추고 나가자 벙커 안에는 양만호 일병과 김형만 하사 둘만 남게 되었다.

총안 쪽에 자리 잡고 앉아 전방을 바라보고 있던 양만호가 그에게로 머리를 돌렸다.

"분대장님, 전쟁이 일어날까요?"

"글쎄, 그걸 내가 어떻게 알겠냐?"

전출 사건 이후로 그와 단둘이 대화하는 것이 처음인 김형만은 조금 긴장한 듯 목소리가 굳어 있었다.

"그건 육본에서도 모를 거다."

"빨리 전쟁이나 일어났으면 좋겠습니다. 이러고 있는 것보다는 그게 낫겠어요."

"빨리 죽고 싶다는 말이냐?"

"죽든지 살든지 얼른 결정이 났으면 좋겠다는 말입니다."

"넌 아직도 육본으로 가고 싶어?"

"생각 없습니다."

양만호가 머리를 저었다.

"이젠 이쪽에서 보내줘도 안 갑니다."

김형만이 힐끗 그의 얼굴을 바라보았다.

얼마 전까지만 해도 양만호가 고졸 출신의 자신을 깔보고 있다는 것을 피부로 느낄 수 있었다. 그러나 지금은 아니다. 아니, 신동석 사건 이후로 전 분대원이 달라졌다.

그러고 보면 달라진 것이 그의 분대만이 아니었다. 3분대의 최 하사 말을 들어보면 말년 병장 김을수도 꼬박꼬박 불침번과 경계 교대를 나가고 있다는 것이다.

그때 담요가 젖혀지더니 이용식 일병과 함께 완전 군장 차림의 병장 한 명이 들어섰다. 병장은 한눈에 소집되어 온 예비역으로 보였다. 적어도 김형만보다 너더댓 살이 위인 스물일곱이나 스물 여덟쯤일 것이다.

"분대장님, 데려왔습니다."

그러면서 이용식이 호기심에 찬 눈을 빛내면서 옆으로 물러섰고, 병장이 앞으로 한 걸음 다가섰다.

"신고합니다. 병장 장영환, 1월 24일 자로 제1소대 1분대로 배속……."

"됐어."

그의 경례에 가볍게 손을 올리는 시늉을 하면서 김형만이 말을 잘랐다.

"군장 풀고 쉬어. 장 병장은 부분대장이야. 알고 있지?"

"알고 있습니다."

장영환이 군장을 벗어 내려놓으며 벙커를 둘러보았다.

"이제 올 데까지 왔군요. 차라리 이래야 뱃속이 편합니다."

"예비역에 소집된 건가?"

"제대한 지 2년 되었어요."

그는 총안으로 다가가 전방을 내다보았다.

"옛날과 다름없구만. 경치가."

자연스러운 그의 태도에 김형만의 얼굴도 부드러워졌다.

"장 병장도 1소대 1분대였나?"

"아니, 그땐 2소대 화기 분대였지요. 내 벙커는 바로 이 옆쪽이었습니다."

"사회생활 하다가 졸지에 고생이 많구만."

"어디 나만 고생인가요?"

그는 옆에 있는 양만호의 어깨를 손으로 가볍게 쳤다.

"어이, 일병. 담배 한 대만 주라."

양만호가 서둘러 담배와 함께 불을 켜 올리자 길게 담배 연기를 뱉어낸 장영환이 김형만을 바라보았다.

"잘해봅시다, 분대장님. 어차피 같은 묫자리에 묻히게 되었으니까 말이오."

"나도 부분대장을 믿겠어."

자신도 모르고 가슴이 두근거리는 것을 느낀 김형만이 얼굴을 붉혔다.

"와주어서 고맙, 아니 반갑구만."

*　　*　　*

우중철 대령이 계엄사령부 2층에 있는 작전국 회의실에 들어서자 김길동 대령과 최우식 대령이 말을 그치고 그를 바라보았다. 그들은 모두 계엄본부의 장교로 김길동은 정보국 참모이고 최우식은 작전국장 보좌관이다.

"준비되었다. 가자."

우중철이 짧게 말하고는 시계를 들여다보았다. 오후 3시 반이었다. 방을 나온 그들은 2층의 복도를 걸어 3층으로 향하는 계단으로 다가갔다. 복도를 오가는 군인들을 헤치고 걷는 그들의 표정은 잔뜩 굳어 있다.

조민섭 대사의 취리히 분사 사건은 대단한 충격이었다. 정부는 문공부장관인 이유석의 주도로 조민섭의 의거를 대대적으로 선전하고 있었는데 그 효과는 컸다. 이유석의 매스컴 이용술이 기술적이고 교묘한 점도 있었지만 조민섭의 죽음 그 자체가 더할 나위 없는 조건을 갖추고 있었기 때문이다.

시민들의 애국심은 고취되어 있었다. 그들은 계엄군에 협조적이었으며 따라서 군의 사기도 진작되고 있는 중이다. 3층의 계단을 오른 그들은 오른쪽으로 꺾어져 복도 끝 쪽의 방으로 다가갔다. 육본의 작전국 과장인 정병식 소장의 방이다.

앞에 선 최우식이 노크를 하자 곧 안에서 대답 소리가 났다.

그들이 방으로 들어서자 정병식이 서류에서 얼굴을 들었다. 흰 살결에 용모가 단정한 그는 계엄사령관이자 합참의장인 강동진의 인맥이다.

강동진이 12사단장이었을 때 참모이던 인연이 그를 육사 동기생 중에서 선두 주자로 만들었다는 것이 중론이었다.

"웬일들이야?"

서류를 덮은 정병식이 그들을 둘러보았다. 그의 앞에 벌려 선 세 명의 대령은 잠시 입을 열지도 움직이지도 않았다.

정병식도 무언가 이상한 낌새를 느꼈는지 이맛살을 찌푸리며 눈을 치켜떴다.

"이것 봐, 무슨 일이냐니까?"

"옷을 벗으셨으면 합니다, 장군님."

입을 연 것은 우중철이다. 그들 세 명은 모두 육사 동기였지만 우중철이 일 년 빠른 데다 성격도 강했다.

"뭐라고? 옷을 벗어?"

그러면서 어이없다는 듯 정병식이 입을 반쯤 벌렸다.

"물러나 주시기를 부탁드립니다. 이건 후배의 충언입니다."

최우식이 나섰다.

"최우식이 너……."

직속 부하인 최우식을 노려본 정병식의 얼굴이 시뻘게졌다.

"너 이 새끼, 무슨 짓이야? 내 당장!"

"추태 부리지 마십시오, 장군."

한 발짝 다가서며 말한 것은 김길동이다.

"만일 거절하신다면 이 자리에서 장군을 쏘고 나도 죽겠소."

우중철이 연달아 말을 이었다.

"아니, 뭐라고?"

정병식의 얼굴은 이제 하얗게 질렸다.

"날 쏘겠다고?"

"그렇습니다. 부패한 장군을 처단하면 군의 사기도 오르고 심기일전하는 계기가 될 겁니다."

"내가 어쨌다고?"

"스스로 잘 아실 거요."

최우식이 다시 말을 받았다.

"군 감찰이나 보고 절차를 거칠 여유가 없습니다. 우리는 당신 같은 사람들을 즉결 처분하기로 결정했소."

"네놈들은 도대체 뭐야?"

얼굴색이 파랗게 변한 정병식이 소리쳤다.

"그렇습니다! 결사장교단이오!"

최우식이 소리쳤다.

"물러나시오! 지금 당장!"

우중철이 최우식의 말을 받았다.

"당신이 갖고 있는 총은 전쟁용이 아니야. 무슨 말인지 알겠어?"

"이 새끼."

그러자 정병식이 서랍을 열더니 권총을 꺼내 들었다.

덜거덕거리며 서랍이 안쪽까지 빠져나왔고, 손에 쥔 권총을 고쳐 잡느라고 시간이 걸렸는데도 세 대령은 움직이지 않았다. 그들이 허리에 찬 권총은 모두 가죽 덮개의 단추까지 채워져 있다.

"장식용도 아니야."

김길동이 그를 노려본 채로 뱉듯이 말했다.

"대민용이지, 아마."

최우식이 그의 말을 받았다.

"한 시간의 여유를 주겠소, 장군. 그동안 정리를 하시도록. 명예롭게 옷을 벗으실 기회를 드리겠습니다."

우중철이 결론을 짓듯 말하자 그들은 일제히 몸을 돌렸다.

방문이 닫히며 세 대령의 모습은 시야에서 사라졌으나 정병식은 권총을 앞쪽으로 겨눈 채 한동안 움직이지 않았다.

집무실에 들어선 이영만 대통령은 뒤따라 들어오는 네 사람을 향해 웃어 보였다.

"윌슨이 오늘은 꽤 적극적인 태도를 보이는구만. 그렇지 않소?"

"그렇습니다. 저도 그렇게 보았습니다."

국방장관 김형태가 즉시 대답했고, 이영규, 강동진 두 대장은 입을 열지 않았다. 그들은 대통령의 책상 앞에 모여 앉았다. 윌슨과의 저녁 식사를 마치고 난 후 그를 배웅하고 돌아온 참이다.

"매그루더가 떠들고 있어서 윌슨도 입장이 난처한 모양이오. 클린트는 말할 것도 없고."

대통령이 계엄사령관인 강동진을 바라보며 말했다.

"한국에서 장군이 그렇게 떠들고 다닌다면 어떻게 될까 사령관은 생각해 보았소?"

"그런 일은 없습니다, 대통령 각하."

강동진이 머리를 저으며 말했다.

"대한민국 국군은 무조건 통치권자의 명령에 복종합니다, 각하. 군인은, 특히 장교들은 정치적인 발언을 하지 않도록 훈련시켜 왔습니다."

"어쨌든 매그루더는 우리의 대단한 원군이오, 사령관."

대통령이 말머리를 돌리자 장군들은 어깨의 긴장을 풀었다.

매그루더는 아직 예편되지 않았지만 그럴 작정을 한 모양이었다. 그는 기회가 나는 대로 클린트 정권을 비난했는데 클린트가 여론을 의식하는 정치가이고 대통령감은 못 된다고까지 했다. 그는 정의와 질서의 선도자이며 집행자인 미국의 위상이 클린트에 의해서 무너지고 있다고도 했다. 이유야 어쨌든 한국의 장군이 그랬다면 그는 반역자가 되었을 것이다.

"각하, 윌슨이 제295연대를 임진강에 보낸다고 한 것은 대단한 발전입니다."

김형태가 나섰다. 계엄령 이후로 그는 자신의 위상이 낮아지고 있다는 것을 피부로 느끼면서 다변가가 되어갔다. 실제 상황으로 다가갈수록 그의 책임이 가벼워지는 것도 그 이유 중 하나일 것이다.

"제295연대는 진지를 한국군 54연대에게 맡기고 동두천으로 물러나 있었습니다."

"클린트의 허락을 받았을 거야."

대통령이 말을 받자 이영규가 헛기침을 했다.

"각하, 295연대 진지는 고정 진지가 아닙니다. 그리고 295연대는 기갑연대로서 기동 타격이 장점입니다."

"그렇다면 언제든지 물러날 수도 있다는 말인가?"

"공격용 부대라는 뜻입니다, 각하."

"최선의 방어는 공격이라는 말도 있지, 아마?"

"예, 각하. 있습니다."

김형태가 즉각 말을 받는다.

"을지문덕의 살수대첩에서 보면 수나라의……."

"잠깐만, 국방장관."

대통령이 그의 말을 잘랐다.

"내가 보기에는 아직 미국의 입장은 확실히 정해지지 않았어. 클린트는 윌슨을 보내 장기판의 졸을 움직이는 시늉을 하지만 아직 게임에 나설 채비는 하고 있지 않아."

"자신이 없기 때문입니다, 각하."

강동진이 입을 열었다.

"하지만 이번 여론조사에서 10퍼센트 정도가 오른 35퍼센트가 참전에 찬성을 했습니다. 곧 클린트 대통령도 달라질 것입니다."

"조 대사의 공로요."

"훌륭하신 분이지요. 어제도 국립묘지에 참배객이 5만 명이나 다녀갔다고 합니다."

김형태가 말했다.

대통령이 강동진 쪽으로 머리를 돌렸다.

"숙군 운동은 어떻게 진행되고 있소?"

"어젯밤에 계엄사령부 작전과장 정병식 소장이 자택에서 목을 매어 죽었습니다, 발표는 심장마비로 했습니다만."

"……."

"대령급의 장교들이 낮에 그를 찾아갔었는데, 아마 그 충격으로……."

"내일 중으로 문제가 되고 있는 숙군 대상자들을 정리하도록 해요. 길게 끌면 안 되니까."

"그렇게 진행하고 있습니다, 각하."

"결사장교단도 해체하고."

"물론입니다, 각하."

"심기일전해야 됩니다, 우리 군군은."

강동진이 상체를 꼿꼿이 세우고 대통령을 바라보았다.

"각하, 내일 숙군이 끝나고 나면 저도 옷을 벗겠습니다. 허락해 주십시오."

"안 돼요. 허락할 수 없소."

대통령이 단호한 표정으로 머리를 저었다.

"당신이 몇몇의 참모를 기용한 것은 편법이 아니었소. 효율적으로 군을 장악하려는 순수한 의도였지."

"책임을 지지 않는 풍토가 되어서는 안 됩니다, 각하. 어쨌든 저는 책임을……."

"안 됩니다. 내 지시를 따르시오."

대통령의 말투가 강경했으므로 강동진은 입을 열지 못했다.

잠시 방 안에 어색한 침묵이 흐를 때 노크 소리가 들리면서 비서실장 박종환이 들어섰다.

"각하, 시간이 되어갑니다만."

문 옆에 선 그가 대통령을 바라보았다.

"모두들 회의실에서 기다리고 계십니다."

"벌써 시간이 그렇게 되었나?"

대통령이 자리에서 일어서며 벽시계를 바라보았다. 시계는 밤 9시 50분을 가리키고 있다. 저녁을 먹고도 윌슨과의 회의가 한 시간이나 더 계속되었기 때문이다.

그들은 앞장선 대통령의 뒤를 따라 복도를 걸었다.

"각하, 그리피스 대사한테서 전화가 왔습니다. 클린트 대통령이 상당히 우려를 표명하고 있다는 것을 전해드리라고 했습니다."

옆으로 다가온 박종환이 조심스럽게 말했다.

"그리고 조금 전에 윌슨이 떠나기 전에도 저에게 말하더군요. 안 장관의 기자회견을 중지시키는 것이 서로를 위해서 낫지 않겠느냐고 말입니다."

회의석상에서도 윌슨이 간접적으로 안승재의 이야기를 꺼냈으나 대통령은 못 들은 척한 것이다. 대통령은 입가로 씁쓸하게 웃으며 옆쪽의 회의실로 들어섰다.

각료의 대부분과 민자당 대표, 중진 의원들, 그리고 야당인 민주당 대표와 당 중역들이 앉아 있다가 일제히 자리에서 일어섰다. 대통령은 그들에게 가볍게 웃어 보이면서 중앙에 위치한 자신의 자리로 다가갔다.

봉황이 새겨진 그의 의자 뒤쪽에 일성전자가 개발한 대형 벽걸이 텔레비전이 부착되어 있었는데 지금 외국의 아나운서가 열심히 무언가를 말하고 있었다. 그것은 안승재의 기자회견 생방송 중계였다.

식당 옆문으로 들어선 안승재는 카메라의 플래시에 잠시 걸음을 멈추었다가 연단으로 다가갔다. 입추의 여지 없이 사람들이 가득 들어차 있는 식당은 열기에 들떠서 소란스러웠다.

연단의 정면과 양쪽 측면에는 방송국의 카메라가 고정 배치되어 있었는데 자리를 잡지 못한 방송국 서너 개는 뒤쪽의 식탁 위에 카메라를 설치해 놓았다. 그 사이사이에 무수한 사람이 끼어서 있었다.

연단의 양쪽 귀퉁이를 두 손으로 움켜쥐고 선 안승재는 앞쪽을 바라보았다. 가슴이 뛰고, 머리에서는 현을 튕긴 뒤의 울림처럼 가늘고 날카로운 소리가 나는 듯했다.

번쩍이는 불빛과 무언가를 소리쳐 묻는 기자들의 소음으로 가득 차 실내가 터져 나갈 것 같았으므로 그는 깊게 숨을 들이마시고 천천히 뱉어내었다. 그것을 세 번쯤 되풀이하자 앞쪽의 윤곽이 정확히 드러나기 시작했다. 말소리도 구분되어 귀에 들렸다.

그러자 문 옆의 사회석에 서 있던 대사관 직원이 마이크를 손끝으로 두드렸다.

"그럼 대한민국의 외무장관이신 안승재 씨의 기자회견이 있겠습니다. 여러분 조용해 주십시오."

안승재는 자신의 입 앞에 놓인 대여섯 개의 마이크를 바라보았다. 마이크는 그것뿐만이 아니었다. 긴 막대 끝에 붙은 마이크가 뻗어 나와 연단 앞에서 흔들리고 있었는데 그것도 대여섯 개가 넘었다.

"친애하는 기자 여러분."

안승재가 입을 열자 장내는 순식간에 조용해졌다. 앞쪽에서부터 입이 닫히고 뒤쪽의 누군가가 기침 소리를 내는 것으로 소음이 그쳤다.

"며칠 전 대한민국의 외교관인 존경하는 조민섭 대사가 목숨을 버리면서 여러분께 진실을 밝혀드렸습니다. 여러분은 그것을 기억하고 계실 겁니다."

오늘도 앞쪽의 방송국 카메라 옆에 앉게 된 안톤 모리스 기자는 눈 한번 깜박이지 않고 그를 바라보고 있었다.

그는 한국이 절박한 상황에 처해 있다는 것을 누구보다도 잘 아는 위치에 있었지만 안승재가 터뜨릴 폭탄에 대해서는 정보가 없었다. 하지만 지금 안승재가 발표할 내용은 메가톤급의 뉴스이며, 미국이 그것을 저지시키려고 애쓰고 있다는 것까지는 알고 있었다.

안승재가 말을 이었다.

"여러분, 나는 오늘 자로 한국 정부의 외무장관 직에 사표를 내었습니다. 내 발언이 한국 정부의 대외 관계에 영향을 줄지도 모른다고 생각했기 때문입니다. 그래서 자연인으로서 북한의 파렴치하고 반인륜적이며 세계 질서를 파괴하는 범죄적 행위에 대한 증거를 여러분께 폭로하는 것입니다."

그러자 다시 플래시가 번쩍이며 소란이 일었다.

그들은 안승재에게 증거가 무엇이냐고 소리쳐 물었는데 가지각색의 언어였다. 영어는 기본이고 프랑스어, 독일어, 러시아어, 일본어, 중국어에다 스페인어도 있었다. 안승재가 머리를 돌려 자신이 들어온 입구 쪽을 바라보았다. 문 옆의 사회자도 그쪽을 바라보았고, 수백 명의 기자도 일제히 그쪽으로 머리를 돌렸으며, 카메라 렌즈의 초점도 그쪽으로 맞춰졌다.

그러자 대사관 직원 두 명이 프린트 물을 가득 들고 안으로 들어섰다. 그들은 곧장 연단 옆으로 다가가더니 뭉치를 내려놓았다.

"여러분, 북한은 마약을 들여와 전 유럽에 판매하고 있습니다. 이것은 제가 입수한 마약 도매상들의 명단과 북한의 마약 유통 규모에 대한 자료입니다."

안승재의 말이 끝나기도 전에 장내는 아수라장이 되었다. 뒤쪽에 서 있던 사람들이 앞으로 밀치고 나오려는 것이었다. 그러자 식탁 위에 위태하게 설치되었던 카메라와 촬영 기사 서너 명이 넘어지면서 비명을 질러댔고, 그것에 자극 받은 사람들이 더욱 소리를 높였다.

"자, 나눠 드립니다! 질서를 지켜 받으시도록!"

사회자가 소리쳤으나 이미 사내들은 이성을 잃었다. 누군가 움켜쥔 서류가 흩어지면서 식당 위로 어지럽게 날렸다.

"아니, 저 사람……."

옆에 서 있던 대사관원이 앞쪽을 가리키며 말하는 것을 고동규가 겨우 들었다.

"뭐, 뭐가?"

그는 뒤쪽에서 사람들에게 밀려 앞으로 나가며 대사관원이 가리키는 곳을 보았다. 그러나 벌써 대사관원은 보이지 않았고, 앞쪽도 사람들로 가려졌다.

안승재는 자신에게로 다가오는 대사관원을 보았다. 조금 전에 서류를 들고 온 직원이었다. 대사관원은 곧장 그에게로 다가오더니 팔을 들어 그를 연단 밖으로 밀쳐내었다.

"여러분, 이 사람은 거짓말쟁이요!"

그가 버럭 소리치자 사람들이 움직임을 멈추었다. 그들은 그가 안승재를 밀어젖히는 것을 본 것이다.

"나는 한국 대사관 직원 김준호올시다. 공보실 소속으로 KCIA 직원이오. 이 서류는 위조한 것이오. 북한을 모함하기 위해서 조작한 것이란 말입니다."

얼굴이 하얗게 변한 김준호가 악을 썼다.

"저놈을 잡아라!"

고동규가 뒤쪽에서 한국어로 소리쳤는데 그것이 마이크에 들어가 식당이 울렸다. 아마 방송국의 마이크에도 잡혔을 것이다.

안승재가 연단으로 다가가 그의 옷깃을 움켜쥐었다.

"이놈, 이 매국노! 이 역적 놈!"

안승재가 미친 사람처럼 소리쳤다.

"이놈, 이 천하의 역적 놈아!"

안기부 직원 두어 명이 사람들을 헤치고 필사적으로 연단 쪽으로 다가갔는데 그들이 막 손을 뻗치려는 순간 김준호는 주머니에서 권총을 빼내 들었다. 순간 그들은 주춤하며 멈추어 섰다.

"나는 진실을 밝혔을 뿐이다! 당신은 거짓말을 하고 있어!"

한 손으로 안승재의 멱살을 움켜쥔 김준호가 총구를 그의 가슴에 겨누었다.

"이것은 계략이다!"

안승재가 비통한 목소리로 소리쳤을 때 김준호의 총구에서 흰 불꽃이 튀었다.

탕! 탕!

총소리와 함께 안승재가 가슴을 움켜쥐고 쓰러졌는데도 카메라의 플래시가 요란하게 터졌다.

김준호는 권총을 세워둔 채 몸을 돌렸다. 그가 뛰쳐나가려는 곳은 옆쪽의 문이었다.

"놈을 쏘지 말아라! 사로잡아!"

고동규가 한국말로 소리쳤고, 문 옆의 기자들이 엎어지고 자빠지면서 비켜섰다. 이내 다시 총소리가 들렸다.

"이런! 누가!"

고동규가 겨우 사람을 헤치고 나오면서 악을 썼다. 김준호는 이미 쓰러져 있었다.

"이놈, 이 개새끼."

겨우 앞으로 나온 고동규가 이를 갈면서 발밑을 바라보았다.

김준호는 눈을 치켜뜬 채 가슴과 목에서 피를 흘리며 누워 있었다. 피가 솟구쳐 입으로 뿜어져 나왔고, 그는 무엇인가 말을 할 듯 입을 벌렸다가 눈을 감았다.

밀려든 카메라맨들이 다시 플래시를 번쩍였고, 그들을 헤치고 안승재에게로 다가간 고동규는 그가 죽어 있는 것을 확인했다. 그의 시체 옆에는 흰 종이가 널려 있었는데 붉은 핏방울이 번져 있었다. 이제 사람들은 서류를 집으려고 하지 않았다.

* * *

한동안 텔레비전을 바라보던 김정일이 몸을 돌리자 방 안에 모인 사내들은 바로 앉았다. 벽에 붙어 서 있던 호위 총국의 군관이 텔레비전을 끄자 방 안은 숨소리조차 들리지 않는 깊은 정적에 휩싸였다. 사방의 유리창에 두꺼운 붉은색 커튼이 쳐져 있어 전등에 비치는 사물들은 붉은 기운이 조금씩 배어 있다.

김정일이 머리를 들고 장방형의 탁자 양쪽에 앉은 사내들을 둘러보았다.

"김사훈 동지."

왼쪽의 첫 번째 자리에 앉아 있던 김사훈이 상체를 꿋꿋이 폈다.

"네, 수령 동지."

"우리 북조선은 예정대로 보름 후인 2월 10일에 남조선을 점령한다고 하시오. 이제 미국 측과 만날 필요도 없다고 전하고."

"알겠습니다, 수령 동지."

"예상은 하고 있었소. 남조선 놈들이 필사적으로 방해 공작을 하리라고."

"일본 정보국이 남조선 놈들을 도와주고 있기 때문입니다, 수령 동지."

"그건 당연한 일이오."

김정일의 시선이 오른쪽에 앉은 최광에게로 옮겨졌다.

"장자량 주석은 사흘 후에 쌀 2만 톤을 보내준다고 했어요. 열차로 수송될 테니까 인수에 차질이 없도록 군에서 맡아주시오."

"예, 수령 동지. 염려하지 마십시오."

"인민군의 사기가 오르도록 배급을 늘리는 것은 어떻겠소? 당분간 1일 1천 그램으로 공급합시다."

"잡곡과 쌀의 비율은 어떻게 할까요?"

"5 대 5에서 7 대 3으로 하시오. 쌀을 7로."

"인민군은 수령님 만세를 외칠 것입니다. 수령님의 명령이라면 불속에라도 뛰어들 것입니다."

보위부 사령관 이동석이 엉덩이를 움찍거리다가 김정일과 눈이 마주치자 뱀을 만난 개구리처럼 굳었다.

"신의주의 반동분자들, 다시 난동을 부리지는 않겠지요?"

김정일이 부드럽게 물었으나 옆에 앉은 김사훈은 그의 시선이 차갑게 느껴졌다.

"그럴 리는 없습니다, 수령 동지. 모두 당과 수령님을 위해 충성을 맹세했으며, 극소수의 반동분자는 이미 교화소로 보냈습니다."

이동석의 열띤 목소리가 방 안을 울렸지만 동요하는 사람도 없고 동조하는 사람은 말할 것도 없었다. 이틀 전 신의주의 인민 3만여 명이 폭동을 일으켜 시의 양곡 저장소를 약탈했고, 상점 수십 개를 노략질하고 방화한 것이다. 그들의 일부는 노농적위대의 무기 창고를 습격하여 소총과 기관총 300여 정을 탈취해 갔다. 정규군 두 개 사단이 급파되어 만 하루 만에 폭동을 진압하였지만 사상자가 천 명이 넘는 대규모 사건이었다.

김정일이 낮은 목소리로 입을 열었다.

"국경을 넘어 중국 영토로 도주한 놈들이 2만 명이 넘는다던데, 알고 있소?"

"예. 알고 있습니다, 수령 동지. 지금 정확한 숫자를 파악하고 있는 중입니다."

"남한은 계엄 상태요. 군이 국내의 치안까지 모두 맡고 있다 보니까 범죄가 사라졌다고 합니다. 그런데 우리는 폭동이 일어났소."

이동석의 얼굴이 흙빛이 되어갔다. 북한도 전시체제로 운영하고 있었지만 국내의 치안을 맡은 것은 보위부다. 이러한 상황에서도 김정일은 힘을 한곳에 집중시켜 두지 않은 것이다.

"중국과의 국경선 근처의 인민들은 정신 상태가 해이해져 있소. 보위부장 동지가 각별하게 신경을 써야 합니다."

"명심하겠습니다, 수령 동지."

"어쨌든 남조선 외무장관의 기자회견은 불발이 되었어. 다행이오."

김정일이 화제를 돌리자 모두들 어깨의 힘을 뺐었다.

"그놈이 조 아무개의 흉내를 내려고 하였지만 같은 일을 두 번

당할 순 없지."

"미국 공작원들이 언론사에 압력을 넣을 것입니다. 그리고 스위스 정부에서도."

김사훈의 옆쪽에 앉아 있던 최대민이 입을 열었다.

"자료의 신빙성이 떨어지는 데다 양쪽 정부의 압력을 받으면 언론사들도 함부로 싣지 못할 것입니다, 수령 동지."

"그놈들, 남조선의 일당을 일망타진하시오, 최 동지."

김정일이 안경알 속에서 눈을 번쩍였다.

"그놈들이 또 무슨 일을 저지를지 알 수가 없어. 수단과 방법을 가리지 말도록 하시오."

최성산은 방으로 들어서는 황태식을 잠자코 바라보았다. 무언가를 묻는 듯한 표정이었는데 황태식은 시치미를 떼고는 코트를 벗어 옷걸이에 걸어놓더니 여유 있게 다가왔다.

"이제 한숨 돌렸습니다, 조장 동무."

"수고했소."

"그루빌이란 마을 근처의 숲 속에서 처리했습니다."

주머니에서 금박의 로스만을 꺼낸 황태식이 그것에 불을 붙여 물더니 길게 연기를 내뿜었다.

"이번 일은 모두 계획대로 되었습니다. 미국 놈들이야 대충 눈치를 채겠지만 입을 열지는 않겠지요."

"윌튼한테서 연락이 왔어. 김준호에 대해서는 아무 소리 안 했지만 마누라하고 딸이 어디 있느냐고 묻더군."

최성산의 말에 황태식이 이를 드러내며 웃었다.

"그 자식, 정말 한심한 놈이군요. 일단 넘겨주었으면 우리에게 맡겨놓을 것이지, 무얼 어떻게 하겠다고."

"놈은 우리가 모녀를 인질로 김준호를 고용한 것을 알고 있는 눈치야."

"그래서 뭐라고 하셨습니까?"

"진작 풀어주었다고 했어. 며칠 되었다고 말이야."

"잘하셨습니다, 조장 동무."

"……."

"만일 모녀의 시체가 숲에서 발견되면 그건 남조선 놈들이 보복한 것이 됩니다. 여러 가지 증거물도 벌여놓았으니까요."

"최대민 동지한테서 암호 통신이 왔는데, 남조선 놈들을 어떻게든 잡아 없애라는 수령님의 지시였어, 황 동무."

자리에서 일어난 최성산이 창문으로 다가가 눈에 덮인 정원을 바라보았다.

"당분간 회담은 없다. 따라서 요인들을 보호하고 감시하는 짐은 덜었단 말이야. 이제 우리는 마음 놓고 움직일 수가 있으니 그 놈들을 잡아야 돼."

"김원국의 일당이라는데. 남조선의 지하조직이고. 월튼의 설명대로라면 미국의 마피아 같은 조직 아닙니까?"

"그런 셈이지."

"정식으로 공작원 교육을 받은 것도 아닌 조무래기 깡패 새끼들한테……."

황태식이 이를 드러내며 눈을 치켜떠 벽을 흘겨보았다.

"일단은 정체가 드러난 이상 염려하실 건 없습니다. 어제 대사관 사건 때 남조선의 안기부 놈들과 대사관 직원을 모두 카메라에 찍어놓았습니다."

"방심하면 안 돼, 황 동무. 우린 이제까지 당해왔어. 어제만 빼고."

창에서 몸을 돌린 최성산이 그를 향해 섰다. 어제의 과업은 계획에서 어긋난 것이 없었다. 김준호는 자연스럽게 대사관에 들어갈 수 있었는데 정문을 지키던 안기부 요원들은 그를 보고 놀라기는 했지만 크게 이상한 표정은 짓지 않았다.

본부는 유럽의 요원들에게 그를 찾으라는 지시만 내렸는데 위험을 피해 도망친 비겁자로만 생각했기 때문이다.

김준호는 최성산의 지시대로 프린트 물을 나르는 직원을 도와 자연스럽게 회견장에 입장할 수 있었다. 대사관 직원들은 그를 보자 반기기까지 했었다.

"월튼의 말을 들으면 놈들은 극히 위험한 종자야, 황 동무. 그 두목인 김원국은 남조선에서 밤의 대통령이라고 불리던 놈이야."

"그렇습니까? 남조선은 대통령도 여럿이군요. 밤, 낮의 대통령이 있다면 곧 아침과 저녁의 대통령도 생기겠습니다."

황태식이 이를 드러내며 웃었는데 그는 어제 이후로 자주 이를 드러내고 있었다.

* * *

무력부장 최광은 벤츠의 뒷좌석에서 상반신을 일으켜 세웠다. 벤츠는 맹렬한 속도로 대동강 변을 달려가고 있는 중이다. 앞쪽으로 인민무력부의 흰색 건물이 보였다. 위쪽에는 붉은색 대형 천을 가로로 걸쳐놓았는데 흰 글씨로 '위대한 수령 김정일 동지를 위해 목숨을 바치자' 라고 쓰여 있었다. 그는 건물 옆쪽의 지하 벙커로 들어가려는 운전병에게 소리쳤다.

"그냥 가자우! 본관으로!"

소리가 컸으므로 운전병과 앞좌석에 타고 있던 호위장교는 놀란 듯 몸을 굳혔다.

검은색 벤츠가 앞뒤로 호위 차량을 이끌고 본관 앞에 멈추자 호위병들이 계단의 좌우로 서둘러 도열해 섰다.

전시체제가 되면서 정부 기관은 지하 벙커를 사용하고 있었기 때문에 그들은 당황하고 있었다. 남조선이 계엄령을 선포하고 전쟁 태세를 갖추자 북조선도 전시체제로 바뀌었는데, 평상시와 다른 것이 있다면 모든 관공서가 미리 준비해 놓은 지하 벙커로 들어갔다는 점이다. 그리고 또 달라진 것은 식량 배급이다. 식량 배급의 우선순위는 군관민이었는데, 이제 인민군의 1일 배급량은 쌀과 잡곡의 비율이 7 대 3으로 1킬로그램이나 되었기에 그들의 사기는 충천할 것이다. 그다음이 관이었는데 전과 같이 800그램이었고 인민들은 700그램이었다.

그러나 인민들의 배급량은 성분과 지역에 따라 차이가 났다. 폭동이 일어난 신의주 같은 곳은 중국과의 밀무역으로 인민들이 다른 지역에 비해서 기름기가 끼어 있었고, 중국에 있는 조선족의 영향을 받아 남조선을 알고 있는 위험한 부류였다. 따라서 당이 그들의 배급량을 600그램으로 정한 것에 이의를 제기하는 사람은 아무도 없었다. 그리고 폭동이 일어났다고 해서 배급량을 올린다는 것은 말도 안 되는 소리였다. 그렇게 된다면 모든 지역에서 폭동이 일어날 것이다.

최광이 계단을 올라 현관으로 들어서자 앞쪽에서 40대의 소장이 다가와 경례를 올려붙였다. 그의 심복인 박기천 소장으로 작전지도국의 참모였다.

"부장 동지, 다녀왔습니다."

최광이 잠자코 머리를 끄덕이자 그는 옆에 바짝 붙어 걸었다. 반들거리는 대리석 복도에는 인적이 드물었다. 호위병만 드문드문 서 있을 뿐이다.

"부장 동지, 참모총장 동지께서도 현 상태는 우리에게 최악이라고 말씀하셨습니다."

박기천이 낮은 목소리로 말하고는 주위를 둘러보았다.

"총장 동지께서는 사령부에 계시지 않았습니다. 제33초대소에 계셨습니다."

"초대소에?"

걸음을 늦춘 최광이 박기천을 바라보았다. 전방의 사령부에서 군단장들을 지휘해야 할 참모총장이 초대소에 있다는 것에 놀란 표정이었다.

"예, 부장 동지. 총장께서는 군단장들과 총정치국장에게 지휘권을 넘기셨다고."

"……."

"가끔씩 사령부에 나가셨다가 바로 초대소로 돌아오신다고 부관이 그러더군요."

"그렇게 되었나?"

혼잣소리처럼 중얼거린 최광의 걸음이 느려졌다.

박기천이 말을 이었다.

"총장께서는 군이 선택할 길은 이미 멀어졌다고 말씀하셨습니다, 부장 동지."

그들은 무력부장실로 들어섰다. 박기천은 서부전선에 나가 있는 참모총장 이을설을 만나고 돌아온 것이었다. 김정일의 감시가 철저했으므로 최광과 이을설은 심복을 보내 의사를 주고받는 방법을 썼다.

"이제 우리는 제동력을 잃고 내리막길을 내려가는 고장 난 차 안에 있다."

소파에 몸을 던지듯 앉은 최광이 주름진 이마 위로 흘러내린 흰머리칼을 쓸어 올렸다. 그는 앞쪽에 부동자세로 서 있는 박기천을 흐린 눈으로 바라보았다.

"총장 동지 이야기는, 굴러떨어지는 차 안에서 서로 싸울 필요가 없다는 뜻이다."

박기천이 집무실 안을 둘러보고는 한 걸음 다가섰다.

"총장께서는 최악의 상태일수록 수령 동지의 입지가 강화될 것이라면서 웃으셨습니다."

"계획적이었어. 우리 군부의 세력을 약화시키고 불만을 다른 곳으로 돌리려고 도발한 것이다. 난 김사훈이를 취리히로 보낸 것도 나중에야 알았다."

"……"

"이제 초급장교들까지 모두 수령의 명령만을 기다리고 있어. 그들은 단순해. 인민들은 순진하고. 모두 수령의 술수에 놀아나고 있다."

"부장 동지, 기회는 있습니다만."

박기천이 소곤대듯 말하고는 얼굴을 굳혔다. 그의 시선이 쏘듯이 최광의 얼굴에 부딪쳐 갔다. 최광이 소리 없이 웃었다.

"내가 말하지 않았더냐? 우린 이미 굴러가고 있다고. 운전대를 누가 잡든 이젠 늦었다."

"……."

"나나 총장 동지는 이미 강경파에게 밀려나 움직일 수단이 없다."

최광이 길게 숨을 내쉬었고, 박기천은 숨소리마저 죽인 채 잠자코 서 있었다. 그의 말대로 최광과 이을설은 군의 최고위층이었으나 전시체제로 바뀌면서 김정일의 심복인 강경파 소장 그룹에게 실권을 빼앗긴 상태였다.

인민들과 전사들은 남조선과 미제가 공화국을 침공할 준비를 하고 있다는 당의 선전을 믿고 있었다.

김정일은 이을설의 표현대로 공화국을 최악의 긴장 상태로 몰아가면서 이제 최강의 권한을 갖추고 있었다.

에리히 루벤돌프가 방으로 들어서자 창가의 의자에 앉아 있던 두 명의 동양인이 일어섰다.

"이거 늦어서 미안합니다. 길이 미끄러워서 차가 밀리는군요."

사내들과 악수를 나눈 루벤돌프는 자리에 앉았다.

뮌스터 거리에 있는 오래된 중국 음식집 안의 밀실이었다. 붉은색 양탄자가 깔린 데다 같은 색으로 벽이 장식되어 있는 방에서는 퀴퀴한 냄새가 났다.

"루벤돌프 씨, 상황이 급합니다. 우린 3억 달러를 이틀 안에 인출해 가야 돼요."

북한 대사관의 부대사인 김정철이 입을 열었다. 눈매가 날카롭고 피부가 검은 그는 유창한 독일어로 말을 이었다.

"앙리 주르메가 갖고 있던 예금증서가 탈취당했다는 것은 당신도 잘 알 겁니다. 그리고 그것이 우리에게 갈 돈이라는 것도."

"알고 있습니다, 김 선생."

루벤돌프가 안경 속의 눈을 반쯤 감으며 웃었다.

"그가 갖고 있던 예금증서는 1억 달러가 조금 넘었지요, 아마?"

"1억 5천만 달러요, 루벤돌프 씨."

"그렇군요."

"나머지 1억 5천만 달러의 예금증서는 내가 갖고 있으니 별문제가 없고."

"그런데 문제는 이번 한국 외무장관이 일으킨 소동인데……."

루벤돌프가 안경을 벗더니 수건을 꺼내어 꼼꼼히 안경알을 닦았다.

"스위스 연방 경찰이 지금 은행을 들쑤시고 있단 말입니다, 김 선생."

"그 서류 때문이오?"

이맛살을 찌푸린 김정철의 물음에 루벤돌프가 머리를 끄덕였다.

"그 빌어먹을 서류에 도매상이라는 사람들의 가명 계좌 번호와 비밀번호까지 적혀 있지 않았습니까?"

"망할 놈의 주르메."

"주르메로서는 당연한 일이었지요. 도매상들의 송금 라인을 알아야 누가 얼마를 보냈는지 확인이 될 테니까."

"……."

"그리고 주르메가 넘긴 돈이 당신 계좌로 간 것도 곧 경찰이 파악할 겁니다."

"상관없어. 가명 계좌이니까."

김정철이 자르듯 말하고는 루벤돌프를 똑바로 바라보았다.

"상황이 급해요, 루벤돌프 씨. 내 계좌에 입금되어 있는 1억 5천만 달러와 주르메 계좌에 있는 1억 5천만 달러를 홍콩의 상하이 은행으로 송금해 주시오."

그는 주머니에서 종이쪽지를 꺼내어 식탁에 내려놓았다.

"이것이 계좌 번호요."

"아무리 가명 계좌더라도 그들은 마음만 먹으면 실제 인물을 찾아낼 수가 있어요. 돈이 움직이게 되면."

"이봐요, 루벤돌프 씨."

이제까지 잠자코 앉아 있던 사내가 입을 열었는데 그는 최성산이었다. 그가 서툰 독일어로 말을 이었다.

"지금 우린 전쟁 상황에 놓여 있고, 놈들이 누굴 찾아내든 말든 상관이 없어요. 어차피 우린 반호프은행과는 거래를 끝낼 테니까."

"……."

"아마도 그것이 당신한테도 안전할 겁니다. 그렇지 않습니까?"

"그거야……."

"주르메가 죽어 묻혔으니 이젠 내가 직접 도매상들한테서 돈을 걷을 작정이오. 미수금이 꽤 남아 있더구만."

"……."

"당신께 폐를 끼치지 않기 위해 앞으로 반호프은행은 이용하지 않을 겁니다."

루벤돌프가 잠자코 머리를 끄덕이더니 얇은 입술을 벌려 웃었다.

"생각해 주셔서 고맙습니다, 최 선생."

흰 눈이 내리고 있다. 바람 한 점 없는 포근한 날씨여서 눈은 곧장 떨어져 내렸는데 지희은에게는 그것이 어쩐지 무겁게 느껴졌다.

지희은이 어깨와 머리칼에 묻은 눈을 털며 오두막 안으로 들어서자 방 안의 사내들이 모두 얼굴을 들었다. 김원국과 조웅남, 고동규가 앉아 있었는데 조웅남의 얼굴은 벌겠다. 낮술을 마신 모양이다.

"다녀왔습니다."

"그래, 수고했어."

김원국이 턱으로 앞자리를 가리켰다. 조웅남의 앞자리다.

"대사는 만났나?"

"네. 대사님은 내일 중으로 스위스 정부 사람들을 만나겠다고 하셨어요."

지희은이 자리에 앉아 김원국을 바라보았다.

"하지만 당분간은 은신해 있는 것이 낫다고 하시더군요."

"흥."

조웅남이 코웃음을 쳤다.

"은신처? 언지는 은신 안 혔간디?"

김준호의 아내와 딸이 그루빌 마을 근처의 숲에서 처참한 시체로 발견된 것은 어제저녁이었다. 스위스의 텔레비전은 매 시간마다 그 장면을 보도하면서 복수극이라고 표현을 했다. 한국 측이 김준호의 가족에게 보복을 했다는 것이다.

경찰은 어젯밤 자신이 살해범이라는 한국인의 전화를 받았다. 그는 자신이 김원국의 부하라면서 장관의 죽음에 대한 복수를 했다고 말했는데 살해 방법이 현장과 조금도 다르지 않았다.

경찰은 그가 살해범이라고 확신하면서 그의 말도 믿어버린 모양이다. 어젯밤부터 텔레비전은 김원국과 그 일당에 대한 것을 톱뉴스로 보도하고 있었다.

"나가서 해명할 수도 없는 상황이고, 고약하게 되었습니다."

고동규가 김원국을 바라보았다.

"그리고 놈들이 우리를 파악하고 있다는 것도 마음에 걸립니다."

"이젠 그럴 때도 되었다. CIA는 서울에도 진을 치고 있으니까."

"그 씨발 놈의 시키들, 김준호의 처자식을 쥑이고 우리한티 뒤집어씌우다니."

조웅남이 술 냄새를 풍기면서 눈을 부릅떴다.

"아주 대가리가 잘 돌아가는디. 안 그려요, 형님?"

"잔인한 놈들이야. 놈들은 김준호의 처자식을 인질로 잡고 있다가 처치했을 거다."

김원국이 입맛을 다셨다.

"나는 안 장관이 불쌍혀서……. 그 쌍놈의 시키 땜시로 개판이 되어버렸고, 개죽음을 당헌 것 같여서……."

조웅남이 혼잣소리처럼 말했다.

"응? 신문에도 마약 얘기는 나오지도 않고 말여. 이 개 같은 나라에서는……."

"일본하고 독일 신문에는 났다고 합니다."

고동규가 말했다.

"그리고 대통령은 안 장관의 장례를 국장으로 치른다고 했답니다. 안 장관의 거사를 인정해 주신 거죠. 안 장관의 시신을 실은 차가 시내로 들어갈 때 수백만의 시민이 길가에 모였다고 하던데요."

안승재가 김준호에게 습격당해 회견 도중에 피살되었지만 한국 국민들은 그것이 북한 측의 방해 공작이라는 것을 알았다. 그에 그들은 분노했고, 그것이 북한에 대한 적개심과 전의를 더욱 굳게 다지게 되는 동기가 되었다. 안승재의 죽음은 헛되지 않았던 것이다.

지한호가 콜머호텔에서의 일을 마치고 프팔츠 거리에 있는 집에 도착했을 때는 밤 11시가 넘어 있었다. 주차장에 차를 세워둔 그는 차갑게 얼어붙은 돌계단을 걸어 올라갔다. 주위는 오래된 주택가여서 두툼한 창살 사이로 희미한 빛이 흘러나올 뿐 적막에 싸여 있었다.

차가운 밤바람이 좁은 길을 휩쓸고 내려오자 코트 자락이 펄

럭였다. 이곳에서 30년이 넘게 살고 있어서 눈을 감고도 문고리를 잡을 수 있을 정도로 익숙했다. 부근의 저택 중 대부분이 주차장을 길 아래쪽에 두고 있었는데 수백 년 전에 지어져서 주차장 생각을 하지 못했기 때문이었다.

이내 그는 자신의 집 앞에 서서 호주머니에서 열쇠를 꺼내 들었다.

추위에 어깨를 움츠리며 열쇠 구멍에 열쇠를 꽂는 그의 어깨를 누군가가 가볍게 쳤다. 화들짝 놀란 지한호는 상체를 벌떡 뒤로 젖히면서 머리를 돌렸다.

"누구요?"

그의 입에 배어 있는 독일어였다.

그러나 그를 바라보고 선 사내들은 모두 동양인이었다.

"당신이 지한호 씨 맞지요?"

지한호는 그것이 억양이 강한 북한 쪽 말이라는 것을 알 수 있었다.

"그렇소만. 무슨 일로……."

"우리하고 같이 좀 갑시다."

세 사내 중 한 명이 그의 어깨를 손으로 쥐었다. 무표정한 얼굴이 마치 얼음 속에서 빠져나온 것 같은 분위기를 풍겼다.

"쓸데없는 짓 하면 당장 죽이겠소. 이것 보이겠지."

사내는 코트 주머니에 있던 권총을 잠깐 빼었다가 다시 넣었다.

"나한테 왜 이러시오? 난 당신들과는 상관없는 사람이오."

그 말대로 그는 스위스 시민권을 갖고 있었기에 남한이든 북한이든 상관이 없었다. 태어난 곳은 서울이지만 일곱 살 때 부모를 따라 스위스에 온 지 50년 가까이 되었다. 그에게는 어린 시절을 보낸 레만 호숫가의 로잔이 고향이었다.

"이 간나 새끼가."

사내 하나가 성큼 다가오더니 주먹으로 지한호의 배를 쳤다. 그가 신음 소리를 뱉으면서 돌바닥에 무릎을 꿇자 사내 두 명이 양쪽에서 겨드랑이에 손을 끼고는 일으켜 세웠다.

"소릴 지르거나 허튼짓하면 죽여서 데려갈 거야."

사내 하나가 잇새로 낮게 말했다.

그들은 지한호를 데리고 아래쪽의 주차장으로 다가갔다. 지나치는 사람은 눈에 띄지 않았고, 가끔씩 옆쪽의 주택에서 사람들이 떠드는 소리가 희미하게 흘러나왔다.

"도대체 무엇 때문에?"

허리를 숙이고 사내들한테 거의 들리다시피 해 끌려가던 지한호의 물음에 옆쪽의 사내가 눈을 부릅떴다.

"네 딸 때문이야, 이 간나 새끼야. 그년만 찾으면 널 돌려보내줄 수도 있어."

"난 그 애가 어디 있는지 모릅니다."

온몸의 기운이 빠진 지한호가 다리를 끌며 겨우 말했다.

"일주일이 넘도록 소식이 없소."

"연락이 오겠지. 제 아비가 죽는 것을 보지 않으려면."

흰색 볼보가 주차장 못 미쳐서 세워져 있었는데, 조금 전에 그가 지나쳐 온 차였다. 그들은 지한호를 볼보 뒷좌석에 거칠게 밀어 넣었다.

지한호는 차의 시동이 걸리는 소리를 들으면서 뒷좌석에 머리를 기대고는 길게 숨을 내쉬었다. 남의 일로만 생각하던 남북한의 문제가 자신에게 이런 식으로 닥쳐올 줄은 전혀 상상하지도 못했던 것이다.

제10장

억류되는 미국 시민

밤의 대통령

이영만 대통령의 안색은 창백했으나 치켜뜬 두 눈에는 활력이 담겨 있었다. 그는 앞에 앉은 주한 미국 대사 마이클 그리피스를 똑바로 바라보았다.

"그리피스 씨, 스위스와 독일 정부가 북한의 마약 도매상들을 조사하기 시작했다고 들었는데, 물론 미국 정부도 그 사실을 알고 계시겠지요?"

"아직 그것에 대한 정보는 듣지 못했습니다, 각하."

그리피스가 부드러운 표정으로 대답했다.

"각하께서 물으시는 내용을 본국에 조회해 보도록 하지요."

"아니, 됐습니다."

대통령이 의자에 등을 기대고는 옆쪽에 앉은 비서실장 박종환을 바라보았다.

"그 명단을 미국 정부에 보내주었지?"

"예, 각하. 외교 경로를 통해서 사건을 즉시 미 국무부에 보냈습니다."

한국말로 주고받았으므로 그리피스는 잠자코 그들을 바라보았다.

60대 중반의 그는 한국에 부임해 오기 전에 필리핀 대사를 지낸 까닭인지 아시아 사정에 밝았다.

대통령이 다시 그리피스에게 머리를 돌렸다.

"그리피스 씨, 내가 당신을 보자고 한 것은 당신의 협조를 받아야 할 일이 있어서요."

"말씀하십시오, 각하. 제가 최선을 다하겠습니다."

"계엄령 선포 이전에 한국에 있던 미국 시민은 17만 명이 넘었습니다. 주한 미군을 제외하고 말이오."

대통령이 낮은 목소리로 말을 이었다.

"그런데 보름이 지난 지금 미국 시민은 10만 명 가까이 한국을 떠나 남아 있는 사람은 7만 명이 조금 넘습니다."

"알고 있습니다, 각하. 어쨌든 상황이 좋지 않으니까요."

"미국 정부는 오산과 군산, 대구의 미군 비행장을 내일부터 24시간 가동해서 남아 있는 미국 시민들을 일본이나 괌으로 실어 나르기로 했다는데."

"……."

"내가 듣기로는 한국에 남아 있겠다는 사람들도 반강제로 이동시킨다는 거요. 대사관 직원들이 직접 점검을 해서."

"각하, 그것은……."

"내 말 아직 끝나지 않았소, 그리피스 씨."

대통령이 부드러운 표정으로 그의 말을 막았다.

"그런데 그들에게 열흘 동안만 나가 있으라고 한다는군. 열흘 후에 다시 한국에 돌아오면 된다고 말이오."

"각하, 그것은 헛소문입니다. 전시에는 갖가지 유언비어가 난무하는 법입니다."

그리피스가 어이없다는 듯 웃으며 머리를 저었다.

"각하, 어쩌면 북한 측의 공작일지도 모릅니다. 웃어넘겨 주십시오."

"그래야지요. 서로가 그런 헛소문은 웃어넘겨야 합니다."

머리를 끄덕인 대통령은 박종환을 바라보았다.

"박 실장, 그럼 자네가 말해보게."

"예, 각하."

박종환이 그리피스를 향해 돌아앉았다. 대통령과는 달리 그의 표정은 딱딱하게 굳어 있었다.

"그리피스 씨, 오늘 오후 4시부터 미국인의 출국을 금지시켜 주십시오. 대한민국 정부의 요청입니다."

"출국 금지라니?"

이제 얼굴이 굳어진 그리피스가 눈썹을 추켜올렸다.

"그건 말도 안 되는 행위이고 미국에 대한 도전이오. 양국의 관계를 파탄으로 몰고 가는 위험한 발상입니다, 각하."

그리피스가 대통령을 바라보았다.

"이러한 상황에서 그런 요청은 한미 관계에 도움이 안 됩니다. 또 미국 여론이 완전히 등을 돌리게 될 겁니다."

"한국 정부는 미국 정부가 우리 요청을 받아들이지 않는다면 물리적인 수단을 써서라도 출국을 막겠습니다."

박종환이 말을 이었다.

"뭐요, 물리적으로?"

다시 박종환 쪽으로 머리를 돌린 그리피스가 언성을 높였다.

"우리 미국 시민에게 말이오?"

"그렇소."

"감히 당신들이 어떻게?"

"한미방위조약은 결론적으로 생사를 함께한다는 동맹 조약이오. 그런데 당신들은 오히려 우리 국민의 사기를 떨어뜨리고 있습니다. 지상군이 파병되지 않을 것이라는 소문이 이제 공공연히 주한 미군들 사이에 퍼져 있는 것을 당신도 잘 알 거요."

"그래서."

그리피스가 박종환의 말을 잘랐다.

"그래서 미국 시민들을 인질로 잡겠다는 거요?"

"인질?"

눈을 치켜뜬 박종환이 그리피스를 바라보았다.

"인질이라……."

옆에서 대통령의 가라앉은 목소리가 들렸으므로 그들은 그에게로 시선을 돌렸다.

"그리피스 씨, 방금 인질이라고 표현했는데, 잘 말해주었소."

"각하, 제 말이 실언일 수도 있습니다. 하지만 상황이 그렇게 된다면 틀림없이……."

"당신은 어서 당신 정부 쪽에 연락을 하고 주한 미군 사령관을 만나야 할 것 같습니다. 나는 두 시간 후에 미 공군기지의 통행을 차단하라는 지시를 계엄군에 내릴 작정이오."

"각하, 어떻게 그럴 수가 있습니까? 이것은 국제법에 위반될 뿐만이 아니라……."

"그리고 같은 시간에 공항을 통한 출국도 제한합니다. 한국에 머물고 있는 모든 외국인은 출국 시 계엄사령부의 허가를 받아야 합니다."

"각하, 이러시면 한미 관계는 단절됩니다. 이것은 북한 측만 이롭게 해주는 결과가 된다는 걸 모르십니까? 한국은 모든 나라로부터 지원은커녕 지탄을 받게 될 겁니다."

"우리 정부는 이미 결정을 내렸소, 그리피스 씨."

"그 결과가 어떻게 되리라는 것도 예상하셨겠지요?"

"물론이오."

머리를 두어 차례 끄덕인 대통령이 입술 끝으로만 웃었다.

"예상뿐만이 아니라 각오도 하고 있소."

*　　　*　　　*

"사만다를 불러와. 다른 것들은 안 돼."

이필수가 방으로 들어서며 가브리엘을 향해 눈을 부릅떠 보였다.

"쌍년 같으니. 날 함부로 대하지 말란 말이다, 이 똥갈보 년아."

이것은 한국말이다. 그러나 가브리엘이 누구인가? 20년 가까이 이 생활을 하면서 우간다에서 온 흑인인권운동가에서부터 카타

르의 석유상, 프랑스의 음식점 주인, 인도의 보석상, 일본의 전기 다리미 수출업자까지 인종별로, 직업별로 거치지 않은 남자가 없었다. 그녀는 이필수가 욕을 한 것을 알았다.

"개새끼, 번데기만 한 연장을 달고 헤엄치는 주제에."

물론 이것은 스페인어로 이필수가 알아듣지 못했고, 더욱이 얼굴에 웃음을 띠고 한 말이다. 가브리엘이 이제는 영어로 다시 말했다.

"그럼 조금만 기다려 줘요, 선생님. 사만다는 화장 고치러 갔으니까."

방으로 들어온 이필수는 더블베드의 매트를 두 개 겹쳐놓은 것 같은 침대에 옷을 입은 채로 누웠다.

파스핀클럽은 취리히의 남성 전용 일급 클럽으로서 회원제로 운영되는 곳이다. 따라서 리마트 거리에 있는 이곳을 알고 있는 사람은 드물었는데 이필수는 일 년 전부터 회원이 되어 있었다.

부대사인 김정철이나 대사도 모르는 일이었다. 만일 알게 된다면 당장 소환되어 수용소행이 되고도 남는다.

이필수는 몸을 굴려 옆쪽을 바라보았다. 한쪽 벽면이 거울로 장식되어 있어서 자신의 온몸이 비쳤다.

사만다는 그가 석 달 전부터 파트너로 정해놓은 여자로 그리스 태생이다.

검은 머리에 자그만 체구로 동양인과 비슷했고, 나신이 눈부시게 아름다웠으며, 방중술이 뛰어나 하룻밤 천 달러의 화대가 아깝지 않는 여자였다.

"제기랄 년."

다시 천장을 바라보고 누운 이필수가 투덜거렸다. 화장을 하고 있다고 했지만 사만다는 아마 손님을 받고 있을 것이다.

늙은 마귀할멈 가브리엘은 처음에 사만다가 몸이 아파 쉬고 있다면서 다른 여자를 고르라고 했다.

앙리 주르메가 죽은 이후로 가브리엘의 눈치가 달라진 것같이 느껴졌으므로 이필수는 기분이 좋지 않았다. 회원 등록을 해준 것도 주르메였고, 올 때마다 화대를 계산한 것도 그였다.

물론 그만큼 접대를 받을 만한 일을 해주었기 때문인데 이곳은 유심히 관찰하면 돈을 낸 사람 위주로 장사를 한다. 주르메가 왔다면 그의 애인 에이미가 즉각 불려 왔을 것이다.

노크 소리가 들렸으므로 그는 헛기침을 한 뒤 천장을 향해 돌아눕고는 눈을 감았다. 언제나처럼 가슴이 가볍게 뛰고 있었는데 그는 이때의 분위기를 대단히 즐기는 편이었다. 섹스를 할 때보다 그 직전의 기다리는 순간이 더 흥분되는 것이다.

"이 씨발 놈이 약을 먹은 거여, 머여?"

굵고 잘라 던지는 듯한 한국말에 이필수는 소스라쳐 눈을 떴다. 그러자 흐린 시야에 거인의 모습이 덮어씌워지듯이 다가왔다. 북한에 이런 거인은 없다. 상반신을 벌떡 일으킨 이필수가 눈을 부릅떴다.

"당신들, 누구요?"

그들은 세 명이었는데 그들 중 거인이 한 발짝 다가오더니 빙그레 웃었다.

"씨발 놈아, 니 손님여. 아침에 콩나물이나 마늘 같은 거 안 먹었장?"

"이봐요, 당신들……."

이필수가 침대에서 급히 일어나는 순간 조웅남은 솔개가 병아리를 낚아채듯이 그의 멱살을 잡았다.

"요 쥐새끼 같은 놈이!"

조웅남의 거대한 주먹이 자신의 머리꼭지를 내려치자 이필수는 눈앞으로 수백 개의 검고 흰 반점이 튀어나오는 것을 보면서 정신을 잃었다.

1월 하순은 일 년 중 추위가 제일 극심한 시기였는데, 며칠 동안 따스한 날씨가 계속되고 있었다. 봄이 일찍 다가오는 것으로 착각될 만큼 피부에 와 닿는 햇볕은 부드럽고 바람은 연했다.

최우식 대령은 사령부의 계단을 오르면서 숨을 깊이 들이마셨다. 시린 공기가 폐 속에 가득 차면서 정신이 맑아졌다. 그러자 오가는 군인들의 모습이 활기 있고 사기가 넘쳐나는 것처럼 느껴졌다.

그가 작전과장실에 들어서자 강한기 소장이 머리를 들었다. 기갑학교장이던 그는 이번에 소장 장교들의 강력한 추천에 의해 작전과장이 되었다.

"다녀왔습니다, 과장님."

최우식이 기운차게 경례를 붙이며 말하자 강한기가 머리를 끄덕였다. 그는 50대 초반으로 검은 피부에 깡마른 몸집의 사내였다.

"배치는 완벽합니다. 오산 공군기지에 2개 대대 병력을 배치시킨 것은 잘한 일 같습니다. 기지 주위로 출입로가 서너 개 더 있어서요."

최우식이 선 채로 빠르게 보고했다. 그는 헬리콥터로 오산과 대구의 미 공군기지 주변을 확인하고 돌아오는 길이었다.

대통령이 그리피스 대사를 불러 봉쇄는 오후 4시에 시작될 것이라고 통보했지만 한국군은 아침 8시부터 출동 준비를 하고 있었다. 그리고 그리피스가 대통령과 만나고 있던 오후 2시에는 이미 미 공군기지 주변에 한국군이 배치되어 있었다. 한국 측이 한미연합사의 통제를 받지 않는 계엄군을 이동시키며 철저하게 보안을 유지시켰으므로 미군은 허를 찔린 셈이 되었다.

"최 대령, 최 대령이 날아오고 있는 동안 군산에서 첫 번째 충돌이 일어났어."

강한기가 책상 위의 서류를 정리하며 말했다. 저음이어서 그런지 말소리가 방을 울렸다.

"비행장 출입을 저지시키는 한국군과 비행장의 미군 사이에 주먹다짐이 있었어."

강한기가 서류를 두 손으로 쥐고는 이를 드러내며 웃었다.

"총격전까지는 안 갔지만 양쪽의 감정 상태가 극도로 악화되어 있다. 미국인들은 비행기를 타지 못하고 돌아갔지, 물론."

미국인의 출국을 저지시키자는 발상을 한 것은 안전기획부 부장인 임병섭이었다.

그는 외무장관 안승재의 죽음 이후로 성격이 더욱 전투적으로 변해 있었다. 그의 계획은 군의 전폭전인 지지를 받아 대통령을 움직이게 하는 것이었는데, 그 실무 주역이 소장 장교들의 리더인 강한기인 것이다.

"나, 6시에 회의가 있어. 나도 한바탕해야 될 것 같다. 윌슨하고 말이야."

강한기가 자리에서 일어서며 말했다.

"과장님, 이 기회에 한국군은 홀로서기를 해야 합니다. 이것은 우리 군을 일치단결시키는 효과가 있습니다."

"부사령관 이영규 대장 같은 분은 이것이 위험한 모험이라고 말하고 있어."

"인질이면 어떻습니까? 마음대로 생각하라고 하세요. 그렇다면 우리는 40년 동안 그들의 인질이었습니다. 동북아의 총알받이였지요. 지금 그들의 행태를 보면 말입니다."

"쓸데없는 소리."

문의 손잡이를 잡은 강한기가 몸을 돌려 최우식을 쏘아보았다.

"지금 현재의 상황만을 보고 판단해라. 지금은 전시니까 수단과 방법을 가리지 않고 조국을 지킨다는 생각만 하란 말이다. 전후의 생각은 하지 마라."

"예, 과장님."

"그런 사고를 키웠다가는 권력에 욕심을 내게 된다. 우리 선배들이 그랬어."

"……."

"그런 놈이 있다면 내가 쏘아 죽이겠다."

"염려 마십시오, 과장님."

강한기가 계엄사령관 강동진, 1군 사령관인 이주석 대장 등과 함께 사령부의 회의실에 들어서자 한미연합사령관인 제시 윌슨은 이미 막료들과 함께 자리에 앉아 있었다.

한국군과 미군의 고위급 장성 10여 명이 모인 자리였지만 서로 작은 소리로 인사를 나누고 나자 회의실은 순식간에 싸늘해졌다. 어제 아침에도 연합사령부에서 회의를 했지만 하루 만에 전혀 다른 분위기가 되어 있었다. 말석에 앉은 강한기는 이 자리가 마치 판문점의 북미 회담 같다는 생각이 들었다.

"강 장군, 오늘 오후에 당신네 정부가 일방적으로 발표한 외국인 출국 규제에 관해서인데."

윌슨이 입을 열었다. 그는 카랑카랑한 목소리에 어울리지 않는 육중한 체구의 사내였다.

"우리 미국 정부는 그것을 받아들일 수 없다고 통보해 왔습니다. 따라서 한국군의 전시작전통제권을 행사할 수 있는 본인은 당신에게 미 공군기지 주변의 계엄군을 철수시킬 것을 명령합니다."

강한기는 그의 말에서 '명령' 이라는 단어가 유난히 강조된 것을 느낄 수 있었다. 그런 느낌은 다른 한국군 장군들도 똑같이 받은 모양으로 옆에 앉은 계엄군 참모장이자 제1군 참모장인 고성국 중장이 퍼뜩 머리를 들고 긴장하는 몸짓을 했다.

강동진이 윌슨을 바라보았다.

"윌슨 장군, 엄격히 말한다면 계엄군도 물론 당신의 통제 아래 들어가겠지만 나는 당신의 명령을 받아들일 수가 없습니다."

"그렇다면 한미방위조약을 지키지 않겠다는 말이군요, 강 장군."

"그건 당신 마음대로 해석하시오."

강한기가 힐끗 윌슨의 표정을 살폈다.

자리를 박차고 일어나야 정상이고, 그들로서는 한국에서 손을 뗄 절호의 기회가 온 것이다. 그러나 윌슨의 몸은 움직이지 않았다. 두 눈을 치켜뜬 그가 다시 입을 열었다.

"당신은 지금 미국인을 인질로 삼아 우릴 위협하고 있는 거요. 장군, 당신이 무슨 짓을 하고 있는가를 돌아보시오."

"알고 있습니다, 윌슨 장군."

"위협하고 있는 것을 시인합니까?"

"그건 마음대로 해석하라고 말했소."

마침내 한계에 다다른 듯 윌슨의 두툼한 얼굴이 일그러졌다.

"미국 시민 7만 명을 인질로 하다니, 당신, 어떤 결과가 나올지 생각해 보았습니까?"

"글쎄요."

강동진이 이맛살을 찌푸리며 머리를 한쪽으로 기울였다. 고뇌하는 표정 같기도 하고 어떻게 보면 생각하는 얼굴 같기도 했다. 이윽고 그가 입을 열었다.

"아마 미국이 수십만 병력을 파견하겠지요. 인질을 구하려고."

"……."

"주한 미군의 4만 병력으로는 한국군 300만을 당해낼 수가 없습니다. 아마 50만 병력은 파견해야 될 겁니다."

"당신은 지금 전쟁을 말하고 있소, 강 장군."

둘째 손가락으로 강동진을 가리키며 윌슨이 말했다. 강한기에게는 그의 목소리가 조금 떨리는 것같이 느껴졌다.

"미국과 한국의 전쟁을 말하고 있소. 그렇지 않습니까?"

"윌슨 장군, 내 생각엔 그렇게 되지는 않을 겁니다."

강동진이 가볍게 머리를 저었다.

"물론 오늘의 회의 내용도 모두 기록되겠지만, 당신의 정부에게 분명히 보고해 주시오. 전쟁은 일어나지 않을 것이라고. 미군 병력이 한국에 도착하는 즉시 미국 시민은 출국할 수 있습니다."

"……."

"앞으로 보름밖에 남지 않았군요. 북한이 침공해 온다는 날이. 그때 엄청난 인명 피해가 나겠지요. 한국 국민이나 미국 국민이나."

"도대체 무슨 말도 안 되는 짓을!"

윌슨이 갑자기 주먹으로 탁자를 내려치며 소리쳤다.

"이게 무슨 짓이냔 말이야!"

"나는 이렇게 북한 놈들과 테이블에 마주 앉아 회담을 하고 싶었소. 내가 장군이 되었을 때부터요."

강동진이 말을 다른 곳으로 돌리자 윌슨이 입을 닫았고, 모두의 시선이 그에게로 모아졌다.

"그런데 그 개자식들은 우릴 사람으로 취급하지 않더구만. 당신들이 우리의 주인이라면서. 어쩔 수 없는 일이었지만 지금 생각하면 분합니다."

"이봐요, 장군."

윌슨의 옆자리에 앉아 있던 별 세 개짜리 장군이 손을 저으며 강동진의 말을 막았다. 미 제2군단 사령관인 조지 머피 중장이었다.

"말을 다른 곳으로 돌리지 마시오, 강 장군."

"잠자코 듣기나 해, 당신은."

그렇게 말하고 나선 사람은 강한기의 옆자리에 앉아 있던 고성국 중장이다.

"북한 놈 별 세 개짜리보다 내가 격이 떨어져 보인다면 우리 사령관의 말을 가로막아도 돼. 그렇지 않다면 잠자코 있어."

고성국은 육사를 졸업하고 다시 웨스트포인트를 다녔는데 그의 동기생들이 미군에서 별 세 개를 달고 있었다.

머피가 입을 다물자 강동진이 다시 말을 이었다.

"당신들은 취리히에서 북쪽 놈들과 회담을 했고, 지금 우리는 그와 비슷하게 절박한 문제로 회담을 하고 있소. 그놈들과 우리를 비교해 보시오, 윌슨 장군. 누가 더 무법자인지. 이 내용도 당신네 정부에 꼭 보고해 주기를 바랍니다."

강한기는 의자에 등을 기대고는 앞에 앉은 미군 소장을 바라보았다. 그쪽도 이쪽을 바라보는 바람에 두 사람의 시선이 부딪쳤는데 한동안 강한기는 시선을 돌리지 않았다.

퀴스나흐트는 취리히 호숫가에 있는 조그만 도시이다. 눈발이 희끗거리는 오후에 두 대의 검은색 벤츠가 빠른 속도로 시내로 진입해 들어오더니 경찰서 앞에 멈춰 섰다. 차에서 내린 것은 북한 대사관의 부대사 김정철과 최성산이다. 그들은 뒤따라오는 사내들을 차 안에 남아 있게 하고 서두르듯 경찰서 안으로 들어섰다.

한산한 거리였고, 그와 어울리게 현관 안의 로비도 썰렁했다. 안내 창구에 앉아 있던 경찰관이 들어선 그들을 바라보았다.

"무슨 일로 오셨습니까?"

"서장한테서 연락을 받았는데."

최성산이 나섰다.

"우린 북한 대사관에서 온 사람들이오."

"아아, 북한 대사관."

안내 창구 옆에 서 있던 경찰관 두어 명이 몸을 돌려 그들을 바라보았다. 안내 경찰이 손을 들어 안쪽을 가리켰다.

"서장은 안쪽 사무실에 있습니다. 지금 당신들을 기다리고 있어요."

그들은 잠자코 복도를 걸어 문이 열려 있는 서장실로 들어섰다. 그러자 50대의 비대한 사내가 자리에서 일어섰다.

"어서 오시오. 북한 대사관에서 오셨지요?"

"그렇습니다."

대답은 최성산이 했다.

"서장, 대사관의 부대사를 모시고 왔습니다. 우린 시간이 없어요."

"그러시겠지요."

서장이 머리를 끄덕였다.

"하지만 먼저 신원 확인을 해야겠습니다. 증명서나 신분증을 보여주시오."

신분증을 확인한 서장이 그들을 안내한 곳은 경찰서에서 두 블록쯤 떨어진 병원의 시체 안치소였다.

담당 직원의 안내를 받아 냉기가 감도는 시체 안치소에 들어서면서 서장이 말했다.

"내 구역에서도 한국인의 시체가 발견될 줄은 몰랐소. 요즘은 온통 한국인의 전쟁으로 시끄러워서."

방의 한복판에 철제 테이블이 놓여 있었고 그 위는 흰 시트로 덮여 있었는데 사람의 윤곽이 드러나 있었다. 담당 직원이 시트를 젖혀 보였다.

"팔다리가 한쪽씩 부러졌고, 손가락은 네 개가 뒤로 꺾여 있었습니다."

시체실의 온도처럼 냉랭한 목소리로 직원이 말했다.

"사인은 목 골절인데, 죽기 전에 고문당한 것을 알 수 있습니다."

"당신네 직원이 맞습니까?"

서장이 최성산과 김정철을 번갈아 바라보며 물었다.

"신분증이 주머니에 있었어요. 지갑에 돈도 남아 있었고. 대사관의 직원 이필수가 맞지요?"

"맞습니다."

김정철이 머리를 끄덕이며 서장에게 물었다.

"당신은 이것이 남조선 놈들이 한 짓이라는 것을 알고 있지요?"

"글쎄, 그건 조사를 해봐야 알겠지만."

서장이 팔짱을 끼고는 김정철을 똑바로 바라보았다.

"내가 말씀을 드리지 않은 모양인데, 주변에 여러 가지 증거품이 흩어져 있었지요."

북한 사람들이 더 이상 시체에 관심을 보이지 않자 직원은 흰 시트로 시체를 덮었다.

"증거품이라니?"

이맛살을 찌푸린 최성산이 서장을 바라보았다. 아까부터 서장의 느글느글한 태도가 마음에 들지 않았으므로 그의 눈매는 사나웠다.

"살해자가 누구인지 증명할 만한 것들이오?"

"아니, 살해당한 이유가 될 만한 것들인데."

서장이 문 쪽으로 발을 떼었으므로 그들은 뒤를 따랐다. 밖으로 나온 서장이 길게 숨을 내쉬었다.

"서장, 말해보시오. 무슨 증거품이오?"

최성산이 거칠게 묻자 서장이 힐끗 그를 바라보았다.

"마약이오. 상당한 양의 마약이 주변에 흩어져 있었는데……."

"……."

"그 마약의 반은 가짜였소. 봉투가 찢긴 것들이 많은 걸 보면 그곳에서 마약을 확인한 것 같더구만."

"말도 안 되는 소리."

김정철이 우뚝 걸음을 멈추고는 서장을 쏘아보았다.

"그놈이 마약을 갖고 다닐 리가 없어."

"글쎄, 부대사님, 난 현장의 상황을 그대로 말씀드리는 겁니다."

서장이 계단의 난간을 잡고 서서 그들을 내려다보았다. 시체실로 들어서는 여러 명의 경찰 때문에 그들은 한쪽으로 비켜섰다.

"당신 직원이 가짜 마약을 진짜와 섞어 팔려다가 고문당해 죽은 것같이 보입니다. 이건 상부의 생각과 내 생각이 모처럼 일치된 거요."

"아니, 그렇다면 당신네 상부에서도……."

"당신들이 오기 전에 다녀갔지요."

"……."

"신문기자들도 다녀갔습니다. 그 친구들이야 워낙 냄새를 잘 맡으니까."

"개새끼들, 함정을 팠구나."

한국말로 씹어뱉듯이 말한 김정철이 최성산을 바라보았다.

"최 동지, 야단났어. 이걸 수습해야 돼."

아랫입술을 깨문 최성산은 선뜻 말을 받지 않았다. 서장이 계단을 오르면서 그들을 돌아보았다.

"시체는 내일 인수해 가시지요. 이쪽에서도 절차를 밟아야 할 테니까."

그러나 북한 사람들이 잠자코 있었으므로 그도 관심 없다는 듯 머리를 돌렸다.

*　　　*　　　*

"이건 통장이군. 어이구."

한쪽에서 들려오는 소리에 안톤 모리스는 재빠르게 그쪽으로 다가갔다.

거실에 쭈그리고 앉은 두 명의 사복 형사가 서랍을 뒤지고 있는 중이었다.

"달러야. 30만 달러가 넘어."

안톤 모리스가 넘겨다보자 형사는 통장을 접었다. 그러나 이미 그의 머릿속에 숫자가 입력된 후였다.

"이 새끼, 공금을 빼돌린 거야. 가명으로 입금시킨 걸 보면."

통장을 흔들어 보이면서 형사가 동료와 안톤의 얼굴을 번갈아 바라보았다.

이필수의 집은 난장판이 되어 있었다. 연방 경찰과 마약국의 요원이 10여 명이나 몰려와 있었고 기자도 대여섯 명이 넘었다. 보통 때에는 수사를 할 동안 기자들의 출입을 금지시키던 경찰이 오늘은 선별된 기자들을 수색 현장에 참여시키고 있었다.

안톤은 일어선 형사의 뒤를 따랐다.

"이봐요, 벤슨. 그렇다면 죽은 친구는 마약에 이물질을 섞어 양을 불린 다음 도매상에 팔았던 거요. 그렇지?"

안톤이 뒤를 따르며 물었지만 나이 든 형사는 대답하지 않았다. 그는 복도에 서 있는 상급자에게 다가가 통장을 펼쳐 보이며 등을 돌렸다.

안톤에게로 기자 한 명이 다가왔다. 이름은 잊었지만 낯익은 과리 마치 지의 기자였다.

"이 자식, 잘사는군. 값비싼 물건뿐이야. 그런데 조금 전에 무슨 일 있었어?"

"아니, 전혀."

안톤이 머리를 젓자 기대하지도 않은 듯 기자가 등을 돌렸다.

난장판이 된 집 안의 이곳저곳을 확인하듯 몇 번 찍고 난 안톤은 서둘러 이필수의 집을 빠져나왔다. 세계 주요 언론의 보도는 안승재가 회담 도중에 피살된 사건에 대해서 소극적이었다. 안승재가 폭로하려고 한 북한의 마약 판매 사실과 도매상들의 명단을 보도한 것은 수백 개의 세계 언론사 중 극히 일부에 불과했다. 하지만 지금은 달랐다.

스위스의 연방 경찰이 투입된 현장에 기자들을 참석시킨다는 것은 스위스 정부가 어떤 의지를 갖고 있다는 뜻이었다. 이제 기사가 실리는 것이다.

신바람이 난 안톤은 차를 피해 길을 뛰어 건넜다.

"함정이야. 이필수가 마약을 쥐고 있을 이유가 없어. 지난번의 물량은 이미 도매상들한테 넘겨진 지 오래고 확인도 끝났단 말이야."

김정철이 주먹으로 탁자를 쳤다. 얼굴이 하얗게 굳어 있고 두 눈에는 핏발이 섰다.

"남조선 놈들이 조작한 것이다. 이필수를 잡아 죽이고."

"부대사 동지, 이필수는 리마트 거리에 있는 파스핀클럽의 회원이었습니다. 그 클럽은 회원 가입비만 5만 달러가 넘는 곳입니다."

최성산의 말에 김정철의 눈과 입이 함께 벌어졌다.

"파스핀클럽이라구?"

"그렇습니다, 부대사 동지."

"……"

"어떻게 알았는지 연방 경찰이 파스핀클럽까지 조사했습니다. 사만다라는 단골 여자도 있었다는군요."

"……"

"사만다는 이필수한테서 항상 값진 선물을 받았다고 합니다."

"나쁜 놈."

"부대사 동지, 연방 경찰이 우릴 의심할 수도 있습니다."

"그것이 문제가 아냐, 최 동지. 그 마약이 처리되어야 해."

김정철이 의자에 등을 기대면서 가라앉은 목소리를 내었다. 대사관 2층의 부대사실 안이다. 밤 9시가 지나 있었지만 환하게 불을 밝힌 대사관은 지금 비상사태가 되어 있었다.

안종호 대사는 김정철에게 실권을 빼앗겨 허수아비나 다름없었지만 대충 돌아가는 흐름은 알고 있었다. 그도 집무실에 틀어박혀 본국의 지시를 기다리고 있었다.

김정철이 날카로운 눈초리로 최성산을 바라보았다.

"이놈들은 남조선 정부의 특공대 노릇을 하는군. 깡패 새끼들이."

"보통 깡패가 아닙니다, 부대사 동지. 미국의 마피아나 일본의 야쿠자와 비슷한 조직력을 갖춘 놈들인데, 그 두목급들이 와 있습니다."

"날뛰어봐도 2주일 후면 나라 없는 부랑자 신세가 될 것이야."

"부대사 동지, 내일 아침 신문에 일제히 사건이 보도될 것 같습니다."

"어쩔 수 없어."

김정철이 어금니를 물고는 길게 콧숨을 내쉬었다.

"이필수의 부정행위가 사실이라면 그것은 내 책임이야. 최 동지, 당신이 사실 그대로를 당에 보고해 주게. 지금 당장."

"알겠습니다, 부대사 동지."

"놈들을 찾아야 돼. 무슨 수를 쓰더라도."

"그것은 지금……."

자리에서 일어선 최성산이 다시 입을 열려다가 생각에 잠긴 듯

한 김정철의 얼굴을 보고는 몸을 돌렸다.

문을 열자 박은채가 신문 뭉치를 들고 서 있었다. 밝은 색 바지에 스웨터 차림이다.

"아침 신문을 모아 왔어요. 기사가 크게 났습니다."

"들어와."

김원국이 문에서 비켜서며 말하자 그녀는 방으로 들어섰다.

"난 영자 신문은 겨우 읽지만 불어나 독어는 모른다. 대신 읽어주었으면 하는데."

모닝 커피를 마시던 참이었으므로 의자에 앉은 김원국이 앞자리를 눈으로 가리켰다.

"여기 앉아서 읽어줘."

스위스에서 발간되는 영문판과 불어, 독어판의 일간지를 모아 온 박은채는 신문 뭉치를 탁자에 내려놓고 자리에 앉았다.

"저보다 지희은 씨가 나을 텐데요."

그러면서 힐끗 김원국을 바라보았지만 반응이 없었으므로 그녀는 우선 영자 신문을 하나 펼쳐 들었다. 신문을 모으면서 대충 훑어본 내용이라 해석은 조금 더 수월했다.

"이 신문의 타이틀은 '북한 외교관이 마약 거래 중 피살' 이라고 되어 있습니다."

박은채는 제목부터 읽었다.

"퀴스나흐트의 숲에서 마약 더미에 묻혀 피살되었다는 내용인데요."

그녀는 천천히 신문을 번역하면서 읽어 내려갔다.

이필수가 마약에 이물질을 넣어 분량을 늘려 도매상들에게 넘긴 증거가 현장에서 발견되었다고 신문은 보도하고 있었다. 그리고 이필수의 사생활이 폭로되었는데, 집에서 발견된 30만 달러가 넘게 예치된 통장에다가 파스핀클럽의 사만다와의 인터뷰 내용도 적혀 있었다.

대부분의 신문은 거의 같은 내용이었는데 살해범이 셋 중 하나라고 보도했다.

첫째 용의자는 이필수에게 피해를 본 도매상들이다. 그들이 현장에 마약을 어지럽게 흩어 놓아 증거를 남긴 것은 공급자에 대한 경고와 복수를 나타낸 것이라는 해석이었다.

둘째 용의자는 남한의 공작원들이다. 신문은 남한의 공작원들이 북한 측을 공격하는 기미가 보인다며 여러 사례를 늘어놓았다.

셋째 용의자는 북한 측이었다. 그들에게는 마약의 중량을 늘리고 공금을 횡령하여 조국을 배신한 이필수를 응징할 충분한 이유가 있었다. 시체 주변에 마약이 흩어진 것이 의문점이지만 시간에 쫓기고 있었는지도 모른다고 했다.

박은채가 사설의 중요한 내용까지 읽고 신문을 내려놓자 김원국이 커피포트를 들고 물었다.

"커피 한 잔 더 하겠나?"

"네, 주세요."

"말하는 요령이 좋아. 중요한 것만 간추려서 잘해주었어."

"칭찬 고맙습니다."

커피 잔을 두 손바닥으로 감싼 박은채가 김원국을 바라보았다.

"앞으로는 어떻게 될까요?"

"북한은 지금 선택의 여지가 없어. 전쟁으로 국내의 불만을 해소시키는 일밖에는."

"세계 여론이 그들에게 등을 돌리고 있는데두요?"

"여론 같은 것쯤은 우습게 보는 집단이야. 그리고 신경 쓸 여유도 없고. 그들을 움직이게 하는 것은 힘밖에 없다."

박은채가 커피를 한 모금 마시고는 잔을 내려놓았다.

"사설에도 거론되었지만, 이곳 일간지뿐만 아니라 유럽의 언론도 한국 정부가 강경 조치를 내린 것을 비난만 하진 않았어요. 간접적인 표현을 쓰지만 이해한다는 내용도 있습니다."

"우리 정부도 놈들처럼 모험을 하고 있어. 필사적인 행동이지. 난 대통령의 결단을 지지한다."

"그럼 우리는 어떻게 되지요?"

그러자 김원국이 찬찬히 그녀를 바라보았다. 시선을 떨어뜨린 박은채가 손끝으로 찻잔을 만졌다.

"이곳이 태풍의 진원지였어. 그리고 지금도 그렇다. 오늘 아침의 기사가 다시 세계에 진동을 일으켰을 것이고."

김원국이 낮은 목소리로 말을 이었다.

"난 섬에서 갇혀 살고 있었다. 스스로 나를 가둔 것이었지만, 나는 지금 내가 얼마나 조그만 사내였던가를 느끼고 있는 중이야."

"……."

"지금 나에게 찾아온 이 기회는 차라리 은혜다."

김원국이 그녀에게서 시선을 돌렸다.

"전에도 말했지만 이 일은 목숨을 걸고 해야 돼. 넌 지금이라도 빠져도 좋아."

"저도 따른다고 했어요."

박은채가 머리를 들고 그를 똑바로 바라보았다.

"저는 지금 제 자신이 자랑스럽고… 행복해요."

조웅남의 심부름으로 거리에 나가 위스키를 사 들고 오던 오종표는 호텔을 향해 길을 건너려다가 발을 멈추었다. 눈발이 어지럽게 휘날리는 흐린 날씨였고, 길은 쉴 새 없이 내리는 눈에 진창이 되어 있어서 차가 지날 때마다 얼음물이 튀었다. 종이 봉지를 한 손에 움켜쥔 오종표는 길가의 가판대 앞에 서서 호텔 옆쪽을 바라보았다. 호텔의 로비에는 강대홍이 나와 앉아 있을 것이다.

오두막에서 시내의 리더도르프 거리에 있는 폴라호텔로 숙소를 옮긴 것은 어제였지만 오종표는 호텔의 주변을 책을 외우듯 머릿속에 담고 있었다. 그의 시선은 호텔에서 50미터쯤 떨어진 길가에 세워진 흰색 밴에서 멈추었다.

20분쯤 전 호텔을 나올 적에 밴을 보았는지 기억이 나지 않았으므로 오종표는 혀를 찼다. 가게 앞에 세워진 밴은 배기가스를 내뿜고 있었는데 검게 칠한 유리창 때문에 안은 보이지 않았다. 만일 미행자들이라면 서툰 놈들이다. 오종표는 그렇게 판단했다.

호텔 쪽은 상점가여서 주차 지역이 아니었다. 가게에 일을 보러 왔다면 안쪽에 있는 가게 주차장에 차를 대어야 했는데 그렇게 되면 호텔이 시야에 들어오지 않는다. 그렇다고 그가 서 있는 뒤쪽의 성당에 진을 치고 있을 수도 없어서 어쩔 수 없이 티를 낸 것이었다.

입맛을 다신 오종표는 푸른 신호로 바뀌기를 기다렸다가 길을 건넜다. 사람들 사이에 끼어 곧장 호텔로 들어가 강대홍에게 일러줄 생각이었다.

그가 길을 거의 건넜을 때 밴에서 누군가가 내리는 것이 보였다. 키다리 서양인들 틈에 끼어 가고 있어서 오종표는 마음 놓고 그쪽을 바라보았다.

밴에서 내린 사람은 장신의 서양인이었다. 검은색 파카로 몸을 감싼 그가 빠른 걸음으로 이쪽을 향해 다가오는 것을 보면서 오종표는 호텔 안으로 들어섰다.

"어딜 다녀오는 거냐?"

옆에서 들리는 굵은 목소리에 몸을 돌리자 김칠성이 다가와 그를 내려다보았다.

"예, 저기, 형님 심부름으로……."

대답하면서 현관 밖으로 시선을 돌린 오종표는 검은색 파카가 호텔의 계단을 올라오는 것을 보았다.

"형님, 저놈이 수상합니다. 저쪽의 밴에서 나온 것을 보았는데."

오종표가 턱으로 사내를 가리키며 다급하게 말하자 김칠성의 시선이 그쪽으로 옮아갔다.

"일본 정보국에서 붙여준 현지인이다. 우리 주변을 감시해 주고 있어."

머리를 돌린 김칠성이 말했다.

"그들에게 신세를 지고 있다, 우리는."

로비에 들어선 사내는 힐끗 이쪽을 바라보더니 보일 듯 말 듯 머리를 끄덕이고는 로비 구석으로 다가갔다. 그러자 소파에 앉아 있던 서양인 하나가 자리에서 일어서더니 그와 교대하듯 밖으로 나가는 것이 보였다.

"그거, 술이냐?"

김칠성의 시선이 오종표가 쥔 종이 봉지로 옮아갔다.

"예, 형님."

그러자 이맛살을 찌푸린 김칠성이 손을 뻗어 봉지를 낚아채었다.

"이건 내가 형님한테 가져가겠다."

"형님, 하지만……."

"술심부름이나 시키고. 이 양반한테 한번 따져야겠어."

"형님, 그렇게 되면 저는… 제 입장이……."

"걱정 마라. 내가 알아서 할 테니까."

몸을 돌린 김칠성이 계단으로 올라가자 오종표는 울상을 지었다.

"형님, 애들한테 술심부름을 시키다니요? 저래 봬도 한국에선 보스급인데."

봉지를 탁자 위에 내려놓은 김칠성의 말투는 오종표에게 큰소리를 칠 때와는 달랐다.

그러나 김칠성의 부드러운 말투에도 불구하고 조웅남은 눈을 부릅떴다.

"내가 개한테 그랬어요. 술심부름이나 시켜서 형님한테 따져야겠다고."

"응, 따져라."

건성으로 대답한 조웅남이 봉지에서 위스키 병을 꺼내 들었다.

"내 욕을 박살 나게 허지 그랬냐, 종표 앞에서."

"했어요."

"잘혔다."

마개를 비틀어 연 조웅남이 병의 주둥이를 입에 대었다.

*　　　*　　　*

시내 전차 6번 종점에서 내린 서영훈은 잠시 주위를 둘러보았다. 전차에서 내린 승객은 많지 않았으나 기다리는 승객이 많았으므로 정류장은 혼잡했다. 눈은 그쳤지만 하늘은 언제라도 변덕을 부릴 것처럼 흐렸다. 사람들을 헤치고 정류장을 벗어난 그가 동물원의 입구에 도착했을 때는 오후 3시 10분 전이었다.

10프랑을 내고 입장권과 거스름돈을 받은 서영훈은 동물원 안으로 들어섰다. 월동하는 짐승도 있는 데다 날씨가 추워서 우리 밖으로 나온 짐승은 별로 없었다. 그래서 그런지 구경꾼도 드물었다.

서영훈은 담배를 피워 물고 느린 걸음으로 맹수 우리를 돌았다. 신문을 둥글게 말아 겨드랑이에 끼고, 두 손은 코트 주머니에 찌른 한가한 모습이었다.

그가 비어 있는 곰의 우리를 지날 때였다. 우리 옆의 벤치에 앉아 있던 20대의 건장한 사내가 일어서더니 그를 향해 다가왔다.

"서영훈 씨 맞습니까?"

"그렇습니다. 전화하신 맨튼 씨지요?"

사내가 손을 내밀었다.

"신분증 좀 보여주시겠습니까?"

악수를 하자는 줄 알고 손을 마주 내밀려던 서영훈이 입맛을 다시고는 주머니에서 신분증을 꺼내었다.

"좋습니다."

신분증을 살펴본 사내가 주위를 둘러보았다. 100미터쯤 떨어진 우리 옆에 남녀 한 쌍이 서 있을 뿐 인적은 없었다.

"저쪽으로 가십시다."

사내가 턱으로 옆쪽을 가리키며 말했다. 같이 걸으며 이야기를 하자는 것으로 알아들은 서영훈은 코트 주머니에 다시 손을 찌르고는 두 걸음쯤 옆으로 떨어져 그를 따랐다. 오른손에 쥔 권총의 손잡이는 체온으로 따뜻해져 있었다.

한동안 사내는 입을 열지 않았으나 날카로운 시선으로 쉴 새 없이 주위를 살피고 있었다. 이윽고 사내는 길가의 휴게실 앞에서 멈추어 섰다. 닫힘 팻말이 붙여진 한 칸짜리 휴게실이었는데 커피나 음료수를 팔았지만 사람이 들어가 앉을 수는 없었다.

"여기로 들어가시지요, 미스터 서."

사내가 턱으로 휴게실을 가리켰다.

"당신을 기다리는 분이 계십니다."

조지 우드와 커트 윌리엄스가 한남 빌리지의 정문 초소에 들어섰을 때는 오후 4시였다. 초소 안에 있던 하비와 탑이 적적했는지 그들을 반겼다.

"이봐, 조지. 순찰 갈 것 없다. 여기서 6시까지 놀다 들어가."

하비가 맥주 캔을 던져주면서 말했다. 그는 체중이 100킬로그램이 넘는 흑인으로 권투 선수 경력이 있는 거친 사내였지만 동료들에겐 인기가 좋았다.

"좋아, 추우니 그냥 여기 있겠어."

커트가 시원스레 말하고는 창가의 의자에 앉았다. 하비가 그에게도 맥주를 던져주었다.

"탑, 요즘 재미 어때?"

조지가 빌리지를 오가는 사람들을 바라보고 있는 탑에게 물었다.

탑이 잠자코 머리를 저으며 대꾸하지 않자 하비가 한쪽 눈을 감아 보였다.

"저 새끼 요즘 기분이 안 좋아. 제 애인이 출국하지 못하고 있거든."

그들은 모두 미 제2사단 소속의 헌병이었는데 다른 전투병들보다는 한가한 시간이 많았다. 한남 빌리지는 미군 가족들이 사는 곳으로 그들의 순찰 구역이었지만 정문의 헌병 초소는 근처 헌병들의 휴식처로 사용되고 있었다. 치안 상태가 좋은 지역인 것이다.

"탑, 대장한테 말해보지그래? 군인 가족은 한국 새끼들이 출국시켜 주는 모양이던데."

조지의 말에 탑이 찌푸린 얼굴로 머리를 저었다.

"안 돼, 직계가족이라야 돼."

"빌어먹을 한국 놈들."

"엿 같은 놈들이야. 북한 놈들한테 줄곧 당하고는 우리한테 어리광을 부리는 거야."

커트가 캔을 우그러뜨리면서 말했다.

"개새끼들이야."

그들은 다시 맥주 캔을 뜯었고, 맥주가 떨어지자 조지가 빌리지 안의 가게에서 한 박스를 사 들고 왔다. 1월의 해는 짧아서 5시가 되자 주위는 어둑해졌다. 이제 30분만 지나면 교대할 것이라 그들은 숙소에 들어가 다시 마실 생각이었다.

"잠깐."

창밖을 바라보던 탑이 자리에서 일어서더니 밖으로 나갔다.

그들은 탑이 빌리지를 나가려는 초로의 한국 여인에게 다가가는 것을 보았다. 여자는 손에 꽤 묵직한 보따리를 들고 있었다.

"뭐야, 도둑인가?"

조지의 말에 하비가 피식 웃었다.

탑이 여자와 말을 주고받더니 짜증 난 얼굴로 여자의 어깨를 밀어 초소 안으로 데리고 들어왔다. 사내는 빙글거리며 그들을 바라보았다. 흰머리가 반쯤 섞인 여자는 새파랗게 질려 있었다.

"내 딸, 내 딸, 집."

손짓 발짓까지 섞은 몇 개의 단어를 통해 그들은 그녀가 빌리지에 사는 딸의 집에 다녀간다는 것을 알았다. 하비가 여자의 손에서 보따리를 낚아채 풀자 쌀과 쇠고기가 곱게 싸여 있었다. 이제 여자는 온몸을 떨고 있었다.

탑이 소리쳤다.

"어디에서 훔쳐 온 거야?"

"내 딸, 내 딸."

"딸이 어디에 살아?"

겨우 말을 알아들은 그녀가 탁자 위의 전화를 손가락으로 가리켜 보였으므로 조지가 다이얼을 눌렀다. 그녀가 딸의 집에서 나오는 길이라는 게 확인되었다. 그러나 탑은 그녀를 놓아주지 않았다. 보따리를 훔쳐 왔는지도 모른다는 것이다.

마침내 그녀의 딸 둘이 찾아왔는데 그들은 탑과 하비에게 거칠게 대들었다.

"어머니에게 음식을 나눠 준 게 죄야?"

"너희들이 뭔데 우리 어머니를 잡아두는 거야?"

거칠게 항의하는 큰딸을 바라보던 탑이 그녀의 다리를 걸어 땅바닥에 쓰러뜨렸다. 그러고는 손을 뒤로 돌려 수갑을 채우자 이제는 동생이 대들었다.

"왜 남의 나라에 와서 이래? 너희들이 뭔데? 너희들은 약한 여자한테나 폭력을 쓰고 북한한테는 꼼짝도 못 하잖아?"

그러자 탑이 주먹으로 동생의 배를 쳤다. 숨을 들이마신 동생이 허리를 꺾으면서 쓰러지자 이제는 어머니가 악을 썼다. 빌리지에 사는 한국 사람 몇이 초소 안을 바라보다가 그들과 시선이 마주치자 급히 떠났다.

"이것들, 영창으로 데려가자."

커트가 동료들을 바라보며 말했다.

술기운이 가셔서 기분이 잡친 것이다.

수갑이 채워진 언니는 하비가 어깨를 눌러 땅바닥에 꿇어앉혀 놓았고, 동생은 배를 움켜쥐고 쓰러져 있었다. 그런데 악을 쓰면서 작은딸을 일으키려던 어머니가 갑자기 말을 멈추더니 옆으로 스르르 쓰러졌다. 그러자 두 딸이 다시 아우성을 쳤다.

"빨리 차를 불러!"

상황 판단이 빠른 사람은 커트였다. 이대로 이곳에 두면 불리했다. 미군 기지로 데려가 진정시키고 나면 한미협정으로 미군은 한국 사법기관의 구속을 받지 않는다.

조지가 헌병대와 막 전화를 끝내고 수화기를 내려놓았을 때, 그들은 구보로 빌리지의 정문을 들어서는 일단의 한국 군인을 보았다.

K—2 자동소총을 앞에총 자세로 움켜쥔 일단의 계엄군 병사였고, 그들 옆을 장교가 따라 뛰고 있었다. 그리고 그들 뒤를 민간인 두 명이 헐떡이며 따르고 있다. 신고한 사람들인 모양이다.

커트가 동료들을 바라보았다.

"한미행정협정 알지? 우릴 건드리지는 못해."

한국군이 초소의 문을 거칠게 열어젖히고 들어섰다. 모두 여섯 명이다.

그러자 두 자매가 그들을 보더니 일제히 울음을 터뜨렸다. 겨우 정신을 차린 어머니도 땅바닥에 누워 눈물을 흘렸다.

"수갑을 풀어라."

젊은 한국군 장교가 날카로운 목소리로 말했다.

"지금 당장."

"중위, 우리는 이 여자를 검문, 체포할 권한이 있소. 이 지역은 미군 순찰 지역으로."

커트가 그에게로 한 발짝 다가서며 말했다.

"한미행정협정에 의하면."

그러나 커트는 말을 멈추고 왔던 만큼 한 걸음 물러섰다.

장교가 권총을 빼어 들었던 것이다. 주위에 들어서 있던 한국군도 일제히 그들에게로 총을 겨누었다. 노리쇠가 철컥이는 소리가 이쪽저쪽에서 들리자 방 안은 순식간에 조용해졌다.

"너희들을 체포한다. 모두 손들어!"

"중위."

"닥쳐! 이 새끼야!"

"한미행정협정은……."

"개나 먹으라고 해!"

두 손을 치켜든 커트는 여자들의 시선을 피하기 위해 몸을 돌렸다. 여자들의 울음은 언제부터인가 그쳐 있었다.

"어서 오시오, 여러분."

자리에서 일어선 클린트 대통령이 쉰 목소리로 말했다.

"윌리엄, 감기는 어때요?"

"견딜 만합니다, 대통령 각하."

키드먼이 정중하게 대답하고는 다른 고위급 각료들을 위해 한쪽으로 비켜섰다. 그들과 가볍게 악수를 나눈 대통령이 얼굴에 쓴웃음을 띠었다.

"뉴욕 타임스는 날 트루먼과 비교했더구만."

그들은 창가의 의자에 앉았다. 대통령을 중심으로 국무장관인 빌 로젠스턴, 안보보좌관 지미 패트릭스, 합참의장 제임스 오닐, 그리고 CIA 국장인 윌리엄 키드먼의 순서였다.

"각하는 판단 착오를 하신 게 아닙니다. 뉴욕 타임스의 기사는 그렇게 비판적이지 않았습니다."

로젠스턴이 대통령을 향해 말했다.

뉴욕 타임스는 6.25 당시 미국 대통령이었던 트루먼이 CIA의 정보를 무시하고 육군 정보대의 의견을 받아들여 한반도에서 미군을 철수시킨 것을 지적했다.

주한 미군은 6.25 동란 발발 일 년 전인 1949년 6월에 철수를 완료했는데 한국이 미국의 극동 방위선 밖에 있다는 애치슨 선언이 바로 뒤를 이었다. 북한이 이러한 분위기에 고무되어 남침을 했다는 것은 이미 잘 알려진 사실이다.

"하지만 그 빌어먹을 상황은 갈수록 수렁에 빠져드는데, 한국 놈들이 그렇게 나올 줄 누가 상상이나 했겠소?"

대통령이 탄식하듯 말하자 모두들 잠자코 시선을 돌렸다.

한국 내의 미국 시민들이 이틀째 억류되어 있었다. 미국 역사상 최대 규모의 인질 사건으로 볼 수도 있을 것이다. 7만 5천 명의 미국 시민과 4만 2천 명의 미군도 어떻게 보면 인질이나 다름없었다.

대통령이 다시 입을 열었다.

"그리피스 대사한테서는 연락이 있었습니까?"

"이번에 외무장관이 된 장영식을 만났고, 대통령 비서실장도 만났지만 대통령은 아직……."

로젠스턴이 대답했다.

"그는 만나지 않을 작정입니다, 각하."

"그 사람, 예전부터 엉뚱한 짓을 잘했어. 대통령이 되어서도 여전해."

클린트가 한동안 탁자 위를 노려보다가 머리를 들었다.

"윌슨의 상황은 어떻습니까, 오닐 장군?"

"좋지 않습니다, 각하."

백발의 오닐이 딱딱한 목소리로 대답했다.

"군무원으로 근무하는 대부분의 한국인이 이탈해서 행정 업무가 대단히 어렵습니다. 카투사들은 자리를 지키고 있지만 그것이 오히려 더 골치 아프다고 했습니다. 만일의 상황이 발생했을 때 그들부터 조처해야 될 테니까요."

"……"

"보급이나 통신, 장비와 수송에 이르기까지 한국군과 한국인에게 연결되어 있어서 그들이 사보타주한다면 윌슨은 당장 고립됩니다."

"각하, 한국은 미국과 전쟁을 할 생각이 없습니다. 단지 미국군을 끌어들이려고 하는 겁니다."

지미 패트릭스가 한숨처럼 말했다. 이 자리에 있는 사람들은 물론 대부분의 미국 시민도 알고 있는 이야기였다.

그래서인지 그들의 행위에 대한 분노와 반발은 생각한 것보다 강도가 낮았다.

일부 공화당의 보수파 의원들은 공개적으로 한국인의 행위에 원인을 제공한 대통령과 그 측근들에 대해 비난을 했고, 한국전쟁 참전자들은 백악관 앞에서 시위를 했다. 지상군을 속히 파병하라는 그들의 구호는 어젯밤에도 CNN을 통해 방영되었다.

키드먼이 헛기침을 했다.

"각하, 어젯밤 일본에서 여객기 한 대가 김포공항에 도착했습니다."

클린트가 잠자코 있자 그는 말을 이었다.

"일본 자위대의 막료급 간부 20여 명이 타고 있는 비행기였습니다. 그들은 지금 한국군 간부들과 회의를 하고 있습니다."

"재빠르군, 일본 놈들."

클린트가 뱉듯이 말하자 로젠스턴이 말을 이었다.

"자위대 파병 법안은 오늘 밤 일본 국회를 통과할 것 같습니다, 각하."

오닐이 나섰다.

"각하, 자위대의 공군과 해군은 상당한 위력을 가지고 있습니다. 한국군은 일본의 도움을 받으면 공군과 해군력에서 북한에 뒤지지 않습니다."

지미 패트릭스가 말을 이었다.

"각하, 일본 놈들에게 기회만 준 것 같습니다. 놈들은 대군을 모집해서 실전에 뛰어들 명분을 갖게 되고, 그 대신 우리는……."

그는 하던 말을 멈추었다. 그와 반대로 미국은 국제사회에서 신의를 지키지 않는 대국으로 지탄받게 될지도 모른다는 내용이었기 때문이다.

"키드먼 국장, 로스앤젤레스의 사정은 어떻습니까?"

대통령이 말머리를 돌렸다.

"FBI 쪽 이야기를 들으니까 사태가 커질 것 같다던데."

"글쎄요, 그것은 잘 모르겠습니다."

키드먼이 머리를 한쪽으로 기울이자 패트릭스가 말을 받았다.

"각하, 로스앤젤레스의 한인 50만을 상대로 하기에는 너무 벅찹니다. 그리고 그들은 이미 미국 시민이고."

"……"

"흑인들은 더 이상 한국계 시민들을 공격하지 않습니다. 한국인들이 단단히 결속되어 있어서 지난번 폭동 때와는 상황이 다릅니다, 각하."

키드먼이 상체를 세우고 클린트를 바라보았다.

"한국계의 친북 단체들도 위축되어 있습니다. 워싱턴의 북한 연락 사무소를 중심으로 세력을 늘려 나가던 친북 단체들은 오히려 이번 사건으로 급격히 세력을 잃었습니다."

친북계 인사 여섯 명이 총격을 받아 살해되었는데 범인은 친한계가 틀림없을 것이다. 미국 내의 한인들은 상황이 이렇게 되기 전까지만 해도 남북한의 화해 분위기에 젖어 있었다.

대다수의 교민은 북한의 연락 사무소 설치에 관대했고, 그것을 통일의 수준으로 이해하려고 했던 것이다. 그러나 북한의 침공 선언 이후 그들은 꿈에서 깨었다. 그리고 이곳은 미국이다.

그들은 거리낌 없이 한쪽을 선택하고 다른 쪽은 적으로 보았다. 대부분의 교민이 남한을 선택한 것은 당연했고, 북한 측 인사들은 테러를 피해 숨었다. 한창 붐비던 북한의 워싱턴 연락 사무소도 인적이 끊긴 후 경찰들만 겹겹이 둘러싸고 있을 뿐이었다.

클린트가 길게 숨을 내쉬었다.

"자, 그럼 상황을 정리해 봅시다, 여러분."

자리를 고쳐 앉은 그의 얼굴은 꽤 피로해 보였다.

제11장

함정에 빠지다

밤의 대통령

취리히에서 리마트 강을 따라 20킬로미터쯤 북상하면 바덴이라는 오래된 도시가 있다. 바덴이란 독일어로 온천이라는 뜻인데, 이 도시에는 온천욕을 즐기려는 관광객이 많았다.

김정철과 그의 보좌관이 쿠어베더 근처의 2층 양옥집 앞에 차를 대고 내렸을 때는 저녁 7시 10분 전이었다.

짙은 어둠에 덮인 거리를 쌀쌀한 바람이 훑고 지나갔다. 강이 바로 옆쪽에 있어서인지 물 냄새가 풍겼다.

"이 집인가?"

김정철이 바람에 코트 자락을 휘날리며 벽돌로 지은 양옥집을 올려다보았다. 창문에 불이 켜져 있어서 주변의 윤곽이 뚜렷이 드러났다. 현관의 주춧돌에는 17세기에 지었다는 표식이 새겨져 있다.

"예, 부대사 동지. 이 집이 맞습니다."

보좌관이 주위를 둘러보며 말했다. 차 문을 여닫는 소리가 두어 번 들리더니 그들의 주위에 서너 명의 사내가 모여 섰다.

그들을 따라온 경호원들이다. '군터호텔'은 리마트 강가에 서 있는 우중충한 건물 중 하나였는데 장기 요양을 하려고 바덴에 온 사람들을 위한 민박 형태의 호텔이었다. 가로등만 희미한 빛을 내고 있는 거리는 텅 비어 있었고, 주변의 건물들도 비슷한 형태의 호텔이었다. 얼어 있는 거리는 드문드문 지나는 차량이 소음을 낼 뿐 인기척도 별로 없었다.

그들은 한 무리가 되어 현관 안으로 들어섰다.

"어서 오십시오, 대사님!"

로비는 열 평쯤 되었는데 안쪽에서 커다랗게 소리치며 다가오는 사내가 있었다. 금테 안경이 불빛에 번쩍이는 루벤돌프였다. 그는 얼굴에 환한 웃음을 띠고 있었다.

"찾기 어렵지는 않았지요? 이곳이 쿠어베더 끝에 있어서 말입니다."

"어렵진 않았습니다."

김정철이 주위를 둘러보며 대답했다. 루벤돌프 뒤에 서 있는 금발의 사내가 그와 시선이 마주치자 가볍게 눈인사를 했다. 로비는 텅 비어 있었고 옆쪽의 안내 데스크에도 종업원이 없었다.

"우리 은행에서 압류한 집입니다."

루벤돌프의 목소리가 로비를 울렸다.

"자, 이쪽으로 오시지요."

그가 안내한 곳은 옆쪽의 식당이다. 식당 겸 휴게실로 사용하던 곳인지 식탁이 놓인 방의 구석에는 당구대가 놓여 있다.

그들은 식탁에 마주 앉았다. 식당 문 양쪽에 김정철의 부하 두 명이 섰고, 현관의 로비에도 부하들이 남겨져 있었다. 루벤돌프의 부하가 식당 안쪽의 주방으로 들어가자 문 옆에 서 있던 김정철의 부하 한 명이 뒤를 따랐다.

"힘들었습니다, 대사님."

루벤돌프가 입을 열었다. 그는 김정철과 보좌관을 번갈아 바라보며 지친 표정으로 머리를 저었다.

"당신들의 요구는 무리였습니다. 내 목이 위험했단 말이오."

"3억 달러는 준비되었지요?"

김정철이 입을 열었다. 냉랭한 목소리에 표정도 차갑다.

"오늘 내가 사인만 하면 내일 중으로 돈이 홍콩으로 송금될 것으로 믿습니다, 루벤돌프 씨."

입맛을 다신 루벤돌프가 옆에 놓인 봉투에서 서류를 꺼내어 탁자 위에 펼쳐놓았다. 서너 장의 타이핑된 서류가 탁자 위에 가지런히 펼쳐졌다.

"이걸 읽어보시오. 송금 청구 서류이니까 눈에 익으실 테지요. 사인은 여기와 여기."

그는 살찐 손가락으로 서류의 두 곳을 짚었다.

루벤돌프의 부하가 쟁반에 커피 잔을 받쳐 들고 다가왔다.

"주방이 비어서 준비한 것은 커피밖에 없습니다."

루벤돌프가 미안한 듯 말했으나 김정철은 건성으로 머리를 끄덕이며 서류를 읽었다. 보좌관이 주위를 둘러보았다.

"밖에서 보는 것보다 꽤 큰데, 방이 몇 개입니까?"

"1, 2층 합해서 열두 개지요. 그중 세 개는 1인용이지만 아홉 개는 3인용 합숙실입니다."

커피 잔을 든 루벤돌프가 손을 들어 천장을 가리켰다. 처음에는 울긋불긋한 색으로 칠해졌을 것 같은 천장의 그림은 형체를 알아볼 수 없을 정도로 퇴색되었다.

"지은 지 300년 가까이 되어서 집을 헐어 현대식 호텔로 지을 생각입니다. 집주인 되는 사람은 100만 프랑에 이곳을 압류당했는데 실제 가치는 그 열 배가 넘지요."

김정철이 서류를 식탁 위에 내려놓았다.

"좋습니다, 루벤돌프 씨. 이제 내가 사인하면 내일 돈이 홍콩으로 송금되겠지요?"

"홍콩에서 돈을 인출하려면 2, 3일은 기다려야 할 겁니다. 물론 나는 내일 보내겠지만."

"그거야 홍콩의 우리 동지들이 알아서 할 일이고, 이곳에서는 내일 보내기만 하면 되오."

김정철은 루벤돌프가 짚어준 부분에 사인했다. 표정이 아까보다 한결 밝아졌다.

"내가 요즘 정부 기관의 감시를 받고 있다는 것을 알고 계실 거요, 대사님은."

서류를 챙겨 봉투에 넣으면서 루벤돌프가 말했다.

"지난번 한국 대사가 뿌린, 주르메에게서 나온 명단 때문이오. 그래서 내가 취리히에서 꽤 떨어진 이곳에서 보자고 한 것인데 꼬리를 잡히지 않았나 모르겠군."

"미행은 없었소. 그런 걱정은 안 해도 됩니다."

"어련히 알아서 하셨겠지만, 신경이 쓰여서."

"그럼 우린 이만 가보겠소."

김정철이 자리에서 일어섰다.

"내일 틀림없이 송금해 주시오."

"염려하지 마시오, 대사님."

따라 일어선 루벤돌프가 손으로 서류를 가볍게 두드렸다.

"서류가 다 꾸며졌으니 이제 끝난 겁니다."

"이곳에 계실 겁니까? 언제 취리히에 돌아가실 거요?"

김정철의 물음에 루벤돌프가 다시 시계를 들여다보았다.

"두 시간쯤 후에 출발할 예정이오. 이곳에 일이 있어서요."

"그렇다면 우리가 먼저……."

"현관까지 배웅해 드리지요."

그들은 들어설 때와는 달리 홀가분한 표정으로 식당을 나왔다.

"손 들어라."

갑자기 들리는 소리에 그들은 일제히 발을 멈추었다. 아니, 발을 멈추지 않은 사람이 하나 있었다. 김정철의 부하였다. 그는 동작이 빠른 사내였는데 손을 들라는 한국말이 끝나자마자 허리춤의 권총을 빼어 들고는 옆쪽으로 뛰었다. 그가 두 발짝을 뛰었을 때 위쪽에서 소음기를 통한 발사음이 들렸다.

퍽! 퍽!

사내가 춤을 추듯이 두 손을 휘저으며 바닥에 엎어졌다.

"두 손 들고 움직이지 마, 이 새끼들아."

다시 한국말이다.

김정철의 눈에 2층의 계단으로 내려오는 두 명의 사내가 보였다. 그리고 옆쪽의 안내 데스크 뒤에서도 한 사내가 불쑥 솟아올랐다. 모두 셋이다.

그들은 총구를 이쪽으로 겨눈 채 얼음처럼 차가운 표정을 짓고 있었는데 모두 한국인이었다.

"손을 번쩍 들어!"

2층에서 내려온 사내 한 명이 다시 고함치자 그제야 모두 손을 치켜들었다. 김정철의 얼굴이 흙빛으로 변했다.

"네가 김정철이냐?"

체구가 당당한 사내가 김정철을 쏘아보며 물었다. 30대 후반의 눈매가 매서운 사내이다.

"그렇다."

김정철이 잇새로 말했다.

"남조선의 미제 똘마니들이로군. 네놈들이 기를 써봐야 헛일이다."

"이놈이 죽을 지경에 처했어도 입은 살았구만."

성큼성큼 다가온 사내가 주먹을 휘둘러 김정철의 볼을 쳤다. 해머로 치는 것 같은 충격에 입안이 터졌는지 김정철의 입가로 핏물이 흘러내렸다.

"너."

사내는 김칠성이었다. 총구로 루벤돌프를 가리킨 김칠성이 때려 붙이듯이 말했다.

"네가 김정철이하고 무슨 얘기를 했는지 대충 알고 있다. 손에 들고 있는 봉투를 이리 내라."

"이건……."

루벤돌프의 얼굴에서 땀방울이 흘러내렸다. 그는 노란색 봉투를 손에 쥔 채 팔을 치켜들고 있었던 것이다.

"이리 내, 이 새끼야!"

김칠성이 다시 고함치자 루벤돌프가 한 걸음 다가와 봉투를 내밀었다. 김칠성이 그에게서 봉투를 잡아채었을 때 현관문이 소리를 내며 열렸다.

"형님!"

오종표가 구르듯 들어왔는데 배를 한 손으로 움켜쥐고 있었다.

"놈들이 옵니다. 사방에서. 저는……."

털썩 한쪽 무릎을 꿇은 오종표가 허물어지듯 로비 바닥에 주저앉았다.

"저는 한 방 맞았습니다. 어서……."

그의 입에서 울컥 피가 쏟아져 나왔다. 강대홍이 달려와 그를 부둥켜안았고, 안내 데스크 앞에 서 있던 고동규가 현관 쪽으로 달려갔다. 김정철의 입가에 웃음기가 번졌다. 그 순간 김칠성의 총에서 다시 섬광이 번쩍였다.

퍽! 퍽!

김정철 옆에 서 있던 보좌관이 가슴을 움켜쥐고는 비명 한마디 지르지 못하고 뒤로 넘어졌다.

"한두 놈이 아니야. 대여섯, 아니 그보다 많아."

현관 옆의 흐린 창문을 통해 밖을 내다본 고동규가 다급하게 소리쳤다.

"자, 빨리 뒤쪽으로."

눈을 치켜뜬 김칠성이 김정철을 쏘아보았다.

"어떠냐? 죽여주랴? 널 죽이고 떠날 시간은 있다."

이를 악문 김정철은 얼굴을 굳힌 채 그의 시선을 받았다. 그러나 입을 열지는 않았다. 김칠성이 루벤돌프를 쏘아보고는 머리를 돌렸다.

"종표야!"

오종표를 부둥켜안은 강대홍이 소리쳤다.

"야! 가자! 어서!"

고동규가 강대홍의 어깨를 움켜쥐었다.

"강으로 뛰어라! 어서!"

뒤창을 열면 어둠에 묻힌 강이다.

김칠성은 김정철의 가슴에 총구를 겨누었다가 들어 올리고는 그의 사타구니를 찼다. 그리고 다른 사내의 옆구리를 권총을 쥔 손으로 치고는 빙글 몸을 돌려 루벤돌프의 경호원의 턱을 차올렸다. 사내 세 명이 순식간에 로비 바닥에 쓰러졌다.

고동규가 강대홍을 끌고 달려왔다.

"자, 어서."

김칠성이 루벤돌프를 노려보다가 주먹으로 그의 턱을 쳐 쓰러뜨렸다. 그리고 그들은 옆쪽의 식당으로 뛰어들어 갔다.

고동규가 의자를 유리창을 향해 던지자 오래된 유리창은 요란한 소리와 함께 창틀째 부서졌다.

그들은 주저하지 않고 아래쪽의 어두운 강물로 뛰어내렸다.

"놈들이 함정을 파고 있었다고는 생각지 않습니다."

김칠성이 방 안의 침묵을 깨었다.

이른 아침이었지만 아무도 형광등을 끄려 하지 않았다.

방 안은 무겁고 어두운 분위기에 덮여 있었다.

"너희들 셋이 살아 돌아온 것만 해도 다행이다."

김원국이 입을 열었다.

"오종표의 시체를 확인하라고 한국 대사관으로 연락이 온 모양이야."

"개 같은 놈들이여, 네놈들은."

조웅남이 으르렁거리듯 말했다.

"젤로 어린 놈을 쥑이고 잘도 살어서 돌아왔구나, 이 씨발 놈들아."

김칠성과 고동규는 그의 시선을 피해 머리를 떨구었다.

"대사관은 종표를 받아들이지 않을 작정이야."

"그기 무신 말이오, 형님?"

조웅남이 턱을 치켜들었다.

"안 받아들이다니? 왜요?"

"한국인이 아니라고 할 거란 말이다. 이것은 처음부터 약속된 거야."

"지기미, 씨발."

"닥쳐."

김원국이 눈썹을 추켜올렸으나 조웅남은 말을 이었다.

"그러믄 그 불쌍헌 놈이 이 개좆같이 추운 나라에서……."

"언젠가는 데려갈 거다. 한국으로."

"어떤 놈들은 국장을 치러주면서 난리 법석을 허고."

그러다가 조민섭과 안승재를 떠올린 조웅남은 잠시 말을 멈추었다. 그들에 대한 불경을 깨달은 것이었지만 다시 성을 냈다.

"응? 대통령이 훈장이라도 몰래 보내주면 되잖여? 관에 넣어주게."

"시끄럽다. 이제 그만해라."

"불쌍혀서 그려요, 그놈이."

이윽고 조웅남이 어깨의 힘을 빼자 김원국이 머리를 들고 방 안의 사내들을 둘러보았다.

강대홍만 빼고 모두 모여 있었는데 김칠성과 고동규는 피로에 지친 듯 얼굴이 창백했다. 영하의 추위에 강물에 뛰어들어 100미터 정도를 헤엄쳐 반대편 강둑으로 도망친 것이다.

강대홍은 아직도 탈진 상태여서 여자들의 간호를 받고 있었다.

"너희들이 도망쳐 오는 사이에 루벤돌프한테서 연락이 왔다."

김원국이 입을 열었다.

"서류만 빼앗아 갖고는 일이 안 된다는 거야. 그는 다시 기회를 만들어야 한다고 했다."

"제기랄 놈 같으니. 그러믄 우리 몫도 올립시다. 두 배나 세 배로."

조웅남이 나섰다.

"그 씨발 놈이 북한 놈들 돈을 떼어 처먹을라고 허는 짓거린디, 아예 반타작을 허자고 헙시다."

"시간이 없어. 김정철은 서두를 거다."

"이젠 쉽게 걸려들지 않을 텐데요."

김칠성이 입맛을 다시며 말하자 김원국이 머리를 끄덕였다.

"놈들은 루벤돌프를 의심하고 있을지도 모른다."

루벤돌프와 함께 김정철을 인질로 잡고 강제로 양쪽의 사인을 받아 3억 달러를 싱가포르의 은행으로 입금시키는 것이 본래의 계획이었다. 그것은 루벤돌프가 세운 계획으로 일이 성사되면 이쪽은 총액의 10퍼센트를 받게 된다.

"루벤돌프는 오늘 다시 북한 측과 만나 서류에 서명하게 될 거야. 아침에 경찰에 불려 가 진술을 하고 나서 북쪽과 만날 거라고 했어."

김원국이 다시 말을 이었다.

"위험하더라도 지금 손을 뗄 수는 없어. 이 일을 마쳐야 이곳을 떠난다."

"스위스 경찰은 우리의 소행이라는 것을 알고 있을 겁니다, 형님."

잠자코 있던 고동규가 머리를 들고 말했다.

"대사관에서 부인하더라도 CIA 쪽에서 정보를 주겠지요."

"북한 측이 우리의 계획을 사전에 알고 있었던 것 같으냐?"

김원국의 물음에 고동규가 김칠성을 돌아보았다.

"알고 있었던 것 같습니다."

대답한 것은 김칠성이다. 그가 말을 이었다.

"호텔 근처에 잠복해 있을 만한 장소는 없습니다. 우리가 한 시간 동안 주위를 살폈지만 의심할 만한 점이 없었습니다."

"……."

"김정철이 부하들과 함께 호텔에 들어간 후 루벤돌프와 약속한 대로 20분쯤 지나서 현관 앞과 로비에 있던 놈들을 처치하고 기다렸지요. 오종표는 밖의 경비를 맡았지만 이상이 없었습니다."

"그러면 놈들은 뒤늦게 달려온 것이로군."

"그렇다고 볼 수 있습니다."

"그러믄 어디서 정보가 샌 것이여."

조웅남이 결론을 짓듯 말했다.

"그 시키들이 지키고 있었다믄 느그덜이 쳐들어가서 줘일 때꺼정 내싸둘 리가 없다. 그 시키들은 뒤늦게 알고는 좆 빠지게 달려온 거다."

김원국이 천천히 머리를 끄덕였다.

"웅남이 말이 맞는 것 같다."

그는 방 안을 둘러보았다. 온몸이 얼음덩이가 된 김칠성 등이 돌아오자 그는 곧장 숙소를 교외의 이곳 모텔로 옮겼던 것이다.

강대홍은 땀으로 범벅이 되어 잠들어 있었다. 가끔 헛소리를 했다. 그러나 본래 건강해서 점점 상태는 좋아지고 있었다.

강대홍의 이마에 물수건을 올려놓은 박은채가 지희은을 돌아보았다.

"지희은 씨, 이분한테 무얼 좀 먹여야 할 텐데, 어떡하죠?"

"주방에 부탁해서 수프를 만들도록 하죠."

지희은이 탁자 위에 놓인 전화기를 들었다. 강대홍이 다시 헛소리를 했다. 웅얼거리는 소리에 오종표의 이름이 섞여 있었다. 두 손을 휘젓다가 이마에 놓인 수건을 치우며 그가 눈을 떴다. 얼굴이 빨갛게 달아올라 있다.

"형님, 형님들은 어디에?"

정신이 돌아온 그가 처음 뱉은 말이다.

"옆방에 계세요. 모두."

박은채가 물수건을 다시 이마에 올려놓자 그는 상반신을 일으켜 세웠다.

"나는 괜찮습니다. 이젠 다 나았어요."

"큰형님이 그냥 누워 계시라고 했어요."

"괜찮다니까."

그러자 전화기를 내려놓은 지희은이 다가와 그의 어깨를 손으로 눌렀다.

"조금만 더 누워 계세요. 땀도 좀 닦고."

강대홍이 길게 숨을 내쉬면서 침대에 다시 누웠다.

그는 모텔에 들어서자마자 정신을 잃었으므로 이곳이 어디인지는 안다.

"종표, 종표 소식 못 들었습니까?"

강대홍이 붉게 충혈된 눈으로 물었으나 여자들은 아무 대답도 하지 않았다.

"질긴 놈인데. 하와이에서는 칼침을 두 번이나 맞고도 살아난 놈인데."

"……."

"숨은 쉬고 있었어요. 병원에만 데려가면……."

"죽었어요."

박은채가 똑바로 그를 바라보았다.

"텔레비전에 나왔어요."

"……."

머리를 돌린 박은채는 물수건을 접었고, 지희은은 침대 시트의 한쪽을 바라보았다. 이내 노크 소리가 들렸다.

"누구세요?"

소스라치며 일어난 지희은이 묻자 조웅남의 굵직한 목소리가 들려왔다.

"나여."

문이 열리고 조웅남과 김칠성이 들어섰다.

"형님."

강대홍이 침대에서 일어나 앉으면서 아랫입술을 물었다.

"종표가……."

"그려, 죽었다."

조웅남이 자르듯 말하고는 입맛을 다셨다.

"니 잘못이 아닝게로 인상 쓰지 마라."

"괜찮으냐?"

다가선 김칠성의 물음에 강대홍은 침을 끌어모아 삼키고는 우선 숨을 뱉어내었다.

"예, 형님. 저는 괜찮습니다."

"그럼 너는 이곳에 남아 있어라. 여자들하고."

"형님, 이젠 괜찮다니까요."

강대홍이 얼굴을 붉히며 말하자 조웅남이 혀를 찼다.

"그 시키, 오기는 살어서. 일어날 수 있으믄 형님한티 가봐라. 널 부르신다."

"예, 형님."

벌떡 몸을 일으킨 강대홍이 방을 나가자 조웅남이 여자들을 둘러보았다.

"허기는 여그서 송장을 안 쳤응게 다행이여. 안 그려?"

"……"

"총에 맞어서 피를 엄청 흘렸다는디. 징헐 거여, 치료헐라믄."

"형님, 가십시다."

김칠성이 조웅남의 어깨를 슬쩍 건드리면서 돌아서자 여자들은 잠자코 그들의 뒷모습을 바라보았다.

*　　　*　　　*

"씨발, 좆같이 춥네."

이용식 일병이 벙커로 들어서면서 투덜거리는 소리를 구석에 앉아 있던 장영환 병장이 들었다.

"야, 이 일병. 이리 와."

분해를 마친 K—2 자동소총을 옆으로 밀어놓은 장영환이 부르자 이용식이 그에게 다가갔다.

"부르셨습니까?"

"사역 갔다 오는 길이냐?"

"예, 중대본부 옆에 로켓포 진지 공사에 다녀옵니다."

"그건 알아. 소식 들은 건 없냐?"

그러자 옆에 앉아 있던 최영문 상병도 이쪽으로 머리를 돌렸다. 총안에 설치해 놓은 20밀리미터 기관포좌에 기대서 있는 양만호 일병은 밖을 내다본 채 움직이지 않았다.

"중대장 전령이 우리는 모두 죽은 몸이라고 하던데요."

"그거야 말하면 잔소리고. 또?"

"미군이 뒤를 칠지도 모른다고 했습니다."

"당연하지. 하지만 힘들 거야. 그 씨발 놈들은 몇 놈 안 되거든."

"장 병장님, 미군하고 북한 놈들이 합세해서 앞뒤에서 칠지도 모른다고 로켓포대의 한 놈이 말하던데요."

"다행이다."

"뭐가 다행입니까?"

"핵은 못 쓰겠다. 미국 놈이나, 북한 놈들이."

"왜요?"

"멍청한 놈 같으니. 생각해 봐라. 그놈들이 합세했다면 북한 놈들은 미군 다칠까 봐 핵폭탄을 쓰지 못할 거 아녀?"

"그런가요?"

"일본 놈들도 올 테니까, 미군이나 북한 놈들은 핵을 못 쓴다."

"일본이 우리하고 손잡게 되니까 미국은 아예 북한하고 배를 맞춘 것 아닙니까?"

"그건 누가 그래?"

"제 생각이지만, 모두 그렇게들 말하고 있던데요."

그 말에도 일리가 있었다. 일본 자위대의 해공군은 이미 모든 준비를 끝내고 전쟁을 기다리는 상황이었고, 일주일 안에 다섯 개 사단의 일본 육군이 한반도의 땅을 밟는다. 일본과 한국 양쪽의 국회가 방위동맹조약을 통과시켰기 때문이다. 양국의 재빠른 행동이었다.

"이제 해볼 만해요, 저 새끼들하고."

잠자코 있던 최영문이 나섰다. 자동차 정비공 출신으로 고참 상병이다.

"씨발, 방송 들으니까 시간이 지날수록 유리한 건 우리라고 합디다. 물론 사기 올리려고 공갈을 좀 섞은 건 알아요. 하지만 저쪽 새끼들도 사정이 좋은 것만은 아닐 거요."

그러자 기관포좌에 기대서 있던 양만호가 몸을 돌렸다.

"그래도 여기 지나갈 힘은 있을 거요, 최 상병님."

"씨발, 지나갈지 돌아갈지 니가 어떻게 알아? 야, 이 빵카도 155밀리미터 포탄은 견딘단 말이다. 그냥 무너지지는 않아."

"시멘트를 빼먹었는지 어떻게 알아요? 철근 얇은 거 쓰고. 군대 공사라고 제대로 했을까? 상납 안 하고?"

"저 씨발 놈은 육본 못 간 것을 누구한테……."

그러다가 최영문이 말을 멈추었다. 육본 작전과장이던 그의 외삼촌 정병식 소장이 갑자기 사망한 것을 모르는 사람은 없다. 누구는 사무실에서 총을 맞아 온몸이 걸레가 되었다고 하고, 누구는 연병장에서 총살로 처형되었다고도 했다.

"에이, 씨발, 무너지든지 말든 얼른 결판이나 났으면 좋겠다."

장영환이 뱉듯이 말하면서 분위기를 바꾸었다.

"야, 이따가 분대 건의 사항 때 노래방 기계 하나 빵카에 놓아달라고 하자. 서울에 기계가 지천으로 남아돌고 있을 테니까."

중대본부의 벙커 안.

조명훈 대위는 간이 테이블 위에 펼쳐놓은 지도의 한 부분을 손가락으로 짚었다.

“이곳이다. 우리는 오늘 밤 자정에 고지를 내려가 이곳에 있는 제19사단 수색중대와 합류한다.”

“분계선 바로 밑이군요.”

이한성이 그의 손끝을 바라보며 낮은 목소리로 말하자 옆에서 있던 김정환이 나섰다. 표정이 굳어 있다.

“중대장님, 19사단 수색중대는 분계선 감시중대로 상황 발생 시 즉각 이곳으로 후퇴하기로 되어 있는 부대 아닙니까?”

“그렇지.”

“그런데 우리가 합류하는 이유는 뭡니까? 분계선 감시가 충분하지 못해섭니까?”

“그건 나도 모른다.”

“어차피 후퇴할 건데 왜……? 차라리 이곳을 보강시키는 것이……”

“이곳엔 제2대대 3중대가 들어와.”

“후방에 있던 부대가 앞쪽으로 오는군요.”

이한성의 말에 조명훈이 머리를 끄덕였다.

“병력은 많아. 우리도.”

그러자 벙커의 문이 열리더니 제3소대장과 화기소대장이 들어섰다. 로켓포중대의 포 배치 작업을 돕고 오는 길이다. 548고지는 이제 로켓포가 50문 가까이 증강되어 상당한 화력을 갖춘 진지가 되어 있었다.

중대원들의 사기가 올라가는 판에 떨어진 이동 명령이어서 소대장들의 표정은 어두웠다. 분계선 쪽으로의 이동인 것이 이유이기도 했다.

"우린 이제 말 그대로 총알받이가 되는군요, 중대장님."

김정환이 다시 입을 열었다.

"우리가 이동할 곳에는 시멘트 막사와 평지의 참호밖에 없습니다. 제가 얼마 전에 가보았어요."

"명령이야, 김 소위. 잔소리 마라."

머리를 든 조명훈이 김정환을 쏘아보았다.

"명령대로 따르면 돼, 우리는."

"……."

"19사단 수색중대는 우리에게 막사를 비워줄 거야. 우리는 당분간 그들의 지원을 맡는다."

"그들의 예비부대인 셈이군요."

이한성의 말에 김정환이 혼잣소리처럼 중얼거렸으나 모두들 똑똑히 들었다.

"도대체 그들에게 왜 예비부대가 필요한지 모르겠구만. 상황이 시작되면 후퇴하는 부대인데."

"후퇴할지 공격할지, 그것도 김 소위 네가 말할 것이 아니야."

조명훈이 소대장들을 둘러보았다.

"앞장들을 서라. 너희들의 앞장은 내가 설 것이고. 나도 이곳 548의 벙커에 묻히려고 했지만 명령이야. 이젠 들판에서 죽을 작정이다."

"등에 총을 맞기는 싫단 말입니다. 중대장님, 제 말을 오해하지 마십시오."

스물세 살의 김정환이 조명훈을 노려보았다.

"그리고 제가 언제 명령을 거역한 적이 있습니까?"

"너는 요즘 말이 많아, 김 소위."

"요즘 들어 그렇게 되었습니다."

그 말에 소대장들이 서로 얼굴을 마주 보며 웃음을 띠었다.

그들은 김정환이 말이 많아진 이유를 알고 있다. 20일 전만 해도 그는 우울했고, 어떻게 보면 실의에 빠진 젊은이였다. 소대 내의 문제에 무기력하게 대처하던 그는 계엄령이 선포되고 국가가 전시체제로 운영되자 물을 만난 물고기가 되었다. 그것은 옆에서 있는 이한성도 마찬가지였다.

군인의 능력은 전시 상황에서 발휘되어야 하고 평가되어야 정상이다. 육사를 갓 졸업한 그들은 대처하는 방법은 달랐지만 제대로 상황을 만난 셈이었다.

임병섭이 방으로 들어서자 강한기 소장과 양복 차림의 사내가 자리에서 일어섰다. 계엄사령부의 작전과장실 안이다.

"기다리고 있었습니다, 부장님. 이쪽은 일본 정보국의 야마토 과장입니다."

강한기가 소개하자 사내는 정중하게 머리를 숙였다.

"야마토입니다. 만나 뵙게 되어서 영광입니다."

유창하지는 않으나 한국말이었다.

"혼다 국장한테서 연락을 받았습니다. 반갑소."

인사를 나눈 그들은 자리에 앉았다. 야마토는 40대 후반으로 짙은 눈썹과 추켜올라간 눈꼬리가 마치 그림에 나오는 일본 무사와 같았다.

"사무실을 우리 안기부에 두어야 정상인데 아직 그럴 여건이 안 되어서."

임병섭이 입을 열었다. 오전에 청와대의 비상 각료 회의를 마치고 곧장 이곳으로 달려온 참이었다. 그는 피로한 듯 두 눈을 손끝으로 눌렀다.

"강 소장이 잘해주시리라고 믿지만."

"상관없습니다, 부장님."

야마토가 대답했다.

"오히려 이곳에서 일하는 것이 여러모로 편리한 점이 많습니다."

"그런가요?"

임병섭이 씁쓸하게 웃었다.

야마토는 일본 정보국에서 파견된 한국 지역 책임자였다. 그는 자위대의 막료들과 함께 계엄사령부 내에서 일하게 되었는데 이곳이 편리하다니 할 말이 없었다. 한국을 실제로 통치하는 곳이 이곳이었다.

"부장님, 어제 취리히에서 다섯 명의 한국인이 살해된 사건을 아시지요?"

야마토가 묻자 임병섭이 머리를 끄덕였다.

"알고 있소, 야마토 씨. 그중 네 명이 북한 측 사람이고, 한 명이 우리 요원이라고 스위스 당국이 발표했더군."

"스위스 주재 북한 부대사가 습격을 받은 겁니다. 그리고 그 한 명은 김원국 씨의 부하였습니다."

강한기가 주의 깊게 야마토의 말을 듣고 있다.

"부장님, 오늘 아침에 평양에서 북경으로 특별기 한 대가 떴습니다. 특별기에는 김사훈 수상과 최대민 외교부장이 탑승한 것으로 확인되었습니다."

"김사훈과 최대민이?"

임병섭의 얼굴이 딱딱하게 굳었다.

"놈들의 침공일은 이제 13일 남았어. 날짜를 지킨다면 말이오. 그렇다면 미국 측과 끝내지 못한 회담을 마무리할 작정인가?"

"그럴 가능성도 있습니다."

"목적지는 어디요?"

"지금 북경공항에 착륙해서 두 시간째 기내에 있습니다. 어디로 갈지는 아직 모릅니다."

"그렇다면 미국 측은? 로젠스턴은 워싱턴에 있던데."

다그치듯 묻던 임병섭이 입맛을 다셨다. 북한 측의 동향에 대해서는 일본 정보국이 빠르다. 그들이 오랫동안 조총련계에 심어놓은 정보원들이 활발하게 움직이고 있기 때문이다.

"로젠스턴이 북미 회담의 주역이었소. 그가 워싱턴에 있으니 놈들이 그쪽으로 날아갈 수는 없을 것이고."

"고트 부통령과 빈 몰 상원의원이 파리에 있습니다."

야마토의 말에 임병섭이 몸을 굳혔다.

빈 몰은 다수당인 공화당의 상원 원내 총무로 민주당 대통령인 클린트의 강력한 견제자였다. 상원의장인 부통령과 다수당 원내 총무의 팀이면 로젠스턴과 패트릭스보다 격이 높다.

"그렇군."

임병섭이 머리를 끄덕였다.

“고트가 OPEC 회담에 옵서버로 참가한다는 것이 꺼림칙했어. 몰이 프랑스 정부의 초청을 받아 떠난 것도 걸렸고.”

“그들이 만날지는 아직 모르지 않습니까?”

이제까지 잠자코 있던 강한기가 입을 열었다. 대외 관계도 알아두어야 한다는 임병섭의 배려로 동석하고 있지만 선뜻 입을 열 처지가 아니었다. 그러나 저도 모르게 말을 거든다.

“부장님, 지금은 그놈들이 만나서 무슨 흥정을 하든 간에 기대할 것이 없습니다. 그런 허황된 기대가 우리를 해이하게 했고, 놈들이 더욱 기승을 부리게 만들지 않았습니까?”

“…….”

“우리 군은 전쟁 준비를 마쳐갑니다. 일주일, 아니 내일이라도 치고 와보라고 해요. 생각대로는 안 될 테니까.”

임병섭이 야마토를 바라보았다.

“회담을 한다면 놈들이 취리히에 가지는 않겠군요, 야마토 씨.”

“아마 그럴 겁니다, 부장님. 저희 정보국도 그렇게 예상하고 있습니다. 취리히에서 너무 당했거든요. 북한 사람들이.”

“취리히에서 세계의 이목을 끌어준 덕분에 우리가 기를 폈어요. 당신들의 도움이 컸습니다.”

임병섭이 가라앉은 목소리로 말했다.

전화기를 내려놓은 최성산이 몸을 돌려 김정철을 바라보았다.

“난 내일 아침에 파리로 갑니다, 부대사 동지. 명령을 받았습니다.”

김정철은 전화가 어디서 걸려 왔는지 알고 있었으므로 잠자코 머리를 끄덕였다.

"출발하기 전에 이곳의 일을 모두 끝마치라는 상부의 명령이요."

"나도 돕겠어, 최 동지."

"수상 동지와 외교부장 동지가 내일 저녁에 파리에 도착합니다."

"회담은 모레부터 시작되겠군."

"내일까지 홍콩은행으로 돈이 입금되어야 한다는 당의 지시오. 우리는 계획에서 열흘이나 늦었습니다."

최성산은 김정철의 앞자리에 앉았다. 네모난 얼굴을 굳히고 있어서 더욱 각져 보였다.

"부대사 동지, 우리는 이곳에서 놈들에게 당하기만 했습니다. 그 김원국이란 놈을 가볍게 본 것이 우리의 실책입니다."

"일본 놈들이 도와주지 않았다면 그렇게 날뛰지 못했을 거야."

얼굴을 찌푸린 김정철이 입맛을 다셨다.

"앙리 주르메가 습격당했을 때부터 우리는 계속해서 허를 찔렸어."

"……"

"회담이 중지된 것도 우리 책임이야. 최 동지, 난 수령 동지를 뵐 면목이 없네."

"오늘 중으로 깨끗이 끝장을 내지요."

최성산이 각진 얼굴을 들고 말했다.

"오후 3시에 루벤돌프의 서류에 다시 사인하고 나면 그쪽 일은 끝납니다. 그리고 아마 김원국 일당과의 싸움도 같이 끝나게 되겠지요."

"이곳에서 놈들을 해치워야 돼, 최 동지."

"두 번의 실수는 있을 수가 없습니다, 부대사 동지. 그리고 어젯밤은 실수가 아니었습니다. 연락이 늦었을 뿐이지요."

루벤돌프의 저택은 은행장의 지위에 걸맞게 웅장하고 호화스러웠다. 호화롭다고 해서 번쩍이는 요란한 장식물들이 있는 것은 아니었다.

정문의 양쪽에 세워진 단순해 보이는 전등 받침, 정원의 마른 잔디 복판에 놓인 철제 기마상과 대리석 기둥, 그리고 몇백 년은 족히 되었을 것 같은 석조 건물의 창살과 현관문이 모두 세련되었는데 여느 아파트나 벽돌 건물과는 완연히 달랐기 때문이다.

구시가지의 변두리에 위치한 그의 저택은 찻길에서 30미터쯤 안쪽으로 들어가야 정문이 나온다. 물론 정문으로 향하는 길의 양쪽은 그의 사유지여서 높은 담장이 요철형을 이루고 있었는데 중세의 성곽 모양을 본뜬 것이었다.

루벤돌프를 태운 벤츠가 찻길에서 우회전하여 정문 앞으로 다가가자 원격 조정 장치가 된 아치형 철문이 양쪽으로 벌어졌다. 검은색 벤츠는 정원의 왼쪽에 나 있는 자갈길을 달려 현관 옆의 차고로 들어갔다. 열린 차고의 문이 소리 없이 닫히면서 어두운 차고에 불이 환하게 켜졌다.

"곧 손님들이 오실 테니까, 맞을 준비를 하도록."

루벤돌프가 차에서 내리면서 차고에서 기다리고 있는 사내에게 말했다. 단정한 양복 차림의 사내가 머리를 끄덕였다. 루벤돌프는 차고 옆문을 통해 저택의 로비로 들어섰다.

무늬 있는 이탈리아산 대리석이 깔린 로비는 얼음판같이 반질거리며 윤이 났다. 벽에 걸린 커다란 괘종시계가 오후 2시 10분을 가리키고 있다. 2층에서 보좌관인 마르코가 계단을 내려왔다.

"행장님, 북한 대사관에서 연락이 왔습니다. 2시 정각에 출발했다는 전갈입니다."

"곧 도착하겠군, 그 사람들."

그들은 양탄자가 깔린 계단을 올라 2층의 서재로 들어섰다.

책장 옆에 서 있던 두 명의 사내가 들어서는 그들을 향해 돌아섰다. 김칠성과 고동규다.

"정보가 새고 있어요."

루벤돌프가 찌푸린 얼굴로 말하며 그들에게로 다가갔다.

"그리고 북쪽 사람들은 내가 당신들과 손을 잡고 있다는 것을 알고 있을지도 모릅니다."

김칠성이 그를 쏘아보았다.

"우리 쪽에서 새고 있단 말이오?"

"그렇소. 샐 곳은 그곳밖에 없소."

"그렇다면 우리가 이곳에서 기다리고 있다는 것도 알고 있겠군."

"그럴지도 모르지요."

그들은 책장 옆의 둥그런 테이블에 둘러앉아 한동안 무거운 침묵 속에 빠져 있었다.

이윽고 루벤돌프가 입을 열었다.

"다급한 것은 저쪽이라 사인을 받으려고 이곳에 오겠지만 준비를 단단히 하고 있을 거요. 난 그들에게 기회를 주지 않으려고 경찰서에서 곧장 이곳으로 오는 길이오."

고동규가 그를 바라보았다.

"3시에 이곳에서 만난다고 하니까 순순히 응낙하던가요?"

"알겠다고 합디다."

그러고 난 루벤돌프가 김칠성과 고동규를 번갈아 바라보았다.

"설마 당신들 둘만 온 건 아니겠지요? 어젯밤 일도 있고 해서 그들은 단단히 경계하고 있을 텐데."

"……."

"차라리 어젯밤에 김정철이를 없애는 것이 나을 뻔했소. 그렇게 되더라도 앙리 주르메의 1억 5천만 달러는 내 임의로 처리할 수가 있으니까. 물론 당신들의 몫도 포함되어 있지만 말이오."

김칠성이 벽에 걸린 시계를 올려다보았다. 2시 25분이었다.

루벤돌프가 말을 이었다.

"놈을 위협해서 3억 달러의 송금처를 다른 곳으로 돌리는 것이 제일 나은 방법이지. 가능하다면 말이오."

그때 탁자 위에서 전화벨이 울려 방 안의 사내들이 일제히 그쪽으로 머리를 돌렸다. 마르코가 일어나 전화기를 들었다.

"여보세요."

그러고는 루벤돌프를 바라보았다.

"행장님, 북한 대사관의 김정철 부대사입니다."

얼굴이 굳어진 루벤돌프가 전화기를 건네받았다.

"여보세요."

김칠성과 고동규가 서로 얼굴을 마주 보았다.

—부대사님, 장소를 변경하신다면 어디로…….

루벤돌프가 찌푸린 얼굴로 말했다.

"이쪽으로 오시는 것이 나을 텐데. 조용하고 주위의 시선에 방해도 받지 않고요."

그러고는 한동안 저쪽의 이야기를 듣더니 전화기를 마르코에게 건네주었다.

"장소를 변경하잡니다. 4시에 취리히 호숫가의 연락선 몽블랑호에서 만나자는데, 놈들이 눈치를 챈 것이 틀림없어요."

루벤돌프가 굳은 얼굴로 말했다.

"당신의 사인이 없으면 북한은 돈을 보내지 못합니까? 예를 들어 은행의 다른 사람이 당신을 대신해서……."

갑작스러운 김칠성의 물음에 루벤돌프가 가슴을 폈다.

"아무도 날 대신할 수는 없소."

"……."

"내가 위임장을 써주지 않는 한 안 됩니다. 그리고 북한의 계좌는 비밀로 처리되고 있어서 인계하기도 어려워요."

"그렇군."

머리를 끄덕인 김칠성이 자리에서 일어서자 고동규도 그를 따라 일어섰다.

"그럼 당신부터 없애야겠어, 루벤돌프."

"이것 보시오. 날 죽이면 당신들의 몫은……."

루벤돌프의 얼굴이 금방 하얗게 질렸다. 김칠성과 고동규가 제각기 권총을 빼어 들고 있는 것이다.

자리에서 일어서려던 마르코는 고동규의 총구가 이마에 닿자 온몸을 굳히고는 주저앉았다.

"북쪽 놈들이 돈을 가져가지 못하기만 하면 돼. 넌 착각하고 있어, 돼지 새끼야."

총구를 루벤돌프의 가슴에 댄 김칠성이 방아쇠를 당기자 루벤돌프가 의자와 함께 뒤로 넘어졌다. 마르코도 고동규의 총격을 받고 그의 위에 겹쳐 쓰러지자 김칠성이 고동규를 바라보며 웃었다.

"이 새끼는 돈이 아까워서 제대로 눈을 감지도 못하겠군."

그는 루벤돌프의 몸을 향해 다시금 방아쇠를 당겼다.

휴대폰을 귀에 댄 최성산이 눈을 부릅떴다.

"뭐라구요? 루벤돌프가 죽었단 말입니까?"

그러자 주위에 서 있던 사내들이 일제히 그에게로 시선을 돌렸다. 몽블랑 호의 객실 안이다. 사면이 유리로 된 객실에는 그의 부하 7, 8명이 모여 있을 뿐 다른 승객은 없었다.

김정철의 목소리가 수화기를 타고 다시 들렸다.

—놈들이 기다리고 있다가 살해한 모양이야. 조금 전에 그와 그의 보좌관 마르코의 시체가 실려 나갔어.

"그렇다면 놈들이 루벤돌프와 손을 잡은 것이 아니었군요."

—그건 모르지. 하지만 야단났어. 송금을 시켜야 할 텐데.

"……."

—난 대사관으로 돌아가는 중이니까, 최 동지도 철수하도록 해.

"그거야……."

계약 당사자가 피살되었으니 철수하는 것은 당연했지만 최성산은 무럭무럭 치밀어 오르는 분노를 억제할 수가 없었으므로 수화기를 고쳐 쥐었다.

"부대사 동지, 놈들이 살해한 것이 틀림없습니까? 나는 이해할 수가 없습니다. 살해하려면 어제도 기회가 있었을 텐데."

—계획을 바꿨을 거야. 어젯밤 우리 측의 습격을 받고 정보가 새어 나간 것을 눈치챈 것이지.

"……"

—부행장인 크노르에게 연락을 해보기는 하겠지만 돈을 인출하기에는…….

말이 막힌 듯 김정철이 잠시 침묵을 지켰다. 부행장 크노르는 자금 거래의 내막도 확실하게 알고 있지 않았다. 그는 나는 모르는 일이라고 해댈 것이고, 그럼 결국 3억 달러는 은행의 수중에 떨어지게 된다.

—루벤돌프를 제거하면 자금 인출이 안 된다는 것을 알고 한 짓이야.

김정철의 목소리가 가라앉았다. 송금의 일차적인 책임은 자신에게 있었던 것이다.

"부대사 동지, 전화 끊겠습니다."

휴대폰의 스위치를 끈 최성산이 주위에 늘어서 있는 부하들을 둘러보았다.

"매복조를 철수시켜라. 이곳을 떠난다."

연락선은 빌려놓은 것이라 바로 떠나면 되었으나, 갑판과 선실, 항구 입구의 요소요소에 매복시킨 부하들이 20명 가까이 된다.

“조장 동지, 이대로 떠나는 겁니까?”

황태식이 나서며 말했다. 옆에서 김정철과의 통화 내용을 들은 그는 얼굴을 붉히고 최성산을 바라보았다.

“남조선 요인들을 습격해서라도 분을 풀어야 합니다, 조장 동지.”

자리에서 일어서던 최성산이 퍼뜩 머리를 들고 그를 쏘아보았으나 입을 열지는 않았다.

승용차가 좌회전해서 리마트 강변을 따라 가다 다시 시내로 들어서고 있다. 의자의 등받이에 깊게 등을 묻은 김정철은 앞쪽을 바라본 채 입을 열지 않았다. 앞좌석에 앉은 부하들은 차 안의 깊고 무거운 정적에 압도된 듯 온몸을 굳힌 채 숨소리마저 죽이고 있었다. 이윽고 김정철은 앞에 놓인 카폰을 빼어 들고는 다이얼을 눌렀다.

거리 곳곳에 녹지 않은 눈더미가 보였으나 모처럼 환한 햇볕이 내리쪼이는 날씨여서 강가를 걷는 사람들은 어깨를 펴고 있었다.

“여보세요.”

신호가 서너 차례 울린 다음 잡음과 함께 사내의 목소리가 수화기에서 울려 나오자 김정철은 시선을 돌렸다.

—나다.

“예, 부대사 동지.”

—인질을 처치해라.

“예, 부대사 동지.”

카폰의 스위치를 끈 김정철이 길게 숨을 내쉬고는 자리를 고쳐 앉았다. 승용차는 강변길을 벗어나 바로크양식의 교회 앞을 지나가고 있었다.

밝은 햇살에 청색과 흰색이 섞인 색조가 뚜렷이 드러난 교회 앞에는 금방 결혼식을 마쳤는지 웨딩드레스 차림의 신부가 하객들에게 둘러싸여 있었다.

대형 벤츠는 경호원들이 탄 흰색 뷔크의 뒤를 따라 달리고 있었다. 다시 우회전한 그들은 이제 대사관저가 있는 거리에 들어섰다.

"저기 옵니다."

대사관 건너편의 카페 앞이다. 인도에 바짝 붙여 주차된 우유배달 트럭이 있었는데, 운전석에 앉은 배형식이 소리치듯 말했다.

"뒤쪽 벤츠에 타고 있습니다. 앞차는 경호차요."

"앞차는 보내라. 뒤차를 받어."

옆자리에 앉은 조웅남이 바둑 훈수를 하듯 가볍게 말했다.

"옆구리를 받어서 홀딱 뒤집어놓아라."

"예, 선생님."

배형식은 이번에 취리히에 증원된 안기부의 파견 요원이었는데 물론 조웅남과는 첫 작전이다. 고동규의 지시로 일을 맡게 되었지만 전신을 나무토막처럼 굳히며 긴장하고 있었다.

대사관은 그들의 왼쪽 길 건너편에 있었으므로 앞장선 흰색 뷔크는 왼쪽 보조등을 깜박이며 다가왔다. 20미터쯤 뒤에서 검은색의 육중한 벤츠가 따른다.

"저그 흰 놈이 꼬부라져 들어가고 난 다음이다."

조웅남이 뷔크를 쏘아보며 낮게 말했다.

대사관 정문은 길에서 30미터쯤 안쪽으로 들어가야 있었다. 우유 배달 트럭이 낮고 굵은 엔진 소리를 내며 동체를 가늘게 떨고 있다. 기어를 2단으로 놓고는 사이드브레이크를 풀어놓은 상태인 것이다. 뷔크는 속도를 줄이더니 왼쪽으로 방향을 틀었다.

"지금이여!"

조웅남이 버럭 소리를 지르자 그 소리에 놀란 듯 배형식이 트럭을 급발진시켰다. 스카니아 트럭은 대각선으로 길을 횡단하면서 요란한 타이어의 마찰음을 내었다. 벤츠는 막 정문으로 회전해 들어가려던 참이었다.

바닥까지 잔뜩 액셀러레이터를 밟고 두 손으로 핸들을 움켜쥔 배형식은 검은색 벤츠가 와락 눈앞으로 다가오는 것을 보았다.

번들거리는 차체의 옆 부분으로 사람들의 흰 얼굴이 보인 순간 요란한 충돌음과 함께 전신에 충격이 전해져 왔다. 벤츠의 옆구리를 정면으로 들이받은 트럭은 5미터쯤 그대로 돌진하여 건물의 모서리에 벤츠를 쑤셔 박고는 멈추어 섰다.

"조오타!"

한마디 소리치고 난 조웅남이 문을 열고 뛰쳐나가자 배형식도 그가 내린 문 쪽으로 뒹굴면서 내렸다.

타타타타타!

요란한 기관총 소리가 귀를 울렸다. 배형식은 땅바닥에서 상반신을 들었다.

타타타타타!

다시 총성이 울렸고, 그 순간 배형식은 앞쪽에 선 조웅남이 부서진 벤츠 안으로 무엇인가를 던져 넣는 것을 보았다. 그러고는 몸을 돌리더니 손에 쥐고 있던 것을 다시 한 번 뒤쪽으로 던졌다. 수류탄이었다.

"야, 뛰자!"

눈을 부릅뜬 조웅남이 소리치자 그의 붉은 입안이 드러났다.

배형식이 그를 따라 뛰기 시작했을 때 뒤쪽에서 요란한 폭음이 울리면서 차체의 파편이 쏟아져 내렸다. 그러고는 또 한 번의 폭음이 고막을 때렸다. 등을 무엇인가로 후려치는 듯했으나 배형식은 기를 쓰고 조웅남의 뒤를 쫓아 달렸다.

뛰는 사람은 한둘이 아니었다. 그 주변에 있던 거리의 사람들이 모두 뛰고 있었다. 조웅남의 등판을 바라보며 뛰던 배형식은 곧 그의 옆을 달리는 사람을 알아보았다.

코트 자락을 날리며 뛰는 사내는 김원국이었다. 그는 대사관 정문 근처에 있다가 경호원들을 저지하는 역할을 맡았던 것이다.

이마 위로 흘러내린 머리칼을 쓸어 올린 박은채가 강대홍을 바라보았다.

"언제까지 이곳에 있어야 하죠? 벌써 저녁 7시가 되어가는데."

"형님들이 오실 때까지."

강대홍이 창에서 눈을 떼었다.

이곳은 그라이웬 호수와 우스터 사이에 있는 숲 속의 조그만 모텔 안이다. 눈에 덮인 숲은 짙은 어둠이 깔려 있어서 금방 늑대라도 튀어나올 것같이 음산했다. 검은 나뭇가지 위로 반달이 희미하게 빛을 내고 있었다.

"기분 나빠요, 이곳은."

박은채가 어깨를 들먹거리면서 지희은을 바라보았다. 페치카의 장작물이 뒤쪽에서 타오르고 있었지만 실내가 넓어 공기가 찼다.

"텔레비전도 없고 전화도 안 돼. 난 이런 곳이 있다는 것이 신기해요. 아무리 산속 모텔이라지만."

박은채가 두 다리를 뻗으며 말하자 강대홍이 무표정한 얼굴을 들었다.

"전화기는 코드를 뽑아버렸고, TV 세트는 관리실에 쌓여 있소. 겨울에는 손님을 받지 않기 때문에 치워놓은 거요."

"이런 곳을 찾아낸 건 누구죠? 지희은 씨인가요?"

지희은이 머리를 저었다.

"난 아니에요."

"일본 정보국의 고용인들이오. 현지인들이지. 그들이 우릴 돕고 있소."

강대홍이 그녀들을 둘러보며 말했다. 장작불 빛이 그들의 얼굴 위에서 어른거리고 있다.

박은채가 입을 열었다.

"오종표 씨는 참 안됐어요."

"……."

"착한 분이었는데. 강대홍 씨도 정말 마음이 아프시겠어요. 그 분도 나라를 위해서……."

몇 시간 동안이나 그들의 머릿속에 박혀 있었으나 한결같이 서로 꺼내기를 피해온 말이다.

강대홍이 눈을 껌벅이며 그녀를 바라보다가 창밖으로 시선을 돌렸다. 한동안 방 안에 침묵이 흘렀다. 창밖에서 무엇인가 묵직한 것이 떨어지는 소리가 들렸는데 세 사람 중 그 누구도 움직이지 않았다. 지붕에 달려 있던 고드름과 나뭇가지를 덮고 있던 눈덩이가 떨어져 내린 것이다.

"오종표는 하와이에서 날 따라 나온 유일한 부하였어요."

무릎 위에 두 팔꿈치를 얹고 허리를 낮게 숙인 강대홍이 입을 열었다.

"가족이라고는 하와이에 있는 여동생 하나뿐이에요. 한국은 그놈에게는 낯선 나라요. 나하고 오기 전에는 지도에서만 보았다고 했지요."

장작에서 불꽃 튀는 소리가 조그맣게 났다.

"한국 대사관에서 그놈 시체를 인수하지 못하겠다고 한 걸 알아도 서운해하지 않을 거요, 그놈은."

"……."

"이곳 공동묘지 납골당에 자리 잡게 되었어도 불평 안 할 겁니다."

"한국으로 데려가겠지요. 이 일이 끝나면."

박은채의 말에 강대홍이 거칠게 머리를 저었다. 얼굴이 찌푸려져 있었다.

"글쎄, 그것도 반가워하지 않을 거라고 해도 그러네."

"……."

"그 새끼는 열심히 살다가 죽었단 말이오. 형님들한테 인정을 받고 죽은 것으로 만족한단 말이오."

"……."

"조국을 위해 싸우다 죽었다고 말하는 소리를 그놈이 듣는다면 웃을 거요."

바로 그때 땅이 울리는 듯한 소리와 진동이 느껴졌다. 그 진동은 점점 가까워졌고, 이윽고 그것이 자동차의 엔진 소리인 것이 분명해졌다.

"오시나 봐요."

여자들이 일어나자 강대홍은 허리춤에 찬 권총을 빼어 들었다.

"커튼을 내려요. 내가 나가볼 테니까."

여자들이 서둘러 커튼을 내리는 동안 강대홍은 파카를 걸치고 밖으로 나왔다. 하얀 달이 머리 위에 떠 있었다.

그들이 들어서자 방은 더 이상 넓어 보이지 않았다. 여자들이 분주하게 의자를 페치카 주위에 벌려 놓는 동안 사내들은 잠자코 서 있었다. 강대홍은 여자들을 거들면서 입을 열지 않았고, 김원국과 조웅남, 김칠성, 고동규도 입을 다물고 있었다. 이윽고 김원국이 중앙에 놓인 의자에 앉자 사내들도 주위에 앉았다. 의자가 부족했으므로 여자들은 침대 양쪽 귀퉁이에 걸터앉았다.

"우리는 지금 이곳을 떠나 파리로 간다."

조용해진 방 안에 김원국의 말소리가 울렸다.

"이곳의 일은 이것으로 끝낸다. 파리에서 이틀 후에 북미 회담이 다시 열릴 거야."

장작불이 파닥거리며 튀는 소리가 났고, 사내들의 얼굴은 불기운을 받아 모두 붉었다.

"루벤돌프가 죽었고, 김정철이도 죽었다. 스위스 경찰이 모든 공항과 국경에 비상을 걸어놓았을 거야."

김원국의 시선이 주위의 부하들을 하나씩 스치고 지나갔다. 그의 시선이 부딪치는 순간 강대홍은 온몸에 전류가 흐르는 것과 비슷한 느낌을 받고는 몸을 굳혔다.

김원국이 말을 이었다.

"그러니 여기서 흩어져 파리에서 모이기로 하자. 여권은 일본 측이 준비해 주었지만 이쪽의 정보국도 만만치 않다고 들었어."

조웅남이 헛기침을 하고는 엉덩이를 들고 엉거주춤 일어섰다가 다시 앉았다. 옆에 앉아 있던 김칠성이 입맛을 다셨기 때문인지도 모르지만 강대홍은 그의 시선이 향해진 곳을 보았다. 창가에 짐빔 위스키 병이 놓여 있었다. 그가 모텔의 관리인에게서 사온 술이다.

김원국이 다시 말했다.

"난 대홍이와 박은채를 데리고 떠날 테니, 나머지는 웅남이의 인솔로 출발한다. 모두 준비하도록."

조웅남이 김원국을 바라보았다.

"형님, 그건 아까 말씀혀서 알겄는디, 하나 빼먹은 게 있습니다."

그는 손가락으로 지희은을 가리켰다.

"야를 줘여 없애라는 말씀 말이오."

온몸을 빳빳하게 굳힌 지희은이 조웅남의 손가락을 바라보았다. 두 눈을 치켜뜨고 있었으나 입을 열지는 않는다.

"이년이 배신혀서 종표가 죽었는디, 인자 웬수를 갚어야 헐 때 아니오?"

김원국이 지희은을 바라보았다. 방 안의 모든 사람이 숨을 죽이고 그의 말을 기다리고 있었다.

김원국이 입을 열었다.

"언제부터 놈들에게 정보를 주었지?"

침을 끌어모아 삼킨 박은채가 지희은에게로 시선을 돌리자 그녀의 입이 열렸다.

"어제 아침이었어요."

가늘었지만 분명한 음성이다.

김원국이 다시 물었다.

"누구에게?"

"모릅니다. 그쪽 전화번호만 알고 있었어요."

"그쪽은 어떻게 접촉해 왔지?"

"집에 전화해 보니까 녹음이 되어 있었어요. 아버지를 인질로 잡고 있다고."

"그래서?"

"정보를 주지 않으면 아버지를……."

"어떤 정보를 주었지?"

"이쪽의 인원하고……."

"이런, 쌍년."

조웅남이 으르렁거리자 김원국이 눈살을 찌푸렸다. 그러고는 다시 물었다.

"그리고?"

"위치는 말해주지 않았어요."

"그건 왜?"

"아버지를 구하는 대가로는 너무 클 것 같아서."

그 말에 김칠성이 턱을 들고는 쓴웃음을 지었고, 강대홍은 눈을 부릅뜨고 그녀를 노려보았다. 자리에서 일어선 조웅남이 창가로 다가갔다.

"루벤돌프와 군터호텔에서 놈들을 기다린다는 정보는 언제 주었지?"

"출발한 후예요. 연락하기가 곤란해서……."

박은채가 가늘게 숨을 내쉬었다. 그녀는 김칠성 등이 출발한 후에 지희은과 함께 김원국의 방에 불려 가 있었던 것이다. 이제 생각하니 그녀는 불안정했었다. 그리고 무슨 이유인가를 대고 밖으로 나갔다.

"정보가 새는 것 같아 조사를 했다. 네 아버지가 며칠째 소식이 끊겼다는 이야기를 듣고는 널 눈여겨보았다."

김원국의 말소리가 방을 울렸다.

"널 살려두겠다. 널 없앤다고 해서 죽은 오종표가 살아나진 않으니."

"그기 무신 말씀이요?"

김원국의 말에 버럭 소리를 친 것은 창가에서 병나발을 불고 있던 조웅남이다. 그는 씨근거리며 이쪽으로 다가오더니 지희은의 앞에 섰다.

"주먹 한 방으로 골통을 부수어 땅에 묻읍시다. 땅은 내가 팔

팅게로."

김칠성과 고동규, 강대홍이 잠자코 있는 것은 그에게 동조한다는 의미였다.

"내 이 지기미 씨발 년을."

조웅남이 술병을 든 손을 치켜들었다가 술이 쏟아지자 얼른 술병을 바꿔 쥐었다.

"뻔뻔스럽게 말대답을 허는 주딩이를 찢어 줘여야지."

온몸에서 무럭무럭 더운 기운을 뿜으면서 그가 소리쳤다.

"그만두지 못해!"

김원국의 싸늘한 목소리가 방 안을 가르자 조웅남이 입을 벌리고 그를 노려보았다.

"이런 년을 안 줘이면 누굴 줘여? 형님이 지미 카터요?"

"살려둔다. 그 대신 저 여자를 묶어두어야겠다. 내일 관리인이 풀어주겠지."

자리에서 일어선 김원국이 그들을 둘러보았다.

"자, 준비해라."

조웅남의 일그러진 얼굴을 본 김원국이 그에게로 다가가 손에 든 술병을 빼앗아 들었다.

"아마 저 여자의 아버지는 놈들에게 살해당했을 것이다. 부녀를 남북한이 나눠서 죽일 필요는 없다."

그는 병을 기울여 위스키를 꿀컥이며 삼켰다.

제12장
취리히 탈출

밤의 대통령

2월 1일이 되었다. 이제 북한의 침공 예정일이 열흘 앞으로 다가온 것이다. 한국은 계엄령이 선포된 지 20일이 되어 국민들은 계엄하의 생활에 어느 정도 익숙해져 있었다.

생필품의 사재기 현상이 정부가 제일 우려한 일 중의 하나였지만 처음 며칠 동안은 그런 현상이 계속되다가 이제는 정상으로 되돌아갔다. 정부가 가구당 월별 구매량을 정해서 통제했기 때문만은 아니다. 먹을 것, 입을 것을 몇 년분씩 쌓아놓은 사람도 있었지만 대부분의 국민은 정부의 통제에 따르기 시작했다.

이제까지 제대로 주권 행사를 하지 못하던 정부는 극약에 극약 처방 식의 대처를 하는 중이었는데 국민들이 그런 정부를 믿고 따르기 시작한 것이다.

국군은 20일 동안 맹렬한 내부 진통을 겪고는 빠르게 회복되어 가고 있었다. 그들은 모든 부조리와 비능률적인 사고와 행동, 국가와 국민에 대한 불성실한 태도가 곧바로 자신들의 목숨과 관계되는 결과로 나타난다는 것을 알고 있었다. 이기는 것이 사는 길이다. 그들의 적개심은 나날이 고취되었고 사기와 단결력도 높아지고 있었다.

비루먹은 당나귀에게 옥토를 빼앗길 수는 없다. 우리는 이긴다. 30년의 군사정권을 거친 국군의 사기와 국민들의 신망이 이때처럼 높은 적은 없었다. 우리는 빼앗기지 말아야 한다는 대명제하에 단결한 대한민국 국민과 국군의 가슴 밑바닥에 깔려 있는 것이 이기심이고 그것이 민족을 떠난 국가 이기주의라고 해도 상관없는 일이었다.

일본의 공군 3개 비행대가 오산과 대구로 옮겨 왔고, 해군이 동해와 서해에 나뉘어 배치된 것은 닷새 전이다. 그리고 어제 자위대의 육군 2개 사단이 서부전선에 집중 배치되자 상황은 더욱 가열되었다. 자위대 제98사단과 99사단이 미군 제2사단과 5사단의 바로 뒤쪽에 포진해 버린 것이다.

이제 북한군이 침공해 내려오면 미군은 앞뒤의 유탄에 당하게 되어 있었다. 한미방위조약은 거의 백지화되어 가는 상황이었고, 일주일 전에 체결된 한일방위조약 아래 전시 작전이 진행 중이었다. 한미연합군사령관인 윌슨 대장이 이번에 한일연합군사령관이 된 강동진에게 강력히 항의했지만 소용없는 일이었다.

클린트 대통령은 창틀에 등을 기대서 있었다. 자못 어두운 표정이다.

"뉴욕 타임스가 불난 집에 부채질을 하고 있어. 이런 때에 그런 기사를 쓰다니."

그가 낮은 목소리로 입을 열었다. 요즘 들어 목청이 더욱 갈라져 있었다.

"언제는 한반도의 일은 자기들끼리 해결하도록 놓아두어야 한다더니 지금은 날 공격한단 말이오. 그 망할 워렌비 자식."

"각하, 신경 쓰실 것 없습니다. 워싱턴 포스트는 저희들끼리 싸우든지 말든지 내버려 두라고 하지 않습니까? 일본이 끼어들었지만 세 나라 모두 치명상을 입게 될 겁니다. 우리에게 손해될 것은 없습니다."

그렇게 말한 것은 로젠스턴이다. 그는 이제 비(非) 참전론자의 우두머리였고, 클린트는 그의 정책에 호응해 왔다.

로젠스턴이 말을 이었다.

"북한이 한일연합군을 격파하건, 한일연합군이 북한군을 이기건 간에 결과는 같습니다. 한국과 일본은 승전하더라도 복구에 시간이 걸릴 것이고, 대단히 중요한 것은 그들은 결코 동맹국으로 오래가지 못합니다. 그들은 천 년 가까이 이어져 내려오는 숙적입니다."

방 안의 사람들이 잠자코 그의 말에 귀를 기울였다. CIA 국장인 키드먼이 그의 옆에 앉아 있었고, 끝자리에 서울에서 날아온 주한 미국 대사 마이클 그리피스가 앉아 있었다.

"우리는 그들을 적당히 견제하고 조종하면 됩니다. 북한이 한반도를 통일해도 마찬가지입니다."

클린트가 키드먼을 바라보았다.

"국장은 어떻게 생각하시오?"

"동감입니다."

키드먼이 짧게 대답하자 그리피스가 머리를 들었다.

"한국인의 반일 감정은 뿌리 깊은 것입니다, 각하. 지금도 일부 한국 국민은 자위대의 진주를 달가워하지 않습니다."

키드먼이 헛기침을 했다.

"각하, 일본은 한반도의 통일을 원하지 않습니다. 북쪽이나 남쪽 어느 쪽에 의한 통일이건 간에 말입니다."

"하지만 아까 회의 때 합참의 사람들이 말한 것처럼 전쟁의 기세는 누구도 조정할 수 없다는 말에 나는 공감하고 있어요. 그들의 본의와 다르게 통일이 될 수도 있습니다."

클린트가 창틀에서 몸을 떼어 테이블로 돌아와 앉았다.

"일본은 호전적인 북한에 의해 한반도가 통일되는 것보다 남한에 의해 통일되는 것이 낫다고 생각했을 겁니다, 각하."

로젠스턴이 나섰다. 그는 몇 번이나 비슷한 이야기를 되풀이하여 클린트에게 주입시키고 있었다. 그리고 그것은 미국의 언론뿐만 아니라 세계의 모든 언론이 보도하고 있는 내용이었다.

클린트가 머리를 돌려 그리피스를 바라보았다.

"오늘 현재 시간까지 한국에 남아 있는 미국 시민은 몇 명입니까, 그리피스 대사?"

"5만 5천 명 정도입니다. 한국 정부가 여자와 아이들, 노약자들은 보내주고 있어서……."

"빌어먹을 이영만 자식."

쉰 소리가 그의 잇새로 터져 나왔다. 그는 자신으로 하여금 미국 역사상 최악의 인기도를 기록하게 만든 장본인이 한국의 대통령 이영만이라고 믿고 있었다. 갤럽의 여론조사는 그의 지지율을 5퍼센트 내외로 계산해서 발표했는데, 이런 상태라면 재선은 꿈도 꾸지 못한다.

로젠스턴이 시계를 내려다보았다.

"각하, 성명을 발표하실 시간입니다."

"그렇군."

의자에서 일어선 클린트가 입맛을 다시면서 머리를 저었다.

"이영만이 내 성명 발표를 보고 있을 걸 생각하니 다시 기분이 나빠지는군. 망할 자식."

*　　　*　　　*

청와대의 대통령 집무실 안, 대통령은 소파에 앉아 정면에 놓인 대형 텔레비전을 바라보고 있었다. 그의 좌우에 둘러앉아 있는 사람들은 계엄사령관이자 한일연합군사령관인 강동진과 안기부 부장 임병섭, 비서실장 박종환이었다.

텔레비전에서 막 클린트 대통령이 머리를 들어 똑바로 이영만 대통령을 바라보았다.

"따라서 본인은 한국 정부가 세계 역사상 유례없는 다수의 미국 시민에 대한 구속 행위를 즉각 중단할 것을 엄중히 촉구합니다. 한국 정부는 이에 따라 발생되는 문제에 대해서 책임을 피할 수 없을 것입니다."

대통령이 머리를 돌려 임병섭을 바라보았다.

"어떤 책임이란 말인가?"

"그것이, 여러 가지로……."

선뜻 말하기 어려운 물음인 데다 대통령이 다시 텔레비전으로 머리를 돌렸으므로 임병섭은 입을 다물었다.

클린트가 말을 이었다.

"미국은 아시아 지역의 안보뿐만 아니라 세계 평화와 질서를 책임지고 있습니다. 미국은 결코 질서를 파괴하는 나라나 집단을 좌시하지 않겠습니다."

"저 친구, 꽤 말랐군."

이영만 대통령이 턱으로 클린트를 가리키며 말했다.

"눈 밑의 주름이 더 뚜렷해졌어."

클린트가 머리를 들고 대통령을 쏘아보았다.

"한국의 이영만 대통령은 일방적으로 한미방위조약을 깨뜨린 책임을 져야 합니다. 그는 50년 동안 쌓아온 양국의 우호와 협력 관계를 한마디의 상의도 없이 버리고 그들만의 생존을 목적으로 미국 시민 5만 5천 명을 인질로 잡고 있습니다."

"50년이나 되었나?"

대통령이 박종환에게 묻자 성실한 그는 눈썹을 모으며 잠시 햇수를 계산했다

"51년입니다, 각하. 그러니까 1945년에 해방이 되었을 때부터……."

그러나 대통령은 이미 텔레비전의 클린트에게 시선을 돌린 후였다. 마칠 때가 되었는지 클린트는 원고를 덮고 상체를 폈다.

"친애하는 국민 여러분, 본인은 미국 시민의 생명을 보호하기

위하여 다음과 같은 지시를 주한 미군 사령관 윌슨 대장에게 내렸습니다."

대통령이 소파에서 상체를 펴고 그를 똑바로 바라보았다.

"한국에 거주하는 모든 미국 시민은 내일까지 주한 미군 부대의 영내로 이동하게 될 것입니다. 한국 정부는 그것을 막지 못할 것이며, 따라서 미국 시민은 우리의 자랑스러운 미군의 보호 아래 놓이게 될 것입니다."

이영만 대통령은 조그맣게 머리를 끄덕이며 다시 소파에 등을 묻었다.

클린트가 기자들의 질문을 받으려는 듯 두리번거리자 이영만 대통령이 손을 들었다. 그에 박종환이 텔레비전의 전원을 껐다.

"이젠 인질 소리는 하지 못하겠구만, 저 녀석이."

대통령이 턱으로 꺼진 텔레비전 쪽을 가리키며 말하자 임병섭이 그를 바라보았다.

"미군까지 스스로 인질이 되어버린 것입니다, 각하. 인질이 5만 5천에서 10만으로 늘어났다고 생각하셔도 되겠습니다."

"그런가?"

눈을 끔벅이며 임병섭을 바라보던 대통령이 입을 벌리고 소리 없이 웃었다. 아마 20일 만에 처음 보는 웃음일 것이다.

"윌슨은 인질군사령관이군. 앗하하!"

대통령이 웃음 띤 얼굴로 강동진을 바라보았다.

"인질들이 인질군 영내에 들어가도록 계엄군이 협조해 주게."

"예, 각하."

"열흘밖에 남지 않았어, 강 장군."

"예, 각하."

"나도 성명을 발표할까 하는데."

대통령이 박종환을 향해 말했다.

"아까 회의 때는 그런 생각이 안 났는데, 한일 양국의 공군력에 미국의 공군력을 보태면 더 나을 거라는 생각이 들어서."

"……."

"어떨까, 성명을 발표해서 한국과 일본의 기지에 있는 미군기들을 빌려달라고 한다면? 어차피 놀게 될 비행기일 테니까 말이야. 우리 조종사들 여유도 생길 테고."

강동진과 임병섭, 박종환 등이 서로 얼굴을 마주 보았으나 아직 입을 여는 사람은 없었다.

"계산이 빠른 놈들이니까 승낙할 것 같은데. 부서지면 변상해주기로 하고. 인명 피해도 없을 테니까 말이야."

그러자 비서실장답게 박종환이 대통령의 의중을 제일 먼저 읽고 입술로만 웃었다.

임병섭도 따라 웃었으나 강동진은 굳게 입을 다물고는 눈을 끔벅이며 시선만 주었다.

미 제2사단장 케리 니콜슨 소장은 막사로 들어서자마자 지휘봉을 내동댕이쳤다.

"견딜 수가 없다! 나는 이 빌어먹을 나라를 저주한다!"

창가에 서 있던 기갑여단장 조 칼라한이 방바닥에 떨어진 지휘봉을 집어 들었다. 칼라한은 준장으로 니콜슨의 예하 여단장이었지만 그와는 친구 사이였다.

"케리, 진정해. 어때, 위스키나 한잔할까?"

"닥쳐!"

눈을 부라린 니콜슨이 모자를 벗어 의자에 던지고는 무너지듯이 주저앉았다 굵은 주름살이 파인 이마에는 땀방울이 맺혀 있었다.

"안 된 모양이군. 그 봐, 내가 뭐랬어? 월슨을 만나 봐야 소용없다고 하지 않았어?"

니콜슨의 방이었으나 서랍 위에 놓인 발렌타인 병을 집어 든 칼라한이 잔에 술을 따랐다.

"그저 술이나 퍼마시고 있자구. 군인은 모름지기 명령에 따라야 돼."

니콜슨은 벽을 노려본 채 입을 열지 않았다. 니콜슨은 50대 후반으로 머리는 반백이 되었으나 건장한 체격에 네브라스카 출신이다. 그는 사령부로 월슨을 찾아가 본국으로의 전출이나 그것도 안 되면 열흘간의 휴가를 신청했다가 모두 거절당하고 돌아온 길이다.

칼라한이 물컵에 3분의 1쯤 담긴 붉은 위스키를 한 모금에 털어 넣었다. 그는 니콜슨과 비슷한 나이에 와이오밍 출신으로 체구는 작다. 그들은 웨스트포인트 동기였다.

"케리, 제임스가 명령을 기다리고 있어. 곧 그를 출발시켜야 돼."

칼라한의 말에 니콜슨이 머리를 돌려 그를 바라보았다.

제임스 핸든은 동두천에 본부를 둔 그의 예하 보병연대의 장이다. 월슨은 제임스의 연대를 대구로 이동시켜 그곳의 공군기지와 그곳으로 몰려올 예정인 만 명에 가까운 미국 시민을 보호할 임무를 부여했던 것이다.

전방에 배치되었던 미군은 기지를 버리고 남쪽으로 이동하고 있었는데 이제 제 위치를 지키고 있는 미군 부대는 몇 개 되지 않았다. 고정 포대나 진지, 그리고 막대한 양의 탄약과 병참, 시설물들은 재빨리 빈자리를 메우며 들어오는 한국군과 자위대의 차지가 되었다.

"가라고 해, 조. 네가 말해."

니콜슨이 가라앉은 목소리로 말했다.

"지금이 내 30년 군 생활이 치욕으로 끝나는 순간이다. 조, 너도 잘 봐두어라."

"빌어먹을. 케리, 너만 그러는 게 아냐."

유리 술잔을 소리 나게 탁자 위에 내려놓은 칼라한이 니콜슨을 쏘아보았다.

"빌어먹을 한국인들이 우리를 우습게 보고 있다는 걸 모두 느끼고 있단 말이다. 너만 잘난 체하지 말어."

"……."

"떠나려면 진작 떠났어야 했다고 이제야 떠들고들 있어. 이 빌어먹을 반도는 오래전부터 우리에게 아무런 전술적 가치도 없었는데도 말이야."

"우리는 인질이야, 조. 그 개 같은 정치인들이 한국 놈들의 술수에 말려들어 철수를 미루는 바람에 이 꼴이 되었다."

"애치슨 같은 놈이 한 놈이라도 있었다면."

칼라한이 다시 술잔을 쥐었다. 술을 입안으로 털어 넣고 난 그가 자리에서 일어나 부대에서 명령을 기다리고 있는 제임스 핸든 대령에게 전화를 마치고 돌아왔다.

"케리, 이제 전방에 남아 있는 미군은 내 기갑여단 하나밖에 없어. 우리도 언제 이동할지 모르지만."

"우리는 군인이 아니라니까 그러네."

니콜슨이 다시 언성을 높였다.

"우리는 엄청난 화력을 가지고도 인질이 되어버렸어. 한국군 놈들에게 말이야."

"인질이라니, 그것 기분 나쁜 표현이군, 케리."

"시민을 구하기 위해 한국군과 싸우지도 못하고, 그렇다고 북한과 싸우지도 않는다. 우리의 위대하신 클린트 대통령 각하의 국민의 생명을 아끼는 자애심 때문이다."

"……."

"진지를 버리고 패주병처럼 후방으로 빠져나가 시민들과 함께 웅크리고 있게 되었다. 남과 북 어느 쪽에서 총탄이 날아올지 몰라 떨면서 말이야."

* * *

"춥나?"

장영환이 묻자 양만호가 머리를 끄덕였다.

"되게 추운데요, 들바람이."

비무장지대의 철망이 바로 20미터 앞쪽에 처져 있고, 옆쪽으로 뻗쳐 나온 철조망 가닥이 바람을 찢는 소리를 내었다. 그들은 땅을 1미터쯤 파고 나서 그 위에 시멘트 기둥을 받쳐 지붕을 얹고 흙을 덮은 임시 참호에 들어가 있었지만 바람은 사정없이 휘몰려 들어왔다. 시계를 확보하기 위해서 앞쪽을 모두 틔워놓았기 때문이다.

"30분만 참아라. 교대가 올 테니까."

장영환이 입안으로 들어가는 바람을 피하려고 얼굴을 틀고는 웅얼거리듯 말했다. 오후 3시 반이었지만 하늘은 흐려서 저녁때가 다 된 것처럼 보였다. 금방이라도 눈보라가 흩날릴 것 같은 날씨이다.

"장 병장님, 우리는 이제 총알받이가 되었군요. 그렇지 않습니까?"

양만호가 턱을 가슴에 묻고는 소리치듯 말했다. 추위에 얼굴이 파랗게 굳어 있다.

"그런 셈이지. 아닌 게 아니라 벙커에 있었을 때가 그립구나. 거긴 꽤 아늑한 못자리였는데."

"씨발, 이런 데서 죽는 것이 억울해요."

"할 수 없지."

철조망의 건너편은 갈대숲이 우거진 넓은 평원이었는데 밋밋한 경사면을 이루고 있어서 2킬로미터 전방의 분계선도 보였다. 그리고 그 부근에서 다시 경사면이 시작되는 지형의 위쪽 부분이 북방 한계선이다. 지금은 잘 보이지 않았지만 맑은 날에는 북한 병사들과 그 초소도 육안으로 보였다.

"결혼하셨다면서요?"

양만호가 소리쳐 다시 물었는데 추위를 잊으려는 의도 같았다. 다리 사이에 막사에서 가져온 가스스토브가 켜져 있었지만 무릎 근처만 뜨뜻할 뿐이다.

"했지. 아직 신혼이야, 나는."

장영환이 K-2를 조심스럽게 내려놓고는 두 팔을 몸통에 붙였다. 겨드랑이가 얼 것 같았기 때문이다.

"마누라보고 친정에 가 있으라고 했는데 서울 집에 그대로 남아 있어. 이틀 전에 편지가 왔었다."

"저놈들이 서울에 들어가면 어떻게 될까요?"

"어떻게 되기는, 뻔한 일이지. 눈이 뒤집힐 거다. 자동차, 빌딩, 그리고 듣도 보도 못한 갖가지 물건."

마침내 얼굴에 차가운 물기가 부딪쳐 왔다. 그러고는 곧 희끗한 눈발이 시야에 들어왔다.

"다시 공산주의 낙원을 건설하겠지. 북한 놈들의 낙원 말이야. 남한 사람들에게는 지옥이겠지만."

장영환이 방한모의 앞부분을 눌러 눈에 부딪치는 눈발을 차단시키고는 말을 이었다.

"하지만 쉽게 안 될 거야. 6.25 때하고는 다르니까."

"미국이 나자빠져 버렸는데두요?"

"일본이 왔잖아, 대신."

"그놈들이 몇이나 된다고……."

"최신형 전차가 800대나 들어왔어. 전투기는 신형으로 300대가 넘는다."

"……."

"그리고 내가 군대 생활 할 때보다 군기가 더 잡혀 있어. 소대장, 중대장의 얼굴을 보면 알 수 있단 말이다. 나쯤 되면."

"……."

"씨발, 이왕 이렇게 된 것, 죽기 아니면 살기다. 안 그러냐?"

그들로부터 200미터쯤 떨어진 능선 밑의 막사 안.

중대장 조명훈이 네 명의 소대장과 함께 긴장한 얼굴로 탁자 위의 지도를 바라보고 서 있다. 그리고 한 사람이 더 끼어 있었는데 대대장인 오진갑 중령이다. 그는 작달막한 체구에 양쪽 볼이 늘어진 고집스러운 인상의 사내였다.

"여기선 보이지 않지만 놈들의 참호 뒤쪽에는 기갑사단이 있어. 이쪽으로 밀고 내려올 T—62와 AFV(전투 장갑차)는 모두 200대가 넘는다."

오진갑이 손끝으로 북방 한계선 위쪽을 짚었다.

"그 빌어먹을 T—62가 매달고 있는 것은 115밀리미터 활강포다. 하긴 활강포나 강선포나 그게 무슨 상관이냐."

머리를 든 오진갑이 쓴웃음을 지으며 주위를 둘러보았다.

"우리 후방에 155밀리미터 곡사포가 있어. 대전차미사일부대도 있고. 걔들끼리 치고받으라고 하면 된다."

중대장 조명훈이 입맛을 다시고는 오진갑의 얼굴을 슬쩍 바라보았으나 나서지는 않았다. 오진갑이 두 팔꿈치로 탁자를 짚었다.

막사 안의 장교들은 잠시 아무도 입을 열지 않았다. 근무 교대 시간인지 밖에서 병사들의 발소리가 들려왔다.

인민군 보병 제51사단 수색중대 제3소대의 막사 안.

김덕천 상사는 소대장 오연식 중위 앞에 부동자세로 서 있었다. 병사들은 모두 근무로 밖에 나가 있어서 막사 안에는 그들뿐이다.

오연식이 입을 열었다.

"동무가 23호 초소를 맡아주어야겠소. 소대 하사관 중에서는 동무가 제일 선임이니까 소대에서 제일 중요한 곳을 맡기는 거요."

"알겠습니다, 소대장 동지. 맡지요."

김덕천이 기운차게 대답했다.

"맡겨진 임무는 목숨을 바쳐 완수합니다, 소대장 동지."

"전출 온 지 하루밖에 되지 않았지만 상황이 급하니 어쩔 수 없소."

"상황을 잘 알고 있습니다, 소대장 동지."

오연식이 마른 얼굴을 들고 김덕천을 찬찬히 바라보았다

"보위부에 있을 때와는 조금 다를 거요."

"……."

"기록을 보니 평강에서 검문소 조장을 지냈던데."

"그렇습니다, 소대장 동지. 하지만 그 전에는 서부 지역 군의 보병사단에 있었습니다."

오연식이 잠자코 머리를 끄덕였다.

보위부 사령관 이동석이 신의주 폭동 사건으로 숙청당하고 김정일의 심복인 안용준이 후임으로 부임해 왔다.

안용준은 호위 총국의 부국장이던 사내인데 부임해 오자마자 대대적인 인사 조치를 단행했다. 이 태풍에 잘못 끼어든 것이 김덕천이다. 그는 말단 하사관이었지만 이번에 서부전선으로 좌천당한 평강 지역 보위대장의 신임을 받고 있었다는 것이 그 이유였다.

오연식이 입을 열었다.

"앞쪽에 남조선의 부대가 증강되어 왔소. 1개 중대 규모인데 경계를 강화하고 있소. 감시를 늦추지 마시오."

"알겠습니다, 소대장 동지."

오연식이 머리를 끄덕이고는 자리에서 일어섰다.

막사를 나온 오연식은 길게 이어진 참호를 따라 걸어 중대장의 막사로 들어섰다. 중대장 한만규 대위가 책상에 앉아 무엇인가를 쓰고 있다가 머리를 들었다.

"그래, 그에게 임무를 맡겼소?"

"예, 중대장 동지. 맡겼습니다."

오연식이 그의 앞으로 다가가 섰다.

"순순히 일을 맡더군요. 반발하지 않았습니다."

"반발할 리는 없지. 그렇게 하면 어떻게 될지 잘 아는 놈이니까."

"제23호 초소는 21호 초소의 후방입니다. 중요한 지점도 아니니까요."

"중요한 지점을 맡길 수는 없지."

그들은 마주 보고는 서로의 공감대를 읽었다.

"부패한 놈들이야, 보위부 놈들은. 이번에 잘 숙청되었어."

한만규가 검은 얼굴을 들고 말했다.

"이젠 전군이 한마음이 되어 총공격을 해야 돼. 며칠 남지 않았어."

*　　　　*　　　　*

스위스 바젤.

취리히에서 국경도시인 바젤까지는 열차로 한 시간 거리였고, 낮에는 매 시간마다 두 편씩 열차가 운행되고 있었다.

바젤은 라인 강이 서쪽으로 흐르다가 북쪽으로 방향을 트는 곳에 세워진 스위스 최대의 하천 항구도시이다. 라인 강이 시내를 관통하고 있는 오래된 도시지만 금융과 화학공업이 발달하여 취리히에 이어 스위스 제2의 국제도시이기도 했다.

김원국 일행이 바젤의 스위스 국철역에 내린 것은 오후 5시였다. 시내를 관통하는 라인 강은 곧 위쪽에서 독일과 프랑스의 국경선이 되었으므로 그쪽으로 여행하는 승객들이 무리를 지어 열차에서 내리고 있었다. 사람들 사이에 끼어 플랫폼으로 나온 김원국이 뒤를 따르는 강대홍과 박은채를 바라보았다.

"여기까지는 아무 일 없었지만, 이곳을 빠져나가는 것이 문제다. 정신들 차려."

"예, 형님."

긴장한 얼굴로 대답한 강대홍이 시계를 내려다보았다.

"6시 열차인데 곧장 프랑스 국철역으로 갈까요?"

김원국이 주위를 둘러보았다. 한 무리의 중국인 관광객이 그들 옆을 지나고 있었는데 떠드는 소리가 요란했다. 그들의 말소리는 발음이 강해서 플랫폼을 가득 울렸다. 김원국이 머리를 끄덕이자 강대홍이 앞장섰다.

프랑스 국철역은 같은 건물에 있었으므로 그들은 중국 관광객들 뒤를 따랐다. 모두 파카와 두툼한 바지를 입은 여행자의 차림이어서 표가 나지는 않았다.

"열차에서 신문을 보았는데 지한호 씨가 살해당했다는 기사가 났습니다."

옆에서 걷던 박은채가 조심스럽게 입을 열었다.

"시체는 시외의 길가에서 발견되었다고……"

"……"

"경찰은 강도의 소행이라고 추정하고 있던데요."

앞장서 가고 있는 강대홍의 뒷모습을 좇던 김원국이 머리를 돌려 그녀를 바라보았다.

"아마 놈들도 파리로 몰려가고 있을 것이다. 아니, 이미 도착해 있을지도 모르지."

"북한 사람들 말씀이세요?"

"그래."

"그쪽 사람들은 떳떳하게 비행기를 탔겠지요. 우리처럼 이렇게는……"

힐끗 김원국을 바라본 박은채가 말을 멈추었다. 중국인들이 무어라고 떠들면서 옆쪽의 안내판 앞으로 몰려갔으므로 그들도 발길을 돌렸다.

"불평하는 것이 아녜요. 그리고 불편하지도 않구요."

박은채가 다시 입을 열었다. 그들이 중국인들 사이에 끼어 서 있었으므로 그녀의 목소리는 꽤 컸다.

"저는 지금이 좋아요."

'좋다니, 그게 무슨 말이냐?' 하는 시선으로 김원국이 바라보자 박은채가 얼른 머리를 돌렸다. 중국인들이 다시 움직이기 시작했는데 방향이 달랐다. 그들은 건물의 입구 쪽으로 나아가고 있었다.

강대홍은 앞쪽 기둥에 기대서 있다가 머리를 들어 김원국을 바라보았다. 김원국이 발을 떼었다.

"가자."

국제선의 출입구는 30미터쯤 앞이다. 오가는 여행객이 많았고 대합실의 의자에는 사람들이 빼곡하게 들어차 있어서 혼잡한 편이었다.

출입구 옆쪽에 제복을 입은 경찰 두 명이 서 있었으므로 박은채는 가슴이 덜컹 내려앉았다. 사람들 사이에 낀 강대홍이 경찰 옆을 지나 계단을 내려갔다.

박은채는 김원국의 팔짱을 끼었다. 그들과 경찰들과의 거리가 10미터쯤으로 가까워졌을 때 박은채는 숨을 들이마시면서 김원국의 팔을 움켜쥐었다. 뒤쪽에서 다가온 동양인 한 명이 김원국의 옆으로 바짝 붙어온 것이다.

"그냥 걸으시지요. 전 안기부 요원입니다."

사내가 한국말로 말하는 소리가 똑똑히 들렸다. 매끄러운 서울 말씨였다.

"특수 경찰이 플랫폼에 깔려 있습니다. 정보가 새었는지는 알 수 없지만 이쪽은 위험합니다, 김 선생님."

사내가 경찰 옆을 지나면서 재빨리 말하자 김원국이 이맛살을 찌푸렸다.

"그렇다면 먼저 내려간 사람이 하나 있는데."

"압니다. 제 동료가 뒤따라갔으니 곧 데려올 겁니다."

그들은 계단을 내려가 왼쪽의 대합실로 들어섰다. 플랫폼이 유리벽 너머로 보였고, 미끈한 열차에 승객들이 오르고 있다. 대합실은 승객들로 혼잡했다.

"내가 바젤로 온다는 것을 어떻게 알았소?"

유리벽 근처의 빈 의자를 찾아 앉은 김원국이 사내에게 물었다.

30대의 사내는 얼굴이 붉었다. 단정하게 빗어 넘긴 머리에 다소 거친 인상이고 두툼한 가죽 코트 차림이었다.

"본부에서 연락을 받았습니다. 참, 인사가 늦었습니다. 전 베를린에서 근무하는 신을수입니다."

사내가 머리를 숙여 보였다.

강대홍은 대합실 구석에 서서 이쪽을 바라보는 중이고 그의 옆에 사내 한 명이 서 있는 것이 보였다.

"부장께서 김 선생님이 바젤을 통해 프랑스로 입국하신다고 말씀해 주시더군요."

김원국이 머리를 끄덕였다.

떠나오기 전에 임병섭에게 미리 연락했던 것이다. 그러나 경호를 부탁하지는 않았다. 그들은 오히려 이쪽보다 더 노출되어 있었기 때문이다.

"이건 정말 뜻밖인데. 괜찮겠소?"

김원국의 물음에 앞에 서 있던 신을수가 눈을 끔벅이며 그를 바라보았다.

"뭐가 말씀입니까?"

"안기부 요원들은 움직이기가 쉽지 않다고 들었는데."

"쉽지 않았지요. 지금쯤 저희가 없어진 걸 알고 찾고 있을 겁니다."

"……."

"하지만 이젠 구애받을 것 없습니다. 쫓고 쫓기는 게임이라면 우리도 CIA만큼은 합니다."

신을수가 시계를 내려다보았다. 발차 20분 전인 5시 40분이다.

"국경을 통과하시면 뮐루즈에서 내리십시오. 그곳에서 자동차로 가시는 것이 나을 겁니다. 저희 요원이 기다리고 있으니까요."

"그건 알겠는데 우선 이곳이나 빠져나가고 봐야겠지."

"어떻게 되겠지요."

김원국이 얼굴에 웃음을 띠었다.

"당신, 뱃심이 있어 보이는군."

"칭찬이시라면 기쁘게 받아들이겠습니다."

다시 시계를 내려다본 신을수가 김원국에게 머리를 숙였다.

"어쨌든 잘 부탁합니다, 김 선생님. 파리의 일이 잘되시기를."

스토반과 뮬러 형사는 플랫폼의 기둥에 붙어 서서 앞을 지나가는 여행자들을 바라보았다. 그들의 옆쪽에도 두 명의 사복 형사가 서 있고 우측의 출입구 근처에도 다른 두 명이 배치되어 있다.

이곳에 배치된 인원은 모두 열두 명이었으므로 나머지 여섯 명은 좌측의 출입구와 플랫폼의 중간 부근 등에서 동양인 암살자들을 찾으려고 눈을 번쩍이고 있을 것이다.

뮬러가 스토반에게로 머리를 돌렸다.

"반장님, 김원국이라는 코리언, 꽤 알려진 거물이던데요. 저도 CIA가 보내준 자료를 보았습니다."

"코리언 마피아의 대부야. 그놈이 이곳에 들어왔다니, 나도 놀랐어."

스토반이 두툼한 콧날을 손끝으로 비볐다. 머리가 벗겨지기 시작하는 육중한 체격의 40대 사내였다.

"취리히가 시끄러웠던 것이 당연해. 그놈 일당이 들어와 있었으니 말이야."

"한국은 이제 완전히 미국과 적대 관계가 되어 있던데요. 내일모레 전쟁이 일어날 참인데 야단났습니다."

"일본이 있잖아? 한일방위조약이 체결되었고. 오히려 잘되었는지도 모른다."

한 떼의 사람들이 몰려왔으므로 그들은 몸을 벽에 붙였다.

이야기를 하면서도 그들은 주변을 주의 깊게 살펴보고 있었다. 김원국과 조웅남 등의 사진까지 입수하여 눈에 익혀두고 나온 참이어서 동양인들이 지나면 유심히 살펴보았고, 조금이라도 이상하다 싶으면 검문을 했다. 좌측의 동료들이 동양인 두 명을 세우고 신분증을 검사하고 있는 것이 보였다.

스토반의 귀에 꽂은 리시버에서 말소리가 들려왔다.

—반장님, 하센입니다.

플랫폼에 있는 부하이다

"뭔가?"

스토반이 옷깃에 숨겨놓은 마이크의 스위치를 켜고 물었다.

—한국인 한 명이 검문에 불응하고 있습니다. 지금 하인리히가 붙잡고 있습니다.

스토반이 머리를 들어 옆쪽을 바라보았다. 그들은 오가는 사람들에 가려져 보이지 않았다.

"사무실로 끌고 들어가."

—예, 반장님. 아앗!

그의 외침이 들렸고, 거의 동시에 플랫폼을 진동하는 총성이 울려 퍼졌다. 이어서 사람들의 비명 소리가 들려왔다.

"하센, 어떻게 된 거야?"

스토반이 이미 그쪽으로 달려가면서 소리쳐 물었다. 사람들이 물고기 떼처럼 사방으로 흩어져 뛰고 있었는데 그야말로 아수라장이었다.

—반장님! 다른 한 놈이 총을…….

그러자 다시 총성이 울렸다. 연속해서 쏘는 것이다.

스토반과 뮬러는 이제 권총을 빼어 들고 사람들과 부딪치며 앞쪽으로 달려갔다.

—잡았습니다!

하센의 말소리가 울려 나왔고, 앞쪽에서 총을 빼 들고 있는 하센과 하인리히의 모습이 보였다. 그의 주위에서 서너 명의 요원이 총을 겨누고 있고, 나머지 요원들도 달려오고 있었다.

—움직이지 마라, 이 자식아!

하센이 스위치를 켜놓은 채 소리를 질렀으므로 귀가 울린 스토반은 리시버를 귀에서 떼었다.

사내 한 명이 플랫폼의 바닥에 쓰러져 있다. 그의 몸에서 흘러 나온 피에 전등불이 비쳐 검게 보였다. 다른 한국인 한 명은 두 손을 치켜든 채 무표정한 얼굴로 서 있다.

"잡았군, 김원국의 일당을."

뮬러가 가쁜 숨을 몰아쉬면서 말했다.

"사람들을 물리쳐라! 주위를 정리해! 어서!"

스토반이 주위를 둘러보며 소리쳤다. 사람들이 몰려들고 있었던 것이다.

"이 자식이 먼저 권총을 쏘았습니다."

하센이 턱으로 쓰러진 사내를 가리키며 말했다.

"그래서 저와 하인리히가 같이 쏘았습니다."

동양인에게 다가간 스토반이 그를 바라보았다. 부하 두 명이 그에게 달려들어 수갑을 채우고 몸수색을 하는 중이었다.

"너, 한국인인가?"

사내가 머리를 끄덕였다.

"그렇다."

"이름은?"

"김원국이다."

플랫폼에서 나온 그들 앞에 동양인 한 명이 다가왔다. 긴 얼굴에 안경을 낀 허술한 차림의 사내였다.

"전 안기부 요원 조기식이라고 합니다. 바젤에서 이야기를 들으셨을 줄로 압니다만."

"들었소."

김원국이 대답하자 사내는 잠자코 앞장을 섰다.

짙은 어둠이 깔린 역 앞의 광장에는 오가는 행인이 많았다. 저녁 7시가 조금 넘은 시간이다.

사내는 광장을 가로질러 차도에 세워놓은 검은색 시트로엥으로 다가갔다.

"타시죠. 제가 파리까지 모셔다 드리겠습니다."

그가 운전석의 문을 열고는 김원국을 바라보았다.

"고맙소."

"천만의 말씀입니다."

차 안은 조금 전까지 히터를 켜고 있었던 모양인지 따뜻했다. 사내가 익숙한 솜씨로 차를 발진시키자 김원국이 물었다.

"바젤 역의 이야기는 들었소?"

"예, 조금 전에 들었습니다."

사내가 가볍게 대답했다.

"신을수 선배는 병원으로 후송되던 중에 죽었습니다. 그리고 동료 하나는 지금 경찰서에 있지만 곧 풀려나겠지요."

"어떻게 된 일이오?"

"저도 잘 모릅니다."

핸들을 쥔 사내가 머리를 저었다.

"저는 그저 신 선배가 임무를 달성한 것만 알고 있습니다."

김원국의 옆자리에 앉은 박은채가 소리 죽여 숨을 내쉬었다. 차는 곧장 시가지를 빠져나가 고속도로로 접어들었다. 소음 방지 장치가 잘되어 있어서 차 안은 조용했다. 박은채는 온몸의 긴장이 풀려가는 것을 느끼고 있었다.

플랫폼에서 총성이 울리고 그곳이 수라장이 되었을 때 그들은 열차에 올랐다. 열차는 제시간에 출발했는데 박은채는 떠나가는 열차 안에서 땅바닥에 엎드려 있는 사내의 모습을 볼 수 있었다. 얼굴은 보이지 않았지만 검은색 가죽 코트는 낯이 익어서 그녀는 가슴이 철렁 내려앉았다. 김원국과 강대홍은 약속한 듯이 입을 다물고 앉아 있었으므로 물어볼 수도 없었고, 그럴 용기도 일지 않았다.

"그 사람, 우릴 보내려고 목숨을 버린 거요. 신세를 졌어."

김원국이 혼잣소리처럼 말하자 조기식이 힐끗 백미러를 올려다보았다.

"나라를 위한 일입니다. 선생님을 위해서 그런 것이 아닙니다."

"물론 그렇지."

김원국이 머리를 끄덕였다.

"그래서 우리 어깨가 더 무거워진 것 같소."

"조국 대한민국은 지금 전쟁 준비가 끝나가고 있습니다, 선생님."

조기식이 말머리를 돌렸다.

"지난 20일 동안 서울에 만들어진 지하 대피소가 천 군데가 넘는다는데 시민 200만 명이 대피할 수 있답니다. 좌우간 우리나라 건설업체는 빨리 만드는 것으로는 세계 최고지요."

조기식이 백미러를 통해 뒤쪽을 바라보았다.

"지금처럼 전 국민이 똘똘 뭉친 역사가 없었습니다. 북한 놈들이 우리에게 그런 기회를 준 것이지요."

"국민이 정부를 믿고 있기 때문이야."

김원국이 앞쪽을 바라보며 말했다.

"관리들이 모범을 보여주었어. 조 대사, 안 장관, 그리고 대통령의 결단도 훌륭했고."

"부패하고 비겁한 놈들의 진면목이 드러났습니다. 말로만 떠들던 놈들은 마지막 순간에는 어쩔 수 없이 본색을 드러내게 되지요."

김원국이 잠자코 있자 차 안은 한동안 희미한 엔진 소리만 들릴 뿐 조용했다.

이윽고 김원국이 입을 열었다.

"저쪽도 제시간에 도착해야 할 텐데."

혼잣소리처럼 말했으나 강대홍이 머리를 돌려 그를 바라보았다. 그는 지금 조웅남의 일행을 말하고 있는 것이다.

그 시간, 조웅남은 제네바의 시내를 달리는 12번 전차 안에 서 있었다. 제네바는 프랑스에 둘러싸여 있어서 스위스로서는 튀어나온 영토였다. 그래서 12번 전차의 종점은 프랑스의 국경에 접해 있었다.

조웅남이 옆에 서 있는 김칠성을 바라보았다.

"우리사 걱정할 것 없다마는 형님이 잘 빠져나갔어야 허는디."

전차는 불빛이 휘황하게 비치는 거리를 천천히 달려가고 있었다.

취리히에서 열차로 세 시간 거리에 있는 제네바는 국제기관이 집결해 있는 세계적인 도시이다. 500년의 역사를 가진 제네바는 봉건 체제에 반대하는 사람들의 피난처 역할도 했다가 19세기 후반부터는 차츰 영국 귀족들의 휴양지로 알려지게 되었다. 그것이 관광 스위스의 시작이었고, 제네바는 스위스의 알프스 등반이나 몽블랑 원정의 기점이 되었다. 그러나 지금은 물가가 비싸 관광객들이 다른 곳을 경유하기도 한다.

창밖을 바라보던 김칠성이 입을 열었다.

"아직 국경을 빠져나가지도 않았어요. 우리도 끝난 것이 아니란 말입니다."

전차에 타고 있는 사람들은 10여 명밖에 되지 않았고, 동양인은 그들뿐이었다.

"도망댕기는 것에는 이골이 난 몸이여, 내가. 안 그러냐?"

조웅남이 창밖을 내다보며 말했다.

"주마산간으로 제네바를 보는구나. 하룻밤 자고 갔으믄 좋겄는디."

"주마산간이 무슨 말이오?"

"무식헌 놈 같으니. 한문이여. 달리는 말이 산을 간신히 본다는 말이다. 빨리 달링게로 볼 틈이 없는 거여."

"처음 듣는 말인데. 주마간산 아니오?"

"간신히 산을 본다는 뜻은 마찬가지여."

전차가 정류장에서 멈추자 그들은 입을 닫았다.

종점이 멀지 않았으므로 서너 명의 승객이 내렸고, 차가운 밤바람이 휘몰려 들어왔다. 전차가 차체를 진동시키면서 다시 출발하자 김칠성은 차 안을 둘러보았다. 승객은 그들을 포함하여 열 명도 되지 않았다.

출입문 앞의 의자에 앉아 있던 중년 사내가 김칠성과 시선이 마주치자 얼굴에 웃음을 띠었다. 낡은 코트에 넥타이를 단정하게 맨 50대의 사내이다. 두 무릎 위에 서류 가방을 올려놓고 있었는데 사무직 월급쟁이 티가 몸에 배어 있다.

"제에기, 되게 썰렁허고만."

조웅남이 중얼거리는 소리에 머리를 든 김칠성이 주위를 둘러보았다. 우연인지는 모르지만 서너 명의 승객과 시선이 일제히 부딪쳤고, 그 순간 김칠성은 온몸에 전류가 흐르는 듯했다.

"형님."

그가 조웅남에게로 몸을 돌리는 순간이었다.

"손들어. 움직이면 쏜다."

권총을 겨눈 중년 사내가 자리에서 일어서며 소리쳤다. 그는 이제 월급쟁이의 얼굴이 아니었다. 치켜뜬 눈과 긴장으로 굳은 얼굴 근육이 전혀 다른 사람의 것 같았다. 그와 동시에 뒤쪽 좌석에서 두 명, 옆과 앞쪽에서 세 명의 사내가 권총을 빼어 들고 그들을 에워쌌다.

"어허."

입을 따악 벌린 조웅남이 김칠성을 돌아보았다.

"이것들이 어뜨케……."

"너희들을 체포한다! 손들어! 어서!"

다시 사내의 고함 소리가 들려오자 김칠성과 고동규는 두 손을 들었다.

사내들이 달려들어 그들의 팔을 뒤로 꺾어 내렸다.

"너! 손 안 들어?"

사내의 고함 소리가 다시 울리자 조웅남이 얼굴을 찌푸리며 웃었다. 그는 두 손으로 파카의 가슴 양쪽 부분을 움켜쥐고 있었던 것이다. 옷깃을 쥐고 있었으므로 공격적인 자세는 아니었지만 손을 든 것은 아니다. 영어를 쓰던 사내가 이제는 프랑스어로 소리쳤다.

"손을 들어 올려!"

조웅남이 영어를 이해하지 못하는 것으로 생각한 모양이다.

"형님, 조심해요! 제발……!"

뒤로 가 있는 두 팔목에 수갑이 채워지는 와중에 김칠성이 조웅남을 향해 소리쳤다. 고동규는 사내 두 명에게 양쪽 팔이 잡혀 있었다. 전차는 덜거덕거리면서 달리는 것을 멈추지 않았다.

조웅남은 유리창에 등을 기대고 서 있었는데 좌석 안쪽에 들어가 있어서 사내가 뒤로 다가오지는 못할 위치였다. 머리를 끄덕인 그가 옷깃의 양쪽을 잡아 벌렸다. 뚜두둑 하는 소리와 함께 파카의 단추가 일제히 열렸고, 그 순간 전차 안 모두의 움직임이 멈추었다.

"여기를 보아라, 개새끼들아!"

간단한 단어였으므로 조웅남의 정확한 영어가 전차 안을 울렸다. 그의 말소리는 낮지도 높지도 않았으나 전차 안의 모든 사람이 주목했다.

"내가 이 스위치를 누르면 이곳은 가루가 된다. 움직이지 마라."

사내들은 그의 배와 가슴에 두 겹으로 둘려져 있는 다이너마이트를 보았다. 절연테이프로 감긴 다이너마이트에서 제각기 가

느다란 전선이 뻗어 나와 그가 손바닥으로 감싸고 있는 가슴의 플라스틱 조정기에 모여 있다.

"총을 버려라. 내가 스위치를 누르기 전에."

잇새로 말을 뱉는 그의 얼굴은 고릴라의 형상이었다. 김칠성이 어깨를 흔들어 잡힌 팔을 풀었다. 사내들의 팔 힘이 떨어져 나간 것을 느낀 것이다.

"어서!"

조웅남이 다시 말하자 중년 사내가 입을 열었다.

"이봐, 진정해. 우리 타협을……."

"닥쳐! 이 개자식아!"

조웅남이 벼락같이 소리치자 사내가 입을 닫았다. 전차는 덜거덕거리면서 정류장을 그냥 지나치고 있었다.

"어서 수갑을 풀어! 그리고 너희들은 권총을 버려!"

"풀어라!"

중년 사내가 권총을 바닥으로 던지면서 말했다. 손등으로 이마의 땀을 닦은 그는 다시 월급쟁이의 얼굴로 돌아갔다.

"이 씨발 놈들의 권총을 주워라."

조웅남이 한국어로 말했다. 수갑이 풀린 김칠성과 고동규가 권총을 줍고 사내들을 전차의 뒤쪽으로 몰아세웠다.

"이것들이 도대치 나를 어뜨케 보고."

조웅남이 어깨를 펴고 사내들을 흘겨보았다. 이내 전차는 속력을 줄이기 시작했는데 종점이 가까워지는 모양이었다.

* * *

고트 부통령은 40대 후반으로 건장한 체격에 용모도 단정해서 대중의 인기가 높은 편이었다. 그리고 성격도 무난해서 적이 없는 것이 정치인으로서의 그의 강점이자 약점이었다.

개성이 부족하다는 평을 들었지만 그는 클린트 대통령이 신임하는 몇 사람 중 하나였다. 그 이유는 그가 나서는 스타일이 아니기 때문이라는 것을 모두 알고 있다. 공은 클린트에게 돌리고 과는 자신이 먹는다. 러닝메이트로 클린트와 함께 대선을 치른 그는 지금까지 철저히 그런 자세로 처신해 왔다.

그러나 지금 템퍼러호텔의 특실에 앉아 있는 고트의 표정은 어두웠다. 여느 때처럼 자신만만하고 여유 있어 보이는 표정이 아니었다. 소파에 등을 묻은 그는 한동안 앞에 앉은 빈 몰 공화당 원내 총무를 바라보기만 할 뿐 입을 열지 않았다.

빈 몰이 탁자 위에 위스키 잔을 내려놓았다. 그는 70대 노정객으로 고트의 아버지뻘이었고, 그가 정치에 발을 딛고 난 후에 태어난 고트가 부통령이 되었다.

"조지, 난 2차 대전 때 중위로 참전했었소. 이곳 파리에서 재미도 좀 보았지. 젊었을 때니까."

몰이 입을 열었다. 분위기를 바꾸려는 것이다.

"그땐 걱정이 없었어. 그저 오늘만 생각하면 되었으니까. 젊었기 때문이야. 나날이 새로운 것이 닥쳐와서 신이 났지."

"빈, 키드먼 이야기로는 북한군은 전쟁 준비를 마쳤다고 합디다. 일주일 후면 침공이 시작돼요."

"인구 밀도가 너무 높은 지역이야, 조지. 좁은 땅에 7천만이 넘는 인구가 있어."

"미국인이 10만이 넘어요, 빈."

"하긴 일본인도 10만 가까이 몰려가 있구만."

몰이 잔에 남은 위스키를 입안에 털어 넣었다.

"나도 한국이 그렇게 강수를 두고 나오리라고는 생각하지 못했소, 조지."

"그렇다고 이제 와서 북한과 전쟁을 치를 수는 없어요, 몰."

"남한과도 마찬가지지. 우린 진퇴양난에 처했소."

몰이 빙그레 웃자 고트가 입맛을 다셨다.

"빈, 공화당 의원 중에서 정부를 비판하는 자들이 많습니다."

"곧 잠잠해질 거요, 조지. 전쟁이 시작되어 쌍방에 막대한 희생자가 생기면 언론이건 떠드는 놈들이건 모두 입을 닫게 될 거요."

몰이 자신 있게 말하고는 잔에 위스키를 채웠다.

"동북아에서 우리의 위상이 다소 실추된 것은 사실이지만 시대가 변한 것을 모두 곧 깨닫게 될 거요. 실리가 없는 곳에서 미국인들을 희생시킬 수는 없으니까. 그리고 우리의 힘을 깔보는 나라는 세계 어느 곳에도 없소. 우리의 이익을 위해서라면 언제든지 어느 곳에든 미군을 투입시킬 수 있다는 것을 알고 있을 테니까 말이오."

"동감입니다, 몰. 대통령도 요즘 당신에 대해 고맙게 생각하고 있습니다. 당신은 우리에게 큰 힘이 되었어요."

고트가 부드러운 표정으로 말했다.

민주당인 고트로서는 공화당 총무인 몰의 적극적인 지원이 반갑지 않을 리가 없다. 더구나 공화당은 지난 선거에서 상하원의 다수당이 되었다.

"빈, 어쨌든 나는 이렇게 무거운 일을 맡기는 처음이오. 나는 내일의 일이 역사에 어떻게 기록될지 몰라 불안합니다."

고트의 말에 몰이 술기운에 붉어진 얼굴을 펴고 웃었다.

"역사는 후세에 정리되는 것이네, 조지. 그리고 우리는 결코 패할 리가 없소."

전화기의 스위치를 끈 찰스 월튼이 몸을 돌려 마크 캔들을 바라보았다.

"놈들이 제네바를 통해서 프랑스로 들어왔다."

"세 놈입니까?"

"그래, 다 잡았다가 한 놈이 온몸에 다이너마이트를 감고 달려드는 통에 모두 놓친 모양이야."

"그렇다면 파리로 오겠군요."

"목적지는 여기야. 틀림없어."

월튼이 시계를 올려다보았다. 밤 9시 반이다.

"북한 쪽 경호 팀에게 연락해. 김원국 일당을 조심하라고."

"알겠습니다. 그런데 세 명이라고 할까요, 아니면……."

자리에서 일어선 캔들이 긴 팔로 책상을 짚으며 물었다.

"세 명 중에 김원국은 없었어. 하지만 같이 행동하고 있다고 보아도 되겠지."

머리를 끄덕인 캔들이 방을 나가자 월튼은 책상 위에 놓인 흰색 전화기를 집어 들었다. 도청 방지 장치가 부착된 무선전화기였는데 키드먼과 연락할 때만 사용하고 있었다. 신호가 세 번쯤 울리자 키드먼의 목소리가 들렸다.

—여보세요.

"국장님, 찰스 월튼입니다."

—음, 월튼, 무슨 일이야?

키드먼의 목소리는 가라앉아 있었는데 월튼에게는 그게 놀람에 대비하려는 방어적인 자세로 느껴졌다.

"김원국 일당이 제네바를 돌파하고 프랑스로 진입했습니다."

그러자 키드먼이 성대를 울리며 낮게 웃었다.

—월튼, 자네도 전쟁놀이에 물든 모양이군. 몇 개 사단이 진군해 가는 것처럼 들리는데.

"국장님, 프랑스 보안국도 비상 대기에 들어갔습니다. 저도 북한 쪽 경호원들에게 그 정보를 주었습니다만."

—당연한 거야, 월튼. 취리히에서처럼 당하면 안 될 테니까. 이번은 대단히 중요한 회담이야. 마지막 회담이라구.

"알고 있습니다, 국장님."

—요원들을 총동원해서 찾아. 찾아서 제거해.

"알았습니다, 국장님."

전화기를 내려놓은 월튼은 어깨의 힘을 풀고는 의자에 등을 기대었다.

바깥의 사무실에서 직원들의 말소리와 전화벨 소리가 희미하게 울려왔다. 이미 파리의 CIA 본부는 비상 상황에 돌입해 있어서 요원들은 철야 근무를 하는 중이다. 그 목적은 말할 것도 없이 회담장의 경호와 취리히에서와 같은 돌발 사고를 방지하기 위함이다.

따라서 파리의 한국 대사관은 빈틈없이 감시되고 있을 뿐만 아니라 직원들에게도 요원이 따라붙었다. 한국에서 그들이 미국 시민들을 에워싸고 있는 것과는 반대의 현상이다. 더욱이 프랑스의 보안국과 공동 작전을 펼 수가 있었고, 북한 측의 지원을 받을 수도 있다. 윌튼은 손끝으로 책상을 두드리다가 자리에서 일어섰다. 회담장을 둘러볼 생각이었다.

* * *

"그랑팔레호텔은 센 강가에 세워진 지 일 년밖에 안 되는 일류 호텔이지요. 본래 미국 측은 미국 대사관에서 회담을 하자고 했는데 북한 측의 주장에 밀린 겁니다."

조기식이 앞에 앉은 김원국을 바라보았다. 이곳은 개선문을 중심으로 부챗살처럼 갈라진 도로 가의 조그만 호텔 안이다. 개선문에서 300미터쯤 떨어져 있었는데도 창가에 서면 불빛에 비친 사각의 기둥이 훤히 바라보였다.

"북한 대표들의 숙소는 어디야?"

김원국이 묻자 조기식이 주머니에서 수첩을 꺼내 들었다.

"그랑팔레에서 차로 10분 거리인 상마리노호텔입니다. 이곳에서는 차로 40분쯤 걸립니다."

"회담장에 기자들이 몰려들겠군."

"이번은 스위스 때하고 다르니까요. 회담장도 공개해 놓고 시간도 정해져 있습니다. 내일 아침 10시에 시작합니다."

김원국이 머리를 돌려 옆쪽에 앉아 있는 박은채를 바라보았다.

"12시가 다 되어가는데 웅남이가 늦는군."

박은채는 눈만 깜박이며 그를 바라보았다. 그들이 도착한 지 두 시간이 되어가고 있었다.

"그런데 이곳, 저도 처음 와보는 곳인데 괜찮겠습니까?"

조기식이 물었다.

"일본 정보국이 소개해 준 곳이야. 일단은 믿을 수밖에."

"하긴 저희 대사관 직원들은 집에 있는 전화까지 도청당하고 있습니다."

조기식이 안경을 벗더니 손수건으로 안경알을 닦았다. 안경을 끼지 않은 얼굴은 전혀 다른 사람 같았다.

그는 이제 대사관으로 돌아갈 수 없는 입장이었다. 만 하루 동안 행적을 감춘 것을 미국 측이 모를 리가 없기 때문이다. 그들이 그를 잡아다 심문할 수는 없다손 치더라도 집중적으로 감시할 것이 틀림없었다.

"피곤한 모양인데, 옆방으로 가서 쉬어."

김원국의 말에 조기식이 놀란 듯 눈을 치켜뜨고는 머리를 저었다.

"아닙니다. 고작 몇 시간 운전했다고… 피곤하지 않습니다."

그러자 박은채가 자리에서 일어섰다.

"커피 끓여 드릴까요? 커피포트와 커피가 있는데요."

"생각 없어. 그리고 거기도 방에 돌아가 쉬도록 해. 내일 일도 있으니까."

그때 노크 소리가 들리더니 문이 열렸다. 밖에 나가 있던 강대홍의 얼굴이 먼저 보였고, 그의 뒤쪽으로 조웅남의 커다란 몸이 보였다.

"형님, 빨리 오셨네요잉?"

그의 뒤로 김칠성과 고동규가 따라 들어섰다. 그에 박은채가 얼굴에 환한 웃음을 띠었고, 김원국도 만족한 듯 머리를 끄덕여 보였다.

회담장으로 정해진 곳은 호텔 8층의 라운지다. 본래는 간단한 음식과 술을 즐기는 장소였는데 지금은 깨끗이 치워져 넓은 방이 되어 있었다.

방의 복판에 장방형의 테이블이 놓여 있고 벽 쪽에는 소파와 보조 의자들이 가지런히 정돈되어 있다. 안쪽의 칵테일 바는 그대로 있었으므로 지치거나 목이 마른 사람들은 마음에 드는 음료를 골라 마실 수 있다.

회담장을 둘러본 홍진무 상장은 머리를 끄덕였다.

"좋군. 도청 장치는 확인했지?"

"예, 부국장 동지. 미국 측과 같이 조금 전에 확인했습니다."

홍진무가 힐끗 벽에 기대서 있는 미국인들을 바라보았다. 무표정한 얼굴의 흑인과 백인이다. 그들은 CIA 요원이었는데 이쪽과 시선이 마주치자 아는 척도 하지 않았다. 이쪽의 경호원들은 창가에 부동자세로 서 있었다.

회담장을 둘러본 그들은 엘리베이터를 타고 아래층으로 내려왔다.

"엘리베이터 안에도 경호원을 배치시켜야겠어."

"그렇게 준비하고 있습니다, 부국장 동지."

로비는 미국과 북한 양측의 경호원들로 가득 차 있었고, 투숙객들은 눈에 띄지 않았다. 북한 측의 요청으로 투숙객을 모두 내보낸 것인데 그들의 호텔 알선과 배상금은 모두 미국 대사관에서 지급했다.

"남조선 깡패 새끼들이 이곳으로 오고 있다던데, 끈질긴 놈들이야."

홍진무가 부드러운 얼굴로 말했다.

그는 평양에서 어제 도착한 회담의 진행 책임자였다. 실제 회담은 김사훈과 최대민의 몫이었지만 그 외의 모든 것은 홍진무의 책임인 것이다.

그는 이번에 인민군 총정치국 부국장으로 승진이 된, 김정일의 만경대 혁명 학원 동창생이다. 인민군의 실세라고 볼 수 있는 그가 파리로 날아온 것은 그만큼 회담이 중요하다는 의미도 있겠지만, 다른 한편으로는 취리히에서의 실패 때문이다.

최성산은 며칠 사이 눈에 띄게 수척해졌다. 김정철이 폭사한 것은 3억 달러의 행방이 묘연해진 것에 비하면 아무것도 아니었다.

그들은 호텔의 현관 앞에 대기하고 있는 승용차에 올랐다. 회담장은 이제 철저히 점검되고 봉쇄되어 있었다. 그들이 탄 승용차가 정원에 서 있는 미국 측의 경호 요원들을 스치고 지났다.

"동무, 이틀이야. 이틀 동안 회담이 방해되어서는 안 돼."

차가 차도로 나서자 홍진무가 입을 열었다.

"동무에겐 이제까지의 실패를 만회할 기회야. 이틀이 무사히 지난다면 그것을 동무의 업적으로 만들어주겠네."

"감사합니다, 부국장 동지. 최선을 다하겠습니다."

최성산이 굳어진 얼굴로 대답하자 홍진무가 얼굴에 웃음을 띠었다. 차갑게 느껴지던 금테 안경 속의 눈이 반쯤 감기면서 부드러운 학자풍의 표정이 되었다.

"지금 수령 동지에게는 한 사람이라도 더 능력 있는 동무가 필요하네."

"잘 알고 있습니다, 부국장 동지."

"미국은 지금 진퇴양난에 빠져 있어. 남조선이 재빠르게 일본과 손을 잡는 바람에 상황도 크게 달라졌고."

최성산은 잠자코 머리를 끄덕였다. 정치적인 발언은 삼가는 게 보신에 제일이라는 것을 알고 있기 때문이다.

홍진무가 말을 이었다.

"남조선의 이영만이 미국인을 인질로 잡을 줄은 아무도 예상하지 못했지. 이제 남조선은 미국의 적이야."

"예, 저도 그렇게 생각합니다, 부국장 동지."

"하지만 남조선과 총부리를 마주 대고 전쟁을 할 수는 없는 입장이지. 그렇다고 뒤늦게 한미방위조약을 지킨다고 할 수도 없고."

"계산만 따지다가 그렇게 되었지요. 누굴 원망할 처지도 못 됩니다, 부국장 동지."

"어쨌든 일주일 후에는 우리 공화국의 전사들이 남조선 해방작전을 시작한다. 자위대가 들어와 있지만 전쟁은 단기전으로 끝날 것이다."

승용차는 차량의 행렬이 뜸한 밤거리를 달리고 있었다. 눈발이 하나둘씩 떨어지고 있어서 운전사는 와이퍼를 작동시켰다.

"그 여자, 오늘 오후에 제 아비의 시체를 확인하러 왔다던데, 지금 어디에 있지?"

문득 머리를 돌린 홍진무가 최성산을 바라보았다.

"집에 있습니다, 부국장 동지. 오후에 경찰 조사를 받고 잠시 풀려 나온 모양입니다."

"경찰이 장례식을 치르라고 놓아준 모양이군."

"그렇습니다, 부국장 동지."

"그 여자가 놈들의 계획을 알 텐데. 그렇지 않은가?"

"그렇습니다, 부국장 동지."

"우리 쪽에서 제 아비를 그렇게 했다고 믿고 있겠지?"

"예, 부국장 동지."

그들의 시선이 잠시 부딪쳤다가 떨어졌다. 승용차는 상마리노 호텔의 정문을 들어서고 있었다.

집 안은 친지들이 모여 있어서 어수선했다. 자정이 지난 시간이었으나 고인이 된 지한호의 친구들은 밤을 새울 작정으로 모여 앉아 술을 마셨고, 일부는 한국 식의 화투를 쳤다. 친척은 없었지만 지한호는 교민 사회에서 꽤 발이 넓은 사람이었다. 집에 모인 교민은 30여 명 정도 되었고, 그들은 지희은을 대신해서 서로 역할을 분담하여 장례식 준비를 해주었다.

지희은이 주방의 일을 거들고 거실로 들어서자 소파에 모여 앉아 있던 아버지의 친구들이 일제히 그녀를 바라보았다.

지희은이 그중 한 사내에게로 다가갔다. 대머리에 비대한 체격의 배영섭이 눈을 둥그렇게 떴다.

"아저씨, 말씀드릴 것이 있는데요."

"응, 그래."

그들은 창가의 빈자리로 옮겨가 섰다.

배영섭은 취리히에서 독일산 벤츠 대리점을 크게 운영하고 있는 성공한 사업가 중의 하나이다. 지한호와는 동년배로 30년 가까이 친구로 지낸 사이여서 이번 일에 충격이 컸는지 입에서는 술 냄새가 풍겨 나왔고, 눈은 충혈되어 있었다.

"내일 장례식 때 대사가 참석한다고 그러더라. 그리고 장례식이 끝나면 우리는 구국 결의 대회를 갖기로 했다."

그가 먼저 입을 열었다.

"여기서 전쟁에 참가할 수는 없지만 교민들은 조국수호단을 결성하기로 했어."

지희은이 잠자코 머리를 끄덕이자 배영섭이 그녀를 바라보며 길게 한숨을 내쉬었다.

"솔직히 남의 일처럼 생각해 왔는데, 네 아버지가 북한 놈들에게 당하고 나니까 나도 정신이 들었다."

"모두 저 때문이에요. 제가 한국 측의 일을 거들어서……."

"알고 있다. 하지만 자책할 일은 아니다. 어쩔 수 없는 일이었어."

"……."

"지독한 놈들이다. 대사관에서 그 김가 놈의 가족을 죽인 것이 북한 놈들이라고 했을 때 긴가민가했는데 지금은 믿어진다."

"아저씨, 저는 한국의 테러단과 함께 있었어요. 이번에 사건들을 일으킨."

"짐작하고 있었어. 아마 교민 대부분이 알고 있을 거야."

"아저씨한테 부탁이 있어요."

지희은이 그에게로 바짝 다가섰다.

"전 내일 장례식이 끝나면 경찰에 다시 불려가게 되어 있어요."

"그래, 그것도 알고 있어. 하지만 걱정하지 마라. 내가 큼직한 변호사를 붙여줄 테니까. 너도 알 거야. 그 헤글러라는 변호사. 네 아버지하고도 친했던."

"저는 경찰에 불려다닐 시간이 없어요."

"시간이 없다니?"

"제가 없더라도 내일 아저씨가 아버지 장례식을 맡아주셨으면 해요."

"그게 무슨 말이야? 네가 어디로 간단 말이냐?"

배영섭이 눈을 둥그렇게 떴다.

"내일이 장례식인데, 무슨 일이 있다고……."

"경찰뿐만이 아네요. 북한 쪽 사람들도 저를 잡으려고 할 거예요. 제가 한국 테러단의 내막을 잘 알고 있으니까요."

"그건 그렇겠다만."

"그렇다고 그들이 무서워서 도망치려는 것이 아네요, 아저씨."

"……."

"저도 일을 하려고 해요. 아저씨가 조국수호단을 만드시는 것처럼."

배영섭이 미간을 좁히고 그녀를 바라보았다.

"그렇다면 너는……."

"그 사람들을 따라가겠어요, 아저씨."

"그 사람들이라니, 그 테러단을?"

지희은이 머리를 끄덕이자 배영섭이 주위를 둘러보았다. 사람들은 제각기 화투와 술에 열중해 있어서 이쪽에 신경 쓰는 사람은 없었다.

"약속이 되어 있는 거냐?"

지희은이 머리를 저었다

"아녜요, 아저씨. 하지만 전 그들이 어디에 있는지 알아요."

"……."

"저는 그들을 배신했어요. 저 때문에 그들 중 한 사람이 죽었어요. 아버지를 살리려고 한 것인데."

가늘게 숨을 내쉰 지희은이 눈을 크게 뜨고 말했다.

"그런데도 저를 살려주었어요. 북한 놈들은 아버지를 살해했구요. 저는 빚을 갚아야 해요. 살려준 사람과 살해한 사람들 양쪽에요."

"말릴 수가 없구나."

배영섭이 천천히 머리를 끄덕였다.

"상황이 복잡하구나. 네 말대로 하는 것이 낫겠다. 이곳은 나에게 맡기렴. 네 아버지도 이해하실 거다."

제13장

재개되는 북미 회담

밤의 대통령

고트 부통령은 정면에 앉아 있는 김사훈을 바라본 채 한동안 입을 열지 않았다.

회담장에 들어와 서로 인사를 나누고 파리의 기후와 음식, 건강에 대해서 이야기를 주고받았는데 10분도 되지 않아 대화는 바닥이 나버렸다.

그는 로젠스턴이나 패트릭스로부터 김사훈에 대한 이야기를 들었고, CIA로부터도 그의 배경과 위치에 대한 자료를 받아 읽어 본 터였다. 한마디로 김사훈은 녹록한 상대가 아니었다.

국가 간의 협상이나 회담에서는 주도권을 잡는 쪽이 있게 마련이고, 서로의 약점을 치밀하게 조사한 후에 마주 앉는데 양쪽 모두 결과를 예측하고 있는 것이 보통이었다.

즉흥적인 제의나 결과는 결코 있을 수가 없고, 이제까지 그런

예외는 거의 없다시피 해왔다.

미국으로서는 언제나 주도권을 쥔 입장이었으므로 대부분의 협상에서 유리한 결과를 만들어왔고, 양보를 하더라도 명분을 이득으로 남겨놓았다.

고트가 옆에 앉은 몰을 바라보았다. 그는 노회한 정객답게 웃음 띤 얼굴로 김사훈을 바라보며 여유롭게 의자에 등을 붙이고 있었다.

그의 앞자리에 앉은 최대민은 어떤가? 그는 테이블 위의 서류에 시선을 주고 있었다. 두 손으로 흰 종이를 쥐고 있었는데 종이 끝이 움직이지 않았다.

김사훈이 부스럭거리며 몸을 틀었으므로 고트는 시선을 돌려 그를 바라보았다.

"수상, 우리는 중국의 합의를 받아내었소. 중공군은 전쟁에 참가하지 않을 것이오. 당신들도 잘 알고 있겠지만."

고트가 때려 붙이듯이 말을 이었다.

"나는 당신들에게 최후의 경고를 하려고 이곳에 온 겁니다. 침공 계획을 포기하시오. 그러면 당신들과 정상 외교 관계를 수립하고 통상 관계도 한국과 마찬가지의 수준으로 개시할 거요. 모든 제한을 철폐하겠다는 말이오. 모든 경제 원조의 혜택이 갈 것이오."

넓은 회담장에 고트의 말소리가 울려 퍼졌다. 그러나 아직 북한 측의 반응은 없었다.

"한국도 이해하리라고 믿습니다. 우리가 당신들에게 특혜를 준다는 것에 크게 반발하지는 않을 거요. 다만 우리가 그들을 무시하고 당신들과 급속도로 가까워진다는 것에는 자존심이 상할 테지만."

"곧 망할 나라에 자존심이 무슨 소용이 있어."

김사훈이 혼잣소리처럼 말했지만 사람들은 모두 알아들었다.

고트가 말을 이었다.

"나는 미국 정부의 대표이자 부통령으로 회담에 대한 전권을 위임받고 있고, 당신이 원한다면 이 자리에서 합의문에 사인을 해 줄 수도 있소. 하지만."

잠시 숨을 고른 고트가 김사훈을 바라보았다.

"거부한다면 전쟁이오. 우리는 뒤늦은 감이 있지만 미군의 증원부대를 파병시킬 것이오. 그럼 북한은 미국과 일본, 그리고 한국군을 상대로 전쟁을 하게 될 것이고, 당신들은 궤멸당할 것이오."

김사훈이 어깨를 펴고는 고트와 시선을 부딪쳤다. 치켜뜬 두 눈이 번들거리고 있다.

"어디, 우리가 당하나 당신들이 당하나 해봅시다."

두 손으로 테이블을 짚은 김사훈이 낮고 음울한 목소리로 말했다.

"당신들이 참전해도 좋소. 얼마든지 보내시오. 많을수록 좋습니다."

"억지가 통하지는 않을 거요, 수상."

그렇게 말한 것은 몰이다. 허리를 세운 그가 김사훈을 똑바로 바라보았다.

"미국의 대통령 선거, 그리고 여론, 동북아 지역의 방위 정책을 꽤 깊게 연구한 모양인데 오판하지 말란 말이오."

"당신들처럼 여론에 흔들리는 나라가 아냐, 우리 공화국은."

몰의 말을 받은 것은 최대민이다. 해사한 그의 얼굴이 험상궂게 일그러져 있다.

"우리는 오직 당신들이 열흘 동안만 비켜 주기를 바랍니다. 그것이 우리의 최후통첩이오. 이것은 우리가 미국에 선의를 가지고 있다는 것, 우호적인 입장이라는 것을 표시하는 증거요. 당신들은 그것을 잊어서는 안 됩니다."

"무력으로 한 나라를 침공하여 정복하도록 내버려 둘 수는 없소. 미국은 세계 질서에 대한 책임을 지고 있는 나라요."

몰의 말투도 격렬해져 있었다. 그가 제 페이스를 찾은 것이다. 몰은 치고, 고트는 토닥거리기로 미리 말을 맞춰왔다.

"당신들을 묵인해 준다면 세계 도처에서 전쟁이 일어날 거야. 보스니아는 말할 것도 없고, 리비아는 차드와 수단을, 이라크는 쿠웨이트를, 중국은 대만을, 세계는 침략 전쟁에 휩싸이게 될 거요."

"그런 훈계를 들으려고 우리가 이곳에 온 것이 아니오, 상원의원."

김사훈이 그의 말을 잘랐다.

"같은 민족끼리의 전쟁이오. 그리고 당신들에게 손해될 것이 하나도 없는 결과가 제시되어 있고. 현실적으로 봐도 남조선의 반미 감정은 극도로 악화되어 있어. 이제 우리가 원점으로 되돌아가더라도 남조선과 일본은 연합하여 반미 전선을 구축할 거야. 중국과 러시아가 서로 어깨를 부딪치고 있지만 친미 국가들이 아니야. 그러니 당신들은 아시아, 태평양을 잃게 돼."

김사훈이 테이블에 바짝 몸을 붙이고 그들을 바라보았다.

"자, 우리의 위대하신 수령께서 통치하시는 조선민주주의인민공화국은 어떤가? 우리는 일사불란한 친미 국가 체제로 동북아의 첨병이 되는 것을 자원하고 있는 것이오. 당신들이 열흘만 비켜준다면 말이오."

"지구상에서 동족을 원수로 여기고 말살시키려는 집단은 북한 놈들밖에 없다."

김원국이 창밖을 바라보며 말했다.

"그들이 공산당 집권층에 의해서 세뇌당했든 어쨌든 간에 적이다. 적으로 보지 않는다면 이쪽이 당한다."

그랑팔레호텔은 퐁네프 다리를 건너 우측에 있었는데 강변도로의 옆쪽이다. 그들이 주차하고 있는 곳은 시테 섬의 북단으로 센 강을 사이에 두고 호텔과 마주 보는 위치였다.

김원국이 머리를 돌려 박은채를 바라보았다.

"지금 저곳 8층에서 어떤 이야기가 오고 갈 것 같은가?"

오늘은 베이지색 정장 차림에 검은색 모피 코트를 무릎에 올려놓고 앉아 있던 박은채가 머리를 저었다.

"전쟁 이야기라는 것밖에는 모르겠어요."

"협상을 하고 있어, 저곳에서."

"네, 협상을 하고 있어요."

"그 협상의 대상국이 한국이다. 우리나라야."

"……"

"놈들은 우리를 미제의 주구라고 부른다. 그러니까 당연히 우리하고는 협상이나 회담을 할 필요가 없다는 논리야. 우리는 이제까지 철저히 무시당하고 배척되었다."

김원국이 입술을 비틀며 웃었다.

"국가의 경쟁력으로 비교하면 상대가 되지 않는 나라야, 북한은. 모든 것이 우리의 발끝에도 미치지 못하는 열등국이고, 세계 최빈국 중 하나이다."

"……"

"북한을 받아들이고 싶어 하는 한국인도 있겠지. 동족이라고, 통일이라고. 지금은 통일이나 국가의 개념이 없어지는 세계 국가의 시대야. 국경이 없어지고 유럽처럼 같은 생활권으로 살아간다. 우리 한민족만 해도 세계 각국에 500만 명 가까이 퍼져 있어."

김원국이 길게 숨을 내쉬었다.

"문제는 민족이야. 민족을 아끼는 마음이 우선시되어야 하고 통일은 개념상의 문제로 자연히 해결되는 것이지. 그런데 북쪽 놈들은 같은 민족을 원수로 여기고 있어. 미제의 주구라면서 원수처럼 대하다가 이제는 그 미국과 손을 잡고 우리를 말살시키려 한다."

김원국의 말은 낮았으나 격했으므로 차 안의 분위기는 뜨거웠다. 한동안 앞쪽을 바라보고 있던 김원국이 다시 입을 열었다.

"내가 먼저 없애주겠다. 한 놈씩."

"형님."

운전석에 앉아 있던 강대홍이 손으로 앞쪽을 가리켰다.

"저기, 동규 형님이 옵니다."

강변을 따라 주차된 차들 사이로 두 명의 동양인이 다가오고 있다.

그중의 하나는 고동규이고, 그와 나란히 걷고 있는 사내는 김원국에게도 낯이 익은 일본정보국의 시바다 겐지였다. 그들은 빠른 걸음으로 다가와 각각 앞뒤 쪽의 문을 열고 차 안으로 들어왔다.

운전석의 옆쪽 빈자리에 시바다가, 김원국의 옆에는 고동규가 자리를 잡았다.

"김 선생님, 다시 뵙게 되어서 반갑습니다."

시바다가 얼굴에 웃음을 띠었다.

"반갑소, 시바다 씨. 이번에도 신세를 져야겠소."

손을 내밀어 그와 악수를 나눈 김원국이 턱으로 강 건너편의 그랑팔레를 가리켰다.

"회담은 언제까지 갈 것 같소?"

"늦어도 내일까지는 끝낸다고 합니다. 이건 북한 쪽에서 흘러나온 정보입니다만."

"빨리 끝내는군."

"미국의 설득에 먹혀들 놈들이 아닙니다. 지금도 주도권을 잡고 있다고 생각하고 있으니까요."

시바다가 머리를 저었다.

"샤틀레극장의 외벽에다 그랑팔레의 8층 방향으로 대화 청취 장치를 설치했습니다만, 방해 장치가 많아 도청이 안 됩니다."

"호텔의 경비는?"

"호텔 안으로는 아무도 들어갈 수가 없습니다. 보도진이 항의하고 있지만 로비에도 들어갈 수 없어요."

"……"

"그리고 회담 동안은 취리히에서처럼 같이 묵을 모양입니다. 아침에 미국과 북한 측이 짐을 그랑팔레로 옮겨 가더군요."

김원국이 고동규를 돌아보았다.

"부탁한 물품은 받았나?"

"예, 형님."

"고맙소, 시바다 씨."

고동규에게는 한국말로 물었고 시바다한테는 영어로 인사를 했지만 눈치 빠른 시바다는 내용을 알아채었다.

"최대한 협조하라는 본부의 지시를 받았습니다. 한일 양국은 이제 공동의 적과 전쟁을 치르게 되는 동맹 관계니까요."

김원국이 잠자코 머리를 끄덕였다.

시바다는 이쪽에서 요구한 무기를 구해준 것이다. 파리에 주재하고 있는 안기부 요원들은 눈에 불을 켠 CIA 측의 밀착 감시를 받고 있었다.

그것은 김원국과의 접촉을 철저히 차단시키려는 의도였는데 본부의 임병섭이 20명에 가까운 요원을 파견했지만 이쪽에 별로 도움은 되지 않고 있었다.

조기식의 경우를 보아도 그렇다. CIA의 감시를 겨우 떼어놓고 김원국과 합류했지만 이제는 대사관에 연락하지도 못하는 형편이 되었다.

그러나 일본정보국 요원들은 사정이 조금 나았다. 미국 측의 감시를 받고는 있었지만 한국의 요원들을 대하는 것처럼 노골적이지가 않아서 운신의 폭이 컸던 것이다.

"일주일 후에는 전쟁입니다, 김 선생님. 그것에 대한 회담이 내일로 끝이구. 저곳에서."

시바다가 눈으로 강 건너편을 가리켰다

"어쩐지 몸이 무거워지는 느낌입니다, 김 선생님."

* * *

김정일의 집무실 안.

한낮인데도 붉은색 커튼을 내리고 천장의 샹들리에 불을 밝힌 넓은 집무실의 원탁에는 김정일과 보위부 사령관인 안용준, 부수상 김달현, 당 군사위 부위원장이며 인민군 부참모총장인 김강환이 둘러앉아 있었다.

김정일은 손가락 사이에 담배를 끼우고 있었는데 몇 달 동안의 금연을 깬 것이다.

"부수상 동무."

김정일이 김달현을 바라보았다.

"중국 놈들, 미국과 비밀리에 협상을 한 것이 아닐까?"

"그럴 리가 없습니다, 수령 동지."

김달현이 펄쩍 뛰어오를 듯한 어조로 대답했다

"진위 수상은 몇 번이나 방위 동맹을 확인해 주었습니다, 수령 동지."

"그렇다면 중공군이 움직이지 않겠다는 합의를 받아냈다는 건 고트의 거짓말인가?"

"예, 수령 동지. 중국과 우리 공화국을 이간질시키려는 얄팍한 술책입니다."

"그럴까?"

김정일이 반신반의하면서 주위를 둘러보자 김강환이 그의 시선을 받았다. 인민군의 실세로 등장한 김정일의 심복이다.

"수령 동지, 이것은 제 생각입니다만, 중국은 미국과 비슷한 입장일 것 같습니다. 중국도 한반도의 해방에 적극적으로 나설 이유가 없습니다."

50대 후반의 대장인 김강환은 김정일과 만경대 혁명 학원 동창생이다. 그가 말을 이었다.

"중국은 남조선과 수년 동안 경제 협력 관계를 유지해 왔습니다. 만일 남조선이 해방되면 합작 투자 사업이라든가, 매년 수십억 달러가 되는 수출에 타격을 입게 될 것이고, 또……."

"그건 우리가 이미 예상하고 있는 일이오."

김달현이 나섰다. 그는 얼굴이 붉게 달아올라 있었다.

"그리고 지난번에 내가 중국에 갔을 때 그 문제도 이해시켰소. 반년쯤 뒤에는 모든 것이 정상으로 회복될 것이라고 했습니다."

"중국을 의지하고 있다가는 미국에 업혀 있던 남조선 꼴이 됩니다. 우린 우리 힘으로 해방을 이룰 수가 있습니다."

김달현과 김강환의 다툼이었는데 김정일이 잠자코 있었으므로 둘은 곧 조용해졌다.

이제 군 실세의 대부분은 김정일의 만경대 혁명 학원 동창들이고, 이는 당 군사위원의 과반수가 된다. 그중에서도 김강환과 지금 파리에 가 있는 홍진무가 강경파로 분류되어 있었다.

김정일이 헛기침을 했다.

"일본 내의 우리 조총련계 인민들의 수용소는 몇 곳이나 되오?"

둘러보며 묻는 말이었다. 그러나 모두 그와 눈을 마주치지 않았다.

"부수상 동무, 당신은 아오?"

김달현이 머리를 들었다.

"도쿄와 오사카, 고베 등 모두 20여 곳으로 알고 있습니다."

"민단으로의 전향자는?"

"예, 그것이……."

"일본 언론을 보면 20만 명이 넘는다던데. 그러면 10만 명도 안 되지 않소?"

"예, 수령 동지. 하지만……."

"하지만 뭐요?"

김달현이 붉어진 얼굴을 들었다. 이것은 엄밀히 따지면 그의 소관이 아니다. 외교부와 당 상임위의 조총련위원회 담당이었고 책임자는 파리에 가 있는 최대민이다. 그는 당 산업경제부의 책임비서였다.

"그들은 일본 정부와 일본인에 의해 테러와 협박을 당했습니다. 전향하지 않으면 생명이 위태로웠습니다."

"제각기 인질들을 잡고 있지만 인질들의 모양새도 제각각이군."

김정일이 어깨를 들었다 내리고는 씁쓸한 표정으로 말했다.

"미국에 있는 남조선 인질은 대부분이 미국 시민이 되어서 참전 운동을 벌이고 있고, 일본에 있는 우리 공화국의 인질들은 수용소에 갇혀 있어. 남조선은 미국인 인질 5만 명을 미군 부대에 처넣고 있으니 우리 공화국의 조총련 동포들이 제일 딱하군."

"이번 전쟁에서 자위대가 격파되면 상황이 달라집니다, 수령 동지."

김강환의 말에 김정일이 머리를 끄덕였다.

"전쟁이 시작되면 일본 전역이 우리 백두산 미사일의 사정거리 안에 들어온다는 것을 그들도 잘 알고 있을 거요. 그리고 놈들은 약아빠졌소. 우리의 작전대로 초전에 박살이 나면 재빠르게 바다를 건너 물러나게 될 겁니다. 그렇지 않소?"

"그렇습니다."

이제까지 잠자코 앉아 있던 안용준까지 머리를 끄덕였다. 벽시계는 오후 2시를 가리키고 있다.

"수령 동지, 저는 해야 할 일이 있어서 먼저."

엉거주춤 자리에서 일어선 안용준의 말에 김정일이 머리를 끄덕였다. 그는 새 담배에 불을 붙여 물면서 안용준을 바라보았다.

"안 동지, 인민군은 단결해야 하오. 조금도 빈틈이 있어서는 안 되오."

"그렇습니다, 수령 동지."

모자를 집어 든 안용준이 집무실을 나갔다.

안용준이 보위부 사령관실에 들어섰을 때는 오후 3시 30분이 되어 있었다. 그를 따라 들어온 보좌관이 책상 앞에 섰다.

"사령관 동지, 들여보낼까요?"

"좋아, 데리고 와라."

방을 나간 보좌관이 곧 장군 한 명을 앞세우고 들어섰다. 그들 뒤로 무장한 장교 두 명이 호위하듯 따라붙었다. 장군은 최광의 심복인 박기천 소장이었다.

안용준의 눈짓에 보좌관이 장교들을 방 밖으로 내보내고는 문을 닫았다.

"박 소장, 작전 중에 불러내서 미안하구만."

안용준이 책상 위에 두 팔을 짚고는 낮은 목소리로 말했다. 그는 얼굴이 검은 편에다 두 눈이 컸으므로 어딘지 서늘한 느낌을 주는 인상이다.

박기천은 똑바로 서서 입을 꾹 다문 채 안용준을 바라보았다. 평양의 무력부 본부에서 해주의 제1군 사령부로 내려가다가 보위부의 장교들에게 끌려온 것이다. 그러나 그는 위축된 것 같지 않았다.

"그래, 1군단 사령부에 가는 길이었나?"

안용준이 묻자 박기천이 입을 열었다.

"그렇습니다, 사령관 동무. 난 작전 수행 중이오."

"알고 있어. 나도 작전 지도국이 어떻게 돌아가는지 샅샅이 알고 있단 말이야."

"그렇다면 날 이곳에 끌고 온 용건을 말해주시오."

"동무도 잘 알 텐데?"

"모릅니다. 모르니까 묻지 않소?"

박기천의 언성이 높아지자 보좌관이 그의 옆으로 한 걸음 다가가 섰다. 한동안 방 안에 침묵이 흘렀다. 이윽고 안용준이 피식 웃었다.

"이제까지 참모총장 동지를 몇 번이나 만났지? 다섯 번이었나?"

"여섯 번이오."

"그렇지. 여섯 번이군. 모두 초대소에서."

"잘 아시는구만."

"도청 방지 장치를 해놓은 초대소 안에서 경호원에 둘러싸인 참모총장과 무력부 부장의 심복이 여섯 번이나 만났단 말이야."

"이것 보시오, 사령관 동지. 말조심하시오. 당신은 지금 두 분을 모욕하고 있어."

눈을 부릅뜬 박기천이 안용준을 쏘아보았다.

"누구한테 감히 그따위 말을 하는 거요?"

"감히? 감히라니? 그 두 사람이 도대체 누군데? 지금 해방 작전을 지도하고 있는 사람이 누구야?"

안용준의 목소리도 높아졌다.

"신성불가침이 아니야, 그 사람들. 알아들어? 네가 충성을 바칠 사람은 수령 동지밖에 없단 말이다."

"이것 보시오, 나는……."

"닥쳐!"

안용준이 주먹으로 책상을 치며 자리에서 일어섰다.

"널 반역죄로 체포한다! 인민군을 분열시키고 국가를 혼란에 빠뜨리려는 음모를 꾸민 죄다!"

"난 반역한 일이 없다!"

눈을 부릅뜬 박기천이 소리치자 보좌관이 다가가 그의 팔을 낚아채듯 잡았다.

"소리 지르지 마라."

"감히 대좌 놈이!"

"닥쳐!"

보좌관의 외침이 신호였는지 문이 열리며 장교들이 뛰어 들어왔다. 그들에게 양팔이 잡힌 박기천의 얼굴은 붉게 달아올랐다

"이 역적 놈들!"

그가 소리치자 안용준이 쓴웃음을 지으며 머리를 돌렸다.

"너희들이야말로 나라를 말아먹을 놈들이다!"

장교들이 소리를 지르는 박기천을 끌고 나가자 안용준이 입맛을 다시며 보좌관을 바라보았다.

"저놈이 실토하게 만들어. 그 영감들이 무슨 수작을 부렸는가를 말이야."

* * *

"최광과 이을설이 실권을 빼앗기고 있다는 정보가 들어왔습니다. 그들이 공식 석상에 나타나지 않은 기간이 2주일이 넘습니다."

자위대의 작전참모 이케다 소장이 단단하게 생긴 얼굴을 들고 강동진을 바라보았다. 짧게 깎은 머리에 흰머리가 반쯤 섞인 50대

의 자위대 장군이다.

"김정일은 전시체제로 돌입하면서 군부의 보수 세력들을 급격히 숙청해 나가고 있습니다. 이제 당과 군을 장악하고 있는 것은 모두 그의 심복입니다."

이케다의 또렷한 영어가 회의실을 울렸다.

한일연합군의 작전 회의에는 자위대 파견군 사령관인 가토 중장과 참모들도 모두 참석하고 있었고, 한국 측도 강동진을 중심으로 고성국, 강한기 등 10여 명이 참석했다. 조총련에 잠입시킨 정보원들을 이용하여 북한 내부의 정보를 빼내는 업무는 일본 정보국 소관이다.

이케다가 다시 보고서를 읽었다.

"김일성 사후에 반목하고 서로 대립하던 보수와 신진 세력, 즉 군의 원로들과 그들의 추종 세력 대 김정일의 측근 세력 간의 다툼은 북한의 남침 작전이 시작되면서 깨졌습니다. 한국의 계엄령과 총동원령, 그리고 자위대의 참전에 위기감이 생겼고, 그들의 관심은 전쟁 자체가 되었습니다. 전쟁은 이제 원로들의 몫이 아닙니다. 김정일은 군에 심어둔 자신의 세력을 일시에 확장하면서 주도권을 쥐었고 원로들은 무력화되었습니다 그들의 추종 세력도 거의 도태되어 갑니다."

이케다가 보고서를 내려놓고 강동진을 바라보았다.

"사령관 각하, 이상이 북한의 최근 동향입니다."

"수고했소, 이케다 장군."

머리를 끄덕인 강동진이 강한기에게로 몸을 돌렸다

"휴전선 상황은 어떤가?"

“한 달 전과 같습니다. 놈들은 언제라도 밀고 내려올 태세를 갖추고 있습니다.”

회의실에 잠시 침묵이 흘렀다. 끝자리에 앉은 자위대 준장이 감기에 걸린 듯 기침을 하다가 멈추었다.

이제 이쪽도 모두 준비가 되어 있는 것이다. 재래전으로는 사상 최대 규모의 전쟁이 단기간에 155마일밖에 안 되는 공간에서 벌어지게 되리라. 북한은 핵이 있더라도 쓰지 못할 것이다. 핵을 쏘아 올린 순간 이쪽도 즉각 대응할 것을 알고 있기 때문이다.

세계와 인류를 핵의 위협에서 구하려고 스스로 핵을 포기한 한국은 오히려 핵실험을 해온 북한에게 오랫동안 놀림감이 되었고 위협에 시달려 왔다. 그렇지만 지금은 다르다. 일본이 미쓰비시에서 축적해 놓은 연료로 즉각 만들어놓은 일곱 개의 핵탄두가 미사일에 장착되어 있었다. 그렇다면 재래전이다.

북한은 MIG29 전폭기들을 띄우고 수천 문의 포, 그리고 미사일과 240밀리미터 방사포로 아군 기지를 무차별 폭격할 것이다. 사정거리가 긴 스커트와 노동 1호 미사일로 아군의 공군기지를 파괴하고 노동 2호와 대포동 1, 2호로 일본을 초토화시키는 것이 그들의 1차 공격이다.

이것에 대비한 아군의 공격도 비슷했다. 스커트와 샘, 패트리어트로 미사일 전쟁을 벌이며 레이더에 적의 공격이 감지되는 순간 한국의 F—16 등 모든 전폭기와 일본의 F—15를 주축으로 편성된 신예 전투폭격기 500대가 일시에 북한으로 날아간다.

일본의 잠수함 10여 척과 한국과 일본의 구축함으로 편성된

연합 함대가 동서로 나뉘어 북한의 기지를 습격하고 때를 맞추어 지상군의 공격이 시작된다.

좁은 땅에서 수십 년 동안 수백 번씩 남북이 전쟁 연습을 해 온 터라 작전 계획서를 볼 필요도 없다. 모두 외우고 있는 것이다.

옆에 앉은 고성국이 강한기의 귀에 입술을 가져다 대었다.

"그 빌어먹을 놈들의 남침 준비 태세가 40년 동안 계속되어 왔다고 하면 자위대는 김이 빠질 거야."

강동진이 몸을 세웠으므로 고성국이 떨어져 나갔다.

"파리의 회담이 어떻게 결정이 나건 그것은 그들의 회담이다. 우리하고는 아무런 관계가 없다는 걸 모두 명심하도록."

긴장감이 감도는 회의실에 강동진의 목소리가 이어졌다.

"이것은 한일 양국의 결정이다. 미국과 북한이 어떤 결정을 하건 그것이 한국과 일본에 관한 것이라면 무효다. 받아들일 수가 없는 것이다."

*　　　*　　　*

전화기를 내려놓은 클린트는 창가로 다가가더니 창틀에 등을 기대고 서서 방 안의 사람들을 바라보았다.

로젠스턴은 그의 심리 상태가 불안정하다는 것을 알았으므로 입을 열지 않았다. 2년 전 상하원의 중간 선거 개표 직전에도 클린트가 자리에 앉지 않고 서 있던 사실이 기억났다.

공화당에게 여지없이 패해 졸지에 야당으로 전락한 가장 큰 이유는 뒤늦게 밝혀졌지만 클린트의 우유부단함과 타협성이었다.

미국의 대통령쯤 되면 가끔씩은 고집이 있어야 하고 그럴 만한 배짱도 가져야 한다.

역설적일지 모르지만 배짱을 가지려면 그럴 만한 배경과 힘이 있어야 하는데 그것은 축적된 경험과 경륜에 바탕을 두어야 정상이다.

클린트는 임기응변과 타협에 의해 대통령이 된 인물이다. 거기에 미국 국민의 변화에의 열망, 케네디 시대처럼 무언가 새로운 미래에 대한 동경이 첨가되어 그를 당선시켰다고 볼 수 있었다.

그러나 클린트는 케네디가 아니었다. 그의 밑천은 금방 드러나 버렸는데 더 불행한 일은 시간이 지날수록 초조해진 그가 미국과 미군이 수백 년에 걸쳐서 쌓아놓은 정의와 전통을 당장의 여론을 경계하여 허물고 있다는 것이었다.

그가 지닌 타협성은 어릴 적에 자신을 낳아준 아버지의 성을 스스로 바꾼 사실만 보아도 알 수 있다. 의붓아버지와 어머니, 동생들은 만족하였겠지만 그것은 자기희생이 아니라 타협이었다. 동양에서는 지탄받을 일이었다. 동생을 위해서였다는 것은 이해가 가지 않는 표현이다. 동생은 형이 개명을 하지 않았더라도 떳떳했을 것이기 때문이다.

지금 클린트는 진퇴양난에 처했다. 그에게는 지금 한국이 적이었는데 5만 명의 미국 시민을 구하려고 주한 미군에게 한국군을 공격하라는 명령을 내릴 수도 없었고 군대를 파병할 수도 없는 입장이었다.

여론은 지금 극렬하게 양쪽으로 갈라져 있었는데 공화당은 뒤늦게라도 파병해서 북한의 침공을 저지시켜야 한다는 것이었다. 그들은 클린트의 배신행위가 한국 정부의 분노를 일으켰기 때문에 그런 결과가 나왔다고 성토하고 있었다.

그러나 민주당과 다른 한쪽은 이왕 이렇게 되었으니 북한에게 당부하여 미국 국민의 생명에 대한 보장을 받고 손을 떼자는 의견이 지배적이었다.

그들 양쪽의 공통된 의견도 있기는 했다. 그것은 핵을 쓰지는 않는다는 것이다. 핵을 쓰면 북한이 초토화는 되겠지만 이쪽도 핵으로 당할 위험이 있었다. 한국과 일본도 타격을 입을 뿐만 아니라 그렇게 되면 중국이 가만있지 않을 것이다.

한동안 방 안의 사람들을 바라보던 클린트가 입을 열었다.

"북한은 모든 미군 기지를 그들의 작전 지도에 중립 지역으로 표시해 놓았다고 하는군. 미군과 미국 시민의 안전을 보장한다는 각서도 준비해 놓았고."

방 안의 로젠스턴과 키드먼, 그리고 합참 의장인 토니 미첨은 잠자코 그의 말을 들었다.

"그들은 우리 측의 어떤 조건도 듣지 않고 있소. 그놈들이 파리에 온 것은 오직 우리가 참전하지 않겠다는 보장을 받으려는 것 같다고 고트가 그럽디다."

아무래도 자신이 상대해야만 하겠다고 느낀 모양인지 로젠스턴이 무겁게 입을 열었다.

"각하, 이제는 참전도 늦은 것 같다고 군에서 말하지 않습니까? 그리고 참전하여 한일연합군의 지휘 체계에 미군이 섞인다고 해도 전처럼 미군사령관이 연합군사령관이 될 것 같지가 않습니다."

클린트를 제일 잘 알고 있다고 자타가 공인하는 로젠스턴이다. 군 관계자들과 참전했을 경우의 상황도 이야기해 보았지만 누가 지휘를 맡느냐는 것까지는 말하지 않았다.

클린트가 팔짱을 긴 채 머리를 끄덕였다.

"한미방위조약이 휴지처럼 되어버렸으니까. 한미행정협정은 말할 것도 없고."

미첨이 머리를 들고 클린트를 바라보았다.

"각하, 결정이 내려지면 24시간 내에 미군이 투입됩니다. 미군은 우발적인 사건에 대비한 훈련을 해왔습니다."

"장군, 그렇다고 치더라도 작전통제권이 윌슨에게 넘겨질 것 같습니까? 더욱이 한일방위조약도 있는 판에."

클린트가 물었다.

"그런 정치적인 문제는 제 몫이 아닙니다."

미군 중에서 가장 정치력이 뛰어나다는 토니 미첨이지만 말은 달랐다.

"그것은 정부에서 해결해 주어야 합니다. 하지만 한국과 일본 정부가 우리의 요구를 거부할 리는 없다고 생각합니다만."

"늦었소."

클린트가 머리를 저었다.

미첨은 처음과는 다르게 미군의 파병을 주장하는 세력에 동조하는 분위기였다.

참전해야 한다는 합참본부 내의 대부분의 장교와 야전 지휘관의 압력이 그를 짓누르고 있었기 때문이다.

"지금도 여론의 60퍼센트는 동북아의 조그만 민족 분쟁에 수십만의 미국인과 수천억 달러의 국고를 쏟아붓는다는 데 반대하고 있어요."

클린트가 창틀에서 몸을 떼고 책상에 돌아와 앉아 그들을 둘러보았다.

"지금까지는 비판론자들과 극우 보수 세력의 큰소리가 제법 먹혀들어 갔다고 생각합니다. 하지만 일주일 후에 화약고가 일시에 폭발하듯이 한반도에서 하루에 수십만씩 죽어가는 걸 보게 되면 사정이 달라질 거야."

"그건 맞는 말씀입니다."

로젠스턴이 말을 받았다.

"북한이 전쟁 외에는 다른 선택이 없다는 게 분명해졌고, 그들을 사전에 말살시킬 수 없는 이상 우리는 희생을 줄이는 것이 상책입니다. 그리고 전쟁 후의 한반도 상황이 우리에게 더 이익을 가져다줄 수도 있으니까요."

가볍게 머리를 끄덕인 클린트가 잠자코 있는 키드먼에게로 머리를 돌렸다.

"한국의 마피아들이 파리에 잠입한 이유는 뭡니까?"

"아직 모릅니다, 각하. 지금 저희 요원들이 프랑스 보안국과 함께 쫓고 있습니다만."

"북한의 거물 외교관과 그들과 관계된 스위스인들을 그들이 제거했다던데."

"예, 각하."

"몇 명의 갱단이 대세를 바꿀 수는 없겠지만 취리히에서의 일 같은 건 다시 보지 않았으면 좋겠어요, 윌리엄."

"잘 알겠습니다, 각하."

*　　　*　　　*

그랑팔레호텔은 대리석으로 지은 8층 건물이고, 양쪽 옆으로 2층 높이의 부속 건물이 있다. 왼쪽 건물에는 식당과 커피숍, 가게가 들어서 있고, 오른쪽 건물에는 목욕탕과 이발소, 헬스클럽이 있는데 2층의 헬스클럽과 마주 보는 위치에 있는 것이 샤틀레극장의 휴게실이다.

길 하나를 가로질러 위치한 샤틀레극장 휴게실에는 저녁 8시에 시작되는 연극을 기다리는 10여 명의 관람객이 모여 있었다. 르네상스 양식의 건물이어서 천장은 높고 대리석 기둥의 면은 100년이 훨씬 넘었는데도 반질거리며 윤이 났다. 건물 안에서 눅눅한 향이 풍기는 이유는 수없이 거쳐 간 여인들의 향기가 배어 있기 때문일지도 모른다.

2층의 계단 끝에 멈추어 서서 휴게실 쪽으로 머리만 내어 살펴보고 난 김칠성이 벽에 등을 붙이며 조웅남에게 말했다.

"형님, 두 놈이 있어요."

그러면 그렇지, 하는 표정의 김칠성이 말을 이었다.

"아예 창문 옆에 앉아 있구만요, 저놈들이."

"그려?"

조웅남이 벽의 모서리 사이로 큰 머리를 내밀었다가 바로 움츠렸다.

사내 두 명이 창가에 앉아 있었는데, 동양인에 둘 다 양복 차림이었다. 한 명은 코트를 벗어 무릎에 올려놓았다.

"광을 내고 앉아 있고만, 씨발 놈들이."

"맞지요, 북한 놈들?"

"맞다."

"20분 후면 공연이 시작돼요. 아래층 매점에 가서 커피나 한 잔씩 마시고 옵시다."

벽에 기대선 그들의 옆을 관람객들이 스치고 지나갔다. 2층의 객석 출입구는 휴게실의 중앙에 있었으므로 사람들이 모여들고 있는 것이다.

그들은 다시 계단을 내려와 매점으로 들어섰다. 사람들 사이에 섞여 커피 잔을 손에 쥔 그들은 말없이 서 있었다.

매점은 젊은 남녀의 웃음소리와 떠드는 소리로 시끄러웠고, 오가는 사람들이 그들의 어깨나 몸을 부딪치고 지나갔다. 모두 밝은 표정이었다. 옆쪽 건물에서 한국이라는 나라가 위쪽 나라와 미국의 흥정 대상이 되고 있다는 것을 모르는 표정들이다. 그리고 일주일 후에는 전쟁이 일어나 수백만이 희생된다는 것에 대해서도 마찬가지일 것이다.

"난 이 일만 끝나믄 서울로 간다."

조웅남이 웅얼거리듯 내뱉었다. 소음 속에서도 김칠성은 그의 말을 알아들었다.

"전쟁이 일어난다는디 이 지랄 같은 놈들허고 같이 있지는 못혀."

"나도 갑니다, 형님. 아마 큰형님도 가실 거요."

"전쟁터에서 죽어야 내 승질에 맞는다. 저 씨발 놈들의 회담은 헛것이여."

머리를 끄덕인 김칠성이 주위를 둘러보았다.

북미 양국의 대표단은 호텔 밖으로 얼굴조차 보이지 않았으므로 회담의 상황은 알 수가 없었다. 극성스런 기자 두 명이 호텔에 숨어들었다가 로비에서 잡혀 나오는 소동이 있은 후 경비는 더욱 삼엄해졌다.

조웅남이 다시 말을 이었다.

"미국이 우리를 팔어넘기는 거다. 틀림없어. 아마 넘기는 조건으로다가 북한 놈들헌티 제주도를 달라고 허고 있을 것이다."

그때 상영 시작을 알리는 벨소리가 요란하게 울려 퍼졌다. 매점에서 웅성거리던 관람객들의 뒤를 따라 그들은 2층의 계단을 올랐다. 천천히 걷는 그들의 옆을 바쁘게 사람들이 지나갔고, 이윽고 그들은 아까의 벽 모퉁이에 기대섰다.

"두 놈이 남아 있습니다."

휴게실을 힐끗 들여다본 김칠성이 말했다.

"아까 그대로 앉아 있는데요."

그들은 잠시 그 자리에 서 있었다. 서너 명의 관람객이 바쁜 걸음으로 그들을 지나갔고, 잠시 후 한 쌍의 남녀가 계단을 두어 개씩 한꺼번에 뛰어올라 와서는 벽을 돌아 사라졌다.

김칠성의 비스듬한 시선 끝으로 휴게실 앞쪽의 화장실에서 사내 한 명이 나오는 것이 보였다.

그는 곧장 휴게실을 가로질러 객석의 출입구로 들어갔다. 이제 계단과 휴게실 화장실에서는 발소리 하나 들리지 않는다.

조웅남이 김칠성을 바라보더니 벽에서 등을 떼었다. 그들이 모퉁이를 돌아 휴게실로 들어서자 창가에 앉아 있던 사내들이 머리를 들었다. 30대 중반으로 모두 마른 몸매였으나 눈빛이 매서웠다.

텅 빈 휴게실에 그들의 발소리가 커다랗게 울려 퍼졌다.

그들이 세 발짝쯤 걸어 들어갔을 때 사내 한 명의 눈과 입이 어, 하는 듯이 둥그렇게 벌어지더니 펄쩍 튕기듯이 의자에서 일어섰다.

한쪽 손이 양복의 안주머니로 재빠르게 미끄러져 들어갔고, 옆의 사내는 무릎 위에 놓인 코트 속으로 손을 넣었다.

김칠성은 주머니 속에서 움켜쥐고 있던 권총을 빼어 들고는 연속으로 방아쇠를 당겼다. 퍽, 퍽, 퍽, 하고 무딘 발사음이 들리자마자 사내들이 몸을 뒤틀면서 바닥에 쓰러졌다.

사내 한 명이 몸을 비틀면서 억눌린 신음 소리를 내었다. 그러자 성큼 다가간 조웅남이 발끝으로 사내의 턱을 차올리자 신음 소리가 그쳤다.

"여그서 훤하고만."

조웅남이 늘어진 사내의 뒷덜미를 잡아 일으켜 세우면서 말했다.

그의 시선은 창으로 향해 있었는데 불빛이 휘황한 그랑팔레의 왼쪽 면이 눈에 들어왔고 정면은 부속 건물인 헬스클럽이었다.

* * *

탄창에 실탄이 들어 있는 것을 확인한 김원국이 머리를 돌려 옆에 앉은 박은채를 바라보았다.

"곧장 드골공항으로 떠나도록 해. 우리도 일 마치면 떠날 테니까."

박은채가 조그맣게 머리를 끄덕였다.

"꼭 오시기를 빌겠어요. 모두."

그녀의 시선이 앞자리에 앉은 강대홍과 고동규의 뒷모습을 스치고 지나갔다.

"도움이 되어드리지 못해서 죄송해요."

"한국의 어떤 여자도 너만큼 하지 못했을 것이다. 그동안 수고했어."

"만탄 섬에 먼저 가 있겠어요."

"그래, 마음 놓고."

"안녕히들 계세요."

앞쪽에 앉은 사람들을 향한 말이었으므로 강대홍과 고동규가 몸을 돌렸다.

그들이 머리를 끄덕여 보이자 박은채는 차 문을 열었다.

차가운 밤바람이 얼굴을 훑고 지나갔으므로 그녀는 어깨를 움츠리고는 힐끗 차 안을 돌아보았다. 김원국의 옆모습을 지나 이쪽을 향해져 있는 강대홍의 시선과 마주쳤다.

어둠 속의 그의 얼굴이 창백하다고 느끼면서 그녀는 몸을 돌렸다.

고동규가 시계를 내려다보았다.

"15분 전입니다, 형님."

그들의 차는 상주교 부근에 있는 시계탑 근처에 세워져 있었다. 센 강 건너편으로 그랑팔레와 샤틀레극장을 정면으로 볼 수 있는 위치였다.

"뒤쪽에서 사람이 오는데요."

운전석에 앉은 강대홍이 백미러를 바라보며 말했다.

"일본 사람입니다."

고동규가 문을 열고 뒤쪽으로 나갔다가 잠시 후에 차 안으로 한 사내를 데리고 들어왔다. 시바다였다. 김원국의 옆자리에 앉은 그가 머리를 숙여 보이고는 서두르듯 입을 열었다.

"샤틀레극장의 준비는 끝났습니다. 물건도 모두 옮겨놓았고 극장의 경비도 단단합니다."

"그들은 모두 방에 들어가 있습니까?"

김원국이 묻자 시바다가 머리를 한쪽으로 기울였다.

"6층의 미국 대표 방에는 불이 꺼져 있는데 북한 측 1층 방은 환합니다. 휴게실에서 방 안을 살펴볼 수는 없었어요."

"식당은 몇 층이던가?"

"2층에 있습니다."

"식사를 하고 있는지도 모르겠군."

"경비가 원체 삼엄해서 접근이 안 됩니다. CIA의 월튼과 이번에 북한에서 온 김강환도 호텔 안에서 경비를 지휘하고 있습니다."

미국과 북한의 경호 요원을 합하면 눈에 보이는 숫자만 해도 호텔 안에만 50명이 넘었다. 주변에 흩어져 있는 외곽 요원들을 합하면 100명도 넘을 것이다.

김원국이 시계를 내려다보았다. 8시 45분이 지나 있었다.

"가자."

강대홍이 브레이크를 풀자 승용차가 움직이기 시작했다. 시바다가 몸을 돌려 뒤쪽을 바라보았다. 뒤쪽에 멈춰 서 있던 검은색 벤츠가 라이트를 켜더니 그들을 따라오기 시작했다.

"본부에서 연락을 받은 사항입니다만."

시바다가 입을 열었다.

"이번 작전을 적극 도우라는 지시였습니다. 하지만 표면에 나서는 것은 곤란합니다."

"알고 있어요, 시바다 씨."

"처음에는 국장이 펄쩍 뛰었습니다. 더구나 KCIA의 부장께 연락을 했더니만 모르는 일이라고 하셔서 더욱……."

"나는 지금 독자적으로 행동하고 있는 거요, 시바다 씨."

승용차는 상주교를 건너가고 있었다. 다리 건너편의 좌측 강변으로 샤틀레극장과 그랑팔레의 휘황한 불빛이 보였다.

"지난번의 취리히 회담 때는 그냥 내버려 두었지만 지금은 그럴 수가 없소. 이왕 일어날 전쟁이라면 저런 회담은 우리에게 굴욕이오. 저놈들의 회담 결과를 애타게 기다리지 않겠다는 말이오."

"김 선생님, 그렇다면 모두……."

시바다가 눈을 치켜뜨고 그를 바라보았다.

"미국 대표들까지… 미국의 부통령과 여당의 원내총무입니다."

"이제 그들은 우방이 아니오, 시바다 씨."

"국장은 그것만은 피해야 한다고 전해드리라고 했습니다만."

"놈들은 우리에게 대항해 올 거요. 그런 상황에서 한쪽만 가려

없앨 수가 있을까?"

흰 이를 드러내며 김원국이 소리 없이 웃자 시바다가 머리를 돌렸다. 차는 이제 천천히 좌회전 코스로 다가가고 있었다.

* * *

그랑팔레호텔의 식당 안.

월튼이 창가의 테이블로 다가가자 최성산이 머리를 들었다.

"월튼 씨, 호텔 현관 앞에 모인 기자들이 로비로 들어오면 안 됩니다. 당신이 호텔 측에 이야기를 해봐요."

"호텔은 그럭저럭 이야기가 되었는데 경찰청에서 항의하고 있어. 도로에 기자들이 모여 있어서 교통에 방해가 된다고."

앞자리에 앉은 월튼이 입맛을 다셨다.

"이 빌어먹을 회담이 내일 끝난다니 그나마 다행이야."

"결과가 어떻게 될지 궁금하지도 않소?"

"그런 건 당신들이나 궁금해해야 하는 사항이지."

늦은 저녁을 먹고 있는 서너 명의 CIA 요원이 입구 쪽에 모여 앉아 있을 뿐 식당은 조용했다. 남자 종업원이 다가와 월튼 앞에 커피 잔을 내려놓고 돌아갔다.

손님은 이제 가슴의 권총 홀더를 드러내 놓고 다니는 거친 사내들뿐이어서인지 식당의 음료수는 커피와 오렌지 주스로 통일되어 있었다. 하지만 방에서 시켜 먹는 양국 대표들에게는 정상적인 음식이 제공될 것이다.

최성산이 힐끗 식당 입구 쪽을 바라보자 월튼이 물었다.

"당신의 보스는 어디에 있소? 평양에서 온 장군 말이오."

"당신의 보스들과 같이 있습니다."

"그 사람이 힘센 사람이라던데, 우리에겐 베일에 싸인 거물 중의 하나요."

월튼이 눈꼬리에 주름을 만들며 웃었다.

"물론 당신도 그중 하나이지만."

"당신은 신이 나는 것 같군, 분위기가."

이맛살을 찌푸린 최성산이 머리를 돌렸다. 월튼으로서는 베일이 아니라 철판인 저쪽의 거물들과 만나게 된 지금이 흥미로울지 모르지만 그는 아니었다. 그리고 그럴 여유도 없다.

"최 대좌, 파리에 일본 정보국 요원들이 몰려와 있소. 베를린 주재의 시바다 겐지라는 인물이 책임자인데, 그놈들이 온 목적은 한국인들을 도우려는 거요."

"그 깡패 새끼들 말이겠군."

"그놈들이 스위스를 벗어날 때 KCIA가 몸을 던져 도와주긴 했지만 나머지 요원들은 우리 감시 아래 있으니까……."

"보이기만 하면 잡아 죽일 거요. 남조선 놈이나, 일본 놈이나 모두."

"내 생각엔 그쪽도 마찬가지일 것 같은데. 이젠 한국의 분위기가 예전의 당신들 이상으로 독해졌어. 전쟁이 일어나면 당신들이 처음 생각한 것보다 많이 달라질 것 같더구만."

"놈들은 당신들이 도와주지 않으면 제 풀에 쓰러지게 되어 있어."

"오히려 더 강하고 독해진 것 같다니까 그러네."

최성산이 벽시계를 올려다보고는 자리에서 일어섰다.

"이만 실례하겠소. 위층에 올라가 봐야 할 일이 있어서."

9시가 되어 있었다.

*　　　*　　　*

그랑팔레의 8층 회의실 창가에 놓인 소파에는 다섯 사람이 둘러앉아 있었다.

천장에 묵직하게 달린 샹들리에에서 불빛이 반사되고 있었지만 실내는 엷게 어둠이 깔려 있었다. 이것은 빈 몰의 지시였는데 적당한 어둠과 분위기, 그리고 술이 협상의 기본이라는 것을 경험에 의해 익히고 있었기 때문이다.

제각기 저녁 식사를 마친 북미의 대표단은 고트의 제의로 8층에 다시 모였는데 최대민은 오히려 낮의 회담 때보다 더 긴장하고 있었다.

자리는 안락했고 탁자 위에 서류 대신 위스키와 안주가 놓여 있었지만 아무도 마음을 열지 않았다. 이것은 회담의 연장이었고, 술기운을 빌려 상대방을 치고 그쪽의 반응으로 약점을 캘 수도 있었다.

조금 전에야 참석하여 인사를 나눈 홍진무는 최대민의 옆자리에 앉아 있었다. 그는 위스키 잔을 쥐고는 웃음 띤 얼굴로 몰의 젊은 시절 이야기를 듣는 중이었다.

고트가 술병을 들더니 홍진무의 빈 잔에 술을 채워주었다.

"장군이 참석할 줄 알았으면 우리도 CIA의 그랜트 차장을 부를 걸 그랬소. 그는 지금 영국에 있는데."

"저는 여기 계신 두 분의 보좌관 자격으로 참석한 겁니다, 부통령 각하."

홍진무가 공손한 표정으로 말했다

그때 김사훈과 이야기를 나누던 몰이 이쪽으로 머리를 돌렸다.

"장군, 당신의 직책이 인민군의 총정치국 부국장이라면 총정치국장은 무력부장인 최광 장군이 겸하고 있지요?"

"그렇습니다, 상원의원 각하."

"하지만 통제와 지시는 당에서 받지요? 당의 군사상임위원회 말이오."

"잘 아시는군요."

"당신이 실권자라고 들었소. 총참모부를 견제, 보좌하는 부서의 실권자가 아닙니까?"

"실권자가 따로 없습니다, 상원의원 각하. 우리는 모두 당과 수령님의 명령에 복종할 따름입니다."

그 말에 몰이 입을 다물자 좌중은 잠시 조용했다.

"고트 씨, 그쪽도 연락을 했겠지만, 우리도 회담의 결과를 보고하고 지시를 받았소."

정적을 깬 것은 김사훈이다. 탁자 위의 위스키가 두 병째 비워질 때였다. 그가 말을 이었다.

"우리는 내일 정오에 단독으로 회담 결렬을 선언할 계획입니다. 그리고 미국 정부를 맹렬히 비난하겠소."

"결렬이야 알아듣겠는데, 우릴 어떻게 비난한다는 거요?"

고트가 건조해진 목소리로 묻자 김사훈이 빙그레 웃었다.

"한반도에서 일본과 연합하여 우리 공화국을 위협한다는 내용이오, 고트 씨."

"……."

"아마 일본과 남조선은 당황할 겁니다. 일본이야 그렇다손 치더라도 남조선은 혼란에 빠질 거요. 당신들이 우리를 비난한다면 더 효과가 있을 것이고. 아마 당신들의 파병을 기다리게 될 겁니다. 하긴 50년 동안 당신들을 의지해 왔으니 그건 당연한 일이오."

"그렇다면 그들을 혼란에 빠뜨렸다가 계획대로 침공한단 말이오?"

몰의 물음에 김사훈이 머리를 끄덕였다.

"그것이 당신들에게도 유리합니다. 어차피 참전하지 않을 테니 우리와 결탁했다는 인상은 심어주지 말아야겠지요."

"그것이 당신네 최고위층의 결정이오?"

"당의 결정이오, 여러분."

의자에 등을 묻은 김사훈이 손으로 홍진무를 가리켰다.

"여기 있는 부국장 동무가 자세한 내용을 설명해 드릴 겁니다."

모두의 시선이 자신에게로 모아지자 홍진무가 허리를 폈다.

"내일 아침에 회담을 시작하고 나서 한 시간쯤 지나 우리가 먼저 회담 결렬을 발표하겠습니다. 미국과 일본, 남조선 삼국이 연합해서 우리 공화국을 병합하려고 한다는 내용으로 말이오."

몰이 쓴웃음을 지으며 고트를 바라보았으나 입을 열지는 않았다. 그는 파티를 분위기 있게 만들었지만 지금은 무엇을 잃고 얻고를 따질 겨를도 없이 끌려가고만 있었다.

"우리는 경고하겠소. 미군과 자위대가 한반도에서 물러가지 않으면 우리가 자위 수단을 쓸 수밖에 없다고 하겠습니다."

"기간을 정한 경고요?"

고트가 묻자 홍진무가 머리를 끄덕였다.

"예, 부통령 각하. 당연히 기간은 정해집니다."

"침공은 예정대로 엿새 후인 2월 10일이겠군."

홍진무는 고트를 힐끗 바라보고는 안주머니에서 서류 한 장을 꺼내어 들었다. 그는 조명이 어두웠으므로 옆에 있는 스탠드 쪽으로 몸을 기울였다.

"이건 당에서 결정한 미국과 우리 공화국의 비밀 각서 내용입니다. 우리 공화국이 어떻게 하겠다는 보장 각서니까 미국 측에선 부담을 느끼실 필요가 없습니다."

고트와 몰이 그가 손에 들고 있는 서류를 바라보았으나 입을 열지는 않았다.

"이것은 사본이고, 수령 동지의 인장이 찍힌 원본은 제 방에 있으니까 내일 아침에 드리지요. 귀국의 대통령 각하와 요인들이 보시면 만족하리라고 믿습니다."

"……."

"요약해서 말씀드리면 남조선을 해방시키고 나서 우리 공화국과 미국이 한반도를 함께 통치한다는 내용입니다. 우리는 미국의 힘을 절대적으로 필요로 하고 있습니다. 솔직히 우리의 힘만으로는 남조선을 통치하는 데 어려움이 많습니다."

"그러면 왜……."

고트가 입맛을 다시며 말을 멈추자 홍진무가 다시 말을 이었다.

"우리는 해방 즉시 미국과 방위조약을 맺을 것이며, 물론 일본에 대해서도 미국 측의 중재에 따른다는 내용을 각서에 넣었습니다. 남조선에서 주력 부대가 궤멸당한 일본은 미국에 중재를 요청할 테니까요."

"일본이 그 소리를 들으면 좋아하겠군."

몰이 빈정대듯 말하고는 홍진무 쪽으로 몸을 돌려 그를 똑바로 바라보았다.

"전쟁에서 이기리라고 믿는 모양인데."

"물론입니다, 상원의원 각하. 약속대로 열흘 안에 남조선을 해방할 겁니다. 남조선 군대와 자위대는 궤멸당할 겁니다."

"로젠스턴의 말대로야. 당신들은 미쳤어."

갑자기 상반신을 세운 고트가 앞쪽에 앉은 북한 사내들을 노려보았다. 북한 쪽의 세 사내가 조금도 반응을 보이지 않자 그는 탁자 위에 내려놓은 술잔을 쥐었다. 그리고 단숨에 들이켰으나 빈 잔이었다.

*　　　*　　　*

안톤 모리스는 담배를 입에 문 채 거리의 모퉁이에 서 있었다. 1월 같은 매서운 추위는 가셨으므로 거리의 사람들은 조금 여유가 있었고, 이쪽도 한가하게 그들을 바라볼 여유가 있었다.

눅눅한 바람이 거리를 휩쓸고 지나가자 옅은 물 냄새가 맡아졌다. 바람이 습기를 띠면 곧 눈이 내릴 징후였다.

그가 기대고 선 벽은 그랑팔레호텔의 부속 빌딩 앞부분이다. 호텔의 담장 겸용으로 1미터쯤 높이의 벽이 거리와 호텔을 구분해 놓고 있었다.

벽에 기대서 있는 것은 그뿐만이 아니었다. 젊은 남녀도 있고 아직도 미련을 떨치지 못한 CNN의 기자 서너 명도 있었다. 이쪽에선 보이지 않지만 호텔의 정문 안쪽에서는 아마 10여 명도 넘는 기자가 카메라를 만지고 있을 것이다.

입에 물고 있던 담배를 땅바닥에 뱉어 버릴 때 옆쪽에서 인기척이 났다.

"안톤, 이번에는 한국 측이 잠잠한데."

그렇게 말하며 다가온 것은 뉴욕 타임스 지의 게리 러셀이다. 텁수룩한 수염을 기른 40대의 게리는 데스크가 적성에 맞지 않는다면서 해외 현장만을 뛰는 사내였다.

"취리히에서처럼 근사한 사건이 터져야 하는데 말이야. 그래야 클린트가 정신을 차릴 텐데."

그는 안톤과 나란히 벽에 등을 기대었다.

"자네, 술 한잔했나?"

안톤이 묻자 그는 머리를 끄덕였다.

"저쪽에서 위스키를 마시고 오는 길이야. 모두 호텔로 돌아갔고 이리로 다시 온 것은 몇 놈 안 돼."

"왜 온 거야? 회담도 다 끝났는데 돌아가서 계속 마실 것이지."

"그럼 자넨 왜 이렇게 부랑아처럼 길가에 서 있나?"

그러면서 게리가 손을 들어 뒤쪽의 호텔을 가리켰다.

"저기 8층에 불이 켜져 있기 때문이지. 희미하지만 강 건너편에서도 보인단 말씀이야."

"저런 불빛으로는 회의를 못해. 그냥 켜둔 거야."

"아무튼 켜진 건 켜진 거야."

게리가 파카의 주머니에서 위스키 병을 꺼내어 내밀었다. 안톤이 머리를 젓자 그는 크게 한 모금을 삼켰다.

"우리 미국은 동서 냉전이 끝나고 나서 급격한 무기력증에 빠져들었어, 안톤. 소련이라는 상대가 순식간에 없어지니까 당황했다고나 할까. 그런 꼬락서니야."

"그것, 워렌비의 비판이로군."

"이봐, 내 비판을 워렌비가 인용한 거야. 아니, 우리는 뜻이 같아."

안톤이 잠자코 웃자 그는 다시 위스키를 한 모금 삼켰다.

"이라크에 대해서는 일사불란했어. 그땐 소련이 막 붕괴된 후여서 자신의 힘을 과시할 때이기도 했지. 놈들은 쿠웨이트를 무력 침공했고, 우린 여론의 엄청난 지지도 얻었단 말이야."

"대통령도 달랐지. 그때는 2차 대전 참전 용사인 부시가 대통령이었어."

"빌어먹을, 그리고 쿠웨이트에 이어 사우디가 넘어가면 걸프 만에 있는 산유국들, 바레인, 아랍에미리트(UAE), 카타르가 위험하니까. 그렇게 되면 세계의 석유 생산량 40퍼센트가 무기화된단 말이야, 안톤."

"한국은 내놓을 카드가 아무것도 없다니까, 게리. 석유도 없고, 이젠 첨병 노릇을 시킬 곳도 없어졌어. 이때 재빠르게 북한 놈들이 너희들의 약점을 잡은 거야."

게리가 입맛을 다시고는 하늘을 올려다보았다.

"눈이 내릴 것 같군."

"게리, 이제 미국이 참전하기에는 늦었어. 미국은 북한 놈들 술수에 말려든 거라구."

그러자 게리가 눈을 치켜떴다. 편집장인 워렌비와 함께 클린트 정권에 대해서 혹독하게 비판하던 그였지만 영국 출신의 안톤에게 꼬집히자 불쾌해진 것이다

"북한 놈들은 예정대로 침공할 거야. 아마 한국군과 자위대를 깨고 한반도를 정복한 후 일본에 대해 막대한 배상을 받아낼 테지. 그리고 약속대로 미국과 방위조약을 체결해서 미국의 보증을 받고."

안톤이 차근차근 말을 이었다.

"한국은 아시아의 강국이 될 거야. 일본과 대등한 국가, 아니 군사력으로는 일본을 제압할 수 있는 미국의 첨병 국가가 다시 되는 것이지."

게리가 위스키를 다시 한 모금 마시고는 히죽 웃었다.

"말할 것이 있어, 안톤."

"뭐야, 주정뱅이 친구야?"

"너나 나나 그런 일이 없으면 할 일이 없어진다는 거야. 국가 이기주의와 수백만 명의 희생에 분개한 척 떠들지만 국가, 사회, 집단, 조직, 그리고 개인 모두가 이기심으로 뭉쳐 있단 말이야. 그래서 그것을 두드려 부술 정의와 진리를 외칠 놈이 점점 없어져 간다는 거야. 우리를 욕하지 마라. 네가 그럴 자격이 있는가를 먼저 살펴보란 말이다."

“그거, 워싱턴 포스트에 실릴 만한 말이군. 워렌비의 마음에 들겠다.”

“그놈도 마찬가지야. 지금이야 비판적이지만 몰이 대통령이 되면 달라질 테니까.”

『밤의 대통령』 3부 2권에 계속…